CRÔNICAS
DO MUNDO
EMERSO

LICIA TROISI

CRÔNICAS DO MUNDO EMERSO

Livro I
A Garota da Terra do Vento

Tradução de Mario Fondelli

Rocco

Título original
CRONACHE DEL MONDO EMERSO
1 – Nihal della Terra del Vento

© 2004 Arnoldo Mondadori Editore S.P.A., Milão

Direitos para a língua portuguesa reservados
com exclusividade para o Brasil à
EDITORA ROCCO LTDA.
Avenida Presidente Wilson, 231 – 8º andar
20030-021 – Rio de Janeiro – RJ
Tel.: (21) 3525-2000 – Fax: (21) 3525-2001
rocco@rocco.com.br
www.rocco.com.br

Printed in Brazil/Impresso no Brasil

preparação de originais
MARIA ANGELA VILLELA

CIP-Brasil. Catalogação-na-fonte.
Sindicato Nacional dos Editores de Livros, RJ.

T764g   Troisi, Licia
           A garota da terra do vento / Licia Troisi; tradução de
       Mario Fondelli. – Rio de Janeiro: Rocco, 2006.
           . – (Crônicas do mundo emerso; livro 1)

           Tradução de: Cronache del mondo emerso; 1: Nihal della
       terra del vento.
           ISBN 85-325-2003-0

           1. Ficção italiana. I. Fondelli, Mario. II. Título.
       III. Série

                                              CDD–853
05-3953   CDU–821.131.1-3

A Garota da Terra do Vento

Farol de Dessa
Promontório Último
Porto de Giafta
Golfo de Barahar
Lome
Barahar
Pântanos
Laia
Bosque Marinho
Mar Pequeno
Deserto Central
Saar
Floresta Ocidental
Cataratas de Naël
Montes do Sol
Laodaméia
Loos
Terra da Água
Pradaria
Grande
Terra do Vento
Salazar
Floresta
Daress (Montes do Norte)
Terra dos Rochedos
Nassel
Thal (Pai dos Montes)
Assa
Floresta de Pedra
Montanhas Negras
Terra do Fogo
Passel
Campos Mortos
Hora (Cratera Meridional)

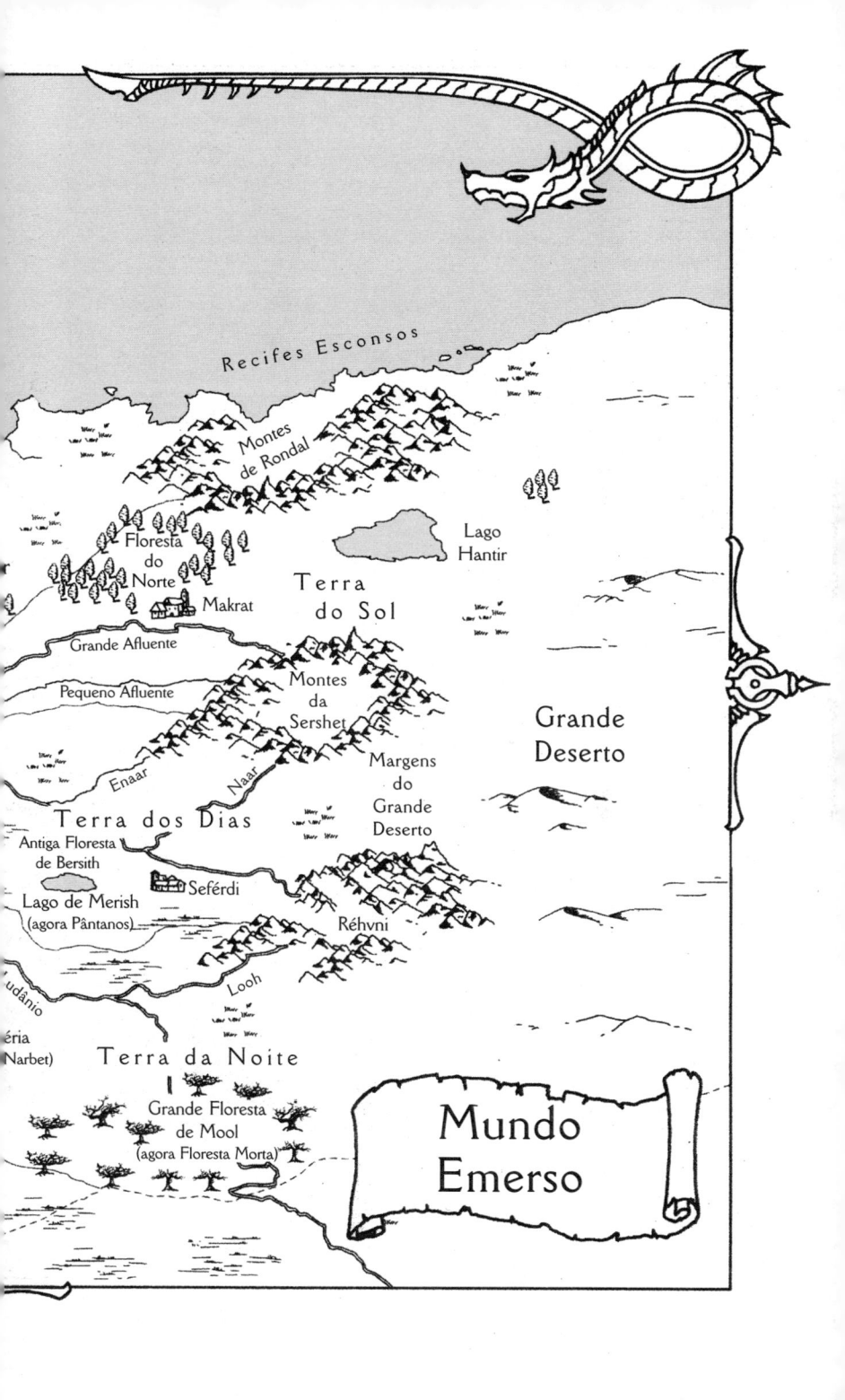

Mundo Emerso

Recifes Esconsos

Montes de Rondal

Floresta do Norte

Makrat

Lago Hantir

Terra do Sol

Grande Afluente

Pequeno Afluente

Montes da Sershet

Grande Deserto

Enaar

Naar

Margens do Grande Deserto

Terra dos Dias

Antiga Floresta de Bersith

Seférdi

Lago de Merish (agora Pântanos)

Réhvni

'udânio

Looh

éria (Narbet)

Terra da Noite

Grande Floresta de Mool (agora Floresta Morta)

UMA MENINA

[...] é o menor e mais afastado país do Mundo Emerso. Localizado no Oeste, de um lado é fechado pelo Saar, o Grande Rio, e do outro é ameaçado pela Grande Terra. Não há um só lugar de onde não se veja a alta torre da Fortaleza, a morada do Tirano. Como sombria e onipresente ameaça, ela domina a vida de todos os habitantes da área. Lembra a todos que não há lugar onde a mão do Tirano não possa alcançar. Apesar disto, o reino ainda continua parcialmente livre.

Relatório anual do Conselho dos Magos, fragmento

A Terra do Vento caracteriza-se pela particular arquitetura das suas cidades, construídas como imensas torres, muito organizadas e praticamente auto-suficientes. Cada setor do aglomerado urbano tem a sua própria função específica. O núcleo de cada torre é formado por uma ampla zona central aberta e cultivada. A cidade-torre de Salazar é o posto mais avançado da Terra do Vento antes da Floresta, a espessa mata que serve de fronteira com a Terra dos Rochedos [...]

Anônimo, da Biblioteca perdida da cidade de Enawar, fragmento

I
SALAZAR

O sol iluminava a planície. O outono mostrava-se particularmente clemente e a grama ainda estava verde e viçosa enquanto ondeava roçando nas muralhas da cidade como mar em calmaria.

No terraço no topo da torre, Nihal aproveitava a brisa da manhã. Era o lugar mais alto em toda a Salazar: tinha-se dali o panorama mais completo da planície que se desenrolava por muitas léguas, a perder de vista. Naquela desmedida extensão a cidade sobressaía imponente com seus cinqüenta pisos de casas, lojas, estábulos. Uma única imensa torre que compreendia uma pequena metrópole de quinze mil habitantes, apinhados em suas mil e duzentas braças de altura.

Nihal gostava de ficar lá em cima sozinha, com o vento a embaraçar os seus longos cabelos. Sentava na pedra de pernas cruzadas, os olhos fechados e a espada de madeira apoiada num flanco, como costumam fazer os guerreiros de verdade. Quando estava lá no topo, Nihal sentia-se como que apaziguada. Podia concentrar-se em si mesma, sem pensar em mais nada, só entregue aos seus pensamentos mais recônditos, àquela vaga melancolia que às vezes se apoderava dela, ao lento murmúrio que de vez em quando parecia surgir do fundo da sua alma.

Aquele, no entanto, não era um dia para devaneios. Era um dia de combate, e Nihal olhava para a planície como um comandante desejoso de lutar.

Eram uns dez garotos, com idades entre dez e doze anos ou pouco mais. Todos meninos, e ela menina. Todos sentados, e ela de pé no meio deles. O chefe: uma garotinha desengonçada e esguia, com vivazes olhos violeta, fartos cabelos de um azul metálico e desproporcionais orelhas pontudas. Ninguém poderia suspeitar da sua força, olhando para ela, mas os garotos a idolatravam.

– Hoje vamos travar combate entre as casas abandonadas. Os fâmins estão reunidos ali, se sentindo os todo-poderosos. Não sabem de nós e não estão esperando a nossa chegada: vamos pegá-los de surpresa e escorraçá-los com a força das nossas espadas.

A turma escutava atenta.

– Qual é o plano? – perguntou o mais gorducho.

– Vamos descer todos juntos, em formação compacta, até o andar acima das lojas, depois cortamos caminhos pelos dutos de manutenção atrás das muralhas; assim, chegaremos diretamente ao esconderijo deles. Vamos pegá-los pelas costas: se conseguirmos nos aproximar sem fazer barulho, vai ser brincadeira. Eu guiarei o grupo; atrás de mim, a tropa de assalto. – Uns dois ou três garotos anuíram convencidos. – Logo a seguir, os arqueiros – e três meninotes de estilingues nas mãos acenaram concordando – e finalmente a infantaria. Estão prontos?

Um coro ressoou entusiástico.

– Então vamos!

Nihal brandiu a espada e jogou-se no alçapão que ligava o terraço da torre às escadas, acompanhada de perto pelo resto da turma.

Os garotos marcharam em ordem unida pelos corredores do círculo interno de Salazar, entre os olhares condescendentes mas às vezes também enfastiados dos moradores da cidade, que já conheciam muito bem as épicas batalhas de Nihal e do seu grupo.

– Bom-dia, general.

Nihal virou-se. Quem tinha falado era um ser mais ou menos da mesma altura que ela, um tanto atarracado, com o rosto inteiramente coberto por uma espessa barba. Um gnomo. Exibiu-se numa espalhafatosa mesura.

Nihal mandou a turma parar e retribuiu a saudação.

– Bom-dia para ti também.

– Mais uma jornada caçando inimigos?

– Como de costume. Hoje tencionamos escorraçar os fâmins da torre.

– Pois é, como de costume... No seu lugar, no entanto, considerando o que está acontecendo por aí, evitaria mencionar aquele nome de forma tão displicente. Até mesmo de brincadeira.

– Não nos amedrontam! – berrou um garoto, detrás.

Nihal sorriu atrevida.
– Isto mesmo, não temos medo deles. E tu te preocupas com o quê, afinal? Ninguém gosta dos fâmins, e de qualquer maneira a Terra do Vento continua livre.
O gnomo deu uma risadinha e piscou o olho.
– Tu és quem manda, general. Aproveita a luta.
Desceram um a um os níveis da torre, com passo cadenciado, em formação compacta como verdadeiros soldados. Passaram diante de casas e lojas, no caos de raças e línguas da gente de Salazar, dando a volta nos corredores de cada andar, com o sol que os tocava a intervalos regulares pelas janelas que davam para a horta central. As torres da Terra do Vento, com efeito, tinham todas um amplo poço interno com duas finalidades: iluminar da melhor forma possível os vários ambientes da cidade e aninhar uma pequena área cultivada onde havia numerosas hortas e alguns pomares.

Nihal entrou então decidida numa ruela lateral e abriu uma velha porta bolorenta. Do outro lado, a mais completa escuridão.
– Chegamos. – A mocinha assumiu um ar solene. – Daqui em diante não há motivo para ficarmos com medo: avançaremos portanto destemidos, como sempre. A nossa nobre tarefa não nos permite qualquer indecisão.

Os outros anuíram muito sérios, em seguida arrastaram-se dentro da escura abertura.

Não se via coisa alguma. Naquele breu o ar parecia ainda mais denso e pesado, com o cheiro típico dos lugares fechados. Depois de alguns momentos, no entanto, os olhos acostumaram-se à falta de luz e eles conseguiram vislumbrar os degraus úmidos e desconexos da escada que mergulhava nas trevas.

– Só espero que hoje ninguém apareça por aqui – comentou um garoto. – Ouvi dizer que as muralhas ocidentais têm umas fendas precisando de reparos...
– Já foram consertadas – respondeu Nihal. – Um bom comandante deve ficar sabendo de tudo. Mas basta de conversa, vamos ao que interessa!

Seus passos continuaram ecoando na cavidade por mais algum tempo, misturando-se com as vozes que se ouviam abafadas do outro lado da parede. Então, depois de mais uma virada, o silêncio.

– Está na hora – murmurou Nihal, ofegante. Era sempre assim, antes do ataque: o coração parecia explodir dentro do seu peito, o sangue palpitava nas têmporas. Gostava daquela mistura de medo e de vontade de lutar. Os seus dedos apalparam o muro até encontrar uma portinhola de madeira. Encostou o ouvido no muro. As pedras de cantaria eram espessas, mas conseguiu mesmo assim ouvir as vozes da garotada do outro lado.
– Lá vamos nós de novo. Já estou cansado de bancar sempre o fâmin.
– Nem me fales. Da última vez Nihal deixou-me com um olho roxo.
– A mim ela quebrou um dente...
– Quando o chefe era Barod, pelo menos, havia rodízio.
– É verdade, mas com Nihal eu me divirto muito mais. Caramba, quando lutamos até parece de verdade! É como se alguma coisa despertasse dentro de mim... Como se eu fosse um verdadeiro soldado!
– Seja como for, ela é a mais forte, é justo que comande.
Nihal tirou o ouvido da parede e desembainhou silenciosamente a sua arma. Mais um momento de espera e então escancarou a porta com um pontapé e irrompeu gritando.

A sala era ampla e cheia de poeira, com grandes teias de aranha parecendo cortinas nas janelas. Uma morada de gente rica, abandonada como todas as demais habitações daquele andar. Sentados no chão havia seis garotos segurando nas mãos outros tantos machados de madeira. Apesar de terem sido pegos de surpresa, levantaram-se imediatamente e o combate começou.
Nihal parecia uma fúria: arremetia com violência contra os inimigos, a espada vibrando de um lado para outro como que enlouquecida. No arrebatamento da luta os adversários passaram de um aposento para outro, percorrendo toda a habitação até o corredor externo.
A garotada com o machado estava visivelmente levando a pior. Ouviram-se então os primeiros "ais!" de quem levava um golpe duro demais.
– Retirada! – gritou o chefe dos fâmins. Os que ainda estavam íntegros saíram correndo para as escadas.

– Atrás deles! – berrou Nihal, mexendo-se para perseguir os fugitivos.

Um dos seus segurou-a pelo braço.

– Mas não até as lojas, Nihal! Se o meu pai me pegar de novo criando confusão lá embaixo vai matar-me de pancadas.

Nihal desvencilhou-se.

– Nada de confusão, só vamos atrás deles e depois cortamos caminho pelas hortas centrais.

– Piorou... – murmurou entre os dentes o garoto, mas não teve outra escolha a não ser acompanhar o seu comandante.

Todos se precipitaram escadas abaixo e depois correram como loucos, de espadas na mão, pelo andar dos estabelecimentos comerciais. Muitas lojas só tinham a entrada e uma pequena vitrina que davam para o corredor, mas algumas outras, principalmente as que vendiam frutas e verduras, ocupavam parte da passagem com as cestas de mercadorias. No afã da corrida a garotada chocou-se justamente com uma dessas bancas, atropelando vários fregueses desprevenidos.

– Malditos moleques! – gritou o quitandeiro furioso. – Nihal! Desta vez o teu pai vai ouvir umas boas!

Mas Nihal continuou perseguindo os fugitivos. Enquanto corria livre, de espada na mão, sentia-se vigorosa e cheia de vida. Alguns dos seus já haviam capturado os fâmins. Só faltava pegar o chefe deles.

– Deixem comigo! – gritou ao seu exército, fazendo um esforço suplementar com as pernas. Acelerou e ficou no encalço do inimigo. O garoto quase podia sentir a respiração dela na nuca. Precipitou-se pela escada mas caiu de mau jeito estatelando-se dois andares abaixo. Levantou-se dolorido, controlou-se para ver se estava no piso certo e então jogou-se pela janela.

Nihal debruçou-se: tinham descido tanto que agora abaixo deles só havia os estábulos. Aos pés da janela, bem no meio de uma das hortas da lavra central da torre, viu a sua presa agachada. Pulou sem medo, caiu em pé e avançou brandindo a espada contra o adversário que já levantara as mãos.

– Eu me rendo – disse ofegante.

Nihal alcançou-o.

– Parabéns, Barod. Estás ficando mais rápido!

– Também pudera. Contigo no meu encalço...
– Machucaste-te?
Barod olhou para os joelhos esfolados.
– Eu não pulo tão bem quanto tu. De qualquer maneira procura outro para bancar o chefe dos fâmins, da próxima vez. Estou farto: já apanhei tanto de ti que...
A risada de Nihal foi bruscamente interrompida por uma voz furiosa.
– Tu outra vez! Chega, já não agüento mais!
– Oh, oh! Baar! – disse Nihal preocupada. Ajudou Barod a levantar-se e saíram correndo entre os canteiros de hortaliças.
– Não adianta fugir, sei quem sois! – continuava a gritar a voz.
Ao chegarem à orla da horta, Nihal virou-se para o amigo:
– Acho melhor tu ires para casa. Eu mesma vou cuidar dele.
Barod não se fez de rogado.
Nihal, por sua vez, aprontou a sua melhor cara de inocente e esperou pela chegada do lavrador, um velhinho desdentado cuja ira era tão visível que parecia esguichar de cada ruga.
– Já avisei teu pai que se voltasse a pegar-te aqui dentro ele teria de pagar os prejuízos! Hoje três pés de alface estragados, ontem as abobrinhas... para não mencionar todas as maçãs que já me roubaste!
Nihal assumiu um ar muito contrito.
– Desta vez sou inocente, Baar! Acontece que o meu amigo caiu daquela janela lá em cima, está vendo? Eu só desci para ajudá-lo.
– Os seus amigos vivem caindo na minha horta o tempo todo, e desde sempre tu te sentes na obrigação de ajudá-los! Se eles têm pés de ricota, que se mantenham longe das janelas, ora essa!
Nihal concordou com ar compungido.
– Tens toda a razão, desculpa. Nunca mais vai acontecer.
Então olhou para Baar com expressão tão angélica que o lavrador engoliu a isca.
– Está bem, some daqui. Mas diga a Livon que vai custar-lhe mais uma lixada nas minhas foices.
– Pode deixar.
A menina estalou um beijo no ar e saiu dali o mais rápido possível.

Livon morava nos andares das lojas, logo acima dos estábulos e da entrada de Salazar, uma pesada porta de madeira de dois batentes com grandes tachas de ferro e vistosas dobradiças, com mais de dez braças de altura. Apesar de muito gasta, a madeira ainda mostrava os resquícios dos baixos-relevos esculpidos num longínquo passado. As figuras, no entanto, eram muito confusas e, a não ser por alguns dragões e cavaleiros, não dava para distinguir coisa alguma.

Assim como acontecia com muitos outros comerciantes, para Livon a casa e a loja eram uma coisa só: daquela forma podia poupar tempo e dinheiro no que dizia respeito aos aluguéis. O único inconveniente era uma certa inevitável confusão, realçada pela falta de uma presença feminina digna deste nome. E além do mais era armeiro: a casa estava abarrotada de ferramentas, armas, pedaços de metal e sacos de carvão.

Nihal escancarou a porta.

– Cheguei! – gritou a plenos pulmões. – E estou morrendo de fome!

As suas palavras perderam-se no estrondo da ferraria. Num canto Livon moldava com um pesado martelo um pedaço de metal incandescente enquanto enxames de fagulhas chispavam do aço para cair como cascata no chão. Era um homenzarrão, coberto de fuligem, com um tufo de cabelos negros na cabeça. Somente os olhos reluziam naquele rosto que mais parecia um pedaço de carvão.

– Velho! – gritou de novo Nihal, chegando perto.

– Ah, és tu... – disse Livon enxugando o suor da fronte. – Uma vez que estavas demorando decidi adiantar o serviço de amanhã.

– Estás querendo dizer que não preparou coisa alguma para comer?

– Não tínhamos combinado que uma vez por semana caberia a ti cozinhar?

– Sim, eu sei... mas estou cansada!

– Calma, deixa-me adivinhar. Não diga nada. Aposto que foi de novo brincar com aqueles moleques endiabrados.

Silêncio.

– E como de costume foram ao andar dos aposentos abandonados.

Mais silêncio.

— E talvez tenham acabado mais uma vez na horta de Baar...
O silêncio tornou-se culpado. Nihal abriu a despensa e pegou uma maçã.
— Não precisas te preocupar. Vou comer fruta – disse saltitante ao pular fora do alcance de Livon.
— Que diabo, Nihal! Quantas vezes já te disse para não brincar nas hortas centrais? Aqui é um contínuo vaivém de pessoas que vêm se queixar e querem consertos de graça!
Nihal sentou com ar arrependido.
— Acontece que quando a gente luta...
Livon bufou impaciente e começou a cortar umas verduras tiradas da despensa.
— Pára de falar bobagens! Se quiseres brincar, brinca. Mas chega de incomodar os outros!
Nihal levantou os olhos para o céu: sempre a mesma história...
— Não me venhas com ladainhas, velho...
O homem olhou para ela enviesado.
— Já pensaste em chamar-me de pai, de vez em quando?
Nihal abriu-se num sorriso maroto.
— Vamos lá, papai! Sei muito bem que gostas que eu seja brava com a espada...
Livon jogou diante dela um prato de verduras cruas.
— É o almoço?
— É o que comem as senhoritas que se obstinam a se fazerem de macho. Se tu tivesses cumprido o trato e ficado na cozinha, poderíamos estar nos deliciando com alguma coisa quente.
Ele também sentou e começou a comer. Ficou algum tempo pensando e então continuou:
— E de qualquer maneira não é verdade, não gosto!
Nihal sorriu sem levantar a cabeça do prato. Livon resistiu mais alguns momentos e em seguida também riu.
— Está bem! Tu tens toda a razão. Adoro-te do jeito que és, mas os outros... já está com treze anos... quer dizer, mais cedo ou mais tarde as mulheres precisam casar!
— Quem disse? Para ficar trancada em casa, tricotando? Nem pensar! Eu quero mesmo é ser um guerreiro!
— Não há guerreiros mulheres – disse Livon, mas sua voz deixava transparecer um certo orgulho.

— Então serei a primeira.

Livon sorriu e passou a mão na cabeça da filha.

— Tu és mesmo impossível! Só que às vezes acho que precisarias de uma mãe...

— Não é culpa tua se mamãe morreu — comentou Nihal com naturalidade.

— Não — disse Livon corando —, não é.

Sobre a mulher de Livon pairava o mais profundo mistério. Nihal logo percebera que todos em Salazar tinham pai e mãe enquanto ela só tinha o pai. Ainda pequena começara a fazer perguntas, mas Livon sempre dera respostas vagas e confusas. A mãe havia morrido, mas não dava para saber como nem quando. Como era? Bonita. Sim, claro, mas como bonita? Como tu, olhos violeta e cabelos azuis. Toda vez que se falava a respeito Livon parecia ter um troço, e com o passar do tempo Nihal aprendera a evitar o assunto.

— Tu sempre disseste que querias tornar-me uma pessoa forte, capaz de realizar os próprios desejos... é justamente o que procuro fazer.

Com a filha, Livon tinha um coração de manteiga: ao ouvir aquilo ficou com os olhos embaçados de lágrimas.

— Venha aqui — disse e deu-lhe um abraço tão apertado que chegou a doer.

— Estás me sufocando, velho...

Nihal tentou desvencilhar-se, mas na verdade gostava daquele afago muito mais do que queria demonstrar.

De tarde entregaram-se à costumeira tarefa: forjar armas.

Livon não só era o melhor armeiro do mundo conhecido e provavelmente do desconhecido também: era um artista. As suas espadas eram armas incríveis, de uma beleza tão impressionante que tiravam o fôlego, armas que sabiam adaptar-se ao dono e exaltar as suas qualidades.

Fabricava lanças de ponta tão fina quanto agulhões e afiadas como navalhas, ornadas com frisos sinuosos que, longe de torná-las mais pesadas com inúteis enfeites, realçavam ainda mais o seu desenho. Livon era capaz de comungar o máximo da funcionalidade com a mais esplêndida elegância. Tratava as armas como filhos, considerava-as suas criaturas e, enquanto tais, amava-as. Adorava aquele ofício pois permitia-lhe expressar a sua inspiração artística, que parecia inesgotável, estimulando ao mesmo tempo sem parar as suas capacidades técnicas.

Cada nova arma era um desafio à sua perícia de artesão, tanto assim que tentava sempre novas experiências, usava novos materiais, buscava formas cada vez mais complexas e misturava-as com soluções técnicas cada vez mais complicadas.

A sua fama era tão grande que nunca lhe faltava trabalho e, desde sempre, por necessidade mas também por verdadeiro prazer, recorria à ajuda de Nihal. E enquanto ela trazia o malho ou acionava o fole, ele a presenteava com pérolas da sabedoria dos guerreiros.

– Uma arma não é apenas um objeto: para um guerreiro a espada é como um membro, uma continuação do braço, uma companheira fiel e inseparável. É a sua espada, e não a trocaria com nenhuma outra no mundo. E para o armeiro é a mesma coisa que um filho: assim como a natureza dá vida às criaturas deste mundo, o armeiro forja do fogo e do ferro a lâmina – dizia Livon, e concluía a frase com uma estrondosa risada.

Com um pai que vivia entre espadas e tinha como fregueses soldados, cavaleiros e aventureiros, não era portanto de surpreender que Nihal tivesse ficado tão rebelde e tão pouco feminina.

Estavam atarefados com uma espada quando Nihal voltou a bater na tecla de sempre.
– Velho?
– Hum...
Livon baixou o malho com força na lâmina em brasa.
– Queria perguntar...
Mais uma violenta martelada.
Nihal assumiu um ar inocente e vago.
– Quando tencionas dar-me uma espada de verdade?
O malho de Livon ficou parado no ar. Um suspiro, aí o homenzarrão voltou a bater no aço.
– Segura firme com a tenaz.
– Não muda de assunto – insistiu Nihal.
– Tu és muito jovem.

– É mesmo? Mas não sou jovem demais para procurar marido, não é?

Livon deitou o malho no chão e sentou numa cadeira, conformado.

– Já falamos nisto, Nihal. Uma espada não é um brinquedo.

– Eu sei. Sei muito bem, aliás, e sei como usá-la muito melhor do que qualquer rapaz desta cidade!

Livon suspirou. Já pensara muitas vezes em presentear Nihal com uma das suas espadas, mas o receio de ela se machucar sempre o detivera. Por outro lado percebia perfeitamente que mesmo com a espada de madeira Nihal conseguia verdadeiros milagres e que, quando tivera a oportunidade de segurar nas mãos espadas de verdade, sempre demonstrara conhecer perfeitamente tanto os riscos envolvidos quanto as potencialidades.

Nihal percebeu a indecisão do pai e voltou à carga.

– Então, velho? O que dizes?

Livon olhou em volta.

– Vamos ver – disse, sibilino. Levantou-se e foi até as prateleiras onde guardava os seus trabalhos mais acertados, aqueles que realizava sem ninguém encomendar, só por mero prazer pessoal. Pegou um punhal e mostrou-o a Nihal.

– Este aqui eu fiz há pouco mais de dois meses...

Era uma arma muito bonita: o cabo havia sido esculpido em forma de tronco de árvore, com as raízes numa ponta e dois galhos retorcidos que se abriam para fora na outra. Os pequenos ramos entremeados continuavam subindo mais um pouco até fundir-se com a lâmina.

Os olhos de Nihal brilhavam.

– Para mim?

– Só se conseguires derrotar-me. Se eu vencer, no entanto, vais ter de cuidar da comida e da casa por um mês inteiro.

– Combinado! Mas tu és forte e grande, e eu não passo de uma menina, não é o que vens me dizendo o tempo todo? Para ficarmos quites, terás de ficar no espaço de três tábuas do soalho.

Livon sorriu.

– Parece justo.

– Dá-me uma espada, então – disse Nihal, já eufórica por poder botar as mãos no aço.

– Nem penses nisso! Também usarei uma vara de pau.
Ficaram no meio do aposento, Nihal segurando sua espada de madeira e Livon um cajado.
– Pronta?
– Prontíssima!

O duelo começou.
Nihal era dotada de muita resistência, e sua técnica não era propriamente impecável, mas compensava as lacunas com intuição e fantasia. Defendia-se evitando agilmente os ataques do pai, escolhia a hora certa para investir, pulando de um lado para outro com grande agilidade. Era a sua única vantagem e ela sabia disso.
De repente Livon sentiu-se orgulhoso daquele moleque levado de tranças azuis. O cajado de madeira voou das suas mãos indo chocar-se com umas lanças apoiadas num canto.
Nihal apontou a arma na sua garganta.
– O que é isto, velho? Estás tão enferrujado que te esqueceste do básico? Onde já se viu? Deixar-se desarmar assim por uma garotinha...
Livon afastou a espada de madeira, pegou o punhal e entregou-o à filha.
– É teu, tu mereceste.
Nihal ficou algum tempo examinando o punhal, balançando-o entre as mãos, testando o fio da lâmina com a ponta dos dedos, tentando não demonstrar sua imensa felicidade. A sua primeira arma!
– Mas não te esqueças: nunca faças bravatas com o adversário vencido. É de péssimo gosto.
Nihal lançou para o pai um olhar esperto.
– Obrigada, velho.
Já tinha aprendido muito, na vida, para saber quando a deixavam vencer.

2
SEÑAR

Desde criança Nihal freqüentara o bando de garotos com os quais se metia em todos os cantos de Salazar, provocando as mais variadas queixas e todo tipo de prejuízos. E se no começo havia sido recebida com alguma desconfiança, tanto pelo fato de ser menina quanto pelo aspecto estranho, não demorou quase nada para ser bem aceita.

Só precisou de uns poucos duelos para demonstrar que, apesar de menina, quanto à exuberância, não tinha nada a invejar aos demais membros da turma.

Depois que foi aceita, tornou-se cada vez mais benquista e admirada. Então derrotou Barod, o chefe, num combate com a espada. A partir daí passou a ser realmente idolatrada e tornou-se o inconteste chefe do grupo.

Apesar de não lhe faltar companhia, às vezes Nihal sentia-se sozinha. Subia então até o ponto mais alto de Salazar e ficava olhando o panorama do amplo terraço que dava para a estepe: o olhar perdia-se à vontade na vastidão sem limites da planície, e as únicas coisas que se vislumbravam eram a onipresente Fortaleza do Tirano e os contornos indefinidos das demais cidades.

Diante daquele espetáculo Nihal se acalmava e por uns instantes o seu temperamento guerreiro adormecia. Era uma sensação estranha: quando o pôr-do-sol incendiava numa só fogueira o céu e a estepe, conseguia não pensar em mais nada. Só lhe parecia ouvir um murmúrio que se agitava no fundo da sua alma, como o ciciar de uma língua que não conhecia.

Desde que conquistara o punhal de Livon, Nihal era ainda mais admirada: circulava com a lâmina presa à cintura, sentindo-se tão poderosa quanto um cavaleiro. Várias vezes oferecera-o como prêmio nos combates e gabava-se de nunca ter sido derrotada.

Numa manhã do seu décimo terceiro outono, Barod foi chamá-la justamente por isso: um rapaz nunca visto antes queria desafiá-la pela posse do punhal. Nihal não se fez de rogada e, muito confiante, subiu logo ao telhado de Salazar, lugar escolhido para todos os seus duelos.

Quando viu o adversário quase riu: alto e magro, devia ser uns dois anos mais velho do que ela e ostentava uma cabeleira ruiva extremamente rebelde. Bastou uma olhada para ela compreender que o forte dele não devia ser certamente o vigor. E menos ainda a agilidade, uma vez que vestia uma espécie de incômodo sobretudo que lhe chegava aos pés, enfeitado com um bordado geométrico no peito. Como se podia pretender lutar vestido daquele jeito?

A única arma secreta do adversário só podia ser a astúcia, que Nihal vislumbrou nos seus claros olhos azuis, mas não ficou preocupada: já tinha enfrentado e vencido um bom número de adversários ardilosos.

— Mandaste-me chamar?
— Mandei.
— E queres desafiar-me?
— Exatamente.
— Vejo que és de pouca conversa. Nunca te vi por aqui. De onde vens?
— Da margem da Floresta, mas a minha pátria é a Terra do Mar. O meu nome é Senar, só para responder à tua próxima pergunta.

Nihal não conseguia entender por que ele ostentava toda aquela confiança: já devia conhecer a fama dela, pois do contrário não a desafiaria, e era portanto de excluir que a subestimasse.

— Quem te falou de mim e por que queres desafiar-me?
— Por aqui todos falam do demônio de orelhas pontudas e cabelos azuis que bate com a força de um ferreiro. Dize a verdade, será que esqueceste que és uma moça?

Nihal apertou os punhos: sabia que perder as estribeiras antes da batalha só iria prejudicá-la, e Senar, com aquele tom debochado e o sorrisinho estampado na cara, devia estar justamente tentando algo parecido.

— O que faço só tem a ver comigo, e de qualquer maneira tu não respondeste: por que estás me desafiando?
— Fique bem claro que não me interessam nem um pouco as mentiras de honra e glória que enchem a cabeça dos garotos que se

engalfinham contigo. Só quero o seu punhal porque é bonito e porque foi feito por Livon, que é o melhor armeiro do Mundo Emerso. Se para tê-lo eu tiver de brincar com você, que assim seja.

Nihal apertava as mãos, mas não respondeu às provocações. Preferiu combinar calmamente com Senar as modalidades do embate. Na hora da briga poderia bater nele à vontade.

Decidiram lutar com cajados: o primeiro a cair no chão ou a ser desarmado seria considerado vencido. O punhal, troféu da contenda, foi solenemente entregue ao mais jovem dos presentes.

– Vás tirar a capa, imagino.

– Estou acostumado. E se por acaso tu achares humilhante ser derrotada por alguém paramentado deste jeito...

Nihal ignorou mais essa alfinetada. Então a luta começou.

Conforme as previsões, Senar não era vigoroso, não era ágil e sua técnica também deixava a desejar. Qual seria então o motivo de toda aquela segurança?

Nihal ficou em vantagem: aproveitava a própria rapidez para deslocar-se sem parar, desnorteando o adversário. A garotada em volta incentivava-a com gritos e assobios. Pouco a pouco sentiu-se cada vez mais excitada com a luta, até ficar totalmente arrebatada: aumentou a velocidade dos movimentos, defendeu facilmente um golpe, virou-se, acertou Senar no flanco e preparou-se para quebrar o cajado que o rapaz levantara para defender-se do próximo ataque.

Acabou!, pensou triunfante.

Aquele momento de segurança foi o suficiente para a vitória esvair-se entre as suas mãos.

Senar fitou-a fixamente com olhos de gelo, esboçou um sorriso e disse alguma coisa que Nihal não entendeu.

Bem na hora em que se aprontava para descer o cajado em cima de Senar, a garota sentiu a madeira murchar em suas mãos tornando-se untuosa e escorregadia. Levantou os olhos: no lugar da arma havia agora uma serpente que se contorcia soprando.

Nihal gritou e soltou a presa. Foi só um momento, mas Senar não deixou de aproveitá-lo: deu-lhe uma rasteira e a mocinha caiu ao chão, pela primeira vez na vida, derrotada.

– Acho que temos um vencedor.

Senar tirou o punhal das mãos do menino que o guardava.

Nihal ficou algum tempo como que petrificada. Em seguida recobrou-se e olhou a sua volta. De cobras, nem sombra.

— Seu trapaceiro maldito, tu és um mago! Não me disseste, escondeste o jogo! Foste desleal! Quero o meu punhal de volta!

Levantou-se de estalo, pronta a pular em cima dele, mas Senar deteve-a com um gesto.

— Em lugar de gritar deverias agradecer-me pela lição. Perguntaste se eu era um mago? Não. Por acaso disseste que não lutava com magos? Não. Estabeleceste como regra de combate que eu não deveria usar a magia? Não. Então, se perdeste, só podes culpar a ti mesma. Tu acabas de aprender que antes de lutar é preciso conhecer direito o inimigo. E que a força de nada adianta sem a inteligência. E agora pára de choramingar. Livon vai certamente fazer outro para ti.

Enquanto se afastava, acrescentou:

— Fica sabendo, de qualquer maneira, que tu és realmente muito forte. — E foi-se embora com a mesma fleuma com que chegara.

Nihal permaneceu imóvel. Então o silêncio embaraçado do seu público foi quebrado pela voz de Barod:

— Sinto muito, Nihal, mas o sujeito está com toda a razão.

Como resposta Nihal desferiu-lhe um sonoro tapa no nariz e fugiu em prantos.

Desceu pelas escadas da torre como uma alucinada. Esbarrou nos transeuntes, pulou por cima das bancas, derrubou uma jarra de azeite fora de uma quitanda. Só queria mesmo era encontrar refúgio nos braços acolhedores de Livon: o pai iria entender, iria defendê-la, concordaria que o rapaz havia sido um velhaco e dar-lhe-ia um punhal mil vezes mais bonito do que o perdido.

Livon ouviu a história toda em silêncio enquanto Nihal se derretia entre lágrimas e soluços, e no fim saiu-se com um comentário totalmente inesperado:

— E daí?

Levou algum tempo para Nihal digerir a paulada.

— Como assim "e daí"? Ele me enganou!

— Eu não acho. Parece, antes, que foi bem esperto e tu ingênua.

Nihal arregalou os olhos e escancarou a boca, indignada.
– Hoje tu aprendeste duas coisas – continuou o pai. – Primeiro, se prezares realmente alguma coisa precisas segurá-la com firmeza e não te separes dela um momento sequer.
– Mas...
– Segundo, antes de duelar é preciso deixar tudo em pratos limpos e conhecer bem o inimigo.
Praticamente as mesmas palavras que o trapaceiro dissera.
– Perder faz parte da vida, Nihal, e é bom tu te acostumares. Precisas aprender a aceitar as derrotas também.
Nihal deixou-se cair num assento amuada, decepcionada e zangada.
– Espero que pelo menos me dês uma espada...
– Uma espada? Não tenho culpa se perdeste o punhal que te dei. Toma mais cuidado da próxima vez.
– Mas tive tanto trabalho para consegui-lo! E além do mais tu tens tantas espadas...
Livon calou-a com um gesto. Falou muito sério:
– Não quero mais ouvir falar a respeito, estou sendo claro?
Nihal fechou-se num silêncio rancoroso, enquanto lágrimas quentes de raiva sulcavam-lhe o rosto.

Passou a noite inteira remoendo a história, pensativa. A derrota ainda ardia como sal numa ferida aberta, mas sobretudo não se perdoava por ter chorado. Virava-se de um lado para outro na cama. O desejo de apagar aquela vergonha não lhe dava trégua. Teve quase vontade de pular fora dos lençóis para sair à cata do mago, onde quer que estivesse, mesmo que tivesse de procurar no fim do mundo.
Foi justamente enquanto se afligia entre um e outro plano de vingança que de repente teve a idéia: toda aquela malfadada aventura, afinal, provava que um guerreiro tinha de ter pelo menos algum conhecimento básico das artes mágicas. Era portanto urgente estudar magia.
Na verdade Nihal nunca se havia interessado por feitiços e sortilégios. O fascínio de uma espada parecia-lhe infinitamente maior do que o efêmero encanto de uma fórmula bem-sucedida. Agora

percebia, no entanto, que as artes arcanas poderiam ser algo muito útil. E, além do mais, derrotar o canalha no seu próprio terreno seria a mais doce das vinganças.

Nihal já podia imaginar a cena: Senar envolvido nas espirais de sabe-se lá qual poderoso encantamento por ela evocado, pedindo-lhe misericórdia enquanto, súplice, devolvia o punhal...

Isso. Era isso mesmo que ela iria fazer. Talvez levasse alguns anos para aprender a magia, mas não se importava. Mesmo que demorasse um século iria encontrar o trapaceiro e derrotá-lo.

Só faltava encontrar um mago disposto a ensiná-la. Ela não conhecia nenhum, mas com tantas pessoas que freqüentavam a loja Livon devia sem dúvida conhecer algum mágico disposto a compartilhar as suas artes.

Na manhã seguinte Nihal comunicou sua decisão ao pai, que não a aprovou nem um pouco.

– Por que estás criando esta confusão toda devido a uma bobagem, uma simples criancice? Já te disse que precisas aprender a perder, e quanto antes tu fizeres isto melhor.

– Não se trata de criancices – replicou Nihal, birrenta. – Eu quero realmente tornar-me um guerreiro e para fazer isso preciso da magia. O que te custa dizeres logo o nome de alguém que me possa ensinar?

– Não conheço ninguém – exclamou Livon, impaciente, e esperou que isso pusesse um termo à conversa.

Nihal, no entanto, não se deu por vencida.

– Não é verdade. Sei muito bem que de vez em quando tu vendes armas carregadas de feitiços. Deves saber, então, a quem recorrer, não?

Diante da evidência dos fatos Livon ficou ainda mais irritado. Deu um soco na mesa de trabalho.

– Maldição! Não gosto nem um pouco da idéia de tu aprenderes magia!

– Mas por quê?

– Não preciso dar-te explicações! – disse ele, curto e grosso, e fechou-se num obstinado silêncio.

– Se tu não ajudares, darei um jeito sozinha!

– Não há ninguém aqui em Salazar.
– Procurarei em alguma outra torre. Viajar não me espanta, podes ter certeza!
– Faze o que bem quiseres, então, e sai da minha frente! – berrou Livon.

Nihal ficou com os olhos cheios de lágrimas. Não só porque após tantos anos de convivência pacífica e feliz estavam brigando pela primeira vez: acontece que de repente sentira-se incompreendida por Livon, justamente aquele que ela considerava o único capaz de sempre entender o que ela pensava e sentia. Estava tratando-a como uma criança teimosa e mimada.

Reprimiu as lágrimas e olhou para os largos ombros do pai, irremediavelmente virado de costas.

– Que seja! – disse, zangada.

Mas quando já estava a ponto de ir embora a voz profunda de Livon deteve-a.

– Espera... – resmungou o armeiro, virando-se para ela. – Acontece que estou com medo, Nihal. Pois é, não queria admitir, mas é isso mesmo. Receio que tu vás embora. Enquanto só pensas em ser um guerreiro, tudo bem, eu estou aqui para ajudar. Mas estudar magia...

Um nó na garganta impediu que continuasse.

– Do que estás falando? Ficaste louco? E para onde achas que eu iria? Só tenho a ti no mundo!

Nihal abraçou-o.

– Velho, tu sempre serás o meu lar.

Livon ficou comovido, mas aquelas palavras não conseguiram serenar sua alma. Apertou Nihal entre os braços por mais alguns momentos, então afastou-a.

– Há uma maga – disse.

– Eu sabia! Fantástico! – Nihal era a própria felicidade. – E onde fica?

– Perto da Floresta.

– Ah...

A Floresta era o único bosque da Terra do Vento. Num território de estepes e espaços abertos como aquele, o único bosque dava medo: não havia um só habitante de Salazar que não receasse aquele lugar. E Nihal confirmava a regra.

– Pois é, há uma casa por lá. É onde mora a sua tia.

Nihal ficou pasma. Em treze anos de vida nunca ouvira falar em parentes.

– Chama-se Soana, é a minha irmã. É uma maga muito poderosa.

– Tínhamos parentescos tão interessantes e tu nunca me falaste a respeito? Por que todo este mistério?

Livon baixou instintivamente o tom da voz.

– O Tirano não gosta que se pratique magia nas suas terras ou naquelas que ficam por perto. A tua tia teve de partir de Salazar. Digamos que... é muito amiga dos inimigos do Tirano.

Nihal sentiu um arrepio de excitação: uma conspiradora!

– Puxa vida, velho!

– Nem é preciso dizer que não gostaria de que tu saísses por aí te gabando. Com ninguém. Claro?

– E por quem me tomas?

3
SOANA

No dia seguinte Nihal estava ansiosa para partir. Levava consigo uma pequena bagagem e uma reserva de pão, queijo e frutas que Livon a forçara a conduzir apesar de a viagem ser breve.

De pé no meio da loja, ouvia mais uma vez os conselhos e as recomendações de Livon.

— Basta seguir a estrada que sai da cidade rumo ao sul, não há como errar.

— Sei, tu já disseste.

— E comporta-te. Soana é uma pessoa severa, não penses que vais levar a vida fácil que tens comigo.

— Não vou me perder, serei uma boa menina e só haverá elogios para ti. Está bem?

Livon estalou-lhe um beijo na testa.

— Está bem. E agora vai, antes que mude de idéia.

— Adeus, velho. Quando voltar, num passe de mágica vou arrumar direitinho esta bagunça!

Ao aproximar-se da porta, como quem não quer nada Nihal pegou uma espada qualquer entre aquelas que acabavam de ser forjadas.

— Nihal?

A mocinha virou-se com ar inocente.

— Sim?

— A espada. Não me parece ter-te dado a permissão para ficar com ela.

— E tu me deixarias sair por aí sozinha sem ao menos uma arma para defender-me?

Livon suspirou e rendeu-se.

— É só um empréstimo.

— Claro! — disse Nihal, e saiu da loja saltitando.

O caminho abria-se diante dela reto e seguro, sem qualquer possibilidade de erro. A nova espada defendia o seu flanco e, à medida que penetrava na estepe, Nihal começou a sentir-se em paz consigo mesma; até a idéia da desforra, que até então dominara a sua mente, estava pouco a pouco ficando mais branda.

Avançava entre a grama alta, na leve bruma matinal, e sentia o outono penetrar em seus ossos. O espetáculo da natureza sempre tivera o poder de acalmá-la. Ao mesmo tempo, no entanto, quando estava sozinha, era tomada pela costumeira melancolia serpeante e sutil, e aquele estranho murmúrio interior voltava a exigir a sua atenção. Naquela manhã também, enquanto caminhava na névoa e o único som que a acompanhava era o dos seus passos esmagando as folhas secas, era como se vozes distantes a solicitassem com seus chamados baixinhos. Todas as sensações que àquela altura já se haviam tornado habituais companheiras para Nihal. E ela não se preocupava: aprendera a gostar daqueles sussurros como de velhos amigos.

Depois de algumas horas de marcha rápida os primeiros sinais da Floresta apareceram ameaçadores diante dela, e pôde vislumbrar um casebre justamente no limiar das primeiras árvores. Era feito de simples tábuas de madeira, e realmente muito pequeno. Nihal ficou decepcionada: esperava encontrar algo melhor em se tratando de uma grande maga.

Aproximou-se da porta um tanto amedrontada. Ficou parada ali em frente por alguns momentos. Nenhum barulho se ouvia lá dentro: talvez não houvesse ninguém, chegou a esperar. Então deu de ombros para livrar-se das últimas hesitações e bateu.

– Quem é? – perguntou uma voz.
– Sou Nihal.

Silêncio, depois o barulho de passos ligeiros chegando, e finalmente o rangido da porta que se abria.

Nihal viu-se diante de uma mulher realmente muito bonita. Alta e feminina, cabelos morenos a emoldurar um rosto ao qual uma leve palidez dava um toque de solenidade, olhos negros como carvão, lábios cheios e rosados. Vestia uma longa túnica de veludo vermelho.

Quer dizer, então, que aquela era a tia? Possível que fosse de fato a irmã de Livon?

A mulher observou-a com um sorriso enigmático.
– Tu cresceste. Vem, vamos entrando.
Dentro da casa reinava uma arrumação exemplar.
A entrada dava para uma saleta, com a qual se comunicavam dois pequenos quartos de dormir. Quem sabe, talvez houvesse também um tio... O aposento principal tinha as paredes quase completamente ocupadas por estantes: de um lado, só livros, do outro, pesados volumes, assim como recipientes cheios de ervas e de estranhas misturas. Então, uma pequena lareira e, no centro, uma mesa também entulhada de livros.
Nihal sentiu-se intimidada, seja pelo aspecto da tia, seja pela casa tão diferente da loja de Livon.
– Senta-te.
Nihal obedeceu. Soana também sentou.
– Imagino que vieste por sugestão de Livon.
A mocinha anuiu.
– Lembras-te de mim?
Nihal sentia-se cada vez mais confusa. Quer dizer que elas já se conheciam?
– Depois que tua mãe morreu, durante algum tempo ajudei Livon a cuidar de ti. Mas é óbvio que não deves lembrar. Saí de Salazar antes mesmo de tu completares dois anos, e esta época difícil e obscura não me permitiu ver-te de novo.
Seguiram-se alguns minutos de incômodo silêncio. Nihal teria preferido estar diante de um perfeito desconhecido, antes de ficar com alguém que ajudara a criá-la quando era pequenina; e além do mais aquela mulher era tão bonita que não a deixava à vontade. De repente a razão pela qual enfrentara aquela viagem pareceu-lhe extremamente idiota.
– Diga-me, Nihal, o que te trouxe aqui?
Nihal respirou fundo antes de responder.
– Bom... eu gostaria que tu me ensinasses.
– Entendo.
– Na verdade eu quero mesmo é tornar-me um guerreiro, no futuro – sentiu-se na obrigação de esclarecer.
– Eu sei. Livon fala muito a teu respeito.
Aquilo deixou Nihal nervosa: nem desconfiava da existência daquela mulher e ela, ao contrário, estava a par de tudo.

— Mas gostaria de aprender a magia também, pois acredito que seja útil. Isto é, para um guerreiro.

Soana concordou impassível.

— E posso saber como é que chegaste a esta conclusão?

Nihal achou a pergunta um tanto sibilina, mas decidiu responder com sinceridade. Contou a história toda, tentando retocar a verdade para que se mostrasse mais aceitável. Ficou mesmo assim com a impressão de tudo aquilo não ser novidade para Soana. No fim do relato a maga foi lacônica.

— E não achas que esse é um motivo bastante irrelevante para aprender a magia?

O tom era tão contundente que Nihal começou a arrepender-se da sua decisão.

— Tu precisas de uma motivação bem mais forte, Nihal, pois o estudo da magia é árduo e difícil. Além disso, o mago domina grandes poderes, e é portanto indispensável que seja sábio e use as suas potencialidades para fins elevados. O Tirano é o que é justamente porque usa a magia para o mal.

Nihal tentou defender-se:

— Não é minha intenção conhecer a magia para o mal ou devido a motivos bobos. Só quero ser um guerreiro completo. — Afinal, não era quase a verdade?

— Ainda não estou muito certa disso, mas quero dar-te a possibilidade de mostrar que estás dizendo a verdade. Daqui a pouco Senar vai chegar.

Nihal estremeceu na cadeira.

— Senar?

— É meu aluno. Quero que aperte a mão dele e prometa não procurar vingança por meio da magia.

Para Nihal foi como se o aposento tivesse sido invadido por um vento gelado: por isto que Soana parecia estar a par de toda a história! Que boba que ela fora! Claro, Senar bem que contara vir das margens do bosque. Quer dizer que aquela cobra havia sido criada no seio da sua própria família!

Uma dúvida atroz tomou forma na sua mente, e com um fio de voz perguntou:

— Foste tu que o mandou desafiar-me?

– Por que deveria? Só soube da história há alguns dias, quando Senar decidiu contar. E de qualquer maneira não tenho o costume de me intrometer em assuntos de crianças.

Nihal ficou com receio de ter ofendido a maga. Era tão difícil entender o que se passava na cabeça dela...

– Deve chegar a qualquer hora – disse Soana olhando para fora da janela.

Nihal ficou sozinha com os próprios pensamentos. Certo, apertar a mão de Senar era o mesmo que aceitar a derrota, e a honra ia de uma vez por todas por água abaixo. E por outro lado recusar equivalia a admitir que contara uma balela a Soana.

Decidiu portanto aceitar: pelo menos por enquanto, prometeria.

Iria ter outras chances de se vingar.

Senar fez sua entrada carregado de ervas de todo tipo.

– Catei tudo aquilo de que precisava, Soana. Espero que agora me perdoe...

A surpresa fez morrer a frase na sua garganta, mas depois de um momento de desorientação exclamou num tom alegre:

– Oh, vieste cortar a minha cabeça?

– Nada disso, Senar. Nihal está aqui para tornar-se minha aprendiz e fazer as pazes contigo. Não é verdade, Nihal?

A garota reprimiu o asco e aprontou-se para o supremo sacrifício. Levantou-se relutante, olhou Senar fixamente nos olhos e apertou a sua mão com vigor.

– Sem ressentimento, perdi num combate leal.

E com isto engoli todo o conteúdo do amargo cálice, pensou.

– Ótimo. Melhor assim. Vou separar as ervas – disse Senar, e saiu da sala com toda a sua colheita.

Nihal deu um profundo suspiro e finalmente Soana sorriu para ela.

– Fizeste a coisa certa. Agora já podes enfrentar a prova.

Uma prova? E já não havia sido uma prova aquela que acabava de enfrentar?

Nihal sentiu mais uma vez os seus propósitos vacilarem.

– Mas falaremos a respeito disto no devido tempo.

A própria maga cuidou da comida. Atrás da casa havia uma pequena horta e algumas galinhas.

Soana colheu umas verduras frescas e começou a preparar uma sopa. Nihal ficou observando: olhando para ela que cortava abobrinhas, a tia parecia uma mulher perfeitamente normal. O único momento de verdadeira surpresa foi quando Soana aproximou-se da lareira, esticou o braço e murmurou umas palavras estranhas: a lenha pegou fogo sozinha.

– Puxa vida! Eu também serei capaz disso?

– Pode ser, Nihal. Pode ser.

A refeição transcorreu em silêncio. Soana parecia estar à vontade, mas Senar não parava de desviar os olhos da mocinha para a maga e vice-versa, e Nihal mantinha o rosto quase mergulhado na tigela.

Só depois do almoço a atmosfera pareceu degelar um pouco.

Soana deve ter percebido que a presença de Senar deixava a hóspede pouco à vontade e mandou-o sair para experimentar um encantamento. Ficaram sozinhas, sentadas a duas cabeceiras da mesa. Nihal estava tão aflita que tinha vontade de desaparecer. Enquanto o silêncio do começo da tarde invadia a casa, a maga começou a fazer perguntas. De repente parecia muito interessada na sobrinha e ouvia-a com atenção.

Nihal disse para si mesma que se quisesse descobrir alguma coisa acerca da mãe aquele talvez fosse o momento oportuno.

– O que podes contar-me sobre a minha mãe?

– Não muito. Ficou tão pouco tempo entre nós...

– Papai nunca fala nela.

Soana se fez de desentendida. Era sempre assim, quando o assunto era a sua mãe. Por quê?

– Eu já ficaria satisfeita em saber como era, visto que ao que parece sou a cara dela.

– Era muito jovem, bem mais moça do que seu pai, e muito bonita. – Soana falava sem olhar para a garota, com o olhar perdido em direção da Floresta. – Morreu quando você só tinha nascido havia poucos dias.

– E estes cabelos, estes olhos? Este negócio de orelhas pontudas?

– Nascem muito poucas pessoas com essas características, como você e sua mãe. A cada mil anos, dizem. Você foi beijada pela sorte.

Soana sorriu e a mocinha achou por bem fazer o mesmo.

Passaram o resto da tarde conversando acerca da infância de Soana e Livon em Salazar. Nihal divertiu-se bastante. A maga era recatada e conseguia controlar as suas emoções, mas de repente os sentimentos vinham à tona no seu rosto, que se iluminava de ternura e alegria. Naqueles momentos Nihal podia perceber claramente quanto na verdade ela se parecia com o irmão.

Senar voltou quando já estava escuro. Nihal e Soana haviam preparado o jantar juntas. Foi engraçado: quando se tratava de manejar uma espada Nihal não tinha rivais, mas na cozinha era um verdadeiro desastre.

Durante o jantar o clima de cumplicidade que se instaurara entre tia e sobrinha pareceu esmorecer: a maga passou o tempo todo falando em artes mágicas com Senar e Nihal não achou graça nenhuma. Tudo indicava que Soana só estava disposta a deixar transparecer alguma coisa de si em determinadas ocasiões.

Quando chegou a hora de irem para a cama, foi um drama.

– Irás dormir no quarto com Senar – disse Soana. – Está gentilmente oferecendo a sua cama. Ele irá deitar-se no chão.

Nihal ficou vermelha como um pimentão.

– Eu durmo sozinha.

– Não precisas ficar zangada... Eu não mordo! – rebateu o rapaz pegando os cobertores.

– Boa-noite, Nihal. Boa-noite, Senar.

Soana retirou-se para o seu quarto. O assunto estava encerrado.

Nihal sentou na cama de Senar com cara fechada.

– Queres trocar de roupa? Queres que eu saia? – perguntou ele.

Nihal fulgurou-o com o olhar.

– Vou dormir vestida.

– Mas eu não. Poderias virar-te?

Não precisou pedir duas vezes. A mocinha afundou a cabeça na almofada com toda a força.

– Pronto!

Quando ela se virou Senar estava deitado no chão, sob os cobertores. No meio do quarto uma pequena chama azulada iluminava agradavelmente o ambiente. Nihal não pôde deixar de ficar admirada com o encantamento.

— Está incomodando?

Nenhuma resposta.

— Então vou deixar acesa. Boa-noite.

Senar ficou algum tempo calado, mas depois não agüentou mais.

— Não precisas fingir: sei muito bem que me detestas. Apertaste a minha mão só porque Soana pediu. De qualquer forma conseguiste surpreender-me: achei que irias bater em mim, para ter de volta o teu punhal. Nunca poderia pensar que te interessarias pela magia.

Nihal continuou fechada num obstinado silêncio; não, da sua boca não sairia uma única palavra.

— Está bem, eu admito: aproveitei-me de uma fraqueza tua, fui um tanto velhaco. Está bem assim? Mas precisava mesmo do punhal: há muitas mágicas que só dão certo com lâminas afiadas. Se quiseres posso até mostrar-te algumas.

Nenhuma reação por parte de Nihal, mas Senar não se deixou desanimar. Empurrou os cobertores, ficou sentado de pernas cruzadas.

— Sabes de uma coisa? Estou sem sono, mas se estiver incomodando é só dizer que eu me calo.

A partir daí não parou um só momento de falar.

Contou que amava o tempo tristonho do outono; falou de quanto achava Soana extraordinária, seja como mulher, seja como maga; lembrou que amiúde Soana falava da sobrinha e mencionou uma porção de coisas mais ou menos fúteis.

Nihal permanecia em silêncio e fazia o possível para não se interessar por aquele matraquear, mas era impossível. Em parte porque queria saber mais da tia, e em parte porque afinal estava gostando de ouvir aquele sujeito que enchia a sua cabeça de casos e anedotas.

Depois de um tempo indefinido decidiu interromper o monólogo de Senar.

— Ouve, podes me dizer que mal eu te fiz? Por que quiseste humilhar-me na frente de todo o mundo?

Senar ficou sério.
— Por quê? Porque tu brincas de guerra sem conhecê-la, Nihal.
— E o que é que tu sabes da guerra?
— Nasci e me criei nos campos de batalha entre a Terra do Mar e a Grande Terra. E acredita, a guerra é muito diferente do que tu imaginas. Não tem nada a ver com brincadeiras e não é nem um pouco divertida.
Nihal não soube o que dizer.
— E de qualquer maneira está ficando muito tarde. Amanhã terás de superar a tua prova, é melhor tu dormires. Boa-noite. — O rapaz de cabelo ruivo enterrou-se embaixo dos cobertores.
Nihal ainda ficou algum tempo a ouvir a sua respiração na escuridão.

4
A GRANDE FLORESTA

Quando Nihal acordou, o sol brilhava espalhando os seus raios pelo céu claro. Era um daqueles dias em que parece que a natureza quer desforrar-se do outono, mas em vão, pois o frio do inverno incipiente persegue-a sufocando seus ardores.

Senar não estava no quarto e Nihal suspirou aliviada: as palavras do rapaz ainda queimavam em seus ouvidos.

Demorou-se na cama mais alguns momentos, então levantou-se e foi encontrar Soana na saleta central.

A maga estava sentada à mesa, entregue à leitura. Ao seu lado havia uma xícara fumegante e um pedaço de pão preto.

– Bom-dia, Nihal. Senta-te e come alguma coisa.

A infusão era deliciosa, sabia a mel, e o pão ainda estava quente. Nihal recuperou o bom humor.

– Se estiveres pronta, vou falar-te a respeito da prova – disse Soana, e Nihal concentrou-se em suas palavras.

"Para saber se vou ou não acolher-te como minha aluna preciso antes ter uma idéia das tuas potencialidades. A magia é em parte uma capacidade inata, e se tu não tiveres esta predisposição eu não poderei ensinar-te coisa alguma. Entende, Nihal, o mago é aquele que sabe entrar em sintonia com os espíritos primigênios da natureza: é deles que ele tira a sua força e os seus poderes. Ele roga à energia vital que impregna o mundo e, se conseguir ser aceito, recebe em troca as suas benesses. A capacidade de comunicar-se com a natureza pode ser aprimorada e afinada, e este é justamente o papel do mestre, mas precisa ser inata. A prova serve para medir esta capacidade."

Nihal estava bastante interessada na conversa, e interrompeu Soana:

– Estás querendo dizer que o mago só o é porque os espíritos naturais assim permitem?

— No começo é isso mesmo — respondeu a maga, satisfeita com a luz de curiosidade que vislumbrava nos olhos da garota. — As fórmulas dos encantos mais elementares nada mais são do que súplicas aos espíritos naturais. Pertencem a esta categoria os encantamentos das curas mais simples, e alguns básicos sortilégios de defesa. Quando se consegue dominá-los sem maiores problemas, passa-se então ao estágio seguinte. — O tom de Soana tornou-se grave. — O escopo final é conseguir dominar a natureza e dobrá-la à própria vontade: a partir daí já não serão os espíritos a guiar a mão do mago, mas sim ele a dominar os elementos com a sua vontade. Pertencem a esta segunda categoria todas as fórmulas ofensivas, inclusive aquelas impostas nas armas. Só quando alguém é capaz de fazer isso pode com todo direito ser chamado de mago.

— E leva muito tempo?

— Depende. Senar é meu aprendiz desde que tinha oito anos de idade, e ainda não está pronto. E mesmo assim, entre todos os magos que conheci, é o que demonstra a mais marcante propensão para a magia. Eu mesma continuo estudando até hoje, pois a natureza é um livro infinito, rico de mistério e de poder.

Estas palavras entusiasmaram Nihal, fazendo-a esquecer que Soana havia falado de anos de aprendizagem. Sentia-se pronta a enfrentar qualquer coisa.

— Está bem, diz-me em que consiste a prova.

— Precisas entrar na Floresta e ali, no lugar mais profundo e apartado, buscar em si mesma a comunhão com a natureza. Concedo-te dois dias e duas noites: se não conseguires neste prazo, quer dizer que a magia não está em ti e terás de desistir. Mas se conseguires, começaremos logo o teu treinamento.

Toda a determinação de Nihal derreteu-se como neve no sol. Tinha imaginado que a prova seria dura, mas aquilo que Soana propunha era simplesmente aterrador. Voltou a lembrar todas as histórias que havia ouvido a respeito daquele bosque, sobre o fato de ninguém jamais ter conseguido sair vivo de lá e sobre todos os terríveis espíritos malignos que ali moravam. Para não mencionar os criminosos e a pior escória humana que o transformaram em seu lar.

Uma idéia tranqüilizadora afugentou seus medos.

— Bom, uma vez que estarei contigo...

— Não, Nihal. Estarás sozinha.

O pavor tomou novamente conta dela.
– Mas... mas por que tenho de ir sozinha? Já me contaram coisas tremendas acerca da Floresta e eu, pois é, tu sabes...
– Achas então que logo eu, a irmã do teu pai, mandaria que fosses sozinha para um lugar perigoso? Acredita, a Floresta talvez seja um dos lugares mais seguros de toda esta região: o receio mantém afastados seja os facínoras, seja as pessoas honestas, e nem mesmo há animais perigosos. Aquilo que ouviu são apenas mentiras para espantar as crianças. Eu não posso ficar contigo: precisas estar só para te concentrares melhor.
Nihal ainda gaguejou alguma coisa:
– Eu não... por favor...
Soana sorriu para ela.
– Vamos lá, anima-te e enfrenta esta prova como um valente guerreiro.
A conversa esmoreceu com os preparativos da partida: Soana mandou aprontar um alforje com o mínimo indispensável, e só depois de muita insistência por parte de Nihal deixou que levasse a espada consigo.

Caminharam no silêncio do bosque.
O sol filtrava entre os galhos nus criando mutáveis efeitos de luz nas folhas secas que o outono já acumulara no chão. O temor ainda apertava a alma de Nihal, mas às vezes ela parecia esquecê-lo diante daquele espetáculo. O bosque, no entanto, também estava cheio de sombras e sussurros, cada um dos quais enchia de novo a sua mente de medos e receios.
Nihal começou a sentir-se espiada por mil olhos, quase como se as próprias folhas possuíssem olhares malévolos. Virava-se olhando a sua volta o tempo todo e caminhava com passo inseguro atrás de Soana, que por sua vez seguia em frente. Mais de uma vez ficou com vontade de dizer que desistia, da magia e do resto todo: nada podia justificar aquele sacrifício. Mas no fim o orgulho foi mais forte do que o terror.
Caminharam por mais de uma hora, até chegarem a uma pequena clareira circular margeada por uma nascente de água cristalina. No meio da clareira havia uma espécie de tosco assento de pedra.

– Chegamos – disse Soana.

Nihal olhou em torno com o coração que parecia querer explodir dentro do seu peito.

– O que faço, agora?

– Senta na pedra, livra a mente de qualquer preocupação e só pensa na vida que nasce e cresce à sua volta. De repente a sentirás fluir pelo teu corpo, e será o sinal de tu teres alcançado a comunhão. – A maga deu os primeiros passos no caminho de volta. – Vemo-nos dentro de dois dias.

– Espera! E depois? – perguntou Nihal na desesperada tentativa de segurá-la por mais algum tempo.

– Depois eu voltarei e pedirei que me mostres o teu poder. Só isto. Até breve, Nihal.

A moça tentou chamá-la de novo, em voz cada vez mais alta e desesperada, mas o bosque já engolira a maga. Caiu então de joelhos e a aflição tomou conta dela tão completamente que começou a chorar.

Estava sozinha. E tinha medo. Como nunca tivera em sua vida.

As árvores nuas pareceram-lhe esqueletos a ponto de atacá-la, e a clareira uma prisão de madeira. Se os espíritos malignos decidissem visitá-la, quem iria ouvir a sua voz naquela imensa solidão? Continuou chorando por mais de uma hora. Depois, mais devido ao cansaço do que a qualquer outra coisa, acalmou-se.

Um passarinho retardatário pousara não muito longe dela e bebia na poça com rápidos movimentos da cabeça. A cena fez com que se esquecesse do medo; tentando fazer o menor barulho possível, pegou o alforje e tirou um pedacinho de pão. Esmigalhou-o e jogou-o perto do passarinho – devia ser uma pequena ave migratória da espécie popularmente chamada de *cabeça quadrada* – que primeiro pareceu assustar-se, mas em seguida convenceu-se de que não havia perigo e atacou com vontade as migalhas.

Nihal botou uns pedacinhos na palma da mão e ofereceu-os ao passarinho, que olhou desconfiado para ela durante algum tempo antes de pular para bicá-los. Ela então achou que se no bosque viviam criaturas como aquela, os espíritos malignos não deviam ser afinal tão numerosos quanto contavam. E por outro lado já era tarde demais para voltar atrás, uma vez que não conhecia o caminho.

Tanto fazia, então, tentar superar a prova.

Quando o passarinho voou embora, Nihal ficou novamente sozinha. Ajeitou-se na pedra e deitou a espada ao seu lado, pronta para qualquer eventualidade.

Tentou concentrar-se, mas percebeu que não era nada fácil: sobressaltava-se ao mais leve ruído e a mão procurava logo a arma. Infelizmente a Floresta estava cheia de sussurros, chiados e rangidos de todo tipo: se Nihal fechasse os olhos parecia-lhe ouvir passos furtivos, e a única maneira de acalmar-se era abri-los e olhar em torno. Era simplesmente impossível tentar entrar em contato com a natureza naquelas condições, pois, a Nihal, aquela natureza parecia hostil.

Na hora do almoço estava exausta.

Procurou comer, mas o estômago recusava a comida.

Procurou dormir, pois sentia-se mortalmente esgotada, mas não conseguiu; estava dominada pelo medo.

Jogou-se então na grama e olhou para o céu acima da clareira: fantasiou ser um pássaro para poder voar longe dali, bem longe, em busca de extraordinárias aventuras. Começou de novo a chorar baixinho: sentia a desesperada necessidade de ter alguém ao seu lado com quem falar.

Os guerreiros não choram, os guerreiros não têm medo, repetia a si mesma, e pouco a pouco aquela ladainha teve o poder de acalmá-la.

Decidiu enfrentar a prova com coragem.

Sentou mais uma vez na pedra e procurou concentrar-se. As coisas correram melhor daquela vez. Acostumara-se aos murmúrios e aos rangidos, e já não se importava com eles. Começou até a perceber a vida da natureza, mas sentia que aquela vida escorria ao seu lado sem penetrá-la.

Quando, com a chegada da noite, começou a ficar escuro, percebeu que não sabia como acender uma fogueira. As trevas avançavam inexoráveis e Nihal sentia-se cada vez mais perdida e desamparada: esbugalhava os olhos aflita, na tentativa de ver alguma coisa, mas a escuridão envolvia-a cada vez mais rapidamente.

De repente um estalido diferente dos demais. Nihal aguçou os ouvidos. Passos. Segurou a espada e ficou em posição de ataque.

– Quem está aí? – perguntou insegura.

Nenhuma resposta. Os passos continuaram a ressoar cadenciados.
– Quem é? – gritou mais alto.
Silêncio.
Deixou-se então vencer pelo pânico.
– Quem diabo está aí? Respondam! Digam alguma coisa! – berrou a plenos pulmões, quando os passos já estavam a poucos metros dela.
– Calma, Nihal, sou eu!
Senar. A voz dele.
Nihal deixou cair a espada e jogou-se em cima dele chorando. Deu-lhe uma saraivada de socos no peito, mas quando percebeu os braços dele a apertá-la abraçou-o com força, soluçando sem qualquer reserva e esquecendo que se tratava do seu mais odiado inimigo.
– Vamos, vamos, pára de chorar. Eu estou aqui. Está tudo acabado.

Antes de mais nada Senar acendeu o fogo. Procurou alguns gravetos secos, amontoou-os e colocou a sua mão em cima. Esta tornou-se estranhamente luminosa e não demorou para o fogo surgir alegre e crepitante. Nihal enxugara as lágrimas mas continuava a soluçar baixinho, encolhida num canto.
– Vim às escondidas. Não creio que Soana tivesse concordado. – Senar explicou com uma careta que queria ser um sorriso. – É que sei muito bem como o pessoal da Terra do Vento tem medo da Floresta e imaginei que tu devias estar apavorada. Desculpa se a assustei, não era minha intenção.
Nihal fungou.
– Obrigada.
– De nada. É preciso cuidar direito dos inimigos!
A mocinha sorriu. Estava feliz por já não estar sozinha. O fogo espocava dando-lhe segurança, e de repente a clareira tornara-se um cantinho aconchegante.
Senar começou a preparar o jantar.
– Não precisa ter medo, Nihal. Acredita, nada existe de malvado na natureza; nada de espíritos malignos nem de monstros. Quem tem maldade são os homens. A natureza vai continuar parecendo-te inimiga enquanto tu mesma a considerares hostil: quando tu

não a temeres mais, receberás o seu abraço amigo. É este o segredo da prova.

Entregou-lhe um pedacinho de carne assada. Estava deliciosa. A comida e a coragem recuperada acalmaram a garota.

– Tu também tiveste de passar por isto?

– Não – respondeu Senar de boca cheia –, não foi necessário.

Nihal ficou curiosa e deixou cair qualquer defesa.

– Não foi necessário? Como assim? E por que decidiste ser mago? Estás sendo muito misterioso!

– Queres ouvir a minha história, então?

Nihal anuiu.

– Estás com sorte. A minha vida não pode certamente ser considerada aborrecida. Nada de excepcional, mas foi muito movimentada, e acabei indo para muitos lugares.

Senar cruzou as pernas e começou a contar.

– Como já sabes, nasci na Terra do Mar e vivi por um bom tempo nos campos de batalha. O meu pai era escudeiro de um Cavaleiro de Dragão e a minha mãe era a única mulher da guarnição.

– Era uma guerreira! – interrompeu-o Nihal com os olhos que brilhavam de espanto.

Senar riu.

– Não, era apenas uma mulher apaixonada. Conhecia meu pai porque moravam no mesmo vilarejo, e quando ele decidiu ser escudeiro, ela foi junto. Quer dizer que desde pequeno fui criado no meio das armas. Mais ou menos como tu. – Deitou-se na grama: o céu estava limpo e as estrelas muito claras. – Já chegaste a ver um Dragão do Mar?

Nihal meneou a cabeça.

– É a mais incrível criatura que tu possas imaginar: uma espécie de serpente com escamas de um azul muito escuro, que muda de matiz conforme a luz, até tornar-se quase verde. E também voa. É algo... algo fantástico! – disse Senar.

Olhava para o céu como se estivesse cheio de dragões.

– Bem, resumindo, eu tinha uma verdadeira paixão pelos dragões. E principalmente conseguia comunicar-me com eles. Todos acham que só um cavaleiro pode falar com o seu dragão, mas eu tinha a capacidade de me comunicar com todos os dragões, e brincava com suas crias. Conseguia entrar em contato com todos os animais. Certo dia, estava com oito anos, Soana apareceu no nosso acampamento. Não sei se tu estás a par, mas ela faz parte do Conselho dos Magos, que guia a resistência contra o Tirano. Já faz quase trinta anos que o Tirano está em guerra contra a Terra do Mar, da Água e do Sol...

Nihal mostrou-se escandalizada e ofendida.

— Eu sei, eu sei! O que pensas?

— Ora, não precisas ser tão brava! — escarneceu-a Senar. — Em resumo, Soana viu-me e decidiu ter uma conversa com os meus pais: disse que reconhecia em mim uma imensa força mágica e que se me deixassem ir com ela iria transformar-me num mago extremamente poderoso. A decisão não foi nada fácil para os meus pais, mas acabaram concordando que partisse com a maga. Afinal de contas um campo de batalha não é propriamente o melhor lugar do mundo para uma criança. Durante a minha vida inteira só tinha visto armas, mortos, feridos e misérias. No começo a idéia de ficar com Soana não me agradou nem um pouco. Mais tarde, no entanto, quando comecei a saborear o gosto da paz, aqui na Terra do Vento, as coisas mudaram. Sentia a falta, é claro, do meu pai, da minha mãe, da minha irmã Kala... mas estava ao mesmo tempo feliz por não ter de ver mais os homens morrendo como moscas à minha volta. Quando completei dez anos Soana deixou-me inteiramente livre para escolher: continuar com ela e seguir em frente com o treinamento ou voltar para casa e esquecer a magia.

— E tu?

— Antes de tomar uma decisão pedi para voltar à Terra do Mar e rever a minha família.

Senar calou-se por um momento suspirando.

— O que encontrei foi terrível: a guarnição do meu pai havia sido praticamente aniquilada, quase todos os meus conhecidos estavam mortos. O meu pai, contaram-me, havia protegido com o seu corpo Parel, o cavaleiro do qual era escudeiro, salvando-lhe a vida.

Senar parou de novo. Nihal olhou para ele sem falar.

— Derramei todas as minhas lágrimas: tentaram consolar-me dizendo que eu era o filho de um herói, mas isto mudava alguma coisa? O meu pai estava morto, nunca mais iria vê-lo. — As palavras denunciavam a sua comoção. – E então decidi: voltaria para Soana e dedicar-me-ia à magia. Uma vez que me tornasse mago iria colocar o meu poder ao serviço da paz e lutaria contra o Tirano, por meu pai e por todos aqueles que esta guerra está massacrando. Estás entendendo, agora, por que te desafiei? A guerra não é uma brincadeira, é morte, e somente a paz pode resgatá-la.

Nihal fitou Senar com admiração: o rapazinho pareceu-lhe de repente forte, maduro e sábio como um verdadeiro guerreiro.

– Não esperavas por isso, não é? – brincou Senar piscando o olho. – Pensaste que eu era um bobo qualquer, querendo brigar só para ficar com o teu punhal, e acabaste descobrindo um homem calejado, com a sua triste história para contar.

Ambos riram.

– E tu? Fala-me de ti: por que queres ser um guerreiro?

Nihal também deitou-se na grama. Acima dela o céu desenrolava toda a sua imensa trama de estrelas.

– Quero ser um guerreiro para ter uma vida cheia de aventuras. Viajar pelo mundo, conhecer raças e povos. E além do mais gosto de lutar: quando estou segurando uma arma sinto-me forte e segura, não tenho medo de nada. Quando luto parece-me ser tão leve quanto o ar. Completamente livre. Não sei por quem acabarei lutando, só sei que a paz é boa para todos, e então pode ser que acabe lutando pela paz. E também quero ser um guerreiro por Livon, ele é tudo para mim. Pai, mãe, irmão.

Senar ficou novamente sentado e olhou para a garota com afeto.

– Esta noite vou ficar aqui contigo, para que possas dormir tranqüila. Mas irei embora logo que o sol raiar: tens ou não tens de enfrentar uma prova? Procura então dormir, agora, e prepara-te para um dia difícil amanhã.

Nihal seguiu o conselho de Senar e deitou na manta que ele mesmo pusera no chão à guisa de cama.

Sentia-se incrivelmente calma.

Antes de entregar-se ao sono agradeceu mais uma vez a Senar, mas já dormia quando ele respondeu:

– Não há de quê. Estamos sozinhos nesta terra e só poderemos seguir em frente se nos ajudarmos. Dorme bem, Nihal. – E puxou o cobertor para agasalhá-la.

5
SONHOS, VISÕES E ESPADAS

Estava numa terra nunca vista, quanto a isto não tinha dúvidas, e mesmo assim sentia-a como sendo a sua pátria. Encontrava-se numa grande cidade e movia-se com desenvoltura entre as suas mil ruas. Uma enorme quantidade de pessoas, um contínuo vaivém, um caótico rumorejar de vozes e indistintos ruídos. Embora estivesse cercada por uma verdadeira multidão, não conseguia distinguir os traços de nenhum rosto. Talvez estivesse em companhia de alguém.

No fundo de uma rua muito larga podia ver uma torre de cristal, ofuscante na luz matinal. Alta, muito branca, parecia elevar-se até o céu.

De repente as pessoas em torno começaram a gritar.

O calçamento ficou obscurecido por uma imensa mancha negra. Parecia tinta. Olhou melhor. Era sangue. Pardacento, denso, viscoso. Sangue que cobria todas as coisas, tingindo a paisagem e a torre.

Um abismo sem fundo abriu-se aos seus pés e ela começou a cair. Gritou até ficar sem fôlego.

Precipitava-se descontrolada para um fundo que ela sabia não existir, pois aquela queda seria sem fim. Enquanto caía, em sua cabeça ecoavam lamentos, gritos, aflitivos choros de crianças. *Vinga-nos! Resgata o nosso povo!* Não queria ouvir, mas as vozes perseguiam-na, atormentavam-na. *Mata-o! Destrua aquele monstro!*

Então, de repente, assim como surgira, a visão de morte dissolveu-se.

Nihal descobriu que estava voando nas asas de um dragão. O vento fazia cócegas no seu rosto e ela sentia-se livre. Vestia uma armadura negra e usava cabelos muito curtos. Atrás dela estava Senar. Tinha a impressão de tê-lo encontrado de novo após muito tempo e estava feliz, pois de alguma forma existia uma ligação entre eles.

A imagem dissolveu-se numa claridade ofuscante.
Nihal piscou repetidamente os olhos. Era a manhã de outro maravilhoso dia ensolarado, e ela ainda estava na pequena clareira. Tudo não passara de sonho, então. Mas quem eram aquelas pessoas? O que havia acontecido? E por que cavalgava um dragão? Além do mais com Senar! Talvez estivesse fazendo perguntas demais: afinal, havia sido apenas um sonho.

Espreguiçou-se, ficou sentada e o barulhento bocejo que estava dando parou bem no meio, deixando-a sem fôlego. A clareira estava cheia de criaturas mais ou menos do tamanho de uma mão. Tinham cabeleiras multicoloridas e esvoaçavam em volta dela batendo suas frágeis asas iridescentes.

Nihal não podia acreditar no que via. *Devo estar ainda sonhando*, disse para si mesma, e esfregou os olhos algumas vezes.

Um daqueles pequenos seres parou bem diante dela, fitou-a com seus olhos azuis desprovidos de pupila e depois afastou-se um pouco.

– És humana? – perguntou.

Nihal levou algum tempo para responder:

– Sim, sou humana.

– Estranho, não me lembrava dos humanos desse jeito. Quer dizer, não me pareciam ter as orelhas como nós!

– A mim ela parece idêntica a um... – falou um que estava mais longe. – Sabes o que quero dizer, não?

– Impossível! Não existem mais – disse o primeiro.

Um terceiro entrou na conversa.

– Pois é, o Tirano os...

– Silêncio! – gritou o que estava diante de Nihal, e todos se calaram. – Pode ser que ela seja humana. Afinal há tantos humanos estranhos na Terra do Vento!

Nihal recobrara-se em parte do espanto.

– Quem és tu? E todos os demais desse jeito... parecidos contigo? O que estás fazendo aqui?

O sujeito fez uma careta impaciente, quase ofendida.

– É melhor que aprendas a medir as palavras, menina. Não somos "desse jeito". Somos duendes. Eu me chamo Phos e sou o chefe da comunidade da Floresta. E aqui é onde nós moramos, para tua informação. Quem precisa dar uma explicação, se for o caso, és tu. Vós humanos não morreis de medo da Floresta?

– Eu sou Nihal e venho de Salazar. Estou aqui porque tenciono tornar-me uma maga. Preciso superar uma prova.

– Então é isso! – exclamou Phos, no tom de quem entendeu tudo. – Tu deves ser da turma de Soana.

Ao ouvirem o nome, todos soltaram um murmúrio de aprovação.

– Então és uma amiga. Uma ótima humana, Soana. Confesso que quando te vimos ficamos um tanto apreensivos, além do mais porque fizeste um barulhaço, ontem à noite!

Phos aproximou-se do ouvido de Nihal com uma pirueta.

– Quase todos, aqui, sobreviveram às perseguições do Tirano, e agora não confiam em mais ninguém.

Nihal começava a gostar daquele serzinho: era engraçado e tratava-a como se a conhecesse desde sempre.

– Escuta, não sei quanto a vós, mas eu estou faminta. Trouxe alguma comida. Se quiséreis, tu e teus amigos podem partilhar uma refeição comigo.

Phos e a sua turma não se fizeram de rogados. A clareira encheu-se de vozinhas e risadas; os duendes esvoaçavam por toda parte e muito agradeciam a Nihal com uma infinidade de mimos. A garota deixou Phos sentar no seu joelho.

– Quer dizer, então, que tu és o chefe de todos os duendes.

– Bem, não propriamente de todos: dos que moram aqui na Floresta. Fica sabendo que a nossa é a comunidade mais numerosa de todo o Mundo Emerso. Só que as florestas estão desaparecendo a olhos vistos, de forma que os nossos semelhantes são forçados a fugir para não morrer.

– Por quê? Só podeis viver nos bosques?

– Estás brincando? Nós somos os bosques! Um duende sem bosque é como um peixe sem água. Alguns de nós já tentaram viver em outros lugares, até mesmo com os humanos, mas pouco a pouco ficaram, como dizer, murchos, pois é, isso mesmo: murchos. E acabaram morrendo, porque sem bosque em volta para vermos e sem o perfume das árvores para respirarmos não podemos sobreviver. O que pode haver de mais bonito do que um bosque?

No inverno dá para brincar de esconde-esconde entre os galhos secos e ninar os animais que hibernam. Com a boa estação aproveitamos a sombra das folhas e nos banhamos nas poças das chuvaradas de verão.

– Não me parece haver problemas por aqui, de qualquer maneira. A Floresta aparenta estar bem saudável! – disse Nihal.

Os olhos de Phos ficaram tristonhos e suas orelhas baixaram como as de um cachorro que apanhou.

– É o Tirano. Destrói as florestas dos territórios conquistados para fazer armas. Os seus servos, aqueles malditos fâmins, odeiam-nos. Muitos dos nossos foram capturados e forçados a tornar-se bobos da corte só para diverti-los. Um destino muito triste, eu te garanto. Nós somos livres como o ar, tudo o que pedimos é um pouco de verde onde viver.

– Nem podes imaginar como te entendo! Eu também quero ser livre, pular de uma aventura para outra...

De repente Nihal ficou séria e empertigada.

– Sabes de uma coisa? Eu sou um guerreiro, ou pelo menos serei algum dia, e lutarei contra o Tirano! Tornar-me-ei a defensora de todos os duendes, juntar-me-ei a algum exército e irei libertá-los desta escravidão para que possam voltar a morar nos bosques.

Phos olhou para ela meio desanimado.

– Seria fantástico, mas o mundo assim como o conhecemos está desaparecendo. Tudo o que podemos fazer é ficarmos escondidos aqui defendendo a nossa existência.

De pernas cruzadas em cima do joelho de Nihal, Phos olhava para longe e a antiga Floresta espelhava-se em seus olhos. A mocinha sentia-se estranhamente solidária com aquele povo ameaçado. Por um momento teve a impressão de as suas vozes interiores chorarem em uníssono com o coração ferido do duende.

– Talvez tu estejas certo. Mas o mal não pode reinar para sempre. No futuro haverá certamente um lugar seguro para o seu povo.

Phos sorriu e só levou mais um instante para voltar à costumeira jovialidade e alegria, como se aquela conversa nunca tivesse acontecido.

– Mas afinal por que estás aqui? Estavas falando de uma prova...

– Soana disse que preciso entrar em contato com a natureza, fazer com que ela me aceite.
– Como assim entrar em contato com a natureza?
– Bom, senti-la por dentro, percebê-la com a alma e com o coração... pelo menos acho.
– Só isto? Para nós duendes é uma coisa natural.
– E o que tenho de fazer?
– Nada. Acontece, só isto.
Nihal deixou-se cair na grama, desanimada.
– Raios! Soana diz que preciso concentrar-me, mas eu não consigo. Com todos estes ruídos... resumindo, fico com medo.
Phos começou a rir achando a maior graça.
– Medo?
– Ah, que ótimo! Eu tenho um problema sério e tu ris!
Phos conteve-se.
– Está bem, está bem. Gostei de ti e além do mais partilhaste a tua comida conosco: vou dar um jeito. Falaremos com as árvores e os gramados para que te ajudem. Tu só terás de... como foi que disses? Ah, sim, concentrar-se.
Nihal não parava mais de agradecer-lhe.

Phos reuniu os seus à sua volta. Quando a reunião acabou, os duendes sumiram e Phos animou Nihal com um gesto de encorajamento.
Um profundo silêncio passou a dominar a clareira.
Nihal dirigiu-se à pedra e sentou, decidida a concentrar-se. Estava determinada: desta vez nada ou ninguém iria desviá-la do seu propósito.
Não foi tão fácil quanto ela esperara. Apesar da ajuda dos duendes, Nihal tinha a impressão de continuar ouvindo os costumeiros ruídos do bosque: o vento entre as árvores, o bater das asas dos pássaros, o lento jorrar da água da nascente. Aí percebeu pouco a pouco que naquele rumorejar havia uma música escondida. No começo achou que devia ser só impressão dela, uma fantasia causada pelo cansaço e a imobilidade forçada naquela pedra. Mas então a música tornou-se mais insistente: os sons da natureza pareciam acompanhar uma melodia só deles. O vento entre os galhos

era o baixo e o tambor. O orvalho noturno, que ao se derreter caía na fonte, a harpa. O piar das aves era o canto. Até a grama participava: Nihal podia ouvi-la crescendo, e aquele leve suspiro servia de contraponto para todo o resto.

Naquela mesma hora Nihal sentiu com força embaixo de si a sensação da pedra, e aí da terra. Percebia a sua pulsação rítmica, como que de invisíveis artérias a irrorarem sua seiva vital conforme a batida de um coração que palpitava em cada galho.

A natureza falava com palavras arcanas que Nihal não compreendia, mas cujo sentido oculto podia mesmo assim entender. Diziam que tudo é um e um é tudo. Que todas as coisas têm início e fim na beleza da natureza. Que todos os seres do mundo são parte do grande corpo da criação.

Nihal sentiu-se invadida por uma luz imensa, por um envolvente calor. Sentiu que o seu coração não podia conter toda aquela beleza sobre-humana e teve medo de perder-se. Mas foi como se braços maternais a afagassem, a confortassem, ensinando-lhe que mesmo no esplendor da beleza cada um guarda a própria identidade apesar de participar de um todo indivisível. E começou então a voar nas asas do vento, montada em nuvens de todas as formas.

Viu terras onde os bosques não tinham fim e tudo era de um verde ofuscante. Aí pareceu-lhe ser grama, flor que espreguiçava suas pétalas delicadas ao toque dos primeiros raios de sol. E então árvore, e sentiu a ramagem alcançar o céu e esticar as folhas no sopro dos ventos. Foi fruto e foi pássaro, peixe e animal. E finalmente terra nua, da qual toda semente recebe a vida e onde todo ser se origina.

De uma hora para outra pareceu-lhe ter compreendido o sentido da existência.

Sentiu-se velha, com mil anos, e sábia.

Sentiu ter nascido, vivido e morrido milhares de vezes em cada um dos seres que haviam pisado o Mundo Emerso.

Sentiu que a vida jamais iria acabar.

Nihal abriu os olhos e foi como voltar à realidade de repente.

Já era noite. Sentada imóvel naquela pedra, tinha viajado até o coração da natureza durante um dia inteiro. Apoiou-se exausta

no espaldar de pedra e só então percebeu que os duendes formavam um círculo aos seus pés. Cada um deles irradiava uma tênue luz colorida. Bem no meio de todos estava Phos: deitado de barriga para baixo, com o queixo entre as mãos, olhava para ela sorrindo.
– Como foi?
– Maravilhoso – respondeu Nihal com os olhos e o coração ainda cheios de pasmo.

Phos encarregara-se do jantar.
– Pode ficar calminha. A gente vai arrumar alguma coisa para comer – dissera-lhe, e logo desaparecera na mata acompanhado por um numeroso séquito dos seus semelhantes. Ao voltar trazia consigo, envolvida num pano carregado por quatro duendes, uma grande quantidade de delícias outonais.
Depois que encheram a barriga com fruta seca e outros acepipes silvestres, Phos ofereceu a Nihal uma tigela cheia de um líquido denso e transparente.
– Experimente.
Nihal cheirou perplexa.
– Experimente, estou lhe dizendo. É muito bom, e além do mais ajuda a recobrar-se depois de um grande esforço.
Nihal levou a tigela aos lábios: era realmente excelente.
– É ambrosia, a resina do Pai da Floresta, a maior árvore deste bosque. Nada mal, não é?
Nihal sorveu o líquido até fartar-se, entre as conversas de Phos e dos demais duendes. Quando finalmente agachou-se na grama, pensando em ficar olhando para as estrelas, adormeceu imediatamente.
Naquela noite o seu sono foi totalmente desprovido de sonhos.
Na manhã seguinte acordou em plena forma, muito descansada. Phos estava ao seu lado, sozinho.
– Hoje você vai embora, não é?
Nihal esfregou os olhos antes de responder:
– Acho que sim. Soana disse que viria buscar-me.
– Somos amigos?
– Claro que sim!
– Tenho uma coisa para você. Um penhor de amizade.

O duende entregou-lhe uma gema: era branca, mas no seu interior parecia rebrilhar com todas as cores do arco-íris. Nihal ficou revirando-a entre as mãos cheia de admiração.

– É uma Lágrima – explicou Phos. – São encontradas aos pés do Pai da Floresta: quando a ambrosia resseca forma estas jóias. É uma espécie de catalisador natural, que aumenta a potência e a duração das magias. Achei que seria um bom presente, para quando se tornar maga. E além disto é um sinal de reconhecimento: árvores como o Pai da Floresta existem em todos os bosques e portanto as Lágrimas são o símbolo do nosso povo. Para qualquer lugar aonde você for, os duendes saberão que é amiga.

– Obrigada, Phos... é linda.

Nihal estava comovida. Teria gostado de retribuir o presente, mas não tinha consigo coisa alguma igualmente significativa. Aí viu a espada apoiada no trono de pedra.

– Não tenho objetos tão preciosos para dar-lhe – disse ao duende. – Mas a coisa com que mais me importo é a minha espada. Mandarei derretê-la e pedirei ao meu pai que faça um espadim do tamanho certo para você.

Phos bateu as asas cheio de entusiasmo.

– Você vai ver, aprenderei a usá-lo e tornar-me-ei o melhor duende espadachim de todo o Mundo Emerso.

Riram juntos, aí Phos levantou as orelhas.

– Soana está chegando. É melhor que não me veja. Não iria gostar de saber que a ajudei.

Sorriu para ela mais uma vez e sumiu num piscar de olhos.

Soana chegou logo a seguir, acompanhada por Senar. Estava ainda mais bonita do que de costume. Aproveitara a ocasião para vestir uma túnica roxa com runas e símbolos mágicos bordados de preto e ouro.

– Como é que foi? – perguntou.

Nihal já estava saboreando o triunfo.

– Muito bem. Entrei em comunhão com a natureza. Foi uma experiência fantástica.

Soana sorriu misteriosa e fez um sinal a Senar.

– É o que vamos ver.

O jovem mago tirou da sacola seis pedras, colocou-as no chão segundo uma ordem precisa e concentrou-se. De repente formaram-se seis linhas de luz juntando as pedras aos pares e formando uma estrela. Aproximou então a mão do centro e logo levantou-se uma alta labareda.

Só então Soana adiantou-se. Fechou os olhos e abriu os braços, mantendo as palmas das mãos viradas para o céu.

– Pelo ar e pela água, pelo mar e pelo sol, pelas noites e pelos dias, pelo fogo e pela terra, eu te invoco, espírito supremo, para que a alma do meu discípulo seja temperada pelas línguas do teu fogo.

A chama tornou-se mais viva.

Soana abriu os olhos e fitou intensamente a sua pretensa aluna.

– Ponha a mão no fogo, Nihal.

Nihal achou não ter entendido direito.

– Como é que é?

– Eu disse para pôr a mão no fogo – repetiu Soana muito séria.

Nihal teve um arrepio.

– Como assim, a mão no...

– Obedeça, Nihal!

O olhar de Soana não deixava margem a dúvidas, mas as pernas de Nihal continuavam trêmulas e seu braço recusava mexer-se. Foi a vez dela de fechar os olhos e rezar para que a natureza a tivesse aceitado de verdade. *Tudo é um e um é tudo, a chama não queima porque é parte de mim e eu sou parte dela*, repetia a si mesma enquanto esticava a mão. Quando sentiu o calor que se aproximava, também sentiu a coragem esvair em si. Tinha a boca seca e seu coração batia descontrolado. *Tudo é um e um é tudo. Tudo é um e um é tudo... Agora ou nunca!* Nihal segurou o fôlego e as lágrimas, e mergulhou a mão no fogo.

Nenhuma dor. Nem mesmo o calor que sentira pouco antes.

Quando teve a coragem de reabrir os olhos ficou encantada: a sua mão estava cercada por línguas de fogo que a envolviam como uma luva.

Aí Soana bateu palmas uma vez, o fogo desapareceu, a labareda dissolveu-se e tudo voltou como antes.

Nihal olhou incrédula para a mão: estava rosada e fresca.

– É um milagre... – murmurou, quase falando consigo mesma.

– Não, Nihal. É um fogo mágico. Se você estivesse mentindo, agora a sua mão seria cinzas.

Soana cingiu-lhe os ombros com um braço.
— Você portou-se muito bem, minha aluna.
E Nihal soube que tinha vencido.

Chegou a hora de começar o treinamento.
Para Nihal foi um período cansativo mas fascinante. Pouco a pouco aprendeu a apreciar a magia. Cada novo encantamento fazia com que se sentisse mais intimamente parte da vida que pulsa em todas as coisas e que ela percebera na clareira.

Claro, a meditação era uma chateação, e os inúmeros exercícios preparatórios, indispensáveis à aprendizagem de um novo sortilégio, esgotavam-na. Mas ao mesmo tempo começava a gostar destes esforços e sentia baixar no próprio espírito uma calma com a qual não estava acostumada.

Não levou muito tempo, no entanto, para perceber que aquele não era o seu destino. Nihal aprendia com facilidade, mas faltava-lhe a prepotência da força mágica típica dos grandes magos, que por sua vez era evidente em Senar.

Desde a noite em que viera ajudá-la no bosque o relacionamento entre eles ficara bem melhor. Durante um certo período ela continuara a bancar a ofendida lançando-lhe olhares de fogo, mas não conseguira manter esta atitude por muito tempo. Pouco a pouco, quase sem dar-se conta, acabara considerando-o o seu melhor amigo.

Passavam longas horas juntos, tanto assim que Nihal deixara até de freqüentar sua turma de Salazar: encontrara naquele rapaz de cabelos ruivos o amigo que nunca tivera.

Além do treinamento de Soana, o que os mantinha unidos era o fato de se sentirem diferentes dos demais: ele era um mago, e sob o jugo do Tirano os magos gozavam de uma péssima reputação, e ela uma guerreira, quando a opinião corrente era que o destino das mulheres fosse ficar trancadas em casa para fazer filhos e comprazer aos maridos. Julgavam-se rebeldes, faziam o que bem entendiam e entregavam-se aos mais ousados devaneios a respeito das suas heróicas façanhas futuras. Porque de uma coisa Nihal já tinha certeza: iria juntar-se às tropas que lutavam contra o Tirano.

Soana e Senar falavam-lhe amiúde a respeito do Tirano: de como usurpasse com a força o trono dos reinos do Mundo Emerso para neles instituir regimes baseados no terror; de como as terras conquistadas ficassem fatalmente entregues à decadência e à miséria; de como ele odiasse todas as raças e tentasse juntá-las sob o seu obscuro domínio.

Nos últimos tempos, além do mais, chegavam cada vez em maior número à forja de Livon homens desconhecidos que, em nome de um certo acordo entre o Tirano e o rei Darnel, tiravam da loja tudo o que queriam sem pagar. O armeiro parecia receá-los e, quando chegavam, Nihal era forçada a esconder-se e a assistir impotente à cena daqueles sujeitos que criavam o maior tumulto e maltratavam seu pai. Naquelas ocasiões sentia o sangue ferver nas veias. E a mão logo procurava a espada.

Tinha uma nova: como havia prometido, com a antiga mandara forjar um espadim que deixara Phos no maior entusiasmo.

Ao mesmo tempo, entregara a Lágrima ao pai.

— Velho, achas que podes fazer-me uma espada com esta pedra encastoada?

Livon não esperou um segundo pedido. Tinha pensado muito, nos dias em que a filha estava ausente, no relacionamento entre os dois. Era evidente que Nihal estava crescendo e não era justo cortar-lhe as asas só porque ele queria tê-la por perto. Até então tinha agido seguindo o instinto paterno que o incitava a protegê-la, mas lembrava-se muito bem do desejo de liberdade que o animava quando jovem e que muitas vezes o levava a confrontar-se com o pai. Compreendera que a coisa certa seria deixá-la livre, limitando-se a observar o seu vôo de longe, pronto a segurá-la e ampará-la em caso de dificuldade, para evitar-lhe tombos mais graves.

Queria demonstrar a Nihal que estava disposto a deixá-la crescer: achou que lhe forjar uma espada seria uma boa maneira de fazê-lo.

Livon não quis apressar-se. Tencionava criar uma espada extraordinária, que nunca iria abandonar Nihal e que mantivesse viva na lembrança, a cada instante, a figura do pai.

O destino fez com que um fornecedor seu, um gnomo esperto e com muito jeito para os negócios, estivesse disposto a vender-lhe por um preço razoável um grande bloco de cristal negro, o material mais duro existente em todo o Mundo Emerso. Só era encontrado na Terra dos Rochedos e era o mesmo com que havia sido construída a Fortaleza. Livon nunca tinha trabalhado com ele, mas conhecia a técnica. A idéia de uma espada negra, além do mais, enchia-o de entusiasmo. Só faltava encontrar a inspiração.

O armeiro pensou então em Nihal, na sua maneira de ser, naquilo de que ela gostava, e decidiu realizar alguma coisa com a imagem de um dragão: parecia-lhe de longe o animal mais apropriado para representar a personalidade da filha. E além do mais Nihal gostava dos cavaleiros, e os mais poderosos do Mundo Emerso eram justamente os Cavaleiros de Dragão.

A espada foi tomando forma na sua mente com todos os detalhes: só faltava, agora, tirá-la do cristal. Trabalhou nela longamente, sobretudo à noite, pois queria que para Nihal fosse uma surpresa. Dobrado em cima do bloco negro, passava horas a fio suando de cinzel na mão. Acostumou-se a aproveitar todos os momentos em que Nihal não estava, tanto assim que descuidou do trabalho normal e os fregueses começaram a queixar-se.

– Estás ficando preguiçoso, não é? – brincava Nihal. Mas então ficava séria. – Estás precisando de ajuda, velho?

Livon meneava a cabeça e respondia que um certo trabalho muito importante requeria toda a sua atenção. Não podia dizer-lhe que era justamente para ela, e que por enquanto não tinha tempo para qualquer outra coisa.

Todos os armeiros, todos os artesãos, todos os artistas viviam à espera de um momento mágico como o que ele estava vivendo enquanto via nascer aquela arma.

A espada de cristal iria ser a sua obra-prima.

Então, certa manhã, Livon chamou Nihal. Tinha o avental sujo e a expressão cansada de quem trabalhara a noite inteira.

– Estás se sentindo bem? – perguntou Nihal preocupada.

– Nunca estive melhor. Este é um dos momentos mais felizes da minha vida – respondeu Livon, e entregou-lhe um embrulho de pele.

Quando Nihal viu o conteúdo ficou sem fôlego. Na clara luz matinal cintilava uma longa espada negra, brilhante como se fosse de vidro, material com o qual parecia compartilhar a transparência. A lâmina achatada era afiada como uma navalha e estreitava-se levemente perto da empunhadura. Em volta desta, de desenho retangular, envolvia-se sinuosamente um dragão. A sua cabeça branca sobressaía na negritude da arma: a Lágrima. A bocarra do animal estava escancarada, assim como as asas que se abriam para os lados da lâmina, tão finamente trabalhadas que se podiam distinguir os relevos das veias, sutis a ponto de ser transparentes.

Era uma arma maravilhosa. Nihal nem tinha a coragem de segurá-la entre as mãos. Livon já tinha realizado trabalhos muito bons, mas aquele era uma verdadeira obra de arte.

– Tinhas pedido uma espada. Aqui está ela. Esta aqui não é um brinquedo: é a tua espada. Fi-la pensando em ti. É uma arma que pode defender e atacar: uma verdadeira arma para um verdadeiro guerreiro.

Livon sorriu, e Nihal olhou para ele com olhos embaçados.

– Pelo menos segura-a, vai!

Quando finalmente Nihal levantou-a, ficou surpresa ao reparar como se adaptava à sua mão e como era leve e fácil de manusear.

Livon riu.

– Não fiques acanhada, isso não é vidro! É cristal negro, o material mais duro que se conheça. Vê.

Tirou a espada das mãos de Nihal e deitou-a na mesa de trabalho; pegou então um malho e acertou com toda a força as asas do dragão.

Nihal sentiu um arrepio, mas reparou com alívio que a marretada não deixara nem um arranhão.

– Com esta aqui poderás ir sem medo à cata de qualquer aventura.

Nihal agarrou-se ao pescoço de Livon abraçando-o com força. Depois afastou-se para segurar a nova espada: balançou-a para acostumar-se ao peso, brandiu-a levantando-a orgulhosa.

– Esta é a minha espada! E nunca irei separar-me dela!

Livon riu de novo.

– Bem, agora posso morrer tranquilo.

Nihal ficou olhando para a lâmina cintilante, sorrindo.

A espada tornou-se a sua companheira inseparável: não havia dia nem hora em que não ficasse presa à sua cintura. Muitas vezes a usava para treinar sozinha, pois não havia ninguém por perto em condições de esgrimir. Senar estava ocupado demais com seus estudos e quando aceitava lutar não podia certamente ser páreo para Nihal. Às vezes Nihal batia-se com Livon, mas naquela altura já podia vencê-lo facilmente. E além do mais dormia quase sempre na casa de Soana.

Nas pausas do treinamento, porém, Nihal voltava à Floresta e tentava praticar com a ajuda de Phos: o duende jogava-lhe sementes que a jovem procurava acertar ainda no ar ou então dava grandes golpes em galhos secos. Não era lá grande coisa como treinamento, e tampouco era divertido, mas pelo menos podia manter-se em forma e aumentar a agilidade e a potência dos golpes. Fazia o possível para que aqueles simples exercícios rendessem ao máximo, pois sentia uma espasmódica necessidade de usar a espada.

A ocasião demorou a chegar, mas afinal surgiu.

6
O CAVALEIRO DE DRAGÃO

Já se haviam passado dois anos desde que Nihal fora até as margens da Floresta para conhecer Soana e pedir que a aceitasse como aprendiz. Dois anos de estudo, de crescimento, de ligações que se haviam tornado cada vez mais fortes. Especialmente com Senar: amigo, confidente, cúmplice e, finalmente, mago de nome e de fato.

A cerimônia de investidura iria acontecer na sede do Conselho dos Magos e seria ainda mais solene porque Senar decidira continuar seus estudos para tornar-se conselheiro.

O Conselho dos Magos mudava sua sede todos os anos, de forma que com o rodízio cada Terra pudesse ter a honra de hospedá-lo, e era composto pelos oito magos mais poderosos – seja por capacidades mágicas, seja por sabedoria – de cada uma das oito Terras.

Era tudo o que restava da democracia do Mundo Emerso. No passado, como guia, havia sido responsável pelas vidas cultural e científica das Terras, mas há uns quarenta anos, auxiliado pelo consenso dos monarcas das Terras livres, organizava e dirigia a resistência contra o Tirano.

O Conselho também regia a comunidade dos magos do Mundo Emerso, e era a ele que cada mago devia dirigir-se para a própria investidura. Desde que o Tirano aparecera em cena, com efeito, era cada vez mais comum que entre as fileiras do exército houvesse pelo menos um mago para impor feitiços nas armas ou até, nos casos mais desesperados, para entrar pessoalmente na luta com a força da sua magia.

Para Nihal era a primeira verdadeira viagem da sua vida. Isso não quer dizer que até então tivesse ficado trancada atrás das muralhas de Salazar: acompanhando Livon até os fornecedores já tivera a oportunidade de visitar outras torres da Terra do Vento, mas nunca ficara fora mais de um dia. Ao pôr-do-sol sempre voltara para casa.

Dessa vez era diferente: iriam dormir ao ar livre, caminhando por muitas léguas para finalmente chegar a uma Terra que ela nunca vira e da qual só ouvira relatos arcanos.

Essa perspectiva deixava Nihal particularmente excitada, e de fato manteve-se ansiosa durante toda a viagem. Enquanto as milhas passavam devagar sob seus pés, ou quando todos descansavam em volta da fogueira de pernas doloridas e com a mente vazia pela estafa, pensava como lhe agradaria uma vida como aquela, feita de contínuas viagens de uma Terra para outra, vivendo mil aventuras com sua espada.

O humor de Senar era bem diferente. Muito compenetrado no seu novo papel, não fazia outra coisa a não ser pensar na sua próxima iniciação. Não sabia ao certo se era mais forte o desejo de tornar-se mago o quanto antes ou o medo da cerimônia: por um lado receava não estar à altura, por outro não via a hora de receber a investidura.

E também havia Soana, que mantinha uma atitude realmente estranha. Logo ela, normalmente tão comedida e imperscrutável, tornara-se de repente solar, serena, até mesmo risonha. Nihal aprendera a conhecê-la e amá-la, mas nunca a tinha visto demonstrar tão abertamente a sua alegria. Parecia que a espera de alguma coisa a iluminava com uma nova luz, uma luz que fazia brilhar ainda mais a sua beleza.

Chegaram a avistar a fronteira no décimo dia de marcha.

A Terra do Vento, embora com algumas reservas, era considerada pelas Terras livres um território amigo: os confins ainda não eram vigiados e a passagem das pessoas, e até certo ponto também das mercadorias, quase não era sujeita a qualquer controle.

Nihal caminhava com os outros, presa como de costume a seu murmúrio interior, quando sua atenção foi atraída por uma sombra enorme. Rápida demais para ser a de uma nuvem. Levantou instintivamente os olhos para o céu e o que viu deixou-a petrificada, de cabeça no ar e os olhos cheios de maravilha.

Não muito acima deles voluteava um dragão. O animal descrevia lentos giros no ar parado da manhã e os raios do sol filtravam através das suas asas sutis. Era realmente como o dragão da sua espada: o mesmo poder, o mesmo vigor, a mesma beleza. Tinha arreios e sela dourados e era montado por um homem coberto da cabeça aos pés por uma resplandecente armadura.

Depois de uma volta maior do que as demais o dragão planou até pousar delicadamente no gramado, perto da comitiva. Nihal observava de olhos arregalados, como se quisesse encher a vista e o coração com aquele espetáculo. Nem chegou a perceber que Soana, com repentino e inesperado impulso, avançara ao encontro do cavaleiro. O homem desmontou agilmente do dragão, tirou o elmo, segurou a mão de Soana entre as próprias e encostou nela os lábios num longo beijo.

Soana sorriu.

– Meu adorado.

O cavaleiro dirigiu um olhar cúmplice para a maga.

– Parece-me uma eternidade que nós não nos vemos.

E Soana, que normalmente encarava o olhar de qualquer um, e aliás costumava forçar os outros a baixarem a cabeça, virou os olhos para o chão.

– Um dragão! Viu só? Um dragão!

A exclamação de Senar trouxe Nihal de volta ao mundo dos mortais. O jovem mago estava extasiado e se aproximava decidido daquele imenso animal.

Depois de uns momentos de hesitação, Nihal decidiu acompanhá-lo. Quanto mais se aproximava do dragão, mais podia perceber os detalhes: tinha penetrantes olhos vermelhos, que a perscrutavam desde épocas esquecidas, e suas asas estavam dobradas encobrindo os flancos majestosos, pulsantes de vida. Imóvel como uma escultura, de uma escultura tinha justamente a altivez. Era de cor verde-claro, mas um verde cheio de matizes surpreendentes: nos lados da cabeça coloria-se de vermelho, para ficar mais escuro na protuberância da coluna vertebral e nas estrias das asas, esmaecendo finalmente em nuanças azuladas no peito imponente.

Nihal disse para si mesma que nada poderia ser mais belo e poderoso, nada mais forte e grandioso: ficou imaginando o que devia ser cavalgá-lo, sentir as batidas do seu coração, riscar o céu com ele...

Quando Senar começou a acariciar o dragão no focinho, o cavaleiro mostrou-se imediatamente preocupado.

– Cuidado, rapaz!
– Podes deixar – respondeu Senar, sem parar.

O cavaleiro ficou olhando com ar desconfiado, pronto a intervir ao primeiro sinal de perigo, mas logo percebeu, com alguma surpresa, que o dragão estava tranqüilo. Aliás, visivelmente à vontade.

Nihal não agüentava mais. Aproximou-se mais um pouco e também esticou a mão. A voz de Soana deteve-a ainda no ar.

– Tu não, Nihal! – intimou. – Um dragão só é devotado ao seu cavaleiro e não deixa nenhum estranho chegar perto. Senar pode fazê-lo devido aos seus poderes.

Nihal baixou a mão decepcionada: tinha uma vontade imensa de tocar na criatura. Os Cavaleiros de Dragão representavam tudo aquilo que ela gostaria de ser. Eram guerreiros, os mais fortes de todo o Mundo Emerso, e lutavam ao lado das Terras livres contra o Tirano. E além disso voavam no céu em contato telepático com seus dragões, formando uma só entidade.

– Crianças, este é Fen, general dos Cavaleiros de Dragão, da Terra do Sol. Fen, permite que te apresente Senar, o meu aprendiz. E esta aqui é Nihal... Nihal?

Agora que estava diante de um dragão de verdade, Nihal não conseguia tirar os olhos dele. Estava completamente fascinada, tanto assim que mal chegou a perceber que Soana estava falando.

Uma cotovelada de Senar forçou-a a desviar a atenção do dragão para o cavaleiro. E foi uma fulguração.

Fen era um homem jovem, embora não propriamente um rapaz. Alto, imponente, de uma beleza que Nihal acreditava existir somente nas estátuas. Embaixo da armadura percebia-se um corpo enxuto e forte como o de um atleta. Os cabelos castanhos emolduravam-lhe a cabeça com seus caracóis. O rosto era um oval perfeito, os lábios bem desenhados e carnudos abriam-se num sorriso atrevido, e os olhos eram de um verde intenso. Naqueles olhos havia a cor da Floresta na primavera, o verde de todas as esmeraldas do Mundo Emerso.

Nihal achou aquele cavaleiro forte, bonito e corajoso como um herói. Percebeu de repente que estava corando, gaguejou alguma coisa mas era como se as palavras tivessem fugido em massa da sua boca.

Fen sorriu para os dois jovens.

– É um prazer conhecer-vos. Soana fala muito a vosso respeito – disse. – E devo reconhecer, Senar: nunca tinha visto alguém acariciar Gaart como se fosse um gatinho!

Depois virou-se novamente para Soana segurando-a suavemente pelo braço.

– Foi dura a viagem?

– Nem um pouco. Até que nos divertimos. É um ótimo verão.

– Não gosto que saias por aí sozinha numa época como esta.

– Bobagem! – disse ela acenando com a mão. – Sabes muito bem que sei defender-me.

– De qualquer maneira agora serei a tua escolta até o palácio real.

O cavaleiro nada mais acrescentou. Apesar do jocoso protesto de Soana, Fen segurou-a nos braços e colocou-a garbosamente na garupa de Gaart para que pudesse cavalgar como uma amazona.

– Para vós, jovens, providenciei dois cavalos: um dos meus escudeiros estará esperando na fronteira.

De repente Nihal voltou a ter o uso da fala:

– Será que eu também posso montar o dragão?

– Sinto muito, Nihal, mas Gaart não pode agüentar mais de duas pessoas nas costas.

– Acontece que... ele é tão lindo... – gaguejou Nihal, e logo se arrependeu de não ter ficado calada.

Fen riu com gosto.

– Ouviu, Gaart? Hoje é o seu dia de sorte! – Em seguida olhou com atenção o flanco de Nihal. – Por falar em beleza: linda mesmo é a tua espada.

– Que... que espada?

– Esta aqui – disse o cavaleiro e, acompanhando as palavras com o gesto, tocou na empunhadura da espada.

Logo que a mão de Fen roçou no seu flanco, Nihal ficou com as orelhas em brasas.

– Soana contou-me que quer tornar-te um guerreiro: como te sais na esgrima?

Nihal olhou para o cavaleiro com expressão avoada.

– Quem, eu?

Senar bufou impaciente e deu mais uma cotovelada na amiga.

– Muito bem – respondeu afinal a garota.

– Ótimo. Quer dizer que quando estivermos em Laudaméia, no palácio real, vamos cruzar nossas espadas. Assim poderás mostrar-me do que é capaz.

Fen montou então em Gaart, envolveu o corpo de Soana em seus braços e levantou vôo.

Nihal teve a impressão de reencontrar a respiração depois de uma longa apnéia.

Senar botou uma mão no seu ombro.

– Temos de buscar os cavalos: é melhor sairmos andando.

– Sim, sim, claro... – disse Nihal, recobrando-se e tentando aparentar calma.

Enquanto cavalgavam no coração da Terra da Água, Nihal não fez outra coisa a não ser pensar em Fen. Até mesmo Gaart ficara esquecido quando comparado com ele.

Perguntava a si mesma o que lhe acontecera: ora, afinal de contas já tinha visto na vida muito mais homens do que mulheres. E Fen nada mais era do que um guerreiro, só isso. E mesmo assim, só de pensar naqueles olhos...

– Acho melhor tu tirá-lo da cabeça – disse Senar com um sorriso maroto.

– Desculpe, não entendi. Do que estás falando?

– Achas que não reparei em como olhavas para Fen? Um olhar, eu te garanto, realmente impudico – acrescentou irônico.

Nihal ficou vermelha.

– Mas... mas do que estás falando? E como te atreves, além do mais? Eu estava olhando para o dragão!

– Ora, ora, vamos lá, diz a verdade ao seu cordial inimigo...

– Não estava olhando para Fen! – rebateu Nihal, ressentida. – Só que ele é um Cavaleiro de Dragão... e eu quero ser uma guerreira... e o dragão é maravilhoso... e a sua armadura... as armas...

– A patética justificação morreu num confuso gaguejo.

– Vê bem, não há nada de escandaloso em gostar dele: é alto, imponente, forte. E é um cavaleiro, isto é, como dizer, um herói. Será que não se pode mais brincar um pouco contigo?

Nihal não se dignou de responder. Segurou com força as rédeas do seu cavalo e tentou pensar em outra coisa. Mas bastava-lhe fechar os olhos para voltar a ver Fen, e seu coração começava a bater acelerado no peito.

Depois de mais alguns minutos de silêncio Nihal desistiu do amuo e perguntou a Senar:

– O teu pai era escudeiro de um cavaleiro. O que podes contar-me da Ordem?

– O cavaleiro que meu pai assistia cavalgava um Dragão Azul: é um animal diferente, menor, parecido com uma grande serpente. Fen pertence à Ordem dos Cavaleiros da Terra do Sol, uma ordem muito antiga. Seus dragões só são criados na Terra do Sol, mas antigamente era diferente: os dragões vinham de Terras diferentes e os cavaleiros não estavam sujeitos a qualquer potentado. Só estavam ligados ao seu dragão e à Ordem, e na maioria dos casos levavam uma vida de mercenários, oferecendo os seus serviços a quem melhor pudesse pagar. Durante a guerra dos Duzentos Anos quase todos os exércitos tinham em suas fileiras pelo menos um Cavaleiro de Dragão.

Nihal ouvia com atenção.

– Quando voltou a paz, a Ordem pareceu dissolver-se. Alguns cavaleiros ficaram na Terra do Sol para ali fundar a Academia, enquanto outros abandonaram o Mundo Emerso, superando as correntezas do Saar ou atravessando o Grande Deserto. Então, desde que começou a guerra com o Tirano e todas as Terras livres uniram suas tropas num único grande exército, os Cavaleiros de Dragão desempenham principalmente o papel de generais e comandantes dessas tropas. Atualmente estão a serviço do Conselho dos Magos. Só sei isso. Mas, de qualquer maneira, posso dar-te um conselho? Se eu fosse tu não pensaria muito em Fen...

Estas últimas palavras, no entanto, foram jogadas ao vento.

Nihal estava mais uma vez perdida no olhar do Cavaleiro de Dragão.

7
NA TERRA DA ÁGUA

A surpresa foi diminuindo pouco a pouco. Já muitas léguas adentro da Terra da Água parecia não haver qualquer mudança significativa no território: estepes, talvez um tanto mais verdes do que aquelas que cercavam Salazar, mas ainda assim o mesmo desmedido e plano oceano de grama.

Então, de repente e surgindo do nada, começaram a aparecer riachos. Pareciam brotar do solo como sangue a derramar-se lento de uma ferida. No princípio não passavam de regatos, com apenas uma braça de largura e pouco profundos, mas não demoraram a alargar-se tornando-se mais volumosos até se juntar formando verdadeiros rios.

A água tornou-se a dona absoluta da paisagem: havia rios por toda parte, límpidas nascentes e regatos ainda menores que riscavam a terra como lágrimas. Os cursos de água pareciam de cristal: peixes multicoloridos ziguezagueavam entre as algas e longos caniços dobravam-se ao sopro leve das correntezas. A cor da grama era de uma intensidade ofuscante. Aquele lugar era o reino do verde e da água: uma terra pura, lavada por mil rios e rica de milhares de árvores.

Nihal olhava à sua volta de olhos arregalados. Voltou-lhe à mente a visão que tivera na clareira: talvez aquela fosse a Terra onde os espíritos da natureza manifestavam todo o seu poder, o lugar onde as florestas espalhavam-se até o infinito.

– Fecha a boca, Nihal – brincou Senar, mas ele também estava impressionado com todo aquele esplendor.

Paulatinamente também apareceram as primeiras aldeias: surgiam em ilhotas criadas pelos ramos dos vários cursos de água e, amiúde, entravam pelos rios adentro com suas palafitas. Parecia que naquela

Terra os homens haviam encontrado a maneira mais simbiótica possível para conviver com a natureza luxuriante.

Senar e Nihal já não sabiam conter sua maravilha, mas o melhor ainda estava por vir. Depois de passar uma boa parte da manhã troteando, os dois viajantes chegaram finalmente diante do palácio mais extraordinário que já tinham visto.

Era uma espécie de castelo muito maciço, feito de grandes pedras quadradas, que se levantava inteiramente na borda de uma imensa catarata. A água escorria sobre os seus contrafortes separando-se em milhares de regatos que mergulhavam com fúria no abismo, precipitando-se por umas sessenta braças antes de acabar num lago de um azul excepcionalmente profundo. A entrada principal ficava justamente em cima da parte central da cachoeira. Ali, em frente ao castelo, Fen e Soana esperavam por eles.

Os visitantes foram recebidos por alguns pajens, que lhes desejaram as boas-vindas e os escoltaram aos seus aposentos, todos contíguos e dando diretamente para o abismo.

A vista que se desfrutava da janela era de tirar o fôlego: ao debruçar-se Nihal não entendeu se o que via eram as águas do lago ou então o céu que, por algum estranho capricho dos deuses, decidira virar de cabeça para baixo e esparramar-se no chão.

Ficou ali, embevecida, até que Soana veio bater à sua porta: havia chegado a hora de conhecer os monarcas da Terra da Água.

Soana levou Senar e Nihal até o coração do palácio: uma sala perfeitamente circular, encimada por um teto hemisférico de cristal sobre o qual escorria a água da cachoeira.

Parecia estar em outro mundo. Senar e Nihal, de nariz para cima, não se cansavam de admirar o movimento da água que alterava e redesenhava os contornos do que estava lá fora, tanto assim que a chegada de Gala e Astréia quase os pegou desprevenidos.

Nihal nunca tinha visto uma ninfa da água. Astréia caminhava como que levada por uma suave brisa e parecia não pisar no chão: estava descalça e uma veste impalpável envolvia seu corpo esguio. Tinha cabelos transparentes, parecidos com a água mais pura, que se dissolviam muito longos no ar circunstante após descrever amplas volutas. Era evidente que o seu mundo não era o dos homens. A rainha da Terra da Água era uma direta emanação da natureza, uma sua filha predileta.

Gala segurava-a pela mão. O rei era um simples mortal: uma certa delicadeza dos traços conferia-lhe um aspecto muito jovem, mas ao lado da ninfa parecia um dos costumeiros e pesados moradores da terra.

Desde sempre os dois povos viviam na Terra da Água. Durante muito tempo só se haviam tolerado reciprocamente, tentando manter o menor contato possível: os homens moravam em graciosas aldeias nas clareiras ou sobre palafitas, as ninfas escondidas e seus bosques.

O matrimônio de Gala e Astréia, no entanto, foi o primeiro casamento misto da região e inaugurou uma nova era.

Gala pertencia à família real. Apesar da coabitação os dois povos não possuíam uma organização comum: a Terra da Água era governada pelos humanos, que sentavam no Conselho dos Reis, enquanto as ninfas tinham uma rainha que era praticamente ignorada pelos homens. Até que o jovem Gala teve a péssima idéia de apaixonar-se por Astréia.

A união foi hostilizada por ambas as partes. Os pais de Gala queixavam-se dizendo que nunca se vira um homem casar com uma daquelas criaturas diabólicas. Astréia, além do mais, não era rainha nem princesa. Era uma plebéia qualquer, acostumada a correr na mata seminua.

As ninfas, por sua vez, proibiram que Astréia tivesse qualquer ulterior contato com aquele homem: era um humano, o que queria dizer um ser tosco e grosseiro, incapaz de viver em harmonia com os espíritos primigênios.

Gala e Astréia, no entanto, não se deram por vencidos: continuaram a encontrar-se apesar de todas as proibições, continuaram sonhando com uma vida juntos e quebraram todas as regras nunca escritas sobre a convivência entre ninfas e humanos.

Desde o dia do casamento houve muitas mudanças.

O rei e a rainha sancionaram que não haveria mais separações e que as duas raças deveriam cooperar. Com esse intuito mandaram construir vilarejos onde humanos e ninfas poderiam viver uns ao lado dos outros. Foi uma experiência bem-sucedida: no começo os dois povos olharam-se com desconfiança, mas a vida em comum fez com que lentamente se aceitassem.

Astréia dirigiu-se a Soana.
– Minha maga, fico feliz que tenhas voltado a nos visitar depois de tão longa ausência. O meu povo e o Conselho precisam da tua sabedoria: circulam terríveis boatos e sinto no meu coração que o poder do Tirano está ficando cada vez maior.
Enquanto a ninfa falava o cônjuge olhava para ela com doçura, apertando-lhe a mão.
– Agradeço, rainha – respondeu Soana –, mas sabes muito bem que a minha contribuição para o Conselho é muito modesta. Por isso trouxe para cá o meu melhor aluno, Senar. Tive a ocasião de constatar e aprimorar a sua enorme capacidade. E confio que poderá ajudar muito o nosso mundo oprimido pela tirania.
Gala olhou para Senar com simpatia.
– Acho que você está certa, Soana: talvez esse jovem seja justamente aquilo que o Conselho há muito tempo espera, desde que Reis o abandonou. Um líder forte e seguro que saiba guiá-lo no caminho da liberdade.
O jovem mago pigarreou.
– Tudo o que espero, por enquanto, é poder dar a minha contribuição na luta de todas as Terras livres contra o Tirano. Desconheço os planos que porventura o destino reserva para mim, mas fico lisonjeado com a confiança que todos vós estais demonstrando.
Enquanto o rapaz falava, no entanto, a atenção de Astréia concentrava-se inteiramente em Nihal. Fitava-a com tamanha curiosidade que a jovem acabou sentindo-se um tanto constrangida.
– E essa jovenzinha do seu séquito, Soana... – A rainha não teve tempo de continuar: com um olhar intenso e significativo Soana deixou claro que era melhor parar.
Nihal estava confusa. Ficou imaginando o que a rainha estaria a ponto de dizer e qual seria a razão de toda aquela curiosidade. Pensou até em pedir explicações a Soana, mas o grupo já se dissolvia com cada um tomando o seu lugar à longa mesa preparada no meio do salão.

Nihal acompanhou os outros, ainda pensativa, até que a vista da grande mesa festivamente preparada tirou qualquer outro pensamento da sua cabeça. Um só assento ainda estava livre, e aquele assento ficava ao lado de Fen.

Nihal sentiu um arrepio no estômago. O seu coração começou a disparar e por um momento ficou com medo de os demais comensais também poderem ouvir aquele descontrolado pulsar. Aproximou-se do lugar com estudada compostura, mas logo que mexeu na cadeira para sentar Fen dirigiu-lhe um luminoso sorriso.

Malditas orelhas, pensou Nihal, sentindo-as em chamas. *E malditos joelhos. Por que não param de tremer?*

Senar, que estava sentado bem na sua frente, piscou o olho em sinal de carinhosa provocação.

Do outro lado de Fen estava Soana. Durante todo o jantar falou com Gala e Astréia acerca da guerra e do Tirano. Só raramente virava-se para o cavaleiro, mas ele não lhe poupava qualquer afetuosa atenção. Servia-lhe as bebidas, sorria-lhe e, por baixo da toalha, encostava-se amiúde no joelho dela.

Nihal procurou manter-se calma. Fincou os olhos no prato e começou a comer como uma esfomeada. Não apreciava o sabor da comida. Não participava da conversa. Só percebia a presença do cavaleiro ao seu lado. Fazia-lhe o mesmo efeito de estar perto do fogo. E também dava-se conta do seu perfume: nenhum aroma particular, o mero cheiro da sua pele. Pois é, perto do fogo e a cabeça a girar.

Apesar dos esforços, no entanto, Nihal não conseguiu evitar Fen e o seu olhar durante todo o jantar.

– Então, vais revelar-me o teu segredo?

Nihal engoliu o bocado que estava mastigando depressa demais, ajudou-o a descer com um grande gole de água e virou-se para o cavaleiro com a expressão do carneiro que se encontra com o lobo.

– Segredo? Que segredo?

– O da tua espada. Onde foste encontrar uma arma tão bonita?

– Onde a encontrei?

Fen deu uma gargalhada.

– O que há contigo? Costumas responder sempre às perguntas com outras perguntas?

– Sim. Quer dizer, não. Nem sempre. Às vezes.

– Já entendi, não queres revelar o nome do teu armeiro de confiança. Eu entendo. Cada guerreiro com o seu mistério.

Nihal resmungou um "Pois é, isso mesmo..." até a voz providencial de Soana interromper aquela patética conversa:

– Nihal, Senar vai precisar de ajuda, esta noite. Ficará em meditação para preparar-se para a prova de amanhã e gostaria de contar com alguém já acostumado com as coisas da magia. Pensei em ti. O que achas?

Nihal não via a hora de aquele suplício terminar.

– Sim, sim. Sem dúvida alguma. Farei isso com prazer.

– Então teremos de aproveitar logo mais, de tarde, para esgrimir – concluiu Fen. E as orelhas de Nihal ficaram definitivamente vermelhas.

Depois do almoço Gala e Astréia despediram-se e os hóspedes saíram. Enquanto percorriam o longo corredor que os levava a seus aposentos, Senar começou a alfinetar Nihal.

– E agora?

– Agora o quê?

– Estás preparada para uma boa soneca reparadora?

– Claro que sim. Por quê?

– Sabes como é, essa noite teremos de enfrentar uma longa vigília e portanto seria bom descansarmos agora. E não gostaria que tu, com todas as idéias perturbadoras que...

Nihal reagiu logo.

– Olha, terei o sono mais tranqüilo de toda a minha vida. Não há nada disso de idéias perturbadoras.

Senar sorriu.

– Melhor assim. Se precisares de mim, sabes onde me encontrar.

Nihal abriu a porta do seu quarto e bateu-a na cara do amigo.

Se naquela mesma tarde Nihal tivesse ido bater à porta de Senar, não teria sido uma surpresa. Durante as longas noites passadas na casa à margem da Floresta já deixara várias vezes o orgulho de lado para procurar o amigo em busca de ajuda.

Pois já lhe acontecera ter pesadelos parecidos com o da primeira noite na Floresta e ouvir no sono mil vozes carregadas de desespero.

Nessas ocasiões acordava apavorada. As primeiras vezes ficara chorando no escuro, mas certa noite tomou coragem e decidiu procurar Senar. A partir de então sempre apoiara-se no amigo para superar aqueles momentos de terror, embora nunca lhe tivesse revelado a natureza dos seus pesadelos.

Naquela tarde, no entanto, Nihal não precisou recorrer a Senar: simplesmente não conseguiu pregar os olhos.

Fen marcara um encontro dali a algumas horas e ela não conseguia pensar em outra coisa. Estava a ponto de enfrentar um Cavaleiro de Dragão, isto é, um dos mais hábeis combatentes do mundo: estava na hora de provar a si mesma e aos outros se realmente tinha algum futuro como guerreiro. Mas não era só por isso que se atormentava. *E se realmente Senar estiver certo? Se de fato eu estiver apaixonada?*, perguntava-se angustiada. Esta possibilidade parecia-lhe muito pouco digna: os guerreiros combatem, não ficam perdendo tempo com tolices românticas.

Mesmo assim continuou pensando em Fen e na maneira com que sorrira para ela quando sentara ao seu lado à mesa.

Apesar de não ter adormecido, a hora do combate pegou-a desprevenida: o escudeiro de Fen, um rapazola menor do que ela, veio bater à sua porta para levá-la à sala de armas do palácio.

O cavaleiro já estava esperando, pronto para o duelo. Parado no meio da sala, coberto a não ser na cabeça pela sua armadura dourada, tinha uma expressão totalmente diferente daquela de umas poucas horas antes. O sorriso desaparecera dos seus lábios e em seus olhos podia-se ver uma concentração absoluta.

Diante daquele homem, Nihal sentiu-se pequena e desamparada. Teve vontade de sair correndo sem nem olhar para trás, mas conteve-se, repetindo a si mesma que a primeira qualidade de um guerreiro é a coragem.

— Não tens nada para te proteger? — perguntou Fen logo que a viu.

— Não. Acontece que nunca combati até agora. Quer dizer, de verdade — respondeu Nihal.

— Não faz mal. Pelo menos poderá mexer-se mais à vontade.

Nihal anuiu aparentando segurança, mas tinha um nó na garganta que não ia nem para cima nem para baixo, e a sua mente era um turbilhão de pensamentos.

– Em guarda – intimou Fen.

E Nihal não soube mais o que fazer.

Tentou acalmar-se e lembrar tudo aquilo que tinha aprendido na arte das armas durante a sua breve vida, então preparou-se para o assalto.

O ataque de Fen foi inesperado e avassalador: lutava confiando na força, deixando bem clara a intenção de esgotar e confundir o adversário. Foi fácil até demais: Nihal estava apavorada, confusa, avoada. Como se não bastasse, não conseguia tirar os olhos do rosto de Fen. Parecia-lhe que o mundo começava e acabava naquele homem que, com movimentos precisos, avançava contra ela de espada na mão.

Nihal começou a recuar desde o começo. Não conseguiu organizar nem um aceno de ataque: não demorou quase nada para a espada voar das suas mãos e ela cair desajeitadamente no chão.

Fen olhou para ela surpreso.

– Então? Queres ou não queres lutar? Não vais me dizer que é só disso que tu és capaz!

Nihal achou que ia chorar.

– Soana contou-me que és muito boa. Não tenhas medo. Mostra-me o que realmente sabes fazer.

Não pense em coisa alguma. Lute. Concentre-se no combate. Só nisto! Nihal levantou-se decidida a levar a luta a sério. Fechou os olhos. Esvaziou a mente. *Quem está diante de ti? Um inimigo. Apenas um inimigo. Muito bonito, claro, e talvez tu estejas ficando apaixonada por ele. Mas isto nada tem a ver com o combate. E não queres impressioná-lo, afinal? Então mostra-lhe tudo o que sabes fazer com a espada. Porque tu és muito boa e sabes disso. Só precisas mostrar para ele.*

Nihal ficou de olhos fechados até perceber o golpe de Fen que descia sobre ela. Só então decidiu que estava realmente pronta para o combate. Esquivou-se em cima da hora deslocando-se de lado e começou a acostumar-se com o espaço onde se mexia. Não defendia, não atacava. Limitava-se a esquivar com precisão todos os golpes de Fen.

Fechou mais uma vez os olhos e escutou o ritmo dos passos do adversário. Adivinhou a cadência, percebeu quais eram os seus movimentos habituais. Então começou a atacar.

O ponto fraco de Fen era a previsibilidade: possuía uma técnica impecável mas, justamente por isso, sem surpresas. Depois de mais alguns assaltos Nihal foi capaz de predizer seus movimentos. Começou então a mexer-se mais rápido. Defendia com firmeza qualquer golpe. Foi atacando com amplos golpes de cima para baixo, forçando Fen a recuar. Então fez umas fintas que a levaram muito perto do adversário que, para defender-se, teve de levantar a arma. Era justamente o que ela esperava: dobrou-se em cima dos joelhos e preparou-se para desferir o golpe de baixo para cima. Mas o cavaleiro não era tão ingênuo assim. Nihal não percebera que já havia algum tempo ele estava segurando a espada com uma mão só. Fen estava com a mão livre e com ela, num piscar de olhos, agarrou-lhe o braço torcendo seu pulso: estava desarmada.

Ficaram alguns instantes naquela posição, imóveis e arquejantes. De repente Nihal ficou ciente de estar quase encostada nos lábios de Fen e ficou toda vermelha. Deu um pulo para trás e ganhou novamente uma distância segura.

Fen enxugou o suor da fronte.

– Soana estava dizendo a verdade, então!

Nihal segurou um sorriso de orgulho. Gostara de lutar com aquele homem. Não era tão previsível quanto imaginara. Era preciso. Tinha a capacidade de manter-se lúcido. E não abria mão de qualquer recurso desde que pudesse vencer.

– Pronta para recomeçar? – perguntou Fen.

Nihal já se livrara do medo.

– É tudo o que eu quero.

Os dois contendores passaram a tarde inteira exercitando-se, lutando ininterruptamente. Nihal sentia-se livre e feliz: não pensava em coisa alguma, seu corpo reagia com precisão e parecia movimentar-se de forma autônoma. O esforço e o arrebatamento do embate deixavam-na inebriada, e quanto mais combatia mais ficava excitada. Nem se deu conta de que Senar juntara-se a eles e

observava-os sentado num canto. Finalmente eles também sentaram no chão, apoiados de costas na parede, suados e esgotados.
– Com quem costumas treinar? – perguntou Fen.
– Com ninguém.
– Como assim "com ninguém"?
– Tu sabes... Senar, com a espada, é um desastre...
– Então ouve bem, Nihal. Quero fazer-te uma proposta. Tu tens um talento natural que não pode ser desperdiçado. Soana costuma vir visitar-me. Gostaria que tu também viesses para seres treinada por mim.

Nihal achou que o seu coração ia parar.

Imaginou-se ao lado de Fen em milhares de tardes como aquela e quem sabe em mais outras passadas só em amável conversa. Transbordando alegria, tentou disfarçar a emoção assumindo um ar indiferente.
– Por mim... sim. Creio que possa fazê-lo.

Fen deu uma sonora gargalhada. Em seguida esticou o braço e ajudou-a a levantar-se.

Foi assim que Nihal começou sua carreira de guerreiro.

Não via a hora de contar tudo a Senar, mas ficou surpresa ao esbarrar nele, de cara preocupada, na saída da sala de armas.
– Senar, tu nem podes imaginar...

Senar não a deixou continuar.
– Posso, sim. E no meu entender estás te metendo em confusão.
– Que diabos estás falando?
– Nihal, não deixa a tua cabeça sonhar demais, a respeito de Fen.
– Ora, ainda a mesma ladainha? Será que não sabes pensar em outra coisa?
– Ouve bem, se alguém aqui não sabe pensar em outra coisa, este alguém é tu.

A jovem bufou.
– Que seja, e então?
– Nihal...
– Vives te queixando que me pareço demais com um menino. Se agora estou enamorada quer dizer que não esqueci o dever fundamental de uma boa moça...
– Escuta, Nihal...

– ... encontrar alguém que se case com ela! – concluiu Nihal com um sorriso triunfante.
– Presta atenção, Nihal. Quero deixar isso bem claro: Fen ama Soana. E Soana também o ama.
O sorriso desapareceu lentamente dos lábios da jovem.
– Sinto muito. Não entendo como foi que tu mesma não te deste conta disso. Mas é a verdade, acredita.
De repente Nihal sentiu-se imensamente tola. Pois é, como pôde não perceber uma coisa tão óbvia? Era tão claro quanto o sol. A alegria de Soana durante a viagem. O encontro dos dois. A mão de Fen no joelho dela durante o almoço.
Nihal nada disse. Apertou a empunhadura da espada e dirigiu-se para o seu quarto de cabeça erguida.

A noite antes da iniciação de Senar foi longa e insone.
Nihal assistiu o amigo com carinhosa dedicação. Tentou não pensar em nada e ficar ao lado dele, mas quando já começava a clarear não agüentou mais.
– Senar, posso fazer-te uma pergunta?
– Fala.
– Tu já estiveste apaixonado?
– Bem... acho que sim.
– E como é?
– Não é o mesmo para todos, mas normalmente fica-se pensando na pessoa de que se gosta o tempo todo, sente-se um aperto no estômago toda vez que ela aparece, o coração dispara... alguma coisa assim. Ora, será possível que tu não saibas?
– Senar...
– Por favor, Nihal! Preciso manter a concentração!
– Acho que tu estavas certo.

A cerimônia de iniciação aconteceu a portas fechadas, com imenso desgosto de Nihal que morria de vontade de saber em que consistia. Teve de contentar-se com uma rápida olhada na sala do Conselho na hora de Senar entrar: só teve tempo de ver um grande aposento escuro e oito entre magos e magas de raças diferentes solenemente sentados em outros tantos assentos de pedras.

Em seguida a porta fechou-se e Nihal ficou do lado de fora, a remoer os próprios pensamentos.

Não sabia o que fazer. Não tinha a coragem de ir procurar Fen. Não conhecia aquela Terra e portanto nem sabia aonde ir para dar um passeio. Acabou voltando para o seu quarto vazio onde, inevitavelmente, entregou-se mais uma vez aos pesares do amor.

Saber que Fen já tinha uma mulher fazia-a sofrer, e até derramou algumas lágrimas de amante desesperada. Mas aquela dor também era imensamente suave e Nihal mergulhou nela sem qualquer reserva. De repente amava o amor. E amava a sensação de estar apaixonada.

A idéia de esquecer Fen só porque era o companheiro de Soana nem passou pela sua cabeça. Naquela tarde Nihal guardou com zeloso cuidado tais sentimentos dentro de si e alimentou-os com esperanças e sonhos, com leve desespero e fugazes exaltações.

A cerimônia de iniciação foi um sucesso. Os membros do Conselho dos Magos ficaram profundamente impressionados com aquele rapazola alto e magro e com o seu prepotente poder mágico.

Senar saiu da sala esgotado, pálido e suado, mas a partir daquele momento era um mago. Foi presenteado com uma veste negra que desde então nunca mais abandonou: uma túnica de corte parecido com aquela que vestia como noviço, mas ornada com elaborados frisos vermelhos que culminavam com um enorme olho arregalado na altura do ventre.

– Puxa vida! É realmente inquietante – comentou Nihal.

Soana, Senar e Nihal partiram naquela mesma tarde, depois de se despedirem de Gala e de Astréia.

Diante da entrada do palácio, cercados pelo estrondo da cachoeira, Soana e Fen trocaram um rápido abraço.

Senar e Nihal já se haviam afastado alguns passos quando a voz do cavaleiro alcançou-os vencendo o fragor da água.

– Nihal!

A jovem virou-se.

– Até breve! E mantenha-se em forma!

Logo que chegaram em casa, Nihal começou a contar os dias.

8
O FIM DE UM CONTO DE FADAS

Ao chegarem novamente à Terra do Vento tudo voltou ao ritmo de antes: Nihal dedicava-se sem muito empenho à magia enquanto Senar estudava sem parar, noite e dia.

Os oito magos haviam deliberado que Senar ficasse mais um ano com Soana para aprender os deveres e as tarefas de um membro do Conselho. Ao findar este período, Soana faria um relatório sobre as capacidades do aluno e Senar poderia finalmente aspirar ao cargo de conselheiro.

Desde que fora nomeado mago o rapaz ensimesmara-se inteiramente no seu novo papel. Passava horas e mais horas dobrado em cima dos livros e, após ter lido todos os da biblioteca de Soana, começou a perambular pela Terra do Vento à cata de novas leituras.

Depois da viagem à Terra da Água, Nihal tornara-se irrequieta: achava a inatividade de Salazar muito maçante e estava ansiosa para conhecer novas terras. De forma que, com a desculpa de o amigo poder precisar de proteção, sempre o acompanhava em suas breves viagens.

Nihal admirava a perseverança de Senar. Ela bem que gostaria de ser daquele jeito: determinada, forte e decidida, com o olhar que nunca perdia de vista a meta. Era a pura verdade, não tinha lá muito pendor pela magia, mas decidiu que devia pelo menos aprender os encantamentos que podiam ser úteis a um guerreiro. Foi por isso que começou a interessar-se particularmente pelas fórmulas de cura, proveitosas no caso de vir a ser ferida, e por algumas elementares fórmulas de agressão, que na hora do desespero poderiam ajudá-la a sair de um aperto. Inesperadamente Soana deu-lhe plena liberdade, insistindo no entanto para que estudasse com afinco a maneira de entrar em contato com os espíritos naturais.

Fen treinava Nihal uma vez por mês. Em geral era ela quem ia visitá-lo com Soana, mas às vezes o cavaleiro fazia-lhe uma surpresa. Quando chegava sem ser esperado, para Nihal era uma grande alegria.

Quanto mais tempo passava, mais ela o amava. Adorava qualquer gesto dele, qualquer expressão. Estava convencida de que iria amá-lo para sempre. Importava alguma coisa, afinal, que ele nunca pudesse ser dela? *O amor não se baseia na posse*, dizia para si mesma, *e não há coisa no mundo que possa detê-lo. E eu o amo.*

Fen parecia não perceber a dedicação da sua jovem aluna. Era evidente que começara aquela espécie de treinamento só para agradar a Soana, mas logo começara a achá-lo agradável: combater com aquele passarinho de menina era um verdadeiro prazer. E além disso era mais uma oportunidade para ver a maga.

Nihal tirava o maior proveito desses embates. O mestre não se poupava e a aluna absorvia tudo como uma esponja. Assimilava conselhos, ensinamentos, técnicas e reelaborava tudo com inesgotável imaginação: inventava movimentos, estudava novos golpes, adaptava com eficiência a arte das armas ao seu corpo franzino.

Fen estava impressionado com aquela mocinha e não perdia uma só ocasião para elogiá-la: a dela era uma dança mortal. Nunca tinha visto alguém combater assim antes.

Nihal, obviamente, sentia-se lisonjeada, mas no fundo do coração esperava que algum dia o jovem mestre também olhasse para ela de outra forma e compreendesse que, apesar de lutar melhor do que um homem, ela continuava mesmo assim a ser uma garota. Às vezes tinha a impressão de ser a infeliz protagonista de tantas baladas, apaixonada pelo homem errado mas heróica na persistência dos seus sentimentos. Já sabia sem qualquer sombra de dúvida que Senar estava certo: Soana e Fen eram como uma só pessoa. Na presença do cavaleiro os olhos da maga brilhavam de uma luz diferente e nova, e ele tinha por ela todas as carinhosas atenções que Nihal gostaria de ter para si. Vê-los juntos era um verdadeiro sofrimento e muitas vezes, quando estava sozinha, Nihal começava a chorar, mas não desistiria daquele amor por nada no mundo.

Se havia alguém capaz de dividir com Fen alguns dos devaneios de Nihal, este era Gaart.

Talvez tivesse com ele ainda menos esperança de sucesso do que com o seu cavaleiro. Certa tarde tentara aproximar-se: no começo o dragão mostrara-se enfastiado, depois dera claros sinais de nervosismo e finalmente soltara chamas pelo nariz.

Nihal tinha compreendido de uma vez por todas que era melhor não insistir, mas não desistiu da idéia de cavalgar um dragão, quem sabe só dela. Daquele dia em diante mantivera-se afastada de Gaart, continuando entretanto a admirá-lo de longe e a fantasiar intermináveis vôos na sua garupa.

– Por que continuas vendo esse cavaleiro? O que há de tão especial nele? Eu já não te basto?

Livon não gostara nem um pouco das aulas do cavaleiro e não adiantava lembrar-lhe de que havia sido justamente ele a insistir para que a filha seguisse o próprio caminho.

Quando Nihal ficava alguns dias em Salazar, o armeiro tinha a impressão de tudo voltar a ser como antigamente: a sua Nihal voltava a ser a menina que lhe trazia as ferramentas do ofício, de cara suja devido à fuligem que reinava na loja.

Mas depois a filha voltava para junto de Soana e ele sofria intensamente com a sua partida. Sentia falta da garotinha que criara e queria que a mulher na qual Nihal estava se transformando ficasse com ele para sempre.

Um ano depois da investidura de Senar, na Terra do Vento a vida cotidiana continuava tranqüila. Os mercadores cuidavam dos seus negócios, os taberneiros continuavam servindo seus vinhos e a garotada de todas as raças fazia suas correrias para cima e para baixo nas cidades-torres.

Alguns sinais premonitórios, no entanto, deveriam ter feito com que a população pensasse duas vezes no que estava para acontecer. O rei Darnel agradava ao Tirano de todas as formas possíveis: pagava-lhe impostos exorbitantes, uma grande parte das colheitas acabava diretamente nos celeiros dele e muitas terras ficavam desaproveitadas porque o Tirano exigia cada vez mais pessoas para combater na sua eterna guerra contra as Terras livres.

Durante suas viagens com Senar, Nihal percebia que a miséria ia espalhando-se lentamente na população. Os habitantes da Terra do Vento, no entanto, acreditavam que o servilismo de Darnel iria mantê-los seguros por mais algum tempo e continuavam levando sua pacífica existência.

Até que certo dia aconteceu um fato inquietante.

Chegou à cidade um velho camponês com a expressão transtornada. Movia-se pelas escadas de Salazar coberto de trapos, com ar alucinado, gritando entre as lágrimas que os fâmins haviam saqueado o seu vilarejo e vários outros por perto, e que os homens do séquito haviam raptado todas as jovens, matando qualquer um que ousasse ficar no seu caminho.

Quando alguém tentou fazer-lhe perguntas específicas, o velho continuou a repetir:

– Lada, a minha pobre Lada... – Como se não compreendesse o que lhe estava sendo perguntado.

A maioria achou que se tratava de um louco e as pessoas logo deixaram de prestar atenção nele, mas Senar e Nihal foram logo avisar Soana.

Dali a pouco a maga decidiu empreender viagem para a fronteira, para descobrir se realmente havia motivo de receio.

Pela primeira vez desde que os seus destinos se haviam cruzado, iria partir sem eles.

– É melhor que alguém capaz de lutar fique na cidade: nunca se sabe. Conto com você, Nihal – disse sorrindo –, podemos dizer que Salazar está pelo menos em parte em suas mãos.

Soana pediu que Fen a acompanhasse, e Nihal ficou ao mesmo tempo triste e satisfeita: não gostava nem um pouco da idéia de a maga e o cavaleiro do seu coração viajarem juntos, mas o fato de ser promovida a defensora da cidade enchia-a de orgulho.

No dia seguinte Nihal e Senar encontraram-se como de costume na cobertura de Salazar.

Haviam-se acostumado a subir até lá no fim do dia, para relaxar e aproveitar o pôr-do-sol na estepe. Ficavam ali, olhando o disco do sol que, de amarelo, ia tingindo-se lentamente de vermelho, também pintando da mesma cor do sangue todo o céu em volta, até desaparecer na extensão verde-escuro da planície. Falavam de tudo e de nada, trocando opiniões e conversando à toa.

Naquele fim de tarde, no entanto, Nihal parecia diferente. Estava muito séria e só olhava para Senar de soslaio. Ao perceber essa atitude o mago levantou os olhos para o céu.

— Tudo bem, Nihal, ele partiu. Mas não me parece um bom motivo para...

Nihal não deixou que terminasse a frase.

— Já te contei que sempre vinha para cá, desde muito antes de nos conhecermos?

— Não, pelo menos não explicitamente. Por quê?

— Há uma coisa que nunca te disse, Senar. Uma coisa que jamais contei a ninguém.

Senar ficou curioso.

— E o que é?

— Pois bem, eu ouço umas vozes.

Senar ficou um momento em silêncio. Em seguida deu uma gargalhada.

A reação enfureceu Nihal.

— Fica sabendo que não há nada de engraçado nisto! Se quiseres me ouvir, muito bem, se não, tudo bem assim mesmo, e assunto encerrado.

— Não, não, peço-te perdão! Só que escutar alguém dizendo "ouço umas vozes"... Mas fala, por favor. Estou ouvindo.

Nihal contou-lhe a história toda: a estranha melancolia que desde sempre tomava conta dela quando estava sozinha, as vozes distantes que pareciam chamá-la, as imagens de morte que durante tantas noites haviam povoado os seus sonhos. Não sabia exatamente por que sentia a necessidade de tocar no assunto justamente naquele momento, uma vez que aquilo havia sido um enigma durante toda a duração da sua breve existência, mas chegara de algum modo a pensar que naquele entardecer Senar pudesse, quem sabe, dar-lhe uma resposta.

Quando o relato acabou o mago permaneceu algum tempo calado, depois decidiu falar:

— Estou confuso, Nihal. Francamente não sei o que dizer. Talvez tu sejas uma vidente, com sonhos que poderiam ser premonições. Mas não me parece que algumas das coisas que me contaste tenham realmente acontecido, portanto... Em resumo, não sei. Talvez fosse melhor tu falares a respeito com Soana.

– Já tinha pensado nisto, só que...

Nihal parou no meio da frase fixando o olhar num ponto distante da planície.

– O que é aquilo? – murmurou.

Na extrema margem da estepe via-se um fino risco escuro, como um traço a marcar a linha do horizonte. Estendia-se longo e sinuoso, ficando lentamente mais espesso, até assumir o tamanho de uma mancha: parecia tinta que se espalhava numa folha de papel, um lençol preto que descia para encobrir a terra.

Nihal e Senar continuaram a perscrutar o horizonte, mas o brilho do sol se pondo ofuscava-os. Pouco a pouco foram tomados por um medo obscuro, por um surdo temor. Então entenderam.

Um exército. Um imenso exército de guerreiros negros como piche.

Os dois jovens ficaram atônitos: era a imagem do fim do mundo, e mesmo assim não deixava de ter uma inexplicável fascinação. Era um espetáculo ao mesmo tempo lindo e terrível: milhares de formigas que avançavam correndo contra a cidade. A sombria extensão era pontilhada pelo brilho de centenas de milhares de lanças apontadas contra o sol, e sobre aquela multidão de seres gritantes erguia-se uma figura alada: um enorme dragão negro, cavalgado por um homem inteiramente coberto por uma armadura escura. Na silenciosa expectativa do entardecer começaram a ecoar, como longínquo eco, milhares de gritos selvagens que falavam de morte.

Nihal sentiu em si mesma a reverberação de uma lembrança. Foi como se já tivesse visto aquela cena não apenas uma vez, mas mil. As vozes feriram sua mente com um fragor de trovão. Levou as mãos aos ouvidos com um gemido de dor.

Aquele lamento pareceu acordar Senar. Segurou-a pelos ombros e forçou-a a prestar atenção.

– É o Tirano, Nihal! É o Tirano que vem tomar Salazar! Temos de avisar a população, precisamos dizer a todos que fujam...

Nihal fitava-o de olhos vazios. O eco das vozes continuava a ressoar na sua cabeça. A confusa gritaria do exército ficava cada vez mais próxima, mais ameaçadora.

– Estás ouvindo, Nihal? Corre!

E Nihal correu. Jogou-se no alçapão que dava para o telhado e precipitou-se escada abaixo. Foi descendo aos trambolhões tentando afugentar do coração o gélido terror que acabava de experimentar. Berrou com todo o fôlego que tinha nos pulmões:
— O Tirano chegou! O seu exército está às portas da cidade!
Mas a notícia já tomara conta das ruas, pois mais alguém já percebera.

O pânico espalhou-se descontrolado. Salazar ecoava de gritos aflitos, as pessoas amontoavam-se nos becos e nas escadarias. Por toda parte viam-se apenas pobres coitados que procuravam fugir. Só levou uns poucos minutos para os corredores ficarem entulhados de gente que se amontoava berrando a caminho de impossíveis escapatórias. Nihal nunca tinha visto as ruas da sua cidade tão apinhadas, nem mesmo daquela vez em que o próprio rei viera pessoalmente de visita. Mas aquele caos não era portador de vida. Já sabia à morte. Os gritos sobrepunham-se, vozes de mulheres, homens, crianças, um rio caudaloso que esbarrava nas paredes arrastando tudo aquilo que encontrava.

Claro, ainda havia uns poucos que pediam calma. Outros tentavam reunir os que podiam combater, faziam o possível para organizar uma resistência. Mas a verdade era que não tinham saída. Nada havia que pudessem tentar, nem defesa nem qualquer outra coisa. Darnel já pusera o seu exército a serviço do Tirano muitos anos antes e os habitantes de Salazar, sobreviventes das guerras de outras Terras, homens foragidos da crueldade dos combates, o que poderiam fazer agora? Talvez morrer com honra, tentando defender-se? Com que finalidade, se de qualquer forma estavam marcados para morrer?

Por isso cada um procurava uma improvável salvação na fuga impossível: superada com incrível velocidade a planície, o exército já estava no sopé das muralhas e cercava a cidade.

O terror já dominava a torre: mulheres que gritavam apertando ao peito suas crianças, homens que se jogavam das janelas no vazio, uns poucos valentes que abriam caminho entre a multidão enlouquecida, de armas em punho.

Nihal procurou encontrar Livon. Era preciso fugir dali juntos. Ela conhecia todos os atalhos de Salazar, brincara neles por anos a fio desde que era menina. Iria encontrar um caminho. Iriam salvar-se. O importante era não se deixar vencer pelo medo. Devia manter-se calma. E concentrada.

A loja não ficava longe, mas Nihal estava à mercê da multidão. Ouvia os gritos do exército aos pés das muralhas, e logo a seguir os golpes do aríete que tentava derrubar a porta central de Salazar.

Não há salvação, disse para si mesma, mas rechaçou o pensamento com toda a força do seu ânimo e continuou a avançar, empurrada, esmagada por dúzias de encontrões.

Uma cotovelada, um pisão, outro empurrão.

Mais alguns metros. Já posso ver o letreiro. Lá está ele!

Um estrondo. A entrada da cidade cedera.

As grandes dobradiças de ferro entortaram-se como fios de grama.

A madeira milenar da porta fragmentou-se em enormes estilhaços.

Os soldados do Tirano invadiram Salazar com gritos selvagens.

Nihal precipitou-se na loja.

– Precisamos fugir, velho! Vamos embora, rápido!

Livon já preparara um embrulho de roupas e estava juntando as suas espadas. Olhou fugazmente para Nihal e dirigiu-se para os fundos.

– Espera, precisa cobrir-te. Vou pegar uma capa.

– Pára com isso! Precisamos correr logo, vamos embora!

– Não podem ver-te, Nihal!

A jovem começou a gritar:

– Não temos tempo, não compreendes? Precisamos fugir, encontrar um esconderijo!

– És tu que não entendes: se descobrirem está tudo acabado! Irão matar-te!

Lá fora ecoava a gritaria, ouviam-se risadas obscenas e sons guturais, desumanos. Os soldados haviam entrado na cidade.

Nihal não sabia o que fazer. Achava que Livon tinha perdido a cabeça. Decidiu pôr um termo naquilo: jogou-se em cima dele procurando arrastá-lo.

– Vamos embora, maldição! Vamos logo!

Tarde demais. A porta da loja escancarou-se com um estrondo.
Dois seres monstruosos apareceram no limiar: tinham grandes presas curvas que subiam da mandíbula quase encobrindo o rosto e eram totalmente cobertos de uma híspida penugem ruiva. As mãos e os pés eram idênticos, com quatro dedos armados de poderosas garras. Um deles segurava um machado, o outro uma grosseira espada enorme. Suas vozes pareciam vir diretamente do inferno.

– Olha só que surpresa. Um velho e um semi-elfo! Como é que tu ainda estás viva, sua pequena bastarda?

Nihal nem ouvia. Todos os seus sentidos estavam preparados para o ataque. Empunhou a espada. Já estava pronta a pular quando Livon agarrou-a pelo braço, levantou-a e jogou-a longe.

A jovem caiu batendo a cabeça. Por um momento achou que ia desmaiar. Tudo ficou escuro. Ao longe um vago clangor de lâminas. Quando reabriu os olhos viu que Livon estava tentando barrar o caminho aos dois seres. Então levantou-se e correu para ele.

Livon empurrou-a com força.

– Foge, Nihal! Foge!

Foi um momento. Um piscar de olhos. Um dos dois fâmins trespassou Livon de lado a lado.

Nihal viu o pai desmoronar ao chão como um saco vazio.

Viu o sangue espalhar-se no soalho.

Viu aquele demônio arrancar a espada do corpo de Livon.

Não sentiu mais coisa alguma. Ficou simplesmente assistindo à cena, parada, de olhos arregalados.

E então chegou o desespero, acompanhado de uma raiva animal que nunca experimentara antes. Com um grito desumano lançou-se contra o assassino do pai. Bastou um só fendente para decepar-lhe a cabeça.

Por um momento o outro fâmin ficou petrificado, mas recobrou-se logo, vibrando seu machado contra Nihal. A jovem pôde sentir a correnteza de ar produzida pela lâmina que descia. Esquivou-se de lado e encontrou abrigo atrás da mesa de trabalho. O fâmin avançou para ela rosnando e agitando a arma, e o balcão de madeira ficou em pedaços numa explosão de estilhaços.

O monstro já estava em cima dela, mas Nihal foi bastante rápida para segurar o malho que tantas vezes vira Livon usar. Abaixou-se de repente e deu uma violenta marretada nos joelhos do monstro. Cederam de chofre. Foi então que o acertou com a espada. Um só golpe foi suficiente para trespassá-lo.

Nihal percebeu então uma estranha sensação no flanco esquerdo. Um frio metálico e um calor úmido ao longo da coxa. Olhou. Tinha uma ferida profunda. Sangrava copiosamente. Fitou Livon: jazia no chão, de olhos fechados como se dormisse.

Deitar-se ao seu lado. Fechar os olhos. Descansar. A idéia ia ficando cada vez mais clara e tentadora na sua mente confusa quando um grito aflito na rua trouxe-a de volta à realidade: precisava fugir dali, precisava salvar-se.

Pensa, Nihal. Respira fundo e pensa. Um caminho de fuga. Tudo aquilo de que tu precisas é um caminho de fuga.

O duto! Ainda era uma criança quando o descobriu, brincando. Passava exatamente atrás da loja e antigamente era usado para a manutenção das muralhas: uma estreita passagem escura e sem ar cavada nas entranhas do muro externo da cidade.

Nihal pegou na forja uma pesada marreta. Teve de fazer um tremendo esforço para levantá-la, mas quando a jogou contra o muro, acompanhando o golpe com o movimento do ombro, a parede cedeu facilmente: o duto ainda estava lá. Entrou nele com alguma dificuldade e começou a descer os degraus.

Escuridão total. Nihal tinha os olhos embaçados e o coração a galope. O sangue continuava a empapar sua perna, cada passo requeria um esforço enorme. Através do muro podia ouvir os berros dos soldados, os gritos aflitos das mulheres, o pranto das crianças, o baque surdo dos corpos que tombavam ao chão, o sibilar dos machados.

Não demorou para os degraus se tornarem desconexos. A dor no flanco piorou até tornar-se quase insuportável. Nihal começou a chorar. As lágrimas jorravam dos seus olhos sem que ela pudesse detê-las. A escada seguiu por direções desconhecidas. À medida que ela descia, o calor aumentava.

Nihal não conseguia mais entender onde estava: ora a escada subia, ora transformava-se numa espécie de ruela, ora descia. Sentia-se sufocar, já quase não tinha consciência de si mesma. A tentação de deixar-se cair ao chão para que depois a encontrassem era bem grande. Tinha a impressão de morrer a cada passo que dava, e cada passo era mais difícil do que o anterior. Mas continuou a avançar no escuro arrastando a perna esquerda.

Devia ir em frente, sem parar e sem pensar. Livon havia morrido para salvá-la. E ela precisava viver.

Não sabia por quanto tempo seguira andando. Horas? Só alguns minutos? Quando sentiu no rosto um sopro de ar fresco acelerou as passadas, instintivamente. Mais alguns minutos de marcha ou talvez horas. Até que a encontrou.

No muro havia uma fenda que dava para fora, para a salvação. Para a liberdade. Nihal aproximou-se e espiou: abaixo dela corria um rio que mais parecia um valão do esgoto. A jovem juntou as últimas forças que lhe sobravam. Raspou com as mãos a massa entre os tijolos até abrir uma passagem suficientemente grande. Então prendeu o fôlego e simplesmente deixou-se cair.

O impacto com a água suja foi desagradável. Nihal estava esgotada e com frio. Não conseguia coordenar os movimentos. Chegou a pensar que iria afogar-se. Então abandonou-se por completo e coube à correnteza levá-la por um trecho que lhe pareceu bastante longo. Vez por outra percebia estar muito perto da margem, mas já não tinha reservas. Só queria continuar boiando, de olhos fechados. Descansar. Esquecer.

De repente alguém segurou-a pelo braço.

É isso aí. Está tudo acabado, disse para si mesma. *Afinal acabou.*

Alguém a estava puxando para fora da água, mas ela não conseguia distinguir o rosto.

– Nihal!

A voz parecia vir de algum lugar muito distante.

– Sou eu, Nihal. Senar!

A jovem entreabriu os olhos.

– Livon... Livon morreu – murmurou.

Então foi como no sonho.

Escorregou para trás e a escuridão a envolveu.

COMBATER

Quando entrou no Conselho dos Magos era pouco mais do que um rapazola. Nascido na Terra da Noite e provido de um excepcional poder mágico, parecia um jovem sábio, dedicado ao bem e à justiça. Foi aceito por unanimidade. Só quando foi nomeado Chefe do Conselho para aquele ano revelou a sua verdadeira natureza e começou a afastar os conselheiros das decisões mais importantes.

[...] foi exonerado com desonra, mas o jovem mago tinha planejado tudo com perfeição. Guiou ele mesmo o ataque contra a sala do Conselho, com os homens e as armas fornecidos pelos reis destituídos por Nâmen, desejosos de reapossar-se [das suas terras].

Só uns poucos magos sobreviveram à chacina refugiando-se na Terra do Sol, mas aquele que iria tornar-se o Tirano não se importou: em poucas horas tornara-se o dono absoluto de metade do Mundo Emerso. Pouco a pouco também livrou-se dos monarcas que o haviam apoiado, até conseguir o controle de quatro Terras: a Terra dos Dias, a do Fogo, a dos Rochedos e a da Noite. A partir de então a guerra entre o Tirano e as quatro Terras livres tornou-se permanente.

Anais do Conselho dos Magos, fragmento

9
A VERDADE

Não conseguia mexer um músculo sequer. Não sabia onde estava e não conseguia entender o que estava acontecendo. Ouvia confusamente uma espécie de ladainha. Uma sensação de calor no flanco. Então viu somente luz. Nada mais.

Estava alvorecendo quando Nihal acordou. Uma débil luz filtrava da janela perto da sua cama. Não conseguia lembrar-se de quase nada. Uma longa viagem por um caminho escuro e apertado, fugindo de alguma coisa.

As lembranças voltaram de forma lenta e parcial. Lembrou que havia fugido de um exército e que depois fora capturada, mas o quarto onde estava não parecia ser uma prisão. Tentou virar a cabeça. Viu alguém sentado ao seu lado. Fez um esforço para enxergar melhor e distinguir os traços, pois sua cabeça ainda estava anuviada. Afinal reconheceu-o.

– Nihal, tu acordaste!

Senar estava pálido e cansado. Queria perguntar-lhe muitas coisas, mas da sua garganta não saía som algum.

– Shhh. Estás na casa de Soana, não precisas ter medo. Tenta descansar, falaremos quando estiveres melhor.

Nihal fechou então os olhos e deslizou para um sono sem sonhos que durou todo o dia e a noite inteira.

Quando abriu os olhos, na manhã seguinte, o sol já estava alto no céu. Nihal reparou que a luz parecia estranhamente pálida. Então entendeu. Havia no ar um cheiro acre e o céu estava encoberto por nuvens de espessa fumaça: depois do saque o exército havia incendiado Salazar.

Ainda estava muito cansada, mas lembrava-se de tudo.

Livon está morto. Foi o seu primeiro pensamento. Reviveu com precisão toda a cena. O corpo que caía no chão, aquele monstro que retirava a espada. Fechou os olhos enquanto seu peito parecia estourar: *Livon está morto.*
Senar continuava ao seu lado.
– Como estás?
– Não sei – respondeu Nihal, e ficou surpresa com a extrema debilidade da sua voz.
– A ferida era muito séria. É um milagre que tu ainda estejas viva.
Nihal virou-se para o mago.
– Como conseguiste salvar-te?
– Com a magia, Nihal. Mas não foi fácil.

Senar contou a Nihal que tinha invocado um encanto de invisibilidade antes de enfrentar as ruelas da cidade. Salazar parecia um formigueiro enlouquecido, os soldados do Tirano estavam em toda parte: não havia nada que ele pudesse fazer. Certo de que Nihal iria procurar Livon, tentara juntar-se a ela, mas o sortilégio exigia energia demais. Escondera-se numa taberna. Ali havia um soldado. Morto. Tirara a roupa dele, pegara a armadura e a vestira.
– Cheguei à forja tarde demais. Vi Livon, os dois fâmins... depois reparei na brecha na parede e entendi tudo. Fui correndo até a margem do riacho. Quando consegui tirar-te de lá achei quase impossível que tu ainda respirasses. – Senar sorriu para a amiga. – Sorte tua ser tão miúda! Envolvi-te na minha capa, carreguei-te no ombro como um saco e vim para a casa de Soana. Não encontramos vivalma ao longo do caminho. O exército chegara do Leste, nem tinha passado perto da Floresta. – Senar esfregou os olhos vermelhos de cansaço. – Desde que chegamos usei todos os sortilégios de cura que conheço. Passei a noite fazendo isso, esperando que o exército parasse em Salazar e não chegasse até aqui. Então Soana voltou: ela e Fen estavam na fronteira da Terra do Vento quando souberam do exército que avançava. Voltaram correndo, Fen para juntar suas tropas e defender nossa terra, e Soana para avisar a população. Não tiveram tempo, mas isso você já sabe...
– Quanto tempo fiquei desacordada?

— Três dias. Três dias sem dar sinal de que estava melhorando.
— Senar fez uma pausa e olhou muito sério para a amiga. — Fiquei realmente com medo de tu morreres.

Soana chegou naquela tarde. Parecia não ter mais nada em comum com a linda maga que Nihal lembrava. Os olhos inchados denunciavam o pranto, o rosto e os cabelos estavam sujos de fuligem, a roupa rasgada. O seu rosto mostrava claramente o esforço de manter uma barreira mágica em volta da casa. Desta forma o exército do Tirano não podia vê-la: mesmo que alguns soldados passassem por perto, só iriam ver a mata fechada da Floresta, e uma força desconhecida faria com que se afastassem.

Soana sentou ao lado da cama e tentou sorrir.
— Como te sentes?
— Quem são os semi-elfos? — perguntou Nihal friamente.
— Se descansares direito, pode ser que fiques boa logo e...
Nihal levantou a voz:
— Por que aqueles dois monstros chamaram-me de semi-elfo?
Soana suspirou profundamente. Uma lágrima riscou seu rosto sujo de cinzas.
— Está bem. Tens o direito de saber — disse, e começou a contar. — Dezesseis anos atrás eu ainda não participava do Conselho, só era a assistente de um dos seus membros mais sábios: a maga Reis do povo dos gnomos. Estávamos em missão diplomática na Terra do Mar e decidimos visitar o que sobrava da comunidade dos semi-elfos. O que encontramos foi terrível...

Sangue. Sangue por toda parte.
No ar, o seu cheiro metálico e um silêncio pesado, absoluto.
Não havia o menor sopro de vento, nenhuma voz, nem o farfalhar das folhas das árvores ou o canto distante de um pássaro. Somente a imobilidade da morte.
Soana levara então a mão à boca.
— *Ele chegou até aqui...*
Os pequenos punhos de Reis agarraram com força as dobras da sua longa veste. Nos seus olhos havia lampejos de ódio.
— *Nunca vai acabar.*
As duas magas iam agora perambulando entre os cadáveres espalhados no chão, entre as casas daquele vilarejo despovoado a golpes de

espada. Caminhavam atordoadas, como que num sonho, fazendo um esforço para encarar aquilo que seus olhos não queriam ver: não importa para onde olhassem, só havia rostos torcidos pela dor, olhos esbugalhados na escuridão, corpos pesadamente abandonados no chão.

De repente um ruído, tão fraco que parecia mero fruto da imaginação.

Soana virou a cabeça de chofre, como se farejasse o ar. Por alguns segundos só ouviu um silêncio ensurdecedor. Mas então, de novo, aquele tênue lamento. Começou a procurar entre os cadáveres, revirando-os, examinando-os.

– O que foi? – perguntou Reis com frieza.

– Uma voz! Alguém ainda deve estar vivo!

À medida que se aproximava da fonte daquele gemido, o som tornava-se mais claro. Não era um lamento de dor. Não era o choro contido e desesperado dos sobreviventes. Era trêmulo, mas decidido e cheio de vida. O vagido de uma criança.

Sob o cadáver de uma mulher, Soana viu um pano que se movia fracamente. Virou o corpo sem vida com delicadeza. Era uma jovem, pouco mais do que uma menina, ferida nas costas por um golpe de machado.

Entre os seus braços havia uma menina muito pequena, uma recém-nascida. Gritava com tom veemente, como costumam fazer as crianças quando estão com fome ou precisam trocar as fraldas. Soana levantou-a afastando o pano sujo de sangue que a cobria. A pequena túnica que ela vestia estava imaculada: a menininha estava ilesa.

Reis aproximou-se.

– Está ferida? – Era sempre muito direta, gélida. Só quando falava do Tirano seus olhos assumiam uma luz nova, terrível e sombria.

Soana olhava incrédula para a menina: como podia a vida surgir daquele jeito, pura e imperturbável, da morte?

– Parece estar bem...

Reis segurou então o braço de Soana forçando-a a dobrar-se até ficar da altura dela e observou longamente a criança. A expressão da gnomo tinha mudado de repente.

– Está vendo alguma coisa? – perguntou Soana indecisa.

– Uma criança viva e incólume entre os cadáveres é um sinal. Preciso consultar os meus papéis, só então poderei dar uma resposta.

Soana levantou-se e começou a ninar a menina, murmurando palavras doces para acalmá-la.
Reis olhou a sua volta.
– Nada mais podemos fazer por aqui. Não há motivo para demoras: os fâmins podem voltar a qualquer momento. Cubra a menina para que ninguém a veja. Vamos voltar ao Conselho.
Soana obedeceu e as duas magas afastaram-se do vilarejo.

Soana fez uma pausa e olhou para Nihal, que escutara sem dizer uma palavra.
– Aquela menina era a única sobrevivente de um povo inteiro: o último semi-elfo do Mundo Emerso. Decidimos levá-la para a Terra do Vento. Ali ninguém iria prestar atenção nos traços dela...
O coração de Nihal disparou.
– Tinha grandes olhos violeta, orelhas pontudas e cabelos azuis. Aquela menina eras tu, Nihal.
No aposento desceu um silêncio que pareceu infinito.
Soana esperou pacientemente pelas perguntas que mais cedo ou mais tarde iriam chegar. A voz da jovem foi como um sopro.
– Mas então... Livon...
– Livon era um homem excepcional. Quando a levei até ele, aceitou-a sem hesitação e jurou que iria defendê-la mesmo que lhe custasse a vida. Nos primeiros tempos cuidamos da sua criação juntos, mas depois a situação ficou mais complicada. Reis abandonou o Conselho. Em Salazar as pessoas começaram a cochichar, a dizer que eu era uma bruxa. Fui forçada a buscar abrigo nesta casa. E Livon criou-te sozinho. Amou-te como uma filha, Nihal. Tu sabes disso.
Soana esticou a mão para acariciar o rosto da jovem, mas ela afastou-se com raiva.
– Por que nunca me dissestes nada? Por que escondestes a verdade?
– Porque queríamos que crescesses livre e despreocupada por mais tempo possível. Passei dezesseis anos iludindo-me que tu poderias levar uma vida normal. Reis tinha visto algo em ti, algo fundamental para o futuro de todo o Mundo Emerso, alguma coisa que nunca quis revelar-me. Cheguei a esperar que ela estivesse errada,

que tu não fosses predestinada a coisa alguma. Mas Reis nunca errava... Teria preferido que tu não descobrisses deste jeito. Sinto muito, Nihal.

Mas Nihal já não escutava.

Pensava em Livon que, sem ser seu pai, dedicara-lhe a vida até sacrificar-se por ela.

Pensava em todas as vezes em que fantasiara acerca da mãe.

Pensava no seu povo, que já não existia.

Pensava no extermínio de uma raça inteira.

Então tratava-se daquilo, aquelas vozes, aqueles sonhos. Eram o brado de vingança que exigia sangue. E exigia-o dela: a última, a sobrevivente de um povo, de toda a Salazar e talvez até de si mesma, pois teria preferido mil vezes ter morrido com Livon a estar ali, naquela cama, prostrada de dor.

Soana afastou-lhe dos olhos uma madeixa de cabelos.

Em seguida levantou-se e foi embora sem nada dizer.

10
FUGINDO

Nihal passou os quatro dias seguintes no mais completo silêncio. Ficou de cama, com a dor no flanco como única companheira, a olhar para fora da janela sem dizer uma palavra.

Precisava pensar. Tinha a impressão de ter sido repentinamente jogada na existência de outra pessoa. Até aquele momento sua vida havia sido acordar, ouvir o martelo de Livon bater no metal, ver suas costas dobradas em cima do trabalho. Ir conhecer Soana para aprender a magia e devanear com Senar acerca do futuro. Segurar a espada, brincar de guerreiro e esperar, confiando no amanhã. De uma hora para outra tudo mudara. Ela tinha matado: a espada já não era brincadeira. Nunca mais iria rever Livon, a não ser na lembrança: só como um corpo morto no chão. E era culpa dela.

Quem o tirou dos afazeres normais só porque tinha esta mania de combater? Ela. Quem se portara como uma criança achando que até a morte era brincadeira? Ela. E não era ela afinal um perigo, logo ela, última remanescente de uma raça que o Tirano tinha apagado da face da terra? Não era ela que os fâmins queriam matar quando entraram na loja?

Nihal sentia-se desaventurada.

Sempre considerara a estranheza do seu aspecto apenas uma piada da natureza. Mas, ao contrário, ela tinha um significado terrível. Os sonhos tinham mostrado com fria crueldade tudo o que acontecera, como se ela tivesse estado ali, testemunha do extermínio de um povo. O relato de Soana confirmara: aquela chacina esquecida tinha tudo a ver com ela.

Todas as noites daqueles quatro dias as vozes do seu povo trucidado atormentaram-na invocando vingança.

Na última noite sonhou com os semblantes dos seus similares: cada rosto vinha ao seu encontro com seu desespero, sua história, e naqueles olhares mudos Nihal pôde ver a irreparabilidade do que havia acontecido. Entre eles também vislumbrou o de Livon. Tinha uma tristeza profunda no olhar e murmurava: Foste tu quem me mataste, Nihal, foi culpa tua...

Acordou toda molhada de suor, gritando. Senar veio logo ao seu lado.

– Outro pesadelo?

Nihal anuiu ofegante.

– Estou só, Senar. O meu povo já não está aqui entre os vivos, mas sim com a minha estirpe. – Olhou pela janela. – Por que estou viva? Por que Livon morreu por minha causa?

Até então Senar tinha achado melhor não dizer coisa alguma. Estava convencido de que Nihal tinha de encontrar sozinha uma saída. Ainda se lembrava das palavras vazias que lhe haviam sido ditas pelos soldados para consolá-lo. Melhor o silêncio. Mas ao vê-la em prantos não conseguiu mais ficar calado.

– Não sei, Nihal. E também não sei por que o Tirano matou todos os semi-elfos. Só sei que tu estás aqui, no entanto. E que precisas ir em frente. Por ti mesma e por Livon, porque ele te amava e queria ver-te crescer feliz e forte.

Nihal sacudiu a cabeça.

– É tão difícil... Penso nele o tempo todo, naquilo que fez por mim e principalmente naquilo que eu não fiz por ele. E a cada instante digo a mim mesma que foi culpa minha. Era muito bom com a espada, poderia ter vencido os fâmins, poderia conseguir. Mas eu o distraí, matei-o. Sou uma boba... eu...

Nihal recomeçou a chorar. Desde o dia da batalha não derramara uma única lágrima, mas agora o pranto enchia-lhe fartamente os olhos. Senar apertou-a ao peito como já fizera na Floresta naquela noite que já parecia tão longínqua no passado.

No dia seguinte, Nihal viu aparecer na armação de madeira da janela um pequeno rosto cansado e esbaforido. Era Phos. Senar mandou-o entrar e ele ajeitou-se sobre o lençol de Nihal. Levou algum tempo antes de o duende começar a falar.

Depois de alguns dias de correrias pela Terra do Vento o exército do Tirano entrara na Floresta para abastecer-se de madeira, descobrira os duendes e lançara-se em perseguição. Tinha sido uma coisa terrível. Capturaram muitos, muitos outros haviam sido mortos.

Phos juntara o maior número possível de duendes e levara-os para o único abrigo seguro: o Pai da Floresta. Logo que os fâmins se aproximaram da grande árvore, o Pai da Floresta protegera-os. Com seus galhos agarrara pela garganta uns quatro ou cinco daqueles monstros horrendos estrangulando-os. Os demais então fugiram. Phos e seus companheiros haviam ficado escondidos por vários dias, até não ouvir mais os gritos dos fâmins e dos soldados. Quando finalmente voltaram em campo aberto encontraram a Floresta semidestruída. Da sua numerosa comunidade não sobrara nem mesmo a metade.

– Depois encontrei Senar. Contou-me tudo. Decidi então vir para cá. Achei que, quem sabe, chorando juntos poderíamos nos sentir melhor.

O duende começou a soluçar. Nihal segurou-o nas mãos e encostou-o na própria face.

– Ânimo. Tereis de emigrar, mas acabareis encontrando outro lugar onde viver.

– Tu não entendeste. Não podemos mover-nos. Se eles nos virem irão nos capturar. Será o fim.

Senar, que escutara com atenção, interveio:

– Ouve, Phos. Não vai demorar para irmos embora daqui: Soana está esgotada, não pode manter a barreira por muito mais tempo, e eu também estou exausto. Iremos para a Terra da Água, onde Nihal estará segura. Podereis ir conosco, iremos esconder-vos. Há muitos duendes por lá: vós tereis a oportunidade de uma nova vida.

Phos levantou vôo da cama e cingiu o pescoço de Senar com seus pequenos braços.

– Obrigado, obrigado... Há alguma coisa que eu possa fazer para retribuir?

– Precisamos de cavalos. E de ambrosia para a viagem – respondeu Nihal. – Pois do contrário receio que terão de deixar-me no meio do caminho. – A jovem ia aos poucos recuperando a presença de espírito.

Começaram a organizar a partida. Decidiram que Senar iria vestir a armadura que roubara no dia da invasão, só para não despertar suspeitas, e que a comitiva iria seguir por uma trilha oculta que só Phos conhecia. Só faltava marcar a data.

Nihal ainda estava acamada: antes de empreender a viagem precisava pelo menos ter condições de andar. No começo foi bastante difícil. Sofria de tonturas e tinha a impressão de que as pernas não conseguiriam sustentá-la, mas esforçava-se sem nunca queixar-se. Senar estava certo: era preciso partir quanto antes. Se acabassem morrendo ali, nada faria mais sentido. Os sobreviventes têm muito mais responsabilidade do que os demais.

Partiram à noite sob uma pequena foice de lua.

A escuridão era quase total. Senar vestia a armadura, Nihal estava envolvida numa manta preta, Soana usava uma capa de juta.

De repente o breu ficou pontilhado de pequenas luzes: eram os duendes. Nihal ficou surpresa com o pequeno número deles: umas poucas dúzias, todos em condições precárias, de olhos cavados e a expressão aflita dos foragidos.

– Só encontrei este, os outros foram todos pegos pelos fâmins – disse Phos, apontando para um rocim magro e assustado. Senar virou-se penosamente para olhar. Estava realmente engraçado dentro daquela couraça, e Nihal ficou imaginando como conseguia agüentar o peso.

– Está ótimo, Phos. Obrigado.

Os duendes esconderam-se dentro de dois sacos presos à sela do cavalo e depois disso Nihal ajeitou-se na garupa. Embora quase cicatrizada, a ferida ainda estava dolorida. *Que diabo! Nem começamos a viagem e eu já estou passando mal!* Tomou um gole de ambrosia.

A caravana pôs-se a caminho.

Começaram a margear a Floresta: oculto sob a manta de Nihal, Phos indicava a direção. A noite estava escura, o silêncio absoluto. Nem mesmo as árvores farfalhavam. Calavam-se em sinal de luto e Nihal percebeu que a natureza estava imbuída de dor.

Avançaram durante toda a noite. Senar na frente, com Soana e Nihal emparelhadas logo atrás. Vez por outra ouviam murmúrios nos sacos e uma cabecinha colorida aparecia na borda. Era difícil respirar lá dentro: os duendes revezavam-se para tomar um pouco de ar fresco.

    Soana caminhava com dificuldade, pois durante os últimos dias tinha passado o tempo todo recitando encantamentos, e para Nihal o trote do cavalo era um verdadeiro suplício.

    Quando o dia começou a clarear com as primeiras luzes do alvorecer entraram na mata fechada: haviam decidido que seria mais seguro viajar de noite e descansar durante o dia. Estabeleceram turnos de vigia, para não ser surpreendidos durante o sono. Acordaram quando o sol se punha e retomaram a marcha.

    Só chegaram a avistar o Saar na noite seguinte. O Grande Rio era uma imensa extensão de água da qual não se via a outra margem. A correnteza escorria com o fragor do trovão. Só uns poucos audaciosos se haviam atrevido a atravessá-lo e quase ninguém conseguira sair da experiência incólume: parecia um ser maldoso e sombrio, pronto a devorar em suas águas caudalosas qualquer um que ousasse enfrentá-lo.

    As margens estavam totalmente despojadas de vegetação: nenhuma outra forma de vida atrevia-se a invadir os domínios onde o Senhor das Águas tinha o seu reino. Era o mesmo rio de onde nasciam os maravilhosos canais da Terra da Água, mas ali mostrava o seu semblante mais ameaçador.

    Phos foi peremptório:

– Aqui estamos em campo aberto. Precisamos avançar o mais rápido possível. Se nos apressarmos, poderemos superar o descampado da Terra do Vento em uma única noite.

O grupo preparou-se para seguir viagem em marcha forçada.

    Depois de um bom pedaço apareceu um clarão ao longe: mais uma torre havia sido incendiada. Entrevia-se sua forma escura entre as chamas. Uma torre como Salazar, vítima como ela da loucura homicida do Tirano.

    Aceleraram o passo com a morte no coração. Uma cidade em chamas significava inimigos por perto, e a área descampada parecia não ter fim: as primeiras luzes da alvorada já começavam a colorir lentamente a planície.

Estavam esgotados. Precisavam encontrar um abrigo, mas parecia não haver nada à vista por milhas e mais milhas. Então, quando o sol já levantara-se no horizonte, divisaram uma chácara.

Senar saiu em exploração. Quando voltou tinha a expressão preocupada.

– Não vale a pena parar. É melhor seguirmos em frente.

De repente Nihal esporeou o cavalo.

– Não, Nihal. Volta!

Mas a jovem já se aproximava da casa a galope, sem prestar atenção nos gritos de Senar.

A vista era desoladora: utensílios abandonados, uma horta inculta, um estábulo vazio. Nihal desmontou com muito custo e chegou até a entrada. A porta estava entreaberta e quando a empurrou as dobradiças rangeram.

Tudo escuro, lá dentro. Só havia o cheiro da morte. Um homem estava pendurado numa trave enquanto uma mulher e uma menina jaziam numa poça do próprio sangue.

Nihal ficou petrificada: teve a impressão de a penumbra ficar de repente povoada pelos rostos dos seus sonhos e recomeçou a ouvir gritos e lamentações. Era a história de sempre, as chacinas que se repetiam sem fim. Gritou, caiu de joelhos.

– Vamos embora. Não olha.

Soana juntara-se a ela.

– Não, precisamos olhar! Precisamos gravar na nossa mente aquilo que o Tirano está fazendo com o nosso mundo! – gritou Nihal com raiva.

A maga segurou-a pelo braço e arrastou-a para fora.

Sepultaram os cadáveres tomando o cuidado de não deixar as covas visíveis, depois prepararam-se para dormir no celeiro da chácara. Adormecer não foi nada fácil para ninguém: as imagens de morte perseguiam-nos.

Apesar dos protestos de Senar, Nihal decidiu também participar dos turnos de vigia. Pegou a espada e ficou sentada perto da entrada. Ao reparar na desolação das lavouras às quais aquela família dedicara tanto trabalho, sentiu-se quase sufocar.

O dia passou sem transtornos.

Quando já ia escurecendo Nihal conseguiu adormecer, abraçando a sua espada, e pela primeira vez desde que descobrira ser um semi-elfo não teve pesadelos. Sonhou, ao contrário, que Fen vinha para levá-la embora. Depois, diante da cachoeira do palácio de Gala e Astréia, dava-lhe um beijo muito demorado.
Já acabou, Nihal, agora eu estou aqui, dizia-lhe.
Quando acordou perguntou a si mesma como podia ter tido um sonho tão bonito numa hora dramática como aquela. Nunca mais pensara no cavaleiro, mas percebeu que seu amor não tinha esmorecido. Onde estaria agora? Para quem estaria lutando? Estaria tudo bem com ele?...

A viagem prosseguiu. Haviam chegado a um pequeno bosque e a cobertura das árvores dava alguma segurança à comitiva. Alguns duendes saíram para espreguiçar as asas amarrotadas.
Phos ficou extasiado ao ver que o pequeno bosque não apresentava sinais da passagem dos fâmins.
– Talvez ainda haja esperança! Nem tudo foi destruído!
Senar tirou o elmo e respirou a plenos pulmões o ar fresco.
– Nihal, aqui ninguém pode ver-te. Acho que já podes tirar a capa.
A jovem sacudiu a cabeça.
– Não. Não quero que corram riscos por minha causa.
Pálida, magra, vestida de preto, Nihal parecia uma figura diabólica. Por um momento Senar chegou a ter medo dela. Já não era a garotinha que tinha conhecido em Salazar. Estava muito diferente, embora não soubesse definir exatamente como.
Aquela noite também passou sem problemas. Pararam para descansar logo antes do amanhecer. Depois da experiência do dia anterior, poder dormir na grama foi uma sensação maravilhosa.
Nihal decidiu encarregar-se do primeiro turno de vigia. Aproveitou para andar um pouco: queria recuperar-se o mais rápido possível. Olhou a paisagem à sua volta, surpresa diante daquele cantinho de paraíso cercado pela desolação da guerra. Lembrou os dias da prova na Floresta: pareceram-lhe pertencer a uma outra vida.
Um estalido despertou-a dos seus devaneios. Virou-se imediatamente: Soana. Nunca mais falara com ela desde o dia da revelação.

– Estás te sentindo melhor? – A maga voltara a ser a de sempre: linda e poderosa.
– Bem melhor.
– Não consegues perdoar-me, não é verdade? – Soana ia direto ao assunto.
– Não – respondeu Nihal, seca e sincera.
Não queria magoá-la, mas precisava livrar-se daquele nó de ressentimentos que lhe apertava a garganta.
– Entendo, e acho muito justo. Posso imaginar como te sentes. Sei que a morte de Livon é algo irreparável, mas gostaria de que soubesse que nesta dor eu sou tua companheira. Livon era o meu irmão, Nihal.
– Tu não estavas lá, quando ele morreu.
– Posso ver nos teus olhos tudo o que aconteceu.
A jovem ficou calada por um longo momento, lutando contra as lágrimas.
– Quisera não estar com raiva de ti, Soana, mas não consigo. Estou com raiva do mundo inteiro. Estou com raiva de mim mesma. Odeio-me por ser aquilo que sou.
Soana baixou a cabeça.
– Eu sei, Nihal. Eu também me odeio: não consegui salvar a Terra do Vento, permiti que o meu irmão morresse, não fui capaz de poupar-te para esta dor... Sabes de uma coisa? Tomei uma decisão: quando chegarmos às Terras livres sairei do Conselho. Senar ficará no meu lugar. Ninguém sentirá a minha falta.
Nihal reagiu.
– Mas não podes! Tu és preciosa demais para o Conselho!
– A minha tarefa era vigiar e proteger a Terra do Vento, descobrir de antemão os movimentos do Tirano e informar o Conselho. Falhei, Nihal, simplesmente. Superestimei as minhas qualidades de maga. Ou talvez não tenha levado suficientemente a sério o poder obscuro da magia do Tirano, não faz diferença: foi um erro imperdoável.
– E o que vais fazer?
– Vou tentar encontrar Reis. Preciso saber, Nihal. Pelo Mundo Emerso, mas principalmente por ti.
Nihal fitou a maga nos olhos.

– Tu sempre foste um ponto de referência, para mim, mas agora é como se alguma coisa tivesse se quebrado dentro do meu peito. Talvez nunca mais consiga ser em relação a ti o que eu era antes, mas saibas que ainda te quero bem.
Soana afagou-lhe a cabeça.
– Tornaste-te uma mulher, Nihal.

Na noite do décimo quarto dia de marcha ainda estavam longe da fronteira, mas a viagem já estava perto do fim. Vislumbravam-se as luzes longínquas de um acampamento inimigo: umas duas dúzias de tendas espalhadas de forma desordenada numa pequena planície. No meio, uma barraca um pouco maior do que as demais: a do chefe da guarnição, com toda a probabilidade.
– Parece que o nosso caminho chegou ao fim – disse Senar, tirando o elmo. Nenhum deles fazia a menor idéia de como poderiam superar a linha do *front*.
A única que não se entregou ao desânimo foi Soana.
– Se há um acampamento inimigo, também deve haver por perto um exército nosso aliado. Só precisamos procurar e entrar em contato com ele.
A maga sentou-se no chão.
– Senar, as pedras do círculo mágico.
Senar foi forçado a tirar a armadura.
– Pode até ser útil, mas esta roupa é muito incômoda.
Depois de livrar-se da couraça começou a procurar no alforje até encontrar seis pedras gravadas com runas. Soana colocou-as nas pontas de uma estrela imaginária, igual àquela com que submetera Nihal à prova do fogo. Logo a seguir o centro brilhou com uma chama azul. A maga recitou uma ladainha e da estrela subiu uma densa fumaça azulada que se dissipou rapidamente no ar.
– Quando estamos longe, eu e Fen nos comunicamos desta forma. Não sei onde está, mas é provável que esteja lutando nesta frente. Disse-lhe onde estamos. Depois de deixarmos para trás o acampamento, ele saberá onde nos buscar.
Senar arregalou os olhos.
– Depois de deixarmos para trás o acampamento? E como vamos fazer isto? Deve estar cheio de sentinelas!

– Os guardas podem deixar-se vencer pelo sono, Senar, e tu sabes muito bem como fazer isto. Seguiremos em frente logo que recebermos notícias de Fen. Tu entrarás no acampamento, com a desculpa de entregar uma mensagem, e depois disso lançarás o teu feitiço. Os duendes poderão passar voando, eu e Nihal iremos a pé.

Senar não gostava do papel de herói, mas teve de concordar que não havia outro jeito para sair dali.

Depois de uma espera de dois dias todos começaram a achar que a mensagem nunca chegara até Fen. Apenas Soana não tinha dúvidas.

– Responderá.

Na manhã do terceiro dia apareceu uma pomba. Trazia uma mensagem presa a uma pata: com escrita clara e precisa liam-se no papel umas poucas ordens acompanhadas de runas desconhecidas. Nihal não pôde deixar de pensar que provavelmente Fen estava enviando à maga algum recado confidencial. *Os sonhos são realmente mentirosos,* disse para si mesma.

– Agiremos esta noite. Acho bom tu te encaminhares, Senar.

O mago passara a vida inteira fantasiando sobre o momento em que iria desempenhar façanhas heróicas para libertar o Mundo Emerso da opressão do Tirano, mas agora sentia-se muito mais atemorizado do que poderia imaginar.

Depois de alguma hesitação, tomou coragem, montou no cavalo e preparou-se para partir.

– Senar! – Nihal estava em pé não muito longe dele. Pela primeira vez em muitos dias estava sorrindo. – Boa sorte. Procura voltar inteiro.

Senar piscou para ela.

– Vai ser um passeio. — E se afastou.

A espera não foi nada serena. Só de pensar que o amigo podia morrer, Nihal ficou completamente abalada. Não podia suportar a idéia de mais uma pessoa querida ir-se embora. Ficou o dia todo resmungando, tensa e preocupada.

Phos tentava distraí-la.
– Pára com isso! Só penses que daqui a pouco nós poderemos sair daqui! Não vejo a hora de chegar à Terra da Água! Rios, florestas sem-fim, mais duendes, paz...
Nihal nem ouvia. Continuava a roer as unhas ou a brincar nervosamente com a espada.
Nenhum som se ouvia do acampamento, e isto era um bom sinal. Se descobrissem Senar haveria certamente alguma celeuma.
Então a noite chegou.
Haviam combinado encontrar-se com Fen ao alvorecer, do outro lado do acampamento inimigo, às margens do Grande Rio. Os duendes saíram voando, subindo muito para que suas pequenas luzes ficassem menos visíveis. Soana e Nihal também se encaminharam.
Quando superaram a entrada do acampamento, Nihal evocou com a sua magia um fraco clarão: era o sinal combinado com Senar. Esperou pela resposta com o coração apertado. Pareceu passar uma eternidade antes que o mago finalmente aparecesse, incólume e íntegro, na entrada de uma tenda. Queria correr ao encontro dele e abraçá-lo, mas limitou-se a sussurrar:
– Estão todos dormindo?
– Acho que sim. Levei muito tempo: as barracas estão espalhadas num espaço enorme. Em compensação, peguei umas coisinhas...
Senar tirou debaixo da veste duas longas espadas, uma para si e a outra para Soana.
Apesar de estarem todos dormindo, arrastaram-se pela grama procurando fazer o menor barulho possível. Nihal viu mais uma vez os fâmins: jaziam em volta dos restos de uma fogueira, profundamente adormecidos. Havia vários homens entre eles e até alguns gnomos. Todos dormiam na maior beatitude, ainda segurando nas mãos as canecas cheias de sidra, de boca aberta, roncando ruidosamente. Antes de entregar-se ao sono tinham comemorado: aqueles malditos haviam festejado a morte dos inocentes habitantes da Terra do Vento.
Nihal ficou com uma imensa vontade de queimar o lugar, deixando-os morrer entre as chamas, mas um pensamento deteve-a: *Agora não. Não há pressa. Cada coisa no devido tempo.*

O acampamento parecia não ter fim. Avançaram lentamente até chegar à altura do último posto avançado. Só mais aquele obstáculo: depois Fen e a salvação. Nihal teve até tempo de pensar que estava emocionada com a idéia de rever o cavaleiro após tanto tempo.
– Mago maléfico! Traidor!
O berro rasgou o silêncio da noite.
Dois fâmins surgiram da escuridão. Estavam longe, mas vinham rapidamente ganhando terreno.
– Não disse que estavam todos dormindo? – gritou Nihal.

Numa fração de segundo a jovem fez os seus cálculos: não fazia sentido tentar esconder-se, teria de desnorteá-los com uma manobra inesperada. Sacou a espada e investiu correndo contra os dois inimigos.

Os fâmins também arremeteram contra ela, mas Nihal não se deixou intimidar: continuou avançando e só bem em cima da hora, quando o primeiro já se preparava para desferir o golpe, abaixou-se de repente trespassando-o de baixo para cima.

O segundo não se deixou pegar desprevenido. Depois de uns golpes defensivos, Nihal foi forçada a recuar. As poucas forças que havia recobrado já estavam começando a falhar. *Não vou agüentar.* A dor no flanco estava insuportável e a espada parecia-lhe extremamente pesada. *Não vou conseguir.*

Um relâmpago esverdeado passou por cima da sua cabeça e incinerou o fâmin. Nihal virou-se.

Senar olhava para ela irônico.
– Achas mesmo que vais encontrar um jeito de desobrigar-se? Já é a segunda vez que salvo a tua vida!
– Chega de conversa, mago de meia-tigela! Só espero que não haja mais surpresas – respondeu Nihal sorrindo.

Soana e os dois jovens saíram apressadamente do acampamento inimigo.

Correram sem parar até chegar às margens do Saar, onde os duendes já estavam esperando havia um bom tempo. Nihal quase não conseguia respirar devido à dor no flanco.
– Deixa ver.

Senar levantou o casaco. A atadura estava manchada de sangue.

Apesar dos protestos de Nihal, o amigo mandou-a deitar-se e começou a recitar fórmulas incompreensíveis. A sua respiração tornou-se mais regular, ela relaxou e logo a seguir sentiu-se tomada por uma agradável sensação de bem-estar.

– Obrigada, Senar. Obrigada por tudo.

Olhou o céu pelas pálpebras entreabertas: estava tingindo-se de rosa. Na claridade do alvorecer viu três pontinhos que se tornavam cada vez maiores. Dragões.

Fen e os seus haviam-nos encontrado.

Estavam salvos.

Mais tarde o cavaleiro murmurou alguma coisa a Nihal. Tinha a ver com Gaart, mas ela estava cansada demais para entender. O seu primeiro vôo na garupa de um dragão foi de olhos fechados.

11
A DECISÃO DE NIHAL

Nihal e o resto da comitiva foram levados a uma pequena aldeia da Terra da Água, muito perto da fronteira. A própria Soana insistiu naquela acomodação modesta: já não se considerava um membro do Conselho e não queria ser hóspede de Astréia e Gala em Laudaméia.

O nome do vilarejo era Loos e era um dos poucos em que ninfas e humanos conviviam. Era um lugar muito aprazível, planejado para facilitar a vida em comum de duas espécies tão diferentes.

Os humanos precisavam de casas, enquanto as ninfas só tinham necessidade de árvores onde encontrar abrigo à noite. Algumas zonas da aldeia eram portanto formadas por pequenas palafitas apinhadas em cima da água, enquanto outras pululavam de árvores.

No começo Nihal ficou inteiramente transtornada com o verdejante caos de Loos.

Ela e Soana haviam-se abrigado na casa de um pescador. O homem mostrava-se cheio de atenções em relação à mocinha: quando a viu chegar, cansada e doente como estava, forçou-a a ficar de cama, sem se mexer, por dois dias. Mas à noite os sonhos voltavam pontualmente a afligi-la, e de manhã a dor se renovava. Por isso fez o possível para recobrar-se o quanto antes, e, logo que as pernas permitiram, começou a sair para dar umas voltas por aquela terra maravilhosa.

E também havia Fen.

O seu acampamento não ficava longe da aldeia e era comum ele aparecer em Loos para visitar Soana. Nihal aguardava ansiosa estas ocasiões. E não importava se ele não vinha por ela, mas sim pela mulher que amava. As fantasias eram a única coisa que lhe sobrava e ajudavam-na a manter afastadas as lembranças.

O cavaleiro tratava-a com ternura, falava com ela, mas prontificava-se principalmente a enfrentá-la em combate. Durante os duelos, a mente de Nihal ficava vazia. Era melhor do que qualquer fantasia. Segurava nas mãos a espada negra, na qual parecia-lhe ainda poder sentir vibrar a vida de Livon, e o seu corpo começava a mexer-se sozinho, levando ao esquecimento a sua mente também.

Senar estudava como um louco. Opusera-se com todas as suas forças à decisão de Soana. Claro, ficaria muito satisfeito em poder entrar logo no Conselho, mas não daquele modo: tinha um carinho todo especial pela mestra e não queria de forma alguma que ela desistisse do cargo. A maga, no entanto, havia sido irredutível e Senar só pôde dobrar-se diante da determinação dela. Se era portanto destino que ele se tornasse conselheiro, decidiu então fazê-lo da melhor forma possível.

Passava os seus dias mergulhado entre os livros da biblioteca real e só voltava a Loos à noite, exausto e esfomeado. Muitas vezes estava tão cansado que nem visitava Nihal. As costumeiras conversas dos dois ao entardecer haviam-se tornado cada vez mais raras, mas o rapaz não se esquecera dela.

Certa tarde Nihal fora treinar no mesmo pequeno bosque onde Phos e os seus haviam encontrado abrigo provisório. As coisas não estavam lá muito boas para os duendes.

– As ninfas tratam-nos como pequenos criados: podem parecer lindas e vaporosas, mas tu nem imaginas como são insuportáveis! "Traga-me isto, faça aquilo..." Afinal, não viajamos tanto para bancar os pajens! – queixava-se Phos. Resumindo: via-se que não demorariam muito para procurar um outro refúgio.

Naquele dia, no entanto, o bosque estava vazio: só Nihal que, compenetrada, soltava grandes golpes contra inimigos imaginários. Senar chegou em silêncio, como de costume, mas Nihal já aprendera a perceber a sua presença.

– Chega de estudos, por hoje?
– Chega.

O mago entregou à amiga um pergaminho que trazia embaixo do braço.

– Encontrei isto. Já estava procurando havia algum tempo...

Era uma página amarrotada e meio queimada, com um grande desenho: uma cidade com edifícios extremamente altos, dominada por uma torre branca. Entre um e outro prédio sobressaíam os cabelos azuis de muitos semi-elfos, empenhados nas mais corriqueiras atividades cotidianas. Embaixo do desenho uma escrita traçada com letras elaboradas dizia: "Cidade de Seférdi, Terra dos Dias."

– Bonita, não é verdade? É o único testemunho do teu povo que encontrei na biblioteca. Achei que gostarias de ver...

Nihal não respondeu. Ficou olhando fixamente para aquele papel gasto pelo tempo. Os seus olhos encheram-se de lágrimas.

Quando Senar percebeu, sentiu-se morrer de aflição.

– Sou realmente um idiota! Desculpa, nem passou pela minha cabeça que iria fazer-te sofrer...

Mas Nihal apertou no peito o pergaminho e sorriu para ele entre as lágrimas.

Conversaram de tudo um pouco, naquela tarde: da decisão de Soana, da próxima investidura de Senar como membro do Conselho daquela terra verdejante. Falaram de tudo aquilo como se nada tivesse mudado, como quando Nihal era só uma garotinha com a idéia fixa de tornar-se um guerreiro, e Senar um promissor aprendiz de mago.

Senar, no entanto, conhecia a amiga muito bem.

– E então?

– Então o quê?

– Nihal, tu podes enganar a todos, mas não a mim: o que estás ruminando?

– Nada.

– Vê bem: fizeste de tudo para recobrar as tuas forças o mais rápido possível, não perdeste uma única ocasião para treinar com Fen e passas as tuas tardes cortando o ar com tua espada. Posso saber o que estás arquitetando?

Mais uma vez Nihal ficou surpresa ao reparar como Senar a entendia.

– Quero combater.

Senar meneou a cabeça.

– Já imaginava...

– Não, espera, não é tão simples assim. Não tenho a menor intenção de entrar simplesmente na briga e morrer; se devo morrer, isso só pode acontecer depois de eu ter vingado Livon e o meu povo.

– E como achas que vais conseguir isso, se posso perguntar?

– Decidi tornar-me Cavaleiro de Dragão.
– Estás brincando, não é?
– Estou falando sério.
– Nihal, a Ordem dos Cavaleiros de Dragão da Terra do Sol é o exército mais poderoso de todo o Mundo Emerso.
– Eu sei, e é por isso mesmo que decidi fazer parte dele.
– Quero dizer que nunca irão deixar entrar uma mulher numa ordem tão importante.

Nihal sabia que Senar estava certo: não iria ser fácil. A Ordem dos Cavaleiros de Dragão era antiga e de grande prestígio.

Até mesmo um homem valente e capaz teria dificuldade para entrar nela, o que pensar então de uma jovenzinha como ela. E se ainda assim conseguisse uma vaga na Academia, terminar o treinamento continuaria a ser uma tarefa difícil: só havia uns duzentos Cavaleiros de Dragão em toda a Terra do Sol, e a cada ano não eram mais de quatro ou cinco os candidatos que conseguiam coroar com sucesso os seus sonhos. Mas já tomara a sua decisão e não iria desistir enquanto não chegasse ao campo de batalha na garupa do seu dragão.

– Sou uma mulher, Senar. Já não sou uma menina. Sou um guerreiro. Preciso dar um sentido à minha vida, e este sentido só pode ser o combate. Não se trata de um capricho, mas sim de uma exigência: preciso lutar em nome de quem morreu e de quem ainda irá morrer.

Senar olhou para a amiga. A jovem diante dele era realmente um guerreiro e a luz que brilhava em seus olhos era o fogo que arde naqueles que sabem o que deve ser feito. O mago suspirou, então segurou a mão dela e apertou-a.

Nihal já não estava sozinha na sua decisão.

Dez dias depois da chegada a Loos, Nihal já estava inteiramente recuperada. Haviam passado alguns dias serenos, mas para Senar, Soana e Nihal chegara o momento de deixar aquela Terra. O novo destino era a Terra do Sol, que naquele ano abrigava a sede do Conselho dos Magos.

Cada um dos viajantes tinha diante de si um futuro incerto.

Soana ia renunciar ao seu cargo para enfrentar uma viagem sem destino – e provavelmente sem êxito – em busca de Reis. Senar estava prestes a tornar-se conselheiro e ficava imaginando se, com seus dezoito anos recém-completados, estaria realmente à altura da tarefa. E Nihal só pensava na guerra: naquela que iria combater no campo de batalha, e na outra que já estava enfrentando dentro de si mesma contra o desespero.

Puseram-se a caminho de manhã bem cedo.

Aproveitando alguns dias de folga, Fen oferecera-se para escoltá-los. Soana estava a ponto de meter-se sabe lá em qual tipo de viagem e ele queria aproveitar o tempo que lhe restava para ficar perto dela.

Nihal ficou muito feliz com a situação. Queria comunicar-lhe pessoalmente a sua decisão.

Já estavam longe da Terra da Água quando a jovem decidiu tocar no assunto. Haviam parado perto de um bosque para comer alguma coisa e descansar, e o ambiente descontraído pareceu-lhe propício.

Nihal tomou coragem.

– Eu... pois é, tenho uma coisa a dizer. Pensei muito a respeito disso e... em resumo, decidi tornar-me Cavaleiro de Dragão. Quando chegarmos, gostaria que Fen me acompanhasse até a Academia.

As suas palavras tiveram o mesmo efeito de um relâmpago num dia de sol.

Depois de uns momentos de gelo, Fen, o cavaleiro, o mestre e mentor dela, foi o primeiro a falar:

– Realmente sabes do que estás falando? Enquanto nós ficarmos treinando, não tem problema, mas aqui o assunto é outro. Estamos falando de guerra. De guerra de verdade.

Nihal teve a impressão de ser tragada por um abismo. Havia pensado que o cavaleiro iria receber com entusiasmo a sua decisão, que iria apoiá-la com alegria e admiração.

– Eu nunca achei que o treinamento fosse uma brincadeira...

Um olhar de Soana, e Fen mudou de tom. O seu rosto suavizou-se num dos costumeiros sorrisos, mas Nihal viu nele um toque de complacência que a deixou irritada.

– Não quis dizer isso.

Os olhos de Nihal começaram a encher-se de lágrimas.

— Não estou pedindo que me ajudes. E tampouco peço a tua aprovação.

— Ouve, Nihal, procura entender...

Mas ela pulou de pé.

— Farei tudo sozinha, se for necessário. Não preciso de ninguém.

Em seguida pegou a espada e embrenhou-se no mato. Não queria que a vissem chorando. Enquanto fugia, esperando até o fundo da alma que ninguém tentasse segui-la, não conseguia entender por que Fen a tratara daquele jeito. Logo ele, com quem ela tanto contava. Era uma verdadeira traição, uma tentativa de acabar com seus sonhos.

Sentou-se aos pés de uma árvore e apoiou a cabeça nos joelhos. Imaginou então que Fen iria chegar a qualquer momento, dizendo que falara aquilo só porque estava preocupado, porque a amava e queria ficar com ela. *Mas quem estou querendo enganar?* As lágrimas voltaram a riscar as suas faces. *Fen ama Soana, e eu sou apenas uma boba.*

Quando Fen de fato chegou, Nihal já tinha derramado todas as suas lágrimas.

— Não queria fazer-te chorar.

Ela continuou de olhos fixos na grama.

— Sou o teu mestre, e sou o primeiro a reconhecer as tuas grandes capacidades. Acontece que o treinamento é muito rigoroso. E tu és uma moça. Só isso.

— Sei muito bem que sou uma moça. Não precisais ficar o tempo todo me lembrando — disse Nihal sem levantar o rosto.

— Só quero dizer que terás de enfrentar inúmeras dificuldades.

— Também sei disso.

Fen suspirou.

— Tens absoluta certeza de que é isso o que queres?

Nihal anuiu decidida.

— Está bem. Irei apresentar-te a Raven, o Supremo General. Pedirei que te aceite. Satisfeita?

O cavaleiro agachou-se para espiar o rosto dela escondido entre os joelhos.

— Vamos lá, não gosto de ver mulheres chorando.

Nihal levantou o rosto corado e olhou para ele: o toque de complacência já havia desaparecido do seu rosto.

– Obrigada – disse baixinho.
Ele segurou-a pela mão para ajudá-la a levantar-se e Nihal não resistiu: logo que ficou de pé abraçou-o apertando-se nele.

O resto da viagem não demorou muito: tinham bons cavalos e em cinco dias chegaram à Terra do Sol. O nome evocava na cabeça de Nihal a idéia de uma terra magnífica e cheia de esplendor, mas o que viu foi na verdade uma região caótica e densamente povoada.
O território pululava de cidades apinhadas de gente, cujas casas amontoavam-se umas em cima das outras num dédalo inextricável. A região, no entanto, também possuía viçosas florestas, tanto assim que Nihal achou que podia ser perfeita para Phos e o seu povo.
Era uma terra opulenta e fazia questão de mostrar toda a sua riqueza: os habitantes ostentavam roupas suntuosas e as casas eram enfeitadas com rebuscados adornos.
Todas as cidades, qualquer que fosse o tamanho delas, eram organizadas em volta de um imponente prédio quadrado, sede do governo local. Ali reuniam-se os delegados e o governador. Diante do palácio havia uma grande praça, que todos os dias abrigava um mercado repleto de mercadorias. Era o único espaço aberto de que as cidades da Terra do Sol dispunham: quanto ao resto, era um emaranhado de ruelas que se desdobravam sem qualquer ordem aparente, cortadas por tortuosas avenidas só um pouquinho mais largas e minúsculas praças que se abriam de repente no labirinto das casas. Em todos os cantos, estuques dourados, estátuas, fontes borbulhantes e um frenético vaivém de pessoas apressadas.
Todo aquele alarde de abundância incomodava Nihal, que achava aquele luxo inteiramente descabido em tempos de guerra. A pobreza só aparecia sorrateira nos becos mais escuros, onde em miseráveis casebres moravam os refugiados das Terras conquistadas pelo Tirano. Olhando para eles, Nihal não podia deixar de pensar no próprio povo: provavelmente os semi-elfos também haviam sido forçados a viver daquele jeito antes da sua destruição definitiva, pedindo esmola a pessoas que esbanjavam suas riquezas sem nem mesmo pensar na tragédia que as ameaçava.

Passaram por uma miríade de cidades, ou pelo menos foi esta a impressão de Nihal, até chegarem finalmente a Makrat, a capital, onde havia a sede tanto do Conselho dos Magos como da Ordem dos Cavaleiros de Dragão.

A primeira impressão de Nihal acerca daquela Terra teve uma ulterior confirmação: mansões principescas construídas sem qualquer planejamento, pessoas indo e vindo apressadas, foragidos que importunavam os transeuntes o tempo todo. O resultado era uma sensação de caos e sufocamento.

Fen apontou para uma construção estranhamente sóbria para os padrões arquitetônicos da Terra do Sol: a sede da Academia. Nihal gravou-a muito bem na mente. Decidiu que se apresentaria a Raven já no dia seguinte.

Naquela noite hospedaram-se numa estalagem. Havia poucos quartos e por um momento Nihal esperou poder passar a noite com Fen.

Obviamente coube-lhe compartilhar o quarto com Senar. Só havia uma cama e o mago foi portanto forçado a dormir no chão.

Nenhum dos dois conseguia pegar no sono.

Quem quebrou o silêncio foi o mago.

– Estás dormindo?

– Não.

– Estava imaginando se amanhã as coisas irão realmente mudar. Se tu e eu iremos de fato seguir por caminhos diferentes.

Nihal sorriu.

– Quanto a mim, não tenho a menor intenção de perder o meu inimigo preferido. E quanto a ti, conselheiro? Não estarás atarefado demais para vir visitar-me?

– Entre um feitiço e outro... farei o possível para encontrar um tempinho...

Nihal acertou-o com a almofada.

Nihal e Fen encaminharam-se para o prédio da Academia de manhã bem cedo, passando pelas ruas de Makrat ainda desertas.

O cavaleiro não estava com o bom humor costumeiro. Parecia tenso e a jovem percebeu que, se fosse por ele, teria preferido esquecer toda aquela história absurda. De vez em quando olhava para ela de soslaio, mas Nihal continuava a caminhar decidida, concentrada naquilo que estava a ponto de fazer.

A jovem vestia uma longa capa preta da qual somente a espada despontava. Um capuz cobria-lhe inteiramente o rosto. E igualmente sombrios eram os trajes que a capa escondia: corpete e calças justas de pele, também rigorosamente pretos. Sentia-se no papel de uma alma vingadora. Prometera a si mesma que enquanto o horror do Tirano não chegasse ao fim não despiria aquela espécie de luto.

A sede da Academia era um prédio maciço que se alongava sobre uma ampla esplanada. A entrada era formada por uma enorme porta de dois batentes, vigiada por dois jovens armados de alabarda.

– Estamos aqui para falar com o Supremo General da Ordem, o sumo Raven – disse Fen.

Nihal achou que a aventura começava realmente: quanto teria ela de apostar para conseguir o que pretendia?

Um dos dois guardas foi pedir instruções. Voltou logo a seguir.

– O Supremo General vai receber-vos. Podeis ficar esperando na sala das reuniões.

A grande sala deixou Nihal pouco à vontade: acostumada com os espaços apertados de Salazar, naquele imenso salão sentia-se tão pequena quanto um inseto. O ambiente era dividido em três naves por duas fileiras de colunas: se ela tentasse abraçar uma delas, provavelmente os seus braços nem chegariam a cingir a metade. Toda aquela grandiosidade parecia proposital: os que esperavam para ser recebidos só podiam sentir-se insignificantes e intimidados.

Tiveram de aguardar quase uma hora. Nihal já estava ficando nervosa:

– Como é o Supremo General?

– Irascível, arrogante e nem um pouco dado à compreensão – resumiu seco Fen.

– Um bom começo... – tentou brincar Nihal. Mas não teve tempo de perguntar mais nada pois o misterioso Raven finalmente ingressou na sala.

Vestia uma armadura de ouro cravejada de brilhantes. *Como alguém pode pensar em lutar dentro de uma vestimenta dessas?*, ficou pensando Nihal. Como se não bastasse, ainda trazia nos braços um cachorrinho peludo que acariciava e afagava o tempo todo.

O Supremo General foi sentar-se numa grande poltrona no fundo do salão.

— Meu bom Fen — começou dizendo com voz afetada — é para mim motivo de orgulho que um herói, como sem dúvida tu és, venha visitar-me. Soube que na frente de batalha da Terra do Vento as coisas estão melhorando. Fico feliz com isso. A notícia da sua tomada deixara-nos sobremodo preocupados. É uma grande sorte que a nossa Ordem possa contar com um cavaleiro como tu.

Fen fez uma rápida mesura. Era melhor ir direto ao ponto.

— Agradeço, general. Receio que estejas me superestimando. Atrevi-me a incomodá-lo porque a pessoa que estou treinando pediu-me para entrar na Ordem. A meu ver trata-se de alguém extremamente promissor. Foi por este motivo que ousei...

Raven mostrava evidente satisfação com toda aquela obsequiosa formalidade.

— E fizeste muito bem, meu caro Fen. Pois já sabes que ninguém pode esperar entrar na Academia sem a minha autorização. Mas se o jovem é tão dotado como tu dizes... Imagino que o candidato seja o rapaz encapuzado que está ao teu lado.

Chegara a hora de revelar-se. Nihal respirou fundo. Então descobriu a cabeça. E abriu a capa.

Expressões contrastantes marcaram em poucos instantes o rosto do Supremo General: a surpresa de ver-se diante de uma mocinha magricela de cabelos azuis e orelhas pontudas, a dúvida de que o que via pudesse ser apenas uma ilusão e, finalmente, uma raiva irreprimível. Apertou convulsivamente o cachorrinho que ganiu preocupado, em seguida virou-se para Fen.

— O que é isso? Uma brincadeira? — sibilou.

O cavaleiro procurou mostrar-se respeitoso mas decidido.

— Não, Supremo General, não é uma brincadeira. Esta jovem é um dos mais hábeis esgrimistas que já encontrei na vida.

Raven ficou de pé, enraivecido.

— Nunca esperaria uma palhaçada dessas de alguém como tu, Fen! Trazer para cá uma menina disfarçando-a de guerreiro! Esqueceste da honra da Ordem?

Fen ficou tentado a desculpar-se, a segurar Nihal pelo braço e levá-la embora. Toda aquela situação parecia-lhe uma loucura, mas ao mesmo tempo queria bem à mocinha e estava convencido do seu valor.

A própria Nihal tirou-o do embaraço.

– É comigo que o senhor deve falar.

– E tu, quem te deu permissão para abrir a boca?

– Eu sou a candidata e é de mim que estais falando. É portanto a mim que o senhor tem de dirigir-se.

Com o rosto congestionado Raven virou-se para o cavaleiro.

– Diz alguma coisa a esta atrevida! Não posso tolerar tamanha falta de educação!

– O senhor precisa acreditar em Fen quando afirma que sou uma habilidosa esgrimista. Submetei-me a uma prova.

– Menina, aqui nós treinamos os guerreiros que defendem as Terras livres. Procura encontrar outro lugar para as tuas brincadeiras.

Nihal não se deixou intimidar. Aquilo que almejava era importante demais para que um general vaidoso atrapalhasse os seus planos. Fitou-o nos olhos e respondeu com voz firme.

– Não sou uma menina. Sou um guerreiro e peço que me permitam prová-lo. O senhor costuma impedir que os candidatos mostrem a própria habilidade?

Raven fez uma careta enfastiada e virou-se para ir embora.

Nihal levantou a voz.

– Sou um semi-elfo, o último. Estou aqui para combater e vingar o meu povo. O senhor não pode recusar-me uma prova!

Raven lançou-lhe um olhar aniquilador.

– Pouco me importa saber quem és e de onde vens. Não há mulheres entre os Cavaleiros de Dragão. Assunto encerrado.

O Supremo General ainda estava se afastando quando na sala ressoaram as últimas palavras de Nihal.

– Só sairei daqui depois de ser submetida a uma prova. Eu juro!

12
DEZ GUERREIROS

Nihal foi irredutível. De nada adiantaram as tentativas de Fen para dissuadi-la, para botar um pouco de bom senso na sua cabeça, para que fosse embora com ele.
— Tomei uma decisão — disse ela simplesmente.
Então sentou-se de pernas cruzadas no chão da grande sala, de espada desembainhada diante dela, à espera.
No começo não se importaram com ela: obviamente Raven não a levava a sério. Depois de dez horas, no entanto, chegaram dois guardas. Tentaram carregá-la, mas Nihal não se deixou deslocar um só milímetro: um rápido combate, e levou a melhor sobre ambos.
De vez em quando alguém tentava tirá-la dali, mas no fim era sempre a mesma história: um golpe de espada e mais um guarda desarmado.
No quarto ataque Nihal perdeu a paciência. Deu um pulo, alcançou a perna de uma imponente estátua que representava um guerreiro e escalou-a agilmente até subir na cabeça: lá em cima ninguém iria incomodá-la.
Pouco antes da meia-noite Raven apareceu.
— Ainda aí, mocinha? Vamos ver o que vai fazer quando começares a ter fome.
— Vós é que ireis ver do que sou capaz quando tomo uma decisão!
Para dizer a verdade, no entanto, essa história da comida podia ser realmente um problema: o seu estômago já tinha começado a resmungar havia algum tempo. Nihal encostou os ombros na parede, dobrou as pernas bem junto do peito e dormitou.
Foi acordada por um estranho ruído. Ritmado, insistente.
Começou a perscrutar na escuridão da sala, cautelosa. Então viu-o: um pequeno falcão, saído do nada, volteava entre as colunas das naves.

Nihal esfregou os olhos mas a ave continuou ali. Aliás dirigiu-se com firmeza na sua direção e, ao chegar perto, deixou cair no seu colo um embrulho para logo a seguir desaparecer da mesma forma como tinha chegado.

A jovem abriu o embrulho: pão, queijo, frutas, um pequeno cantil com água. E um pergaminho.

Salve, guerreira!
Quando me contaram a tua conversa com o Supremo General quase morri de tanto rir. Fiquei imaginando a cara dele. Saiba, de qualquer maneira, que estou ao teu lado: insiste e conquista!

Aquele deslumbrado do teu adorado Fen ficou muito impressionado com o teu gesto: estou te contando porque sei que estás tão apaixonada por ele que vais ficar satisfeita em saber. Soana não fez comentários, mas deu para perceber que a coisa não lhe agradou. Sabes como é, ao que parece eu sou o único que te entende...

Uma vez que irão tentar matar-te de fome, aqui estão uns mantimentos para que possas agüentar o cerco.

Bom apetite e boa noite do seu mago.

Acompanhava, à guisa de assinatura, a estranha caricatura de um mago. Nihal não pôde deixar de sorrir e de sentir gratidão pelo amigo. E sentir-se-ia ainda mais agradecida se soubesse que naquela altura Senar tinha muito mais coisas em que pensar.

No mesmo dia em que Nihal fora à Academia, Soana apresentara-se ao Conselho. A maioria dos membros tentou dissuadi-la. Soana não havia imaginado que tentariam fazê-la mudar de idéia, mas mostrou-se irredutível: voltou a dizer que já não se sentia capaz de desempenhar a contento as tarefas implícitas no cargo e que a procura por Reis era muito importante. Propôs então o seu aluno como substituto. A assembléia dos magos reagiu com perplexidade e Dagon, o Membro Ancião, decidiu falar com ela em particular.

– Senar é jovem demais, Soana. A sua força mágica é considerável, eu reconheço, mas precisa amadurecer. Terá muito tempo para tornar-se um mago excepcional e auxiliar o Conselho da melhor forma possível. Mas tu sabes muito bem como a pressa na escolha de um novo membro pode ser perigosa.

Soana, entretanto, insistiu:

– Ele pode ter todo o tempo que quiser, mas quem já não tem tempo é o Mundo Emerso. Precisamos colocar em campo todas as forças de que dispomos, e Senar é uma carta vencedora. A outra é a jovem semi-elfo: é por isso que te peço para aceitar Senar no teu grupo e deixar-me ir à procura de Reis. Só ela pode desvendar o enigma ligado à vida de Nihal.

Dagon ficou pensando um bom tempo nas palavras da maga.

– Que seja. Farei com que todos os membros do Conselho, inclusive eu, examinem o teu pupilo, e só se todos concordarem quanto à sua idoneidade ele será aceito. No que diz respeito a ti, mesmo a contragosto, só posso dobrar-me à tua vontade: podes considerar-te desde já isenta dos teus deveres.

Senar começara a ser avaliado naquela mesma tarde. Só havia sido examinado por dois conselheiros, mas de qualquer maneira, no fim do dia, estava exausto. Fizeram-lhe perguntas acerca das suas origens, das suas expectativas e motivações. A sua sabedoria, acumulada depois de tantas horas de estudo solitário, foi analisada nos mínimos detalhes. Teve de provar a sua habilidade de mago com encantos de todo tipo, e a experiência deixou-o inteiramente esgotado.

E foi justamente nestas condições que Senar ainda se lembrou da amiga, e com as forças que lhe sobravam escreveu a carta e evocou o feitiço do pequeno falcão antes de cair exausto e dormir.

Os três dias seguintes foram difíceis tanto para o mago quanto para Nihal.

Senar foi interrogado sem um só momento de descanso, enquanto Nihal ficava empoleirada na cabeça da estátua, só cuidando de defender-se das flechas que de vez em quando os guardas atiravam. Estava dolorida, mas continuava a resistir: estava decidida a conseguir o que queria. Não importava o preço que teria de pagar.

A novidade espalhara-se depressa por toda Makrat: uma jovenzinha de cabelos azuis e orelhas desproporcionais tinha-se aninhado em cima de uma estátua na Academia, de pirraça contra Raven, e ninguém conseguia tirá-la de lá. E igualmente depressa uma multidão de curiosos começara a juntar-se na esplanada da Academia pedindo para ver de perto aquela coisa tão bizarra.

No quarto dia pareceu que algo finalmente iria acontecer. Perto do meio-dia, todo aparamentado e com o costumeiro cachorrinho nos braços, Raven abriu pessoalmente caminho entre duas alas de pessoas e entrou no salão.

– Considerando a tua teimosia, decidi contentar-te: amanhã de manhã, na praça de armas da Academia, terás a tua prova. E agora desce. É uma ordem.

Nihal nem piscou.

– Quais são as condições?

– Terás de vencer dez dos nossos melhores alunos. Todos eles, nenhum excluído.

Um murmúrio correu pela sala: era uma façanha impossível.

A reação do semi-elfo foi inesperada: desceu agilmente da estátua, plantou-se bem na frente de Raven e fitou-o fixamente nos olhos.

– Aceito. Mas quero que jures solenemente diante de todos que se eu ganhar poderei tornar-me aluna da Academia.

Raven sorriu escarnecedor.

– Tens a minha palavra.

Nihal passou a tarde em completa solidão, fechada no seu quarto da estalagem. Deitada de costas, com a espada ao seu lado, olhando o teto. Não tinha a menor vontade de perambular por Makrat. Teria gostado de ficar um pouco com Senar, mas o mago estava empenhado no Conselho.

Ficou pensando durante todo o dia seguinte. Pensou em Fen: iria assistir à prova e pararia de uma vez por todas de considerá-la uma menina.

Depois pegou o pergaminho. Examinou-o com tamanha intensidade que lhe pareceu estar dentro da cena retratada. Teria feito tudo para poder encontrar em algum lugar mais um semi-elfo e partilhar com ele o peso da herança deixada pelo seu povo. Teria gostado de saber como viviam os seus semelhantes, se amavam e sofriam como ela.

Nunca se sentira tão sozinha como naquele momento. Era terrível saber que do seu povo sobraram apenas aquele pergaminho amarrotado e ela, uma pobre jovem perdida numa terra estranha.

Os sonhos incitavam-na à vingança, à guerra, mas principalmente ao ódio. E Nihal odiava: odiava o Tirano que exterminara a sua espécie, odiava os fâmins que a haviam privado da família, e odiava a si mesma por ter sobrevivido.

Senar e Soana voltaram ao entardecer. Nihal soube por eles que Fen tinha partido: a sua licença tinha acabado e tivera de voltar aos campos de batalha. Sentiu-se prostrada.

Senar estava totalmente transtornado pelo cansaço, mas consolava-se pensando que no dia seguinte, após o exame de Dagon, aquele martírio acabaria.

– Combater será duro, eu concordo, mas a vida de mago também o é – disse em tom de chiste, mas reparou que a amiga não queria brincar.

Senar intuía o que se passava na cabeça e no coração de Nihal, e receava por ela, mas também sabia que ninguém poderia ajudá-la: sair do abismo era uma tarefa que ela não podia delegar a ninguém. Quando se despediram, abraçou-a.

– Boa sorte, amanhã.

– Obrigada. Muito obrigada por tudo o que fizeste por mim. Quantas vezes mais ainda tencionas salvar-me? – Nihal sorriu. – E de qualquer maneira, boa sorte para ti também.

Sentia-se profundamente grata: porque ele a entendia, porque a ajudava, porque existia. Era o seu amigo, e era uma das poucas coisas que lhe restava na vida.

Naquela noite Nihal dormiu sem qualquer problema. Acordou cedo, descansada e segura de si. Pegou a capa e a espada e dirigiu-se sozinha para a Academia.

Ficou surpresa com o número de pessoas que estavam tentando entrar. Os guardas só deixaram passar ela, mas uma hora mais tarde a multidão que pressionava no portão era tão grande que Raven decidiu abri-lo.

O Supremo General escolhera pessoalmente os dez cadetes que iriam combater. Tinham todos concluído o treinamento e muito

em breve iriam ser efetivados como cavaleiros: não tinha a menor dúvida de que iriam dar cabo daquela criaturazinha presumida.
Nihal entrou na arena preparada para a prova. Era um enorme espaço circular em terra batida. No fundo havia uma série de prateleiras onde estavam colocadas as mais variadas armas, enquanto em volta começavam a juntar-se os espectadores: na primeira fila havia os cavaleiros em suas reluzentes armaduras, cercados por uma turma de rapazolas, todos usando uma espécie de saiote marrom. A multidão do público comum ficava atrás, atraída pela curiosidade e admiração que aquela estranha jovem despertara. Em seguida viu entrar os desafiantes. Eram todos altos e robustos, bem maiores do que os garotos de túnica: Raven escolhera-os a dedo para que todos fossem superiores a ela quanto a tamanho e vigor físico.

O Supremo General demorou a chegar. Quando apareceu no pequeno palco preparado para a ocasião, respondeu às aclamações do público com um sorriso complacente. Já estava saboreando o próprio triunfo. Virou-se para Nihal, que se plantara no meio da arena.
– Como prometido, garota, decidi oferecer-te a possibilidade de mostrar o que sabes fazer, para que jamais se diga que alguma vez recusei a alguém a oportunidade de entrar na Academia. Espero que tu entendas a concessão que estou fazendo.
Ela limitou-se a responder com um sorriso irônico e uma mesura.
– As regras são as seguintes: cada um lutará com as armas de que dispõe. Os embates acontecerão um depois do outro, sem descanso. Terás de vencer todos os teus dez adversários. Será considerado vencedor quem conseguir derrubar, ferir ou desarmar o adversário. Não é permitido matar o oponente.
Era óbvio que Raven tencionava intimidá-la. Lutar sem parar contra dez valentes guerreiros, armada somente de espada e sem a proteção da armadura, parecia uma façanha impossível.
Nihal despiu a capa e respondeu com voz firme.
– Eu, Nihal da torre de Salazar, último semi-elfo deste mundo, aceito as vossas condições, Supremo General.
O silêncio tomou conta dos espectadores.

O primeiro adversário era uma espécie de gigante: alto e poderoso, avançou decidido. Estava armado de espada e a maior parte do seu corpo era protegida por uma leve armadura.
Raven levantou o braço, baixou-o e o combate começou.

O gigante investiu logo com um golpe de cima para baixo, com o intuito de quebrar a espada de Nihal, mas errou o golpe. Ela se esquivou pulando enviesada e partiu imediatamente para o contra-ataque. O adversário não se deixou pegar desprevenido e, sem titubear, procurou acertá-la de lado. Nihal limitou-se a curvar-se. O rapaz parou um momento para preparar o braço para o golpe seguinte e Nihal, rápida, golpeou-o no flanco com a espada. A couraça que protegia o tronco deslizou delicadamente ao chão. O golpe cortara os cadarços de couro. A mão do gigante deixou escorregar a espada. Ficou alguns momentos perplexo, olhando atônito para o filete de sangue que riscava o seu peito.
Nihal fincou no chão a arma do adversário.
– Este é o primeiro!
Um murmúrio de admiração serpenteou pela multidão: o combate havia durado menos de um minuto.
Raven disfarçou o desconforto. Nunca poderia ter imaginado que aquela mocinha fosse tão habilidosa, mas preferiu pensar que aquela vitória só se devia a um mero golpe de sorte.

O segundo adversário também estava armado de espada e couraça. Considerando o triste fim do seu companheiro, achou melhor apostar mais na velocidade e na técnica do que no vigor. Começou a luta como se estivesse lendo os movimentos num manual. Num primeiro momento pareceu ter feito a escolha certa. Nihal estava tão empenhada a defender-se de cada golpe que, aparentemente, não lhe sobrava espaço para os seus próprios ataques. Na verdade estava estudando a tática do adversário. Depois de alguns minutos já podia prever os seus movimentos. Por algum tempo deu-lhe a maior liberdade nos assaltos, o bastante para o outro achar que estava vencendo. Quando o rival achou que a vitória já estava na mão e se lançou num último golpe de cima para baixo, a semi-elfo limitou-se a pular. Com um só gesto bloqueou a espada inimiga no chão com o pé, apontando a própria para o pescoço do rapaz. Com um movimento da perna fez voar para cima a arma do adversário, agarrou-a ainda no ar com a mão livre e fincou-a na arena como segundo troféu.

Da multidão ouviu-se um tímido aplauso.

Raven começou a irritar-se. Não havia como negar: Nihal era muito boa, e já vencera dois valentes guerreiros quando a previsão era que não deveria ganhar de nenhum deles.

As coisas não mudaram no terceiro embate, e tampouco nos três seguintes. Nihal derrotou os adversários sem maiores dificuldades. Seis espadas enfileiradas, fincadas no chão da arena. O público vinha demonstrando o seu entusiasmo de forma cada vez mais ruidosa: gritos de incentivos, aplausos, berros de aprovação. Mas ela nada ouvia: só pensava em lutar, com o corpo que se mexia com precisão, evitando ataques e golpes.

Só percebeu não ter considerado devidamente o cansaço no sétimo embate. O adversário era quase um adulto e a sua técnica não apresentava qualquer falha. Na verdade não era muito rápido, mas naquela altura Nihal tampouco conseguiu manter o ritmo. A competição continuou numa seqüência de ataques e defesas que demonstravam um aparente equilíbrio. A certa altura Nihal deu um passo em falso: um pé sem o devido ponto de apoio quase fez com que caísse ao chão. Foi então que viu brilhar um punhal com a lâmina que se dirigia decidida para o seu ventre. Ainda assim conseguiu esquivar-se, mas o punhal desenhou um amplo rasgão no corpete de couro. O adversário não se deu por vencido e voltou à carga tanto com o punhal quanto com a espada. Nihal percebeu que daquele modo não iria escapar. Recuou até onde tinha fincado as espadas no chão. Nunca tinha lutado com duas espadas ao mesmo tempo, mas já havia treinado várias vezes com a mão esquerda.

Não se saiu mal, de fato. O público observava em silêncio aquela jovem que parecia dançar, fascinado pelos movimentos vertiginosos das espadas. O próprio Senar, que naquela altura juntara-se ao público da arena, tampouco já tinha visto a amiga lutar daquele jeito. Pareceu-lhe forte e bonita como nunca. Defesa e ataque, defesa e ataque, o corpo tenso no esforço. Estava encantado.

O adversário de Nihal confiara demais no punhal, e agora que a sua arma se tornara inofensiva já não sabia o que fazer. Começou a recuar, então o estilete caiu-lhe das mãos. Nihal livrou-se da segunda espada e apertou o cerco até conseguir desarmá-lo por completo.

Quando Nihal levantou as duas espadas e fincou-as no chão, o público soltou um grande grito.

A voz de Raven ressoou de repente.

– Declaro encerrada a prova. Tu foste ferida, moça. Podes retirar-te.

Seguiram-se apupos e gritos de desaprovação.

Nihal não se abalou. Aproximou-se do assento de Raven sem largar a espada e mostrou o rasgão no corpete.

– Como podes ver, Supremo General, só o couro foi cortado, eu não me machuquei.

Raven estava furioso. Aquela estranha criatura estava ridicularizando os seus alunos: parecia não haver truque, habilidade ou golpe secreto que ela não conhecesse.

O oitavo adversário usava um machado.

Nihal fitou-o nos olhos com expressão de desafio.

– O último que me atacou com um machado foi um fâmin. Cortei a cabeça dele de um só golpe.

O rapaz não se deixou intimidar.

– Quer dizer que terei de acabar contigo sem as costumeiras preliminares.

O combate começou. O cadete atacava para matar. Era dotado de uma força poderosa e não lhe faltavam agilidade e técnica. Nihal sabia que não podia agüentar muitos golpes de machado e portanto limitava-se a esquivar-se. O adversário, contudo, não desistia: rodava a arma em todas as direções forçando-a a deslocar-se sem parar. A semi-elfo percebia que não poderia sustentar aquele combate por muito tempo. A lâmina assobiava muito perto do seu corpo, e a primeira gota de sangue a cair no chão também derrubaria de vez qualquer esperança de entrar na Academia. Foi então que teve uma idéia.

Nihal começou a avaliar atentamente os movimentos do rival. Na hora certa empunhou a espada com toda a força que tinha e soltou um golpe seco no cabo do machado. O contragolpe nos pulsos foi terrível, mas ela apertou os dentes e segurou com mais firmeza ainda a espada. Em seguida abaixou-se de repente.

A lâmina do machado voou no ar como que enlouquecida, estatelando-se no chão a alguns metros de distância. O pulso esquerdo estava dolorido, mas o público continuava a festejá-la escandindo ritmicamente o seu nome.

O nono rapaz era alto e forte, protegido por uma rija couraça; segurava um escudo e arremeteu contra ela sem nem mesmo dar-lhe o tempo de recuperar o fôlego. Seus ataques sucediam-se impetuosos, sem trégua.

O público estava mudo. Nihal recuava inexoravelmente, incapaz de contra-atacar. Já estava prestes a encostar os ombros nas prateleiras. Decidiu-se então por um gesto desesperado: chegou bem perto dos cabides das armas e por um momento ficou parada. Convencido de já estar com a vitória garantida, o inimigo desferiu o golpe final com toda a força que tinha. Nihal mexeu-se com a velocidade de um relâmpago e agachou-se procurando acertar na barriga do inimigo que numa estreita faixa não tinha a proteção da couraça.

O truque não funcionou cem por cento: a espada do rapaz ficou presa na prateleira, mas a de Nihal acabou fincando-se no escudo que ele prontamente baixara. Estavam num impasse. Quando o adversário preparou-se para despregar a arma, Nihal acertou-o com um violento pontapé. O rapaz caiu desajeitadamente ao chão enquanto o escudo escorregava das suas mãos e soltava o cristal negro de Nihal. A penúltima espada também foi fincada no solo da arena entre os aplausos entusiásticos dos presentes.

Nihal estava esgotada: já não dispunha de reservas físicas, e as mentais também estavam começando a vacilar. Nunca poderia imaginar que lutar iria deixá-la tão prostrada. Então percebeu o estrondo da multidão: inteiramente entregue ao afã do combate não tinha reparado o que acontecia em volta. Agora, no entanto, compreendia: aquilo que até então lhe parecera um confuso rumorejar era na verdade um incentivo ritmado. Todos os presentes gritavam o seu nome.

Ela era forte, invencível, nada podia opor-se à sua vontade: era isto que a multidão berrava, e ela acreditou. Levantou a espada e o público fez ressoar um grito de entusiasmo.

Enquanto voltava ao centro da arena, Nihal viu Senar de relance. O amigo estava lá, nunca iria abandoná-la, tudo iria dar certo. Sorriu para ele e por um momento achou que o mago respondia.

O último contendor avançou com passo decidido e Nihal sentiu um arrepio de medo. Não podia certamente ser considerado o mais impressionante dos inimigos com que lutara, mas o olhar daquele rapaz era assustador. Os seus olhos eram tão claros que a íris parecia inexistente, com a cor que se perdia no branco da córnea.

Apesar da dor no pulso Nihal apertou com firmeza a empunhadura da espada. O adversário parou diante dela. Parecia estar desarmado. Em seguida mexeu com rapidez um braço e um longo chicote preto estalou no solo como uma cobra. Nihal nunca tinha visto uma arma como aquela. Preparou-se para o combate, mas, quando o chicote estalou quase roçando no seu rosto para depois cair inerte no chão, empalideceu.

– Posso cortar-te em pedaços quando eu quiser, mocinha.

O chicote estalou de novo muito perto dela. Nihal não conseguia vê-lo chegar. Brincava em volta do seu corpo achando graça em roçar nela, sem nunca feri-la.

– Lembra-te do meu nome: Thoren, da Terra do Fogo. Pois serei quem te reduzirá em frangalhos.

O círculo desenhado pelo chicote tornava-se cada vez menor, mais preciso e apertado.

Nihal fechou então os olhos.

Por um momento foi a escuridão total, mas logo a seguir o nada encheu-se dos assobios do chicote e a sua audição, já sem o estorvo da vista, pôde vir em seu socorro. Agora percebia os golpes. Sabia de onde vinham. Começou a detê-los com precisão mecânica.

O rapaz visava às pernas, tentando fazer com que perdesse o equilíbrio, mas ela esquivava, pulava, volteava evitando cada golpe. Mas estava longe demais. Nihal estava bloqueada na defensiva, não tinha a menor esperança de atacar.

O chicote começou então a estalar mais perto do corpo do seu inimigo. Nihal achou aquilo um milagre. O rapaz aproximou-se cada vez mais, tanto que pôde sentir o seu cheiro. Cheiro de luta, cheiro de guerra.

Bastou-lhe um só golpe para cortar o chicote do adversário. Mas o sorriso de triunfo murchou em seus lábios: a espada estava agora às voltas com uma corrente de ferro. O rapaz jogou fora o que sobrara do chicote. Em seguida olhou para ela com gélido desdém.

– Falta-te experiência, mocinha. E por isso irás morrer.

Nihal sentiu-se perdida, mas não quis dar ao rival a satisfação da vitória.

– Tu falas demais: num combate só quem já venceu pode dar-se ao luxo de perder tempo com discurso.

– Eu já venci. – Thoren desembainhou a espada que usava pendurada na cintura. – Queres que vá buscar-te ou preferes vir morrer sozinha?

Nihal começou a puxar a espada mas a corrente prendia-a com firmeza.

– Já entendi: o peixinho que mordeu a isca não quer colaborar...

Thoren era muito mais vigoroso do que ela imaginara. Nihal fincou os pés no chão para não ser arrastada. O pulso deixava-a louca de dor, não havia coisa alguma que pudesse fazer.

Do topo do seu assento Raven saboreava cada instante daquele dramático cabo-de-guerra que ia levar Nihal à morte.

– "Poupa-a!", "Lutou com lealdade!", "Merece ser admitida na Academia!" – gritava o público.

Mas Thoren queria sangue.

– Vamos acabar de uma vez com esse jogo!

Nihal viu a si mesma deitada no chão, morta. Seus olhos encheram-se de lágrimas e foi tomada por uma raiva incontrolável. Morrer ali não fazia sentido. Toda a sua vida até aquele dia perderia a razão de ser, e com ela a de todo um povo.

O rapaz deu um tremendo puxão na corrente.

E foi então que Nihal agiu: aproveitou o vigor daquele puxão para lançar-se à frente com a força do desespero. Thoren não teve tempo para entender: o semi-elfo caiu em cima dele e a espada negra trespassou-lhe o braço de lado a lado.

Ambos caíram atabalhoadamente ao chão e uma mancha de sangue alastrou-se embaixo dos seus corpos. Então, vagarosamente, Nihal procurou levantar-se. Precisava ficar de pé, pois do contrário não iria vencer.

Insegura nas pernas, chegou até o centro da arena, levantou o rosto sujo de sangue e poeira para Raven e olhou para ele orgulhosa.

Aquela jovem era decididamente fora do comum. O sumo Raven, o Supremo General, foi forçado a capitular.

– Conseguiste o acesso à Academia, menina.

O público explodiu num grito de júbilo.

– Mas não precisas festejar antes da hora. O verdadeiro desafio ainda está para começar.

As pessoas cercaram Nihal. Centenas de mãos começaram a tocar nela, a afagá-la, a dar-lhe amigáveis palmadas nas costas. Mas a jovem já não se agüentava em pé. Desmoronou ao chão como um saco vazio.

Quando Senar chegou até ela, abrindo caminho naquela multidão, Nihal agarrou-se nele e um sorriso iluminou o seu rosto cansado.

13
A ACADEMIA DOS CAVALEIROS

Senar carregou Nihal nos braços até a estalagem. Observou-a a noite inteira: a lembrança dos dias em que ela quase morrera era muito recente e ele estava muito preocupado.

Mas Nihal dormia tranqüila alternando visões de si mesma como Cavaleiro de Dragão e sonhos com o seu Fen.

Acordou na manhã seguinte, quando os alegres raios do sol foram desejar-lhe bom dia diretamente na sua almofada. Espreguiçou-se, ficou sentada e, depois de muito tempo, sentiu-se quase serena.

— Não há como negar, ser amigo teu não é fácil: tu gostas de arriscar a vida dia sim e outro também!

Nihal sorriu para o amigo. Então uma fisgada no abdome trouxe-a de volta à realidade.

— Consegui?
— Conseguiste.
— Estou na Academia?
— Estás, eu já disse!
— Estou ferida?
— Nada com que te preocupares. Estás com um pulso quebrado e faltou pouco para que te espetassem a barriga. Bobagens. E agora cala-te, guerreiro. Preciso continuar com a fórmula.

Nihal deixou que Senar levantasse sua veste e apoiasse as mãos no abdome e no pulso.

Não era a primeira vez que o mago usava com ela encantamentos de cura, mas o contato com a pele dela tinha algo de novo.

— O que foi, Senar? Ficaste todo vermelho!

O mago mudou de assunto.

— Soube por aí que o nosso Supremo General jogou sujo. O teu último adversário não era um cadete mas sim um mercenário pago por Raven. De qualquer maneira, só para tua informação, tu quase decepaste-lhe o braço.

Nihal ficou impassível. De repente sentiu vontade de iniciar o treinamento sem demora: cada minuto longe da Academia parecia-lhe um desperdício.

– Quando poderei começar?

– Quando quiseres. Embora eu não acredite que Raven esteja impaciente para vê-la.

Nihal bufou.

– Problema dele!

Senar acabou de medicá-la, depois virou-se para ela, sério.

– Sabes, preciso contar-te uma coisa...

– O quê?

– Bem... tornei-me membro do Conselho. É isso.

Ao ouvir aquilo Nihal deu um pulo da cama. Estava entusiasmada.

– Que maravilha, Senar! Fantástico! Somos uma dupla de vencedores! Ainda nem somos adultos e já conseguimos realizar nossos sonhos!

– Espera, espera. Não é tão maravilhoso assim...

Senar contou que depois das infinitas provas às quais havia sido submetido, depois das sabatinas, dos encantos e de uma interminável reunião secreta de Dagon e Soana, o Membro Ancião decidira finalmente ter uma conversa com ele.

Convidara-o à sua sala de trabalho particular, um grande aposento circular inteiramente de pedra, apinhado de livros de todo tipo, e pedira que sentasse numa espécie de trono de mármore no meio do cômodo.

De repente Senar sentiu-se de novo um menino. Chegara a pensar que devia ser justamente esta a intenção de Dagon: fazer com que se sentisse humilde e pequeno. Mas estava errado.

– Depois de avaliar atentamente a tua capacidade e as tuas intenções, chegamos a uma conclusão.

As mãos do mago tremiam.

– Consideramos-te digno de entrares no Conselho, Senar. Ficarás no lugar de Soana.

Senar já havia aberto a boca para agradecer e dizer que para ele era uma honra, que iria servir da melhor forma possível aos interesses do Mundo Emerso e qualquer outra bobagem formal que lhe passasse pela cabeça numa hora como aquela, quando Dagon calou-o com um gesto.

– Presta atenção, no entanto. Um conselheiro não é apenas um mago, e tampouco é apenas um mago poderoso. Ele é um sábio, um estadista, um governante: o futuro de muitas pessoas depende das decisões dele. Por enquanto tu és um mago promissor mas desprovido de experiência. No passado, somente o Tirano tinha conseguido entrar no Conselho com tão pouca idade, e portanto poderás entender o motivo das minhas dúvidas antes de oferecer-te esta possibilidade. Deverás seguir os ensinamentos de um membro do Conselho por mais um ano: ele te explicará os deveres de um conselheiro e avaliará a tua conduta. Durante os primeiros seis meses eu mesmo serei o teu mestre: iremos até a frente de batalha na Terra do Vento, para que possas aprender o que se espera de um conselheiro durante uma guerra. Os outros seis meses poderás passá-los aqui mesmo, na paz da Terra do Sol, pois um conselheiro também precisa saber como comportar-se em épocas mais tranqüilas. Este território fica sob a jurisdição de Flogisto: ele será o teu guia. Finalmente, participarás das reuniões mensais. Isto é tudo. Bem-vindo ao Conselho dos Magos.

– Mas então... tu vais partir... – murmurou Nihal.
Senar baixou os olhos. Gostaria de contar-lhe que aquela separação também o afligia, que tudo aquilo que queria era ficar com ela, sempre, e livrá-la dos fantasmas que a atormentavam, mas nada disto saiu dos seus lábios.
– É o meu dever.
– E Soana?
– Decidiu esperar que tu acordasses para despedir-se. Acho que vai partir essa tarde.
Nihal levantou-se com um pulo e agarrou a espada.
– Onde achas que...
– Vou treinar.

Logo a seguir já estava do lado de fora. Ela mesma não sabia aonde ir e a confusão da cidade fê-la sentir-se ainda mais perdida e isolada. Saiu correndo até encontrar um amplo mirante que dava para um bosque. Além da linha do horizonte sobressaía claramente o terrível contorno da Fortaleza do Tirano.

Sentou no parapeito, os pés balançando no vazio. Chamou-se mil vezes de boba devido àquilo que sentia, devido à sensação de solidão que começava a tomar conta dela: Senar longe, perdido no clangor das batalhas, Soana correndo atrás da imagem de Reis e ela ali, naquela terra barulhenta e confusa, sozinha com sua espada.

Olhou para a Fortaleza: aquele prédio negro era um monstro que lentamente devorava sua vida.

Não podes ficar com medo. Faz diferença se agora estás sozinha? Tu és um guerreiro. Só precisas pensar em lutar e destruir o Tirano.

Ficou um bom tempo contemplando o horizonte lá de cima.

Decidiu entrar na Academia naquele mesmo dia.

Quando voltou à estalagem, Soana já estava pronta para partir. Estava esperando por ela e Nihal achou-a mais bonita e hierática do que nunca.

A maga apertou-a contra o peito.

– É também por ti que estou empreendendo esta viagem. Confio na tua força de ânimo, sei que apesar de tudo saberás seguir o teu caminho.

Embora não fosse ela a partir, Nihal sentiu-se como uma filha que sai de casa para ter a própria vida. Sabia que aquele era muito mais um adeus do que um até logo.

– Obrigada, Soana – foi tudo o que conseguiu dizer.

Em seguida Soana abraçou o seu aluno.

– Espero que desempenhes o teu papel melhor do que eu, Senar.

– E eu espero que possamos nos rever dentro em breve. E que então eu tenha-me tornado digno das tuas expectativas.

A maga dirigiu aos dois jovens um último sorriso, depois seguiu em frente sem se virar. Uma parte da vida de Nihal e de Senar afastou-se com ela por aquele caminho.

Quando Soana já não era mais do que um pequeno ponto no horizonte, Nihal virou-se para o amigo.
– Podes acompanhar-me até a Academia, Senar?
– Mas já? Espera pelo menos que eu também vá embora, essa noite poderemos...
Mas Nihal já tinha decidido.
– Não, desculpa. Não vou agüentar ver-te partir também. E além do mais não faz sentido adiar.
Atravessaram Makrat, mais caótica do que nunca. Apesar de caminharem um ao lado do outro, já se sentiam a mil milhas de distância. Não trocaram uma palavra sequer até chegar diante do pesado portão. Nihal só levava consigo um alforje, uma roupa e o pergaminho do seu povo. A espada negra brilhava no seu flanco.
– Não é um adeus, Nihal. A Terra do Vento não fica tão longe, afinal. Voltarei a ver-te uma vez por mês, eu prometo.
Nihal não respondeu.
Criou-se um silêncio constrangido. Por alguns momentos os dois amigos ficaram de olhos fixos no chão, aí Senar começou a falar apressado:
– Deves agüentar firme, sem nunca desanimar. Sei o que deves estar sentindo, mas também sei que és bastante forte para vencer. Eu estarei longe, mas continuarei ao teu lado. Sempre.
– Eu também sempre estarei contigo – sua voz tornou-se um sussurro –, não me esqueças.
– Nunca.
Nihal deu em Senar um rápido beijo na face e dirigiu-se à entrada.
A sentinela logo a reconheceu.
– Não te esperávamos tão cedo. Entra.
A porta abriu-se e Nihal mergulhou na escuridão.

Caminhou até a sala das reuniões. Não esperava ser recebida pelo próprio Supremo General. A sentinela que a acompanhava deu-lhe um tapa nas costas e forçou-a a ajoelhar-se. Nihal fez uma careta.
– É bom ir te acostumando, garota. De agora em diante terás sempre de mostrar-te obediente – disse o guarda.

Raven levantou-se do assento e começou a andar pelo salão com o costumeiro cachorrinho nos braços.

– Quer dizer que afinal conseguiste. Imagino que deves sentir-te muito orgulhosa, deves achar-te grande e importante... Pois bem, o teu será um breve triunfo. A tua vida aqui não será nem um pouco fácil. Eu nunca esqueço quem me deixa numa situação de constrangimento, e foi justamente o que tu fizeste. Infelizmente devo admitir que és um guerreiro fora do comum. Mas isto não te facilitará a vida. Terás de provar quem tu és e quanto tu vales a cada instante da tua permanência aqui. E, se porventura caíres no chão, saibas que estarei sempre pronto a pisotear-te.

Raven calou-se por um momento.

– Lahar irá levar-te a um passeio pela escola e contar-te-á o que precisas saber – concluiu lacônico. Em seguida deu as costas e saiu.

Nihal levantou-se. *Se achas que me assustaste, estás muito enganado*, pensou.

Saindo do nada, um homem magro, sisudo e cheio de pose havia aparecido atrás dela.

– Siga-me, mocinha.

Percorreram um longo corredor cujos arcos formavam ogivas de ângulo extremamente agudo. Parecia interminável e sombrio como a morte. Desembocaram num enorme salão vazio.

Lahar tratava Nihal com ar de superioridade.

A hostilidade na sua voz era evidente.

– Esta é a arena dos principiantes: quem entra na Academia deve antes de mais nada aprender a usar a espada, em seguida pode passar a praticar as demais armas. Há muitos salões como este, cada um dedicado a diferentes técnicas de combate: um Cavaleiro de Dragão precisa saber manusear qualquer tipo de arma. Hoje não há ninguém porque os alunos têm direito a um dia de folga por semana. Mas isto não importa: tu não tens este direito.

Através de mais um labirinto de corredores chegaram a uma ampla arena ao ar livre.

– Aqui os cadetes mais velhos começam a se acostumar com seus dragões. Provavelmente tu nunca chegarás a entrar neste lugar.

– Lahar deu uma risadinha sarcástica.

Nihal não conseguiu conter-se.
– Posso saber por quê, *meu senhor*?
– Não te atrevas a falar comigo com esse tom! Depois do primeiro treinamento os alunos precisam provar que aprenderam direito enfrentando o seu primeiro combate como infantes. E posso assegurar-te que os fâmins não se importam com o fato de tu seres rapaz ou moça.
– Conheço os fâmins. Já mat...
– Calada! Acostuma-te a falar só quando fores interrogada!
Visitaram então o refeitório, onde havia longas mesas e bancos dispostos na mais perfeita ordem, para então chegar a uma série de grandes quartos, cada um com umas vinte camas. As acomodações eram espartanas: cada catre tinha ao lado uma tosca mesinha onde o aluno podia apoiar seus objetos de uso pessoal. O mobiliário consistia só nisto.
Lahar acompanhou Nihal até um quartinho escuro e bolorento. No chão havia um pouco de palha à guisa de cama. Uma fresta deixava entrar uma lâmina de luz.
– Uma vez que és mulher, dormirás aqui.
Nihal olhou a sua volta com uma mistura de nojo e desânimo.
– Mas é tão abafado...
– O que esperavas? Uma mansão? Quem entra na Academia vem para aprender a lutar, não para passar férias. E agora presta atenção, pois não vou repetir. De manhã os alunos se levantam ao raiar do sol e vão logo exercitar-se com as armas. Depois do almoço, que é ao meio-dia em ponto, estudam teoria e estratégia. O jantar é ao pôr-do-sol. Depois do jantar, todos para seus quartos, e não é permitido circular pela Academia. Tu terás direito a um dia de folga por mês. Enquanto não tiveres terminado o primeiro período de treinamento terás de vestir o uniforme dos alunos. Em seguida serás confiada a um Cavaleiro de Dragão. As regras que terás de acatar a partir daí serão as escolhidas pelo teu mestre. Isto é tudo. Até amanhã de manhã estás dispensada de qualquer obrigação, mas aconselho que fiques quietinha aqui mesmo. Boa permanência.
Lahar já ia saindo.
– Mais uma coisa. Os alunos não têm permissão para guardar armas. Entrega-me a tua espada.

A jovem apertou com força a empunhadura.
– Será que no meu caso não poderias quebrar a regra?
– Por uma mestiça como tu? Por que deveria?
Um momento depois Nihal estava encostando a ponta de cristal negro na garganta de Lahar.
– Talvez não te tenham contado: ganhei a vaga na Academia derrotando os dez melhores cadetes... e o meu direito à vida matando dois fâmins na Terra do Vento.
O homem começou a suar. Conhecia aquela história muito bem. Fitou-a com ódio, cuspiu no chão e saiu batendo a porta.
Nihal guardou a espada na bainha. Estava com falta de ar.
Tentou espiar pela fresta, mas só dava para ver de soslaio uma caótica fatia de Makrat.
Jogou-se no monte de palha e ficou olhando para o teto.
Tentou fantasiar acerca das suas futuras aventuras como guerreiro, mas a tentativa foi um fracasso.
Pensou então em Livon e raspou o fundo do desespero.

Acordou de repente, despertada por um inesperado clamor. Não pensava ter adormecido. A barulheira vinha dos dormitórios.
Nihal já ia levantar-se quando viu que a portinhola do quarto se abria lentamente.
Estava muito escuro, pois já era quase noite. Quando a porta se abriu por completo, Nihal pôde distinguir uma figura atarracada que avançava coxeando.
– Quem está aí? – perguntou sobressaltada.
A figura parou.
– Nada de mal, nada de mal. Aqui trevas, tu talvez quer luz. Eu entra, traz luz. Lahar mandou. Sem medo, sem medo.
O ser tinha uma voz estrídula, queixosa. Chegou perto e começou a acariciar-lhe o braço.
Nihal pulou em pé.
– O que queres de mim?
– Nada de mal, traz luz para ti, assim tu vê. Chama para jantar, também.
Finalmente Nihal o viu.

Não tinha nada de humano: era baixo e gordo, de cabeça totalmente careca, com uma perna de pau. Não havia qualquer simetria no seu corpo. Parecia mais uma boneca de pano velha e rasgada. No seu rosto misturavam-se servilismo e maldade. Segurava uma tocha.
– Nada de mal, nada de mal...
– Já entendi, pára com isso! Quem és tu?
– Malerba, serviçal aqui. Nada de mal, sem medo... – E já ia esticando a mão de novo.
Nihal recuou horrorizada: o contato com aquele ser deixava-a enojada.
– Obrigada pela tocha. Não preciso de mais nada. Podes ir.
Malerba ficou com uma expressão pesarosa e retirou-se andando para trás, como um camarão, sem tirar os olhos dela.
Nihal pendurou a tocha na parede. A luz acalmou-a. Aquela aparição deixara-a inquieta. Parecia-lhe ainda ter os olhos porcinos daquele ser disforme grudados no seu corpo. Decidiu ir ao refeitório para livrar-se da incômoda sensação.

A grande sala das refeições estava cheia de rapazes que conversavam em voz alta, sentados às mesas.
A vista dos coetâneos reanimou um pouco Nihal, levando-a a pensar que no fundo não estava realmente sozinha. Encaminhou-se para as mesas à procura de um lugar vago.
Com a sua chegada, o silêncio tomou conta da sala.
Nihal foi andando mais devagar. Não estava entendendo.
Muitos olhos estavam cravados nela: olhos pasmos, assustados, ameaçadores, desconfiados. Nunca se sentira perscrutada daquele jeito antes.
Aproximou-se de um assento vazio. O rapaz que sentava ao lado apressou-se a botar a mão em cima.
– Está ocupado.
Nihal procurou alhures, mas a resposta era sempre a mesma: "ocupado".
Então, no silêncio do refeitório, trovejou uma voz:
– Por que estás trajada desse jeito, semi-elfo?

Nihal olhou a sua volta. Num estrado, separados do resto dos cadetes, sentavam os mestres.

– Que roupa deveria usar?

– Tu és um aluno, pelo menos é o que contam – disse com um sorriso azedo o homem que lhe dirigia a palavra –, e portanto deves usar o traje dos alunos.

Naquela imensa sala, cercada pela hostilidade, Nihal achou que tinha perdido toda a sua força.

– Ninguém me deu... – desculpou-se.

– Então não deverias ter vindo para cá. Lahar não te explicou as regras?

– Explicou, mas...

– Compensarás esta falta com um turno de vigia até a alvorada. Quanto aos trajes, Malerba irá levar para você mais tarde.

Alguns dos rapazes riram.

– Agora senta-te e come.

Os rapazes também voltaram a comer.

Nihal dirigiu-se ao último lugar que parecia disponível. Nem teve tempo de perguntar.

– Nada de monstros nem de mulherzinhas – disse-lhe ameaçador um garoto.

Nihal afastou-se. Qual era o sentido daquelas palavras? O Mundo Emerso estava cheio de raças diferentes: ninfas, duendes, gnomos, humanos. O que significava que não havia lugar para monstros?

Crescida numa terra mestiça, o fato de ser diferente nunca tinha sido um problema para Nihal. Mas ali, entre a elite dos homens, consideravam-na uma brincadeira da natureza.

Sentou num lugar afastado, longe de todos, e comeu em silêncio, com o coração cheio de amargura.

Depois do jantar voltou rapidamente para a sua alcova, tentando passar o mais despercebida possível. Na porta já estava Malerba esperando por ela, um grande embrulho nas mãos, o costumeiro sorriso idiota no rosto.

Nihal pegou os trajes sem olhar para ele, mas o ser deforme já estava a ponto de entrar.

— Podes ir — reagiu Nihal.

O serviçal ficou mais uma vez mortificado e foi embora.

Nihal trancou a porta. Saber que aquele ser estava lá fora esperando por ela deixava-a louca. Fincou com fúria a espada enviesada no fecho da porta para que ninguém pudesse entrar, nem Malerba nem um daqueles jactanciosos alunos que a tinham humilhado.

Ficou — e sentiu-se — sozinha. A luz da tocha tremelicava pálida, quase a tornar mais nítidos os contornos daquele quarto que agora parecia realmente uma cela.

Pegou as roupas: consistiam num par de bragas e num largo casaco de pano. Jogou-as num canto e deitou-se na palha sem tirar os próprios trajes. Além da porta podia ouvir a gritaria dos outros alunos entremeada de risadas. Ela havia sido excluída.

Pela primeira vez percebeu plenamente que não era humana. Era uma estrangeira, ninguém era como ela. Era a Última, um velho traste que remontava a épocas remotas.

O que estava fazendo ali? Os semi-elfos estavam todos mortos, ela já não pertencia ao mundo dos vivos. Não eram pensamentos novos, mas agora estavam ligados a uma sensação que desta vez ela sentira na pele: era diferente.

Chorou longamente, tentando sufocar os soluços e enxugando raivosamente as lágrimas, que arrancava do rosto com o dorso da mão. Adormeceu chorando.

Antes do alvorecer alguém tentou forçar a porta. Nihal acordou sobressaltada, assustada.

— Quem é?

Do lado de fora ouviu-se a voz indistinta de Malerba: falava de vigia, de turnos. Nihal lembrou-se do castigo e percebeu que a sensação de ultraje não passara.

Vestiu-se depressa. O casaco era largo e embrulhava-a toscamente, fazendo-a parecer ainda mais miúda. Pegou a espada e a capa e saiu.

Ao vê-la, o rosto de Malerba iluminou-se. Segurou-a logo pelo braço.

— Portaria, esperam...

— Não me toques! — rosnou a jovem.

No portão de entrada da Academia, Nihal encontrou um guarda que esperava por ela sonolento.

— Tiveste sorte, só faltam duas horas para a alvorada — disse bocejando.

Estava sendo quase amável, mas quando a reconheceu na luz da tocha passou logo a olhar para ela com aversão.

Nihal ficou com a lança dele. O frio entrava nos ossos e aquelas roupas absurdas que lhe haviam dado não esquentavam nem um pouco; não fosse pela sua capa teria morrido congelada. Estremeceu. Seus olhos queriam fechar-se. Pois é: um ótimo começo.

O resto do dia não foi melhor.

Comeu sozinha como na noite anterior, depois foi à sala onde se ministravam as aulas. Muitos rapazes já estavam treinando e reparou que se encontravam organizados em grupos. Estava olhando em volta para ver qual poderia ser o dela quando um homem fez um sinal para ela se aproximar.

— Tu deves ser a nova aluna. Sou Parsel, o teu mestre. Vem comigo.

Nihal acompanhou-o até uma pequena esplanada onde estavam reunidos alguns garotos mais ou menos da sua idade.

— Esta é a turma mais jovem. Aqui tu vais aprender os primeiros rudimentos da esgrima e suas técnicas fundamentais.

Nihal ficou pasma.

— Como assim, os primeiros rudimentos? Eu fui aceita na Academia porque derrotei dez dos melhores esgrimistas deste lugar!

— É mesmo? Bom, a mim disseram que deveria treinar-te, e portanto é aqui que tu ficas.

Nihal não queria ceder.

— Tudo bem, então vamos lutar! Assim poderás avaliar o meu nível e saberás para onde me mandar.

Já estava a ponto de desembainhar a espada quando Parsel a deteve. Estava começando a perder a paciência.

— Escuta aqui, mocinha. Para mim já é bastante exótico que uma mulher aprenda a manusear uma espada, portanto aconselho que baixes a crista e faças o que eu mando.

Nihal rendeu-se.

Teve de ouvir durante a manhã inteira coisas que já sabia e treinar como uma principiante, desarmando pontualmente o garoto da vez que se exercitava com ela.

Pensou em como tinha imaginado a vida na Academia.

Comparou seus sonhos com a realidade.

Foi tomada por profunda tristeza.

14
O RECRUTA NIHAL

Aquele só foi o primeiro de uma longa série de dias tristes, marcados pela solidão e pela melancolia do inverno que tomava conta da Terra do Sol.
O costume não mudou a atitude dos alunos em relação a Nihal. Era uma mulher, tinha uma aparência estranha e, pouco a pouco, todos passaram até a ter medo dela.
Quanto mais tempo passava, mais Nihal demonstrava suas capacidades, e a história do modo com que conquistara sua entrada na Academia também espalhou-se entre aqueles que ignoravam a façanha.
Começou a circular o boato de que era uma espécie de bruxa, descendente de uma raça maléfica dedicada às chacinas e à guerra. Alguém chegou até a insinuar que era uma espiã enviada pelo Tirano em pessoa para destruir desde os alicerces a Academia. O resultado deste falatório foi que todos procuravam ficar longe de Nihal: quando andava pelos corredores os rapazes abriam alas e acompanhavam sua passagem com cochichos hostis e olhares de desaprovação.
Então houve um fato que só fortaleceu o medo que tinham dela.
Acontecia muito amiúde que os rapazes, à noite, chegassem até a porta dela para logo fugirem ao ouvi-la mexer-se.
Certa vez, entregue ao seu costumeiro sono agitado, Nihal não percebeu que alguém havia conseguido entrar. Enquanto dormia, os rostos suplicantes que povoavam seus pesadelos tornaram-se tão próximos que ela sentiu-se sufocar.
Então percebeu o toque de uma mão.
Malerba estava dobrado em cima dela, com um horrendo sorriso no semblante disforme, acariciando-a enquanto resmungava uma incompreensível ladainha.

Nihal gritou, agarrou a espada e apontou-a na sua garganta. O serviçal desatou a chorar implorando perdão, mas Nihal estava furiosa. Segurou-o pela gola e arrastou-o para fora, onde se havia juntado uma pequena multidão de rapazes sonolentos. Ao verem aquela fúria de espada na mão, todos recuaram.

– Não vos esqueceis, seus bastardos! Isto é o que vai acontecer a qualquer um que tente fazer-me algum mal!

Em seguida encostou a lâmina na garganta de Malerba, que gritava como um porco. Foi apenas um arranhão, mas a partir de então o vaivém diante da sua porta parou de vez.

As noites de Nihal, de qualquer forma, não eram nem um pouco tranqüilas.

A solidão e a hostilidade que a cercavam fizeram com que mergulhasse cada vez mais em seus pesadelos. Não havia uma noite sequer em que os rostos dos semi-elfos não a perseguissem. Acordava apavorada e a visão daquele quarto, em lugar de acalmá-la, deixava-a ainda mais perturbada. Sentia-se como que trancada num túmulo. Ficava então sentada, de pernas dobradas entre os braços, e observava o gomo de céu visível pela fresta, tentando livrar-se da angústia.

Mas na noite seguinte tudo recomeçava.

A idéia de vingar o pai e o seu povo tornou-se cada vez mais obsessiva. A dor tornou-a mais rija. No começo havia sofrido muito devido ao ódio dos companheiros, mas agora já estava acostumada e, com o passar do tempo, chegou a amá-lo. Começou a gostar do medo que despertava nos outros alunos.

Senar não foi visitá-la no primeiro mês, nem no segundo, nem no terceiro.

Nihal precisava desesperadamente falar com ele, tinha de ouvir de novo alguém dizendo que estava tudo bem, que a escuridão da noite passaria. Mas só recebeu uma lacônica mensagem trazida pelo pequeno falcão que já aprendera a reconhecer: "Estou morto de cansaço, não tenho um só momento de descanso, mas está tudo bem comigo. Não me esqueci de ti."

Nihal tornou-se um ser fechado e taciturno.

Entregou-se de corpo e alma ao estudo.

A sua maneira de lutar tornou-se cada vez mais violenta e raivosa.

E ela cada vez mais habilidosa, rápida, impiedosa.

Parsel, o mestre de espada, compreendera logo as potencialidades de Nihal e sofria ao vê-la sacrificada no meio daqueles pimpolhos que nem sabiam segurar uma arma.

Certo dia levou-a para um canto.

– Reparei em como se move, em como luta. Tu és muito boa, Nihal.

Ela fitou-o desconfiada: já não acreditava em ninguém. Aquela conversa podia significar tudo e nada.

– Já tiveste experiências de guerra?

Nihal contou-lhe das aulas de Livon e de Fen, da matança dos três fâmins, dois em Salazar e outro na fronteira da Terra do Vento.

– Eu já desconfiava. Quer dizer que não estavas contando mentiras, no primeiro dia!

O mestre sorriu para ela e Nihal, que continuava mantendo uma atitude altiva e composta, baixou os olhos.

Parsel achava que seria muito mais proveitoso treiná-la no uso das armas que ela desconhecia por completo.

– Propus a Raven deixar-me iniciá-la nas outras técnicas de combate, mas por enquanto o meu pedido não foi atendido.

Nihal suspirou. Num piscar de olhos vira a porta da sua prisão abrir-se e fechar-se de novo.

– Aquele homem me odeia...

– Não deves falar assim do Supremo General. Tu não o conheceste quando ainda combatia. Era um guerreiro excepcional. Agora amoleceu no comando, mas lá no fundo continua sendo um homem valente. Sabe reconhecer um verdadeiro guerreiro. Logo que tu conseguires provar quanto vales na batalha, ele mudará de idéia. Pois a guerra é muito diferente daquilo que fazemos aqui dentro.

Quando Parsel sugeriu adestrá-la no uso da lança fora do horário normal das aulas, Nihal sentiu-se como que liberta após um longo cativeiro. Combatiam quase todas as tardes, e ela podia finalmente aproveitar ao máximo suas capacidades. O uso da lança, além do mais, deixou-a encantada: aprendeu a lutar corpo a corpo e a cavalo. Todas aquelas novidades fizeram com que se sentisse novamente viva.

Parsel, por sua vez, sentia-se profundamente envolvido no destino daquela mocinha: estimava-a pela sua irredutível determinação e força de vontade, e ficava cada dia mais surpreso com a sua habilidade.

Mas ao mesmo tempo percebia nela uma profunda tristeza, incomum numa pessoa tão jovem. Logo ele, que nunca tivera entes queridos e uma família porque sempre se dedicara à guerra, sentia por aquela garota um senso de proteção quase paternal.

Os dois criaram uma estranha e íntima cumplicidade.

A única forma de comunicação que os unia era o combate.

Falavam com as armas: Nihal era arisca e fechada, e o único modo com que deixava vir à tona seus sentimentos era a luta.

O mestre aprendera a decifrar os humores e as sensações nos movimentos da aluna e respondia, tentando quebrar a barreira de rancor que Nihal erguera à sua volta.

Nunca chegaram a ser propriamente amigos. Só uma vez Nihal abriu-se com ele: certa tarde contou-lhe de Malerba, do medo que sentia dele, do que acontecera aquela noite no seu quarto.

Parsel ouviu-a atentamente, depois sacudiu a cabeça.

– Não devias odiá-lo. Carrega nos ombros uma história terrível.

Nihal fitou-o interrogativa.

– É um gnomo, não sabemos de qual Terra veio. Nós o encontramos alguns anos atrás jogado numa prisão: naquela ocasião tínhamos conseguido conquistar um importante posto avançado do Tirano na Terra dos Dias. Estava machucado em todo o corpo e trazia na carne os sinais da tortura. Na mesma masmorra havia outros semelhantes a ele, todos à beira da morte. Nós o levamos embora esperando salvá-los, mas não adiantou. Ele foi o único sobrevivente. A dedicação com que cuidava dos companheiros e a dor que demonstrou com a morte deles fizeram-nos pensar que devia tratar-se da sua família. Durante algum tempo Malerba foi um mistério: o que estava fazendo naquela cela e por que havia sido torturado de forma tão atroz? Ainda não conhecíamos os abismos de terror que o Tirano reserva para os povos que subjuga. Mais tarde, quando nos vimos diante de casos parecidos, finalmente compreendemos. São criaturas do Tirano: seres que ele moldou com sua magia, e agora quer aperfeiçoar outros monstros que lhe obedeçam de olhos fechados. É por isto que faz experiências com os prisioneiros. Malerba é a prova viva disto: o seu corpo martirizado é o resultado das tentativas do Tirano para transformar os gnomos em guerreiros perfeitos. Não sabemos quantos são os seres envolvidos, nem quantos deles já morreram. Poderiam ser povos inteiros.

Nihal teve um arrepio.

– Pode ser até que tu tenhas apenas despertado a simpatia de Malerba, que lhe recorde alguém. Na cela também havia uma jovem. Quem sabe, talvez a filha... Não quer machucar-te, tenta ser tolerante com ele. Já teve de sofrer muito na vida.

Nem por isso Nihal deixou de ter medo de Malerba, mas olhou para ele com novos olhos. Tentou reprimir o nojo e procurou tratá-lo de forma gentil, agradecendo-lhe os serviços prestados e respondendo aos seus sorrisos repulsivos, nos quais conseguiu vislumbrar uma fraca luz de agradecimento. Afinal não deixavam de ser parecidos: dois seres diferentes e odiados, temidos e profundamente sozinhos.

Cinco meses depois da sua chegada à Academia, Nihal foi convocada por Raven. Dirigiu-se ao salão das reuniões já preparada à costumeira e estafante espera, mas o Supremo General já ocupava seu assento.

– Informaram-me que és muito boa e que aprendes depressa, garota.

Nihal não acreditava em seus ouvidos.

– O teu mestre pediu-me repetidas vezes que te deixasse participar dos estágios mais avançados do treinamento. Pois bem, acho que chegou a hora: tens permissão para aprender o uso das outras armas. Podes ir.

Raven retirou-se então da sala, arrastando atrás de si a longa cauda da capa e deixando Nihal incrédula. E feliz.

Na nova turma sentiu-se logo à vontade.

Os novos companheiros eram tão arrogantes quanto os antigos, mas finalmente já não era forçada a lutar só com metade da sua capacidade. Além disso, desde que treinara com Parsel o uso da lança, ficara com curiosidade de conhecer as outras armas. As horas de adestramento passavam rápidas e Nihal era estimulada por todas aquelas novidades.

Aprendeu as maneiras com que o punhal pode tornar-se útil na luta corpo a corpo, compreendeu plenamente todas as potencialidades da lança e, apesar da sua compleição miúda, arriscou-se com a maça e o machado.

Não se deu lá muito bem com a primeira. O artefato pesava muito: só levantá-la era para ela uma dificuldade, quanto mais dar golpes que surtissem algum efeito. Do machado, por sua vez, gostou muito, pois de alguma forma lembrava a espada: era uma arma poderosa e simples, apropriada a desabafar sua raiva.

Também teve a oportunidade de usar o chicote, com o qual o famigerado Thoren quase a matara, e compreendeu quão difícil era o seu manuseio.

Finalmente, criou familiaridade com o arco.

A aproximação não foi das melhores: na batalha Nihal gostava da fúria, do corpo-a-corpo, do suor e do esforço. O arco, por sua vez, exigia concentração e sangue-frio, duas qualidades em que ela não se sobressaía.

– É justamente por isso que precisas aprender a usá-lo – dizia-lhe o mestre quando a jovem perdia a paciência.

Depois das primeiras dificuldades, entretanto, Nihal começou a sair-se bem com a nova arma. Não era preciso ser muito forte para usá-la e, após superar a frustração dos alvos errados, passou a encontrar nela grande satisfação. Descobriu possuir uma mira excelente, um dom que muito poucos partilhavam com ela na sua turma, e também acostumou-se a atirar em movimento.

A arma preferida, contudo, continuava sendo a espada. Não havia outra coisa em que ela se sobressaísse tanto quanto na esgrima, e só ficava inteiramente à vontade quando empunhava sua lâmina negra.

Nihal aprendia com facilidade. Não levou muito tempo para superar a maioria dos companheiros: sua perícia proporcionou-lhe grande admiração e a desconfiança com que era vista começou a tingir-se de respeito.

Os alunos eram todos mais velhos do que ela, que completara dezessete anos na Academia, a não ser por um rapazola miúdo, com uma cabeça de caracóis louros, de olhos cinzentos e bochechas carnudas.

Nihal mal tinha reparado nele, pois desde havia muito renunciara a socializar-se. Até que certa manhã, no refeitório, o garoto foi procurá-la.

Nihal estava sentada num canto, sozinha como sempre, quando ouviu uma voz fina perguntar:

– Desculpa, dás licença?

Alguém pedindo para sentar ao seu lado era uma coisa tão inesperada que, antes de responder, Nihal fitou o desconhecido para ter certeza de que ouvira direito. *E de onde diabo saiu este garoto? Acho que já o vi em algum lugar... Mas onde?*

– Bom, se não há ninguém, então vou me sentar.

Nihal continuou a olhar para ele incrédula, ainda com a colher parada no ar.

O loirinho ajeitou-se ao seu lado, tomou uma colherada de sopa, depois outra, ficou indeciso esmiuçando o pão, em seguida pigarreou e começou a falar como um rio em cheia:

– Tu és Nihal, o semi-elfo, não é? Estou te observando desde que chegaste. Isto é, desde que te transferiram para a nossa turma. Para dizer a verdade, aliás, já tinha te visto quando enfrentaste aqueles dez caras na arena. Ora, foste extraordinária! Lutaste de um jeito... Ninguém sabe lutar como tu! Juro, eu fiquei... hipnotizado, isso mesmo. Sem mencionar a espada! Mas de que material é feita? Parece impossível que não se quebre! Desculpa a falta de educação, nem me apresentei: eu sou Laio, da Terra da Noite.

O rapazinho esticou o braço e Nihal apertou a mão dele sem ter tempo de dizer coisa alguma.

Laio continuou a falar durante todo o almoço, derramando-se em elogios, contando a própria vida e vez por outra fazendo perguntas às quais Nihal mal tinha tempo de responder com um sim ou um não. Era o clássico entusiasmo de uma criança e Nihal foi literalmente atropelada por ele.

Disse que tinha quinze anos e que chegara à Academia um ano e meio antes. Em seguida falou da sua terra de origem. Praticamente nunca a vira, uma vez que sua família partira de lá antes de ele completar dois anos de idade, mas estava a par da sua estranha história.

Durante a guerra dos Duzentos Anos um mago tinha tido uma idéia que no começo pareceu genial: com um feitiço evocara a noite eterna para sua terra, de modo a criar as maiores dificuldades para os exércitos inimigos enquanto, ao mesmo tempo, os habitantes da região haviam adquirido a capacidade de enxergar no escuro. Acontece, porém, que o mago morrera prematuramente, e no fim da guerra ninguém foi capaz de desfazer o feitiço.

– Pois não era um encanto normal, estás entendendo? Era um sigilo! Sabes o que é um sigilo, não sabes? Pois é, um feitiço irrevogável, uma coisa eterna. Aliás não, desculpa, não propriamente eterno. Eterno se o mago morre. Pois somente o mago que evocou o sigilo pode desfazê-lo. Deu para entender?

O rapazinho concluiu aquela enxurrada de palavras com um suspiro satisfeito. E foi então que Nihal começou a rir. No começo de forma tímida, aí cada vez mais à vontade. A risada contagiou Laio também, e não demorou para os dois ficarem lacrimejando.

A amizade deles começou assim.

Laio não saía de perto dela um só minuto. Nihal não sabia se devia ou não ficar contente com toda aquela veneração, e nada fazia para encorajá-la, mas não podia negar que lhe dava prazer. Tinha sido o primeiro aluno a não ter medo dela, a não odiá-la nem desprezá-la. A ligação entre os dois nada tinha a ver com a amizade profunda que a unia a Senar. De qualquer forma, apesar de toda a sua ingenuidade e daquela exagerada admiração, Laio acalentava o seu coração.

Acontecia cada vez mais que à noite ele a procurasse para ficar conversando no quartinho dela. Nihal ficou então sabendo que Laio entrara na Academia por vontade do pai, um grande general que queria transformá-lo num valoroso guerreiro.

As aspirações dele, no entanto, eram bem diferentes.

– Viajar, estás entendendo? Passear pelo Mundo Emerso, do começo ao fim, descobrir territórios inexplorados, novas terras. É isto que eu gostaria de fazer. Se fosse por mim... acredita, esqueceria as armas amanhã mesmo!

Nihal não entendia como alguém podia ser forçado a fazer alguma coisa contra a própria vontade.

– Se não gostas de combater, pára. A vida de um guerreiro, Laio, não é nada boa. Não faz sentido sacrificar-te se tu não estiveres convencido da tua escolha.

Ele dava de ombros.

– E o que mais posso fazer? O meu pai jamais iria aceitar um filho andarilho. "Vagabundo" aliás, como ele me chamaria. Sempre quis fazer de mim um guerreiro. E o que fazer, então, a não ser tornar-me um guerreiro?

Era uma nova realidade para Nihal: sempre tomara suas decisões sozinha, sempre escolhera o caminho a seguir e acreditava que o mesmo se desse com todos. Agora descobria no entanto que havia pessoas cujo caminho era traçado por outros, pessoas que não podiam escolher o que fazer da própria vida.

Quando protestava, Laio respondia simplesmente:

– Todos nós temos um caminho traçado. Para uns coincide com aquele com que sempre sonharam, para outros não. Só isso. E não há nada que possamos fazer a respeito.

Depois daquelas conversas, quando Laio voltava para o dormitório, Nihal ficava sempre perguntando a si mesma qual seria afinal seu verdadeiro destino.

O seu jovem amigo, obviamente, também queria saber alguma coisa acerca dela. A primeira vez que fez perguntas a respeito do seu passado, Nihal simplesmente levantou-o do chão e jogou-o fora do quarto. Depois disso a jovem fechou-se num silêncio que durou alguns dias.

Levou algum tempo antes de Nihal abrir-se com Laio e falar sobre suas origens e de Livon. Só fez isso a duras penas: a dor pela morte do pai e pelo extermínio do seu povo ainda estava viva nela, e continuava a sentir-se culpada como no primeiro dia.

Nihal também contou sobre Senar, do laço profundo que a ligava àquele jovem mago, da falta que sentia dele. Num momento de particular descontração também revelou que estava apaixonada havia algum tempo por um homem extraordinário, que do ponto de vista sentimental, no entanto, não a considerava nem remotamente.

Laio recebeu a notícia com perplexidade.

— Problema teu... Quanto a mim, o amor não me interessa. As mulheres choramingam, bancam as difíceis... resumindo, não me sinto minimamente atraído por elas.
— Se por acaso ainda não reparaste nisto, eu também sou mulher!
— Sim, claro, mas tu és um guerreiro. É muito diferente.

Diante disso, Nihal não soube se devia sentir-se bajulada na sua alma guerreira ou ofendida na sua feminilidade.

Já se haviam passado sete meses desde o ingresso de Nihal na Academia quando Senar tentou visitar a amiga.

Nihal ignorava por completo os esforços feitos pelo mago para conseguir vê-la. O Supremo General obstinava-se em não permitir e Senar, depois de toda uma série de infinitas esperas e pedidos rejeitados, decidira pedir ajuda ao seu mestre.

Dagon sempre preferira deixar bem separados o poder político e o militar, mas tinha criado carinho por Senar e sabia quão importante era para ele rever Nihal.

Certa manhã, o Membro Ancião do Conselho dos Magos apresentou-se a Raven acompanhado pelo pupilo.

— Soube que desde que entrou na Academia ela nunca teve permissão para sair: não achas que já chegou a hora de ela voltar a ver a luz?

O Supremo General procurou manter distância, indignado com aquela intrusão na sua jurisdição.

— Raven, aquela moça é muito importante: é a única sobrevivente do povo dos semi-elfos, e Reis viu no destino dela alguma coisa muito grande. É como uma arma. E tu tens o maior cuidado com as tuas armas, não é verdade?

A conversa foi demorada, mas Dagon era paciente.

Depois de algumas horas de negociações, Raven rendeu-se e abriu as portas da Academia, amaldiçoando mais uma vez aquela menina que acabava sempre vencendo.

Quando Senar a viu andar ao seu encontro quase não a reconheceu: mais magra, usando aquela roupa disforme dos alunos, Nihal avan-

çava decidida pela esplanada da Academia, com passadas tipicamente militares.
Não pode ser ela – disse para si mesmo. Desejava de todo o coração que a amiga tivesse voltado a ser como antigamente, que tivesse finalmente superado sua dor. Quando chegou perto sorriu para ela comovido e fez o gesto de abraçá-la. Nihal esquivou-se evitando o contato.
– O que queres?
Senar ficou desnorteado.
– Como assim, o que quero? Vim visitar-te...
– Tu disseste que virias todos os meses. Tu prometeste.
– Sim, eu sei, mas foi muito mais difícil do que imaginava, não pude...
– Foi um período muito difícil para mim também. Assunto encerrado. Não temos mais nada a nos dizer.
Nihal virou-se para ir embora mas Senar segurou-a pelo braço, forçando-a a ficar. Ela desvencilhou-se e desatou a chorar raivosamente, descontrolada.
– Fazes vagamente idéia do que foram esses meses para mim? Podes avaliar como me senti sozinha, desamparada, abandonada? Pensei de tudo! Que tu tinhas morrido, que tinhas ido para algum lugar inalcançável, que se tinhas esquecido de mim!
Senar apertou-a contra o peito.
– Perdoa-me.
Ela voltou a desvencilhar-se, mas os braços do mago seguraram-na.
– Perdoa-me. Agora estou aqui.
Só então Nihal entregou-se ao abraço do amigo.
– Odeio-te – disse baixinho. – Senti a tua falta.

Quando chegaram ao quartinho Senar sentiu-se um verme por ter deixado Nihal, a sua Nihal, sozinha num lugar tão horrendo.
Sentaram. Tinham muita coisa a dizer um ao outro.
– Queria vir vê-la logo, já no primeiro mês, mas não tive um só momento de paz. Só passava em Makrat o tempo mínimo necessário para as reuniões do Conselho e depois tinha de voltar correndo, pois na Terra do Vento a situação está ficando insustentável.

Nihal quase desejava não saber daquilo. Preferia não saber em que condições estava agora a terra alegre em que vivera.

Senar, no entanto, contou-lhe tudo:

— No primeiro dia eu mesmo não queria acreditar: não conseguia entender como aquele lugar podia ser de fato a Terra do Vento. Foi tudo muito violento: queria ir embora mas Dagon forçou-me a tomar coragem. Foi como reviver os meus tempos de criança: guerra, desolação, a morte sempre presente, desespero. Tinha a impressão de ter voltado ao passado e sentia-me perdido e indefeso como então. Mas o pior era lembrar como aquele lugar já fora. O ar fresco da manhã, a vida que fervilhava nas torres... E os crepúsculos, lembras-te das cores do pôr-do-sol?

Nihal também sentiu-se levada para trás no tempo.

— Eram mágicos. Uma brisa começava a soprar, o sol mergulhava na relva, a planície tingia-se de vermelho e... — As palavras morreram na sua garganta.

Senar continuou com tom grave:

— Não há mais coisa alguma, Nihal. Tudo envolvido em fuligem e fumaça. Para qualquer lugar que tu voltes os olhos, só incêndios. Quase não dá para ver o sol. Muitas vezes, depois dos combates, aparecem seres das raças mais variadas. Perambulam entre os destroços como fantasmas. Já perderam tudo e vagueiam só procurando salvar-se. Ou talvez em busca da morte, quem sabe. E o silêncio... Quando não há luta, tudo é envolvido pelo silêncio. Lembras que em Salazar era quase impossível ter um momento de paz? O barulho das lojas, o burburinho das pessoas que conversavam descontraídas, a música que ecoava das tabernas... Agora já não se ouve qualquer som que possa lembrar a vida.

O mago recuperou o fôlego.

— O país está rachado ao meio: de um lado o nosso exército, do outro a zona sob o controle do Tirano. Não sabemos ao certo o que está acontecendo por lá, mas alguns bem-aventurados conseguiram atravessar o *front* ainda com vida. Seus relatos são terríveis. Parece que toda a população foi escravizada e só trabalha para dar de comer ao exército do Tirano. Aquele maldito está derrubando a Floresta. Transforma a madeira em armas e manda os escravos cultivar as novas terras. Têm de trabalhar noite e dia: quando já não agüentam, desaparecem e ninguém sabe mais nada deles.

O território é governado por um certo Dola, um déspota que adora ver os outros sofrerem. Também chefia o exército: um guerreiro invencível. Muitas vezes pode ser visto lutando na primeira linha, na garupa de um dragão negro. Contam que o Tirano presenteou-o com a imortalidade: nada consegue atingi-lo, mesmo ficando tanto tempo na frente de batalha, dizimando as nossas legiões. Tem um exército poderoso. Há fâmins, gnomos, humanos: todos lutando sem meios-termos, com fúria desumana... como se não dessem o menor valor à própria vida. Se até agora conseguimos resistir foi somente graças à abnegação dos Cavaleiros de Dragão. Infelizmente, no entanto, nesses seis meses não conseguimos reconquistar nem um pedacinho de terra.

Quando Nihal tomou a palavra, sua voz tremia:

— Fala-me de Salazar...

— Salazar já não existe. Só isto. Depois do primeiro ataque Dola trancou lá dentro os inimigos que tinha capturado e mandou incendiar tudo. A cidade ficou em chamas durante dias. Contam que antes do incêndio mandou enfileirar os prisioneiros. Pediu que se prostrassem aos seus pés implorando misericórdia, pois só iria poupar aqueles que se sujeitassem. Quem não obedeceu foi logo enviado à torre. Dos outros, uns dez foram justiçados de qualquer maneira. Ao acaso, sem qualquer motivo. É o jeito de Dola.

Senar olhou para a fatia de céu que se via pela fresta.

— Durante muito tempo acreditei que o Tirano quisesse o poder. Achava que a sua intenção fosse dominar todo o Mundo Emerso. Mas depois daquilo que vi compreendi que o poder nada tem a ver. Ele almeja a destruição em si e por si.

As mãos de Nihal estavam tão fechadas que as juntas haviam ficado brancas. O mago segurou-as entre as suas e afagou-as com ternura.

— Imagino o que deves estar sentindo.

Senar falou da sua vida e do seu papel na Terra do Vento.

— Trabalhava diretamente ligado ao exército. Só para teres uma idéia, o meu costumeiro contato era Fen! Com ele e com Dagon planejamos muitos ataques para conquistar posições, para enfraquecer o inimigo. Tudo inútil, infelizmente. Tive de usar inúmeras vezes a magia: sobretudo encantamentos coletivos sobre as tropas ou então nas armas. É muito cansativo. Acordávamos ao alvorecer e só parávamos à noite. E às vezes à noite tínhamos de nos deslocar ou organizar uma linha de defesa improvisada. Não creias que me esqueci de ti, Nihal. Toda vez que vinha a Makrat esperava ter um tempinho para visitar-te, mas aí o Conselho, as reuniões, os magos... e a guerra, que me tragava de novo em seu redemoinho... e os meus olhos que só ficavam cheios de morte...

Nihal escutava em silêncio. Com Senar ao seu lado sentia-se como quatro anos antes, no bosque. Já não estava sozinha. Os fantasmas que a haviam obcecado durante aquele tempo todo pareciam ter desaparecido. Contou-lhe dos dias todos iguais, do ódio de Raven, da amizade de Parsel, das novas armas que aprendera a usar.

E principalmente dos pesadelos que continuavam a persegui-la.

– Estás entendendo, Senar? São pessoas que morreram, que tiveram uma vida, que existiram de verdade! Como é que eu posso ignorar os seus doloridos lamentos?

Senar havia esperado que o tempo pudesse livrá-la daquela obsessão, mas percebia que Nihal ainda não tinha encontrado seu lugar no mundo.

A certa altura ouviram bater.

Detrás da porta despontou um rosto sorridente. Ao perceber que no quarto de Nihal havia um rapaz, Laio ficou petrificado.

– Ah, estás com visita, então vou embora.

Senar ficou igualmente pasmo: já tinha levado em consideração a hipótese de Nihal fazer alguma amizade, mas a chegada daquele rapaz deixou-o mesmo assim perturbado. O que queria?

– Não, não. Não precisas ir embora. Este aqui é o Senar de que tanto te falei.

Nihal levantou-se e mandou-o entrar.

– E este é Laio, meu companheiro de armas!

Laio e Senar apertaram as mãos com circunspeção.

A mente do mago era um turbilhão de pensamentos. Como aquele garoto se atrevia a entrar no quarto de Nihal sem avisar? Quer dizer que era tão íntimo o relacionamento entre os dois? Ela dissera que eram amigos: até que ponto amigos? Quanto mais olhava para ele, menos gostava.

No quarto houve um momento de gelo. De repente Nihal percebeu no ar algo estranho: uma sensação de desconforto que no entanto parecia não pertencer a ela mas sim a alguma outra pessoa. Como quando ouvimos o som da nossa própria voz: sabemos que nos pertence e mesmo assim ela nos parece alheia. Ficou desconcertada.

– Que tal darmos uma volta? Afinal hoje é o dia da minha folga mensal!

Ficaram perambulando a tarde toda, no constante rumorejar de Makrat.

Nihal detestava aquela confusão e sentiu-se tão forasteira como no primeiro dia. Senar continuou mantendo uma atitude distante e Laio teve a impressão de estar sobrando.

Foi uma tarde desagradável.

Chegou a hora de Senar ir embora. Ele e Nihal ficaram sozinhos diante do imponente portão da Academia.

– Quer dizer que por algum tempo ficarás por aqui... – disse Nihal, querendo adiar as despedidas.

– Pois é. Está na hora de eu aprender o que se espera de um conselheiro numa zona de paz. Poderei vir ver-te mais vezes...

– Assim espero! Bom, então nos veremos.

Nihal deu-lhe um beijo na face e virou-se para entrar. Senar, no entanto, num impulso de coragem, deteve-a.

– Diz-me uma coisa... afinal... quem vem a ser esse Laio?

Nihal fitou-o surpresa, aí deu uma gargalhada.

– O que foi? Está com medo de ser trocado por outro? Laio é apenas um garoto. E me adora. Ajudou-me fazendo-me sentir menos sozinha e não dá a mínima para o fato de eu ser humana ou semi-elfo. Já é muito, não achas?

– Sim, não, claro... Isto é, fiquei curioso. Só isto.

Nihal riu de novo, meneando a cabeça. Despediram-se contentes.

Nos meses que se seguiram, a vida de Nihal melhorou bastante.

Depois daquele primeiro contato tempestuoso acabou criando afeição por Malerba. Ele era gentil: guardava para ela algum quitute especial que conseguia arranjar na cozinha, arrumava-lhe o quarto e de vez em quando trazia-lhe flores silvestres, que Nihal aceitava com alegria espontânea, pois já fazia muito tempo que ninguém era tão atencioso com ela.

Às vezes conversavam. O gnomo, entre lágrimas e frases desconexas, contava os mesmos horrores que Nihal via em seus sonhos. E ela abria-se confessando-lhe seus medos e seu desejo de vingança. Parecia-lhe que Malerba, apesar da aparente demência, podia entender com as razões do coração o sentido de desnorteada angústia que a afligia. E, afinal, ela já não conseguia guardar tudo dentro de si.

A presença de Laio também tornara-se importante. Saber que havia alguém pronto a ouvi-la e apoiá-la nos momentos de aflição era um consolo para Nihal.

Os meses de adestramento e a rígida disciplina da Academia não o tinham mudado. Laio continuava a ser um menino de olhos arregalados à espera de um futuro que ele via como um mar de rosas. A sua companhia lembrava a Nihal os dias felizes em que ainda vivia em Salazar com Livon.

Formavam um estranho casal: ela era o aluno mais promissor da escola, ele o mais fraco e o menos dotado. Mas estavam sempre juntos.

Todos os meses, com a maior pontualidade, Senar comparecia para a sua visita na Academia.

Às vezes Fen também aparecia, e então Nihal entregava-se de corpo e alma ao seu lado mais feminino, chafurdando no seu eterno e infeliz amor.

O cavaleiro sentia orgulho dela: quanto mais tempo passava, mais crescia nele a certeza de a jovem ser destinada a grandes façanhas.

Esgrimiam na arena central, a dos dragões, quando os demais alunos não estavam. Podiam lutar por horas a fio. Ela nunca se cansava de ficar perto dele, e ele experimentava um prazer fora do comum ao lutar com aquela jovenzinha.

Já se passara um ano desde o dia em que Nihal entrara na Academia da Ordem dos Cavaleiros de Dragão da Terra do Sol.

Naquela altura já dominava perfeitamente todas as armas que havia experimentado e com a espada superava de longe os seus companheiros.

Até Raven teve de capitular diante dos insistentes testemunhos dos vários instrutores: todos juravam que uma máquina de guerra como ela não era coisa que se via facilmente, e convinha portanto escalá-la para a frente de batalha sem mais demora.

Muito antes do que o curso normal deixaria prever, Nihal já estava pronta para a prova mais importante: a guerra.

15
FINALMENTE A BATALHA

Eram uns trinta ao todo. Iriam ser divididos em pequenos grupos e destinados a unidades empenhadas em diferentes frentes de batalha.

Cada turma ficaria sob o comando direto de um veterano, ao qual caberia a tarefa de avaliar o comportamento deles no campo, além de salvar a pele de quem ficasse em perigo.

Cada um iria vestir corpetes de cores vistosas que permitissem identificá-los como cadetes da Academia. Desta forma, o supervisor poderia controlar mais facilmente o comportamento dos jovens em combate.

A prova foi antecedida por toda uma série de treinamentos bastante puxados.

Os aspirantes a cavaleiro lutavam na arena desde o alvorecer, aperfeiçoavam-se nas técnicas das várias armas, corrigiam seus erros, aprimoravam o comportamento que deveriam ter em combate.

Ao pôr-do-sol estavam todos exaustos. Todos, exceto Nihal.

Sozinha no quarto, virava-se embaixo dos cobertores sem conseguir pegar no sono. Todos os seus pensamentos já estavam focalizados na guerra. O seu sonho estava a ponto de tornar-se realidade: finalmente iria contribuir para a destruição do Tirano. Quase não conseguia acreditar ter chegado tão longe. E não via a hora de lutar: parecia-lhe que nessa batalha iria finalmente encontrar um sentido para a sua existência. Combatendo iria resgatar a culpa de ter sobrevivido aos seus similares, a culpa de não ter amado o bastante Livon e de tê-lo deixado morrer. Contava os dias.

Nem todos estavam tão felizes e ansiosos.

Laio havia sido admitido à prova graças à influência do pai, mas estava apavorado. Até então aceitara sem se importar demais o destino que a família escolhera para ele: imaginava o dia em que iria entrar na luta tão distante que não precisava se preocupar. Mas agora, à noite, já lhe parecia ouvir o clangor das armas ressoando na sua cabeça. Talvez não fosse morrer em combate, mas na certa morreria muito antes de susto.

Nihal procurava reanimá-lo, mas sem muito sucesso.

Afinal forçou-o a aceitar um trato.

– Ouve-me com atenção, Laio. Juro que se as coisas ficarem mal eu mesma cuidarei de salvar-te. Mas tu precisas prometer que vais falar com teu pai e vais convencê-lo a deixar que tu mesmo escolhas o que queres fazer na vida.

Ele concordara, entregando-se com toda a força do seu ser à esperança de Nihal manter o seu juramento.

Senar estava preocupado com Nihal, mas a prova não foi uma surpresa para ele: sabia desde sempre que ela não pararia diante de coisa alguma até conseguir sentir na boca a poeira do campo de batalha.

Os meses passados na Terra do Sol haviam sido bons para ele: depois dos horrores da guerra, poder finalmente viver em paz havia sido maravilhoso. Começava quase a gostar daquela terra barulhenta e confusa. Quanto a Flogisto, então, o mago que com seus ensinamentos o estava ajudando a aperfeiçoar-se, era uma figura extraordinária: um velhinho de idade indefinida, dobrado em dois pelos achaques e sujeito a uma marcada tendência a esquecer tudo. Os anos haviam passado, deixando nele o dom da sabedoria e a capacidade de entender os outros.

Com ele Senar aprendeu a paciência, a diplomacia, a compreensão e a empatia.

E ficou então pronto para entrar oficialmente no Conselho dos Magos.

Para a ocasião foi organizada uma cerimônia solene no palácio real da Terra do Sol, sem esquecer a investidura, a apresentação oficial à alta sociedade e um faraônico banquete final. Todos os cozinheiros da corte ficaram empenhados durante vários dias no preparo do simpósio e a grande sala central foi adornada com cornucópias de ouro repletas de frutas provenientes dos mais remotos recantos do Mundo Emerso, tapeçarias antigas e tecidos preciosos.

A nomeação de um conselheiro era um evento importante: afluíram a Makrat não somente os dignitários da Terra do Sol, mas também muitos representantes dos monarcas das outras Terras. Sem mencionar os generais em uniformes de gala e os curiosos, todos usando suas roupas mais caras e vistosas, que não perdiam a chance de aparecer em todas as reuniões sociais.

Depois de muito insistir, Nihal conseguiu arrancar de Raven a permissão para participar. No dia da investidura voltou a vestir suas roupas: sentira tanta falta delas! Sem aquele horrível uniforme tinha a impressão de estar mais bonita do que nunca.

Poliu a espada até torná-la lustrosa, prendeu os cabelos com todo o cuidado e dirigiu-se ao palácio real com o sorriso nos lábios.

Quando fez sua entrada na sala central, cintilante de luzes e sobrecarregada de afrescos e estuques, não foram poucos os que emudeceram.

Entre damas elegantes, magos em uniforme de gala e hóspedes de todos os níveis da nobreza, uma jovem em trajes de guerreiro, de cabelos azuis e porte militar não podia certamente passar despercebida.

Com todos aqueles olhares concentrados nela, Nihal sentiu-se de repente deslocada. Pela primeira vez na vida desejou uma roupa feminina, um vestido longo, um lindo decote, jóias. *Diabos. O que é que eu estou fazendo aqui?*

Mas então viu Senar.

Estava de cabelo comprido e desgrenhado, e não se escanhoara. Além disto, ainda usava a antiga túnica preta, a da primeira investidura, com o olho vermelho bordado no peito. Haviam feito de tudo para convencê-lo a trocar-se.

– E por que deveria? Esta é a minha roupa, a minha segunda pele. E não tenho o hábito de trocá-la como as serpentes! – respondera.

Suplicaram então que prendesse pelo menos os cabelos e fizesse a barba, pois daquele jeito parecia mais um náufrago do que um conselheiro, mas ele simplesmente deu uma gargalhada: gostava de subverter certas regras bobas e achava a maior graça em fazer aquilo toda vez que podia.

Cumprimentou Nihal com uma piscadela e em seguida sujeitou-se a um ritual absurdamente pomposo.

Um dos cortesãos, honrado para a ocasião com a distinção de mestre-de-cerimônias, abriu as danças com um longo e inútil discurso sobre a importância do evento.

Depois foi a vez dos conselheiros: um depois do outro levantaram-se e fizeram a sua oração citando as motivações que os haviam levado a considerar Senar digno do cargo.

Já no terceiro conselheiro os presentes mal conseguiam reprimir os bocejos de tédio. A encenação parecia não ter fim: discursos, salamaleques, mais discursos, rapapés, ainda mais discursos.

Nihal, entediada, olhava a sua volta observando os convidados.

Uma mocinha chamou a sua atenção.

Devia ter uns poucos anos menos do que ela. Parecia uma menina deslocada por engano no papel de mulher: linda, séria, cheia de dignidade. Estava sentada numa espécie de trono e Nihal achou que devia ser a filha do rei, que no entanto não conseguia descobrir em lugar nenhum.

O seu espanto foi total quando, no momento crucial da cerimônia, viu-a levantar-se, dirigir-se a Senar e parar diante dele com um medalhão entre as mãos.

– Eu, Sulana, rainha da Terra do Sol, decoro-te com a insígnia dos defensores da liberdade e da paz no Mundo Emerso, para que nunca, a partir deste momento, te esqueças em prol de quem estás agindo.

Foi o que disse a jovenzinha.

Então houve um aplauso. Senar fez uma mesura, beijou a mão da rainha e ela voltou ao seu assento com passo lento e gracioso.

Quer dizer que a soberana daquela terra era uma menina.

Nihal ficou atônita.

Um vizinho, uma espécie de janota empoado, reparou na dúvida que se havia estampado no seu rosto.

– Surpresa com a pouca idade da rainha?

— Para dizer a verdade... achei que devia ter um rei ou alguma coisa do gênero...

O cortesão suspirou e assumiu uma expressão patética.

— Pois é, um rei. Já tivemos um rei, mas morreu em combate. E que rei! Lutador mas sempre atento à paz, forte mas diplomático... Uma grande perda!

O janota era tão pedante que chegava a irritar, mas a curiosidade de Nihal era grande.

— E não havia ninguém para assumir a regência?

— Oh, sim, claro! Durante algum tempo o poder ficou nas mãos do irmão, mas no dia em que completou catorze anos, diante de todos os dignitários reunidos em sessão solene na presença do regente, Sulana declarou que queria assumir o trono. O tio tentou dissuadi-la, mas ela não desistiu: acusou-o de esfomear o povo e de especular com a guerra.

— E era verdade?

O cortesão encostou-se e falou num sussurro, como se estivesse revelando um segredo:

— Para dizer a verdade, era mesmo.

Em seguida reassumiu sua atitude afetada.

— A rainha disse que se considerava preparada. O pai aparecera-lhe em sonho e exortara-a a tomar o poder em suas mãos para o bem da Terra do Sol. E com efeito ninguém pode negar: ela está governando de forma exemplar.

Nihal ficou cheia de admiração: uma jovem tão sábia e madura que podia reinar sobre uma terra inteira!

— E a senhorita? Dir-se-ia um guerreiro. E de alguma raça desconhecida, além do mais!

— Sim, sim, é uma longa história. Peço que me perdoes, mas preciso encontrar-me com uma pessoa...

Nihal sumiu na multidão como um raio. Aproximou-se de Senar, finalmente conselheiro, e abraçou-o sorrindo.

— Meus parabéns, mago de meia-tigela! Conseguiu realizar o seu sonho, afinal!

— Pois é. Embora infelizmente nada seja exatamente como nos sonhos.

— Como assim?

– O Conselho não é propriamente aquilo que eu tinha imaginado. Lá também existem os que só pensam no poder, nos seus próprios interesses. Nem todos, é claro. Mas às vezes a visão estreita de alguns conselheiros deixa-me profundamente desanimado... Mas não quero pensar nisso, por enquanto. Agora tenho de cuidar da frente de batalha na Terra do Vento. É assunto para horário integral. Voltarei a pensar nos problemas diplomáticos no devido tempo.

Nihal não entendeu direito o que o amigo queria dizer com aquilo. Para ela, os conselheiros eram todos heróis dedicados à salvação do Mundo Emerso, mas as palavras de Senar deixaram nela uma vaga inquietação.

Na semana seguinte Nihal soube que ela e Laio não demorariam a partir para a Terra do Vento. Chegou quase a desconfiar que Senar tinha alguma coisa a ver com o assunto: quem sabe tivesse de alguma forma insistido para que ela fosse enviada para o seu território. Até que gostou da possibilidade: iria combater sob o comando de Fen, e isso a exaltava.

Puseram-se a caminho numa manhã do fim do verão.

Acomodaram-se todos num grande carro de madeira, coberto por uma ampla lona sustentada por uma armação de ferro, para que não tivessem de sofrer as incertezas da intempérie.

O carro juntou-se a uma caravana de mantimentos e de soldados que seguiam para o *front*, e a viagem começou.

Atravessaram territórios e aldeias. Quando passavam, as pessoas saíam curiosas de casa e as crianças os saudavam gritando. Os olhares de todos eram ingênuos, como se aqueles carros não fossem um sinal da guerra iminente mas sim apenas uma estranheza a quebrar a rotina.

Os vilarejos deram lugar aos bosques da Terra do Mar, em seguida, às viçosas lavouras da Terra da Água. Nihal apertava a espada e pensava em Livon.

Lembrava-se dele na forja, quando ainda lhe parecia um gigante, sujo de fuligem e envolvido pelas centelhas do metal batido. Voltava a pensar em suas tardes de menina, quando lhe contava histórias de guerra. E revivia os combates entre os dois, graças aos quais havia aprendido a amar a espada. E finalmente viu mais uma vez diante dos olhos a cena da sua morte, e enquanto seguia rumo ao desconhecido e aos riscos da batalha agarrou-se com fúria à própria raiva.

Os doces panoramas da Terra da Água foram deixados para trás e substituídos pela estepe.

Por um momento Nihal chegou a pensar que a sua Terra estivesse bem ali, esperando por ela, exatamente igual a como a deixara mais de um ano antes, mas as palavras de Senar zuniam em sua cabeça: *No primeiro dia eu mesmo não conseguia acreditar: não podia entender como aquele lugar desolado pudesse ser de fato a Terra do Vento. E o pior era justamente lembrar como era...*

Entendeu logo o verdadeiro sentido daquilo.

Primeiro foi o vazio e o silêncio. Léguas e mais léguas de planície deserta, coberta de grama amarela, como que queimada pelo sol. A luz estava fraca, até ao meio-dia, e mal conseguia abrir caminho através de densas nuvens de fumaça.

Depois começaram a aparecer os primeiros destroços. Cotos de torres enegrecidas pelas chamas, pedaços de muros derrubados e, entre os escombros, olhos perdidos que fitavam apavorados a caravana. Campos abandonados à mercê dos corvos, lavouras queimadas onde sobravam apenas troncos carbonizados.

Finalmente, os cadáveres. Camponeses, em sua maioria, crianças e mulheres. Às vezes soldados também. Em volta daqueles corpos mortos, os vivos moviam-se como fantasmas, saqueando tudo aquilo que encontravam.

A planície que tantas vezes Nihal admirara da cobertura de Salazar estava agora oprimida por uma capa de morte.

Logo que a caravana começara a penetrar no território da guerra, os aspirantes a cavaleiro a bordo do carro emudeceram.

Laio também olhava para fora, cada vez mais assustado. Toda aquela destruição era para ele algo incompreensível.

– Era aqui que tu moravas?

Nihal anuíra em silêncio.

Depois de muitas léguas de viagem chegaram a avistar as primeiras fortificações e alguns acampamentos do exército. Em volta de cada um deles haviam-se formado pequenas comunidades de sobreviventes. Crianças esfarrapadas paravam de perambular pelas barracas e corriam atrás da caravana, pedindo alguma coisa de comer.

No começo os rapazes no carro haviam jogado para elas uma parte dos mantimentos, mas o comandante repreendera-os duramente.

– Parai logo com isso! Há milhares delas aqui no acampamento. E além do mais isso não vos pertence. Se tiverem coração de manteiga, então erraram de profissão.

Até então haviam dormido no carro, parando ao longo do caminho. Mas agora que estavam em território de guerra, continuavam viajando até encontrar um acampamento onde passar a noite, para depois seguir adiante logo que o sol raiava.

Foi uma viagem terrível e estressante.

No começo os futuros cavaleiros haviam achado aquilo tudo uma espécie de excursão: falavam alegremente entre si, comentando a prova como se tratasse mais de uma brincadeira do que de uma questão de vida ou morte.

Agora que haviam conhecido de perto a crua verdade da guerra, ninguém se atrevia mais a brincar.

Alguns pararam de olhar para fora.

Outros tentaram disfarçar conversando.

Só Nihal ficou o tempo todo de olhos fixos naquele panorama de destruição. *Enche os teus olhos com este horror*, dizia a si mesma, *e lembra-te dele quando estiveres em combate.*

Ao entardecer do vigésimo dia de viagem chegaram à pequena planície de Theron. O aspecto não era dos mais animadores: as barracas espalhadas sem maiores cuidados surgiam ao lado dos destroços de uma torre e havia muitos feridos.

Era a primeira vez que Nihal via um acampamento perto da frente de batalha, mas ficou surpresa ao reparar como aquela cena parecia-lhe familiar.

Senar não estava: perguntou por ele e foi informada de que o mago se encontrava no acampamento principal, muito longe dali.

As tropas sob o comando de Fen, no entanto, ficavam ali perto, e a ação do dia seguinte iria ser levada a cabo juntamente com elas. O coração de Nihal disparou de repente, mas ela não teve muito tempo para pensar no assunto: ela e os outros cinco rapazes do grupo foram imediatamente levados à presença do general encarregado daquela área de combate.

O general era um homem ríspido. Começou logo atemorizando-os.

– Isto aqui não é brincadeira. Aquilo que vos ensinam na Academia são bobagens teóricas. A guerra de verdade não é nada disso: não há lugar para honrosas formalidades, nem para os manuais de esgrima. Quando estivéreis lutando, a única coisa que deveis fazer é acatar as ordens dos seus superiores e o número de inimigos que deveis liquidar. Não penseis, portanto, que estamos aqui para cuidar de vós. O nosso primeiro dever é obedecer. Se não acatardes as ordens e vos meterdes em perigo, caberá unicamente a vós sairdes dele. E eviteis contar demais com o vosso supervisor: em combate, sobreviver é vosso problema. Quanto à batalha de amanhã, trata-se do ataque contra uma fortaleza que já sitiamos há algum tempo: as reservas de água e comida deles estão quase no fim, chegou portanto a hora do assalto final. Começaremos uma hora antes do amanhecer. Os arqueiros encarregar-se-ão de criar alguma confusão lá dentro, em seguida os Cavaleiros de Dragão descerão do céu, enquanto a primeira linha da infantaria atacará as muralhas e o portão. Vós estareis na segunda linha: depois de conseguirmos uma brecha entrareis com todos os demais e nessa altura só tereis de invadir o castelo. Sereis informados dos últimos detalhes antes do ataque. Não haverá toque de alvorada, obviamente, mas devereis estar acordados na terceira hora após a meia-noite: aconselho portanto que procureis dormir. A comida será servida daqui a duas horas. Antes disto, tereis tempo para encontrar-vos com o vosso supervisor. Também desaconselho sair do acampamento, mas não quero ver-vos botando o nariz em tudo.

O general deu as costas e saiu. Os seis aspirantes a cavaleiro ficaram no meio da tenda sem saber ao certo o que fazer, entregues ao mais completo desânimo. Laio estava a ponto de chorar.

– Ânimo – sussurrou-lhe Nihal.

O supervisor era jovem o bastante para não ter esquecido as emoções de um cadete da Academia diante da sua primeira batalha.

Explicou mais uma vez a missão, disse-lhes que era para ele que deveriam olhar como ponto de referência, pois cabia a ele cuidar da vida do grupo. Mostrou as armas e as armaduras com que iriam lutar, em seguida dispensou todos, exceto Nihal.

– Tu és o semi-elfo.

Nihal anuiu.

– É de fundamental importância que o inimigo não saiba da tua existência. Seria bom que enfrentasses o combate muito bem disfarçada.

– Por quê? Não creio que o Tirano se importe muito com a minha presença.

– O Tirano mandou exterminar o teu povo. Desconhecemos a razão, mas estamos cientes de que tu és a última. Se soubesse da tua existência, todo o acampamento poderia estar em perigo. Ficar gritando o teu nome para todos os lados, como me contaram que fizeste em Makrat, foi um erro. Na guerra dá para perder um homem, não uma divisão inteira.

Nihal sentiu-se mais uma vez uma ameaça. Aquilo que pensara após a morte de Livon, então, era verdade: a sua existência era um perigo para qualquer um que estivesse ao seu lado.

O supervisor deu-lhe um elmo que lhe cobria inteiramente a cabeça: era fundamental que os cabelos e as orelhas não fossem visíveis.

Foi o primeiro problema: o elmo era dolorosamente apertado.

O segundo foi a armadura: as couraças costumeiras não se adaptavam ao corpo miúdo de Nihal. Nenhuma delas parecia servir.

O supervisor perdeu a paciência.

– Mulheres! Dá para ver logo por que deveriam ficar em casa cuidando dos filhos!

Nihal jogou a couraça no chão.

– Não preciso disto.

– É mesmo? Mas que ótimo! Quer dizer que tu pertences à categoria dos heróis, que vêm para cá cheios de orgulho, achando-se fadados a façanhas extraordinárias, não é isto? Em todo grupo de cadetes sempre há alguém assim. E sabes de uma coisa?

São os que duram menos: ou morrem em combate no primeiro assalto ou se aninham num canto tremendo de medo.
— Eu não estou aqui para brincar, senhor, mas sim para combater.
O supervisor cortou logo.
— Faça como bem quiseres. Só procures não arriscar a vida dos demais.

Nihal perambulou pelo acampamento reparando em como, até naquele local de guerra, a vida continuava a correr do seu jeito cotidiano. Uns escreviam cartas, outros dormiam, outros lavavam suas coisas. Havia uma estranha ausência de ruídos, como uma suspensão: dava a impressão de ser um lugar fora do mundo, à espera de alguma coisa.

O jantar foi parco e transcorreu em silêncio. Nihal ficou imaginando se era sempre assim antes de uma batalha. Será que todos estavam pensando no dia seguinte? Ou será que as pessoas acabam acostumando-se até a arriscar a vida e no fim perdem o medo? Quanto a ela, não via a hora de entrar na luta.

Depois da refeição todos se recolheram às tendas. Nihal esperou que Laio pegasse no sono. Quando percebeu que a respiração dele se tornara regular, também foi deitar-se. Mas não era fácil dormir: logo que fechava os olhos imagens de batalha turbilhonavam na sua mente, farrapos dos seus pesadelos, lembranças de quando era menina. Sua cabeça parecia estar a ponto de estourar. Levantou-se derrotada e saiu da barraca.

Foi imediatamente assaltada pelo frio. Envolveu-se na capa e caminhou pelo acampamento adormecido e perdido na neblina. Havia uma calma perfeita, irreal. Uma atmosfera de paz que destoava da destruição que vira durante a viagem.

Nihal ficou andando por um bom tempo, até os contornos da torre destroçada surgirem na escuridão. Os tijolos daquela cidade desconhecida e naquela altura morta dirigiam-lhe uma espécie de chamado. Aproximou-se e subiu pelo que sobrava de uma escada. Salvara-se milagrosamente da destruição, mas estava em condições precárias e faltavam-lhe alguns degraus: enroscava-se insegura de um andar para outro até quase alcançar o topo da torre.

Pouco antes do cume, onde antigamente devia haver o terraço, parava: os pisos haviam desmoronado por completo.

As pedras da torre pareciam falar a Nihal da sua vida na Terra do Vento. Naquelas paredes desfiguradas pelo fogo e pela violência dos homens reconheceu as lojas, as casas, as salas das assembléias.

Também havia uma forja parecida com a de Livon. Alguns cômodos ainda estavam intatos, outros já não tinham muros e davam para o vazio. Chegou a um aposento maior, rachado em dois por um desmoronamento. Debruçou-se e viu os restos do jardim interno da torre, onde os habitantes costumavam cultivar suas hortas e à sombra de cujas árvores ficavam aproveitando a aragem no verão. Estava praticamente destruído, mas no meio ainda sobrava uma oliveira. Aquele tronco retorcido contava a história de uma longa vida, atribulada mas que ainda assim resistia. Nihal achou-o tão belo quanto uma escultura.

A imagem deu livre acesso às recordações. Voltou a lembrar a iniciação no bosque, quando ouvira pulsar o coração da terra. E agora Nihal ouvia de novo aquele batimento, demonstrando que apesar de ela ter escolhido o caminho da guerra, seu pacto com a natureza continuava válido.

Foi então atropelada por um oceano de sensações: saudade, ausência, lástima. Queria de volta a infância, as brincadeiras, a inocência, a paz. De repente sua vida pareceu-lhe maravilhosa. Ficou com medo de morrer, de perder tudo aquilo que até então tivera.

Antes daquela noite só tinha olhado para a sua vida com tristeza: o sofrimento do último ano, os pesadelos, a condenação de ser a única sobrevivente de todo um povo.

Mas agora já não queria morrer.

Agora estava olhando para a lua cheia, tão brilhante que quase feria os olhos, e pensava em como seria bom desistir da guerra para voltar a ser a jovem que, na realidade, nunca fora. O que havia de errado nisto? Chega de armas, de morte, de obrigações. Poderia ir morar na Terra do Sol e quem sabe até pensar no amor, encontrar um rapaz com o qual viver, ter filhos e morrer de velhice, feliz após viver uma vida plena.

Haveria alguma coisa errada nisto? Nenhuma.

E mesmo assim não podia. Não podia viver em paz quando todo o seu povo, homens, mulheres, crianças, havia sido varrido da face da terra por um ódio feroz e sem motivo. Não podia simplesmente ficar olhando a vida escorrer diante dos seus olhos enquanto no Mundo Emerso continuavam a ser cometidas as piores crueldades.

Então tudo voltou a ser real: a torre reassumiu a sua aparência de destroço e a oliveira a de árvore sofrida no meio de moitas espinhentas.

O sonho de uma vida normal acabara.

Naquela noite Nihal teve certeza de que se tornaria um guerreiro.

Desatou a longa trança azul que por muitos anos não havia sido tocada por tesouras. Ficou olhando para aquele rio de cabelo que descia até seus quadris. Cabelos de rainha, aqueles que os menestréis costumam cantar, aqueles onde os amantes se deixam suavemente afogar.

Pegou a espada.

As melenas caíram ao chão uma depois da outra, lentamente.

Quando acabou, sua cabeça parecia mais uma escova imprecisa e desgrenhada.

Jogou fora os cabelos num canto do jardim.

Laio acordou depois dela e viu-a já de pé diante do seu catre. Ficou de queixo caído.

– Nihal! O que foi que fizeste?

– Os cabelos longos são um estorvo na guerra. Agora levanta-te e apronta-te logo para a revista.

Nihal sentou então num canto. Sentia-se estranhamente serena: tomara a sua decisão, nada poderia demovê-la. Pegou um longo pedaço de pano preto e postou-se diante do escudo que iria usar em combate. Embora um tanto deformada, conseguia ver a sua imagem refletida: quando olhou para si mesma sentiu um nó na garganta. *Que bobagem. Não seja idiota.*

Começou a enfaixar cuidadosamente a cabeça até encobrir por completo os detalhes. Iriam certamente reparar nela, pois estava mascarada e porque era mulher, mas ninguém iria reconhecer nela um semi-elfo.

O rapazola sentado no catre observava-a de olhos arregalados.

Nihal olhou mais uma vez para si mesma: seus olhos sobressaíam sobre o preto do tecido. Nunca reparara antes em quão bonitos eles eram. *Ora, Nihal! Vamos parar com esta vaidade.*

Quando as tropas começaram a marchar ainda era noite.
Deviam deslocar-se até o acampamento situado aos pés das muralhas da fortaleza a ser conquistada. Para Nihal aquilo só queria dizer uma coisa: ficar perto de Fen.
Marcharam no mais absoluto silêncio e dentro de uma hora já podiam avistar o acampamento: era bem maior e muito mais organizado do que aquele em que haviam passado a noite. Respirava-se ali um ar cheio de eficiência misturada a tensão. Entre os muitos guerreiros que perambulavam pelas tendas preparando-se para o ataque, Nihal procurou Fen observando atentamente qualquer um que lhe cruzasse o caminho.
Viu-o finalmente sair de uma barraca, de armadura dourada e expressão séria no rosto. Escapuliu da coluna tentando não ser vista pelo supervisor e aproximou-se.
– Fen?
O cavaleiro olhou desconfiado para a figura mascarada diante dele. Por um momento Nihal havia esperado que a reconhecesse mesmo fantasiada daquele jeito. Então abriu a capa mostrando o corpete colorido que a qualificava como recruta.
– Sou eu...
– Nihal!
O cavaleiro ofereceu a mão e manteve-a apertada em cima da dela por um bom tempo.
– É a tua primeira batalha, não é?
A jovem anuiu. Seus joelhos haviam virado geléia.
– Tenta não te arriscares mais do que o necessário. Terás muitas outras oportunidades para mostrar o que vales, no futuro. Pensarei em ti quando estiver voando.
Para Nihal aquilo parecia um sonho, mas o berro do supervisor trouxe-a de volta à realidade.
– Preciso ir...
Fen soltou sua mão.
– Boa sorte.

Os recrutas juntaram-se aos demais soldados da segunda linha.
Era um grupo bastante heterogêneo: havia homens, gnomos, até mesmo duendes que serviam como espiões. E havia guerreiros de todas as idades: jovens quase imberbes, mas também adultos e até mesmo uns que já estavam a caminho da velhice.
Foram mais uma vez instruídos acerca da estratégia: iriam esperar até o ataque começar e só avançariam depois da ação da primeira linha, penetrando no castelo.
Nihal estava compenetrada. Sua cabeça ia pouco a pouco esvaziando-se. Concentrava-se num único pensamento: a batalha. Já não tinha medo, não estava emocionada nem impaciente: só pensava no que deveria fazer.
Tomaram posição.
Uma luminosidade muito fraca na linha do horizonte assinalou a alvorada que ia chegar. Logo depois dos arqueiros, Nihal vislumbrou os cavaleiros montados em seus dragões, imóveis à espera do sinal.
A fortaleza era apenas uma torre em condições menos precárias do que as demais; havia sido fortificada com vários contrafortes que tornavam seus contornos toscos e ameaçadores. Nenhum ruído ouvia-se no seu interior: o mesmo silêncio cheio de tensão dominava os dois exércitos inimigos.
Então, ao mesmo tempo, os arqueiros desfecharam seus dardos e os cavaleiros levantaram vôo.
Os instantes que separaram o início do ataque do momento em que as flechas e os cavaleiros alcançaram o castelo pareceram intermináveis.
De repente, enormes projéteis de fogo arremessados pelas catapultas começaram a chegar da fortaleza abatendo-se a poucos metros da primeira linha. Em seguida, um bando de seres voadores levantou-se das muralhas da torre.
– Malditos pássaros! – praguejou o guerreiro ao lado de Nihal.
– O que são?
– Não fazemos idéia. Costumamos chamá-los de "pássaros de fogo". Não são particularmente perigosos, mas cospem chamas e atrapalham os arqueiros. De modo que quando a infantaria avança fica menos protegida.

A estratégia do assalto foi imediatamente modificada. O general que os recebera no dia anterior ordenou que a primeira linha de infantes atacasse sem demora. A segunda linha ficou de prontidão, esperando a sua vez.

O estrondo tornou-se insuportável. Então, de repente, o terreno diante deles pareceu deformar-se para finalmente abrir-se: como enormes baratas surgiram do chão centenas de fâmins. Num piscar de olhos as feras ocuparam aos berros toda a área diante da torre, pegando os soldados por trás.

Incitada pelo clangor da batalha, com o coração que parecia estourar no seu peito, Nihal sentiu intensamente a força que a impelia a combater. A espera era insustentável, mas sem uma ordem não podiam partir para o ataque. Era a primeira coisa que lhe haviam ensinado: acatar as ordens. Viu os cavaleiros empenhados na garupa das suas criaturas aladas e pareceu-lhe poder distinguir Fen. Depois olhou para Laio, ao seu lado: tremia e apertava os dentes nos lábios até tirar sangue.

— Fica calmo, não tenhas medo — disse-lhe, mas ela mesma mal conseguia manter sob controle aquela mistura de temor, vontade de lutar e exaltação.

Então, de repente, chegou a ordem.

Um grito e a sua unidade partiu para o ataque.

Nihal começou uma corrida louca através de todo o campo.

Viu confusamente centenas de pessoas diante da torre.

Viu fâmins que ficavam cada vez mais perto.

Reencontrou em si a raiva, o ódio, o furor. E começou a lutar.

Nihal sabia muito bem que num duelo esquece-se de tudo, mas ali, no campo de batalha, a coisa era completamente diferente.

Simplesmente não tinha tempo para pensar: movia-se como uma máquina, dominada pela fúria. Toda a sua existência reduzia-se ao seu mero corpo físico, ao seu estar lá para matar. Os fâmins vinham ao encontro dela de todos os lados. E para todos os lados rodava a espada negra, acertando com precisão: Nihal sabia o tempo todo quem estava perto dela, quem devia golpear e de que forma.

Abateu o primeiro inimigo quase sem pensar, impelida pelo impulso da corrida. Em seguida apareceram infinitos outros, sem interrupção.

Não tinha consciência de si mesma. Avançava no campo um passo depois do outro, abatendo um inimigo depois do outro. Era uma rinha infernal. Homens jogavam-se em cima de mais homens, fâmins pulavam no pescoço dos soldados. Aquelas feras não se limitavam a golpear com espadas e machados: estraçalhavam com os dentes, dilaceravam com as presas e tripudiavam sobre aqueles que haviam tombado.

Centenas de corpos no chão: homens, fâmins, gnomos. A grama ficara vermelha e escorregadia. Jorros sangrentos respingavam no campo como chuva. Mas Nihal só pensava em lutar, em matar, a ganhar terreno um metro depois do outro com os demais soldados, pisoteando os mortos e sujando-se no sangue deles.

Não estava com medo, não sentia horror do que estava vendo, da morte que a cercava, do sofrimento dos feridos. Avançava dando golpes e abatendo inimigos: nada mais tinha importância.

Começou então a perceber com alguma clareza aquilo que acontecia à sua volta.

Pelas sombras projetadas no solo conseguiu dar-se conta da posição dos Cavaleiros de Dragão e das criaturas aladas que vinham da torre.

No estrondo da batalha começou a distinguir com precisão cada vez maior as ordens que o general berrava.

Depois de um tempo indefinido viu-se diante das muralhas. Um jorro de óleo fervendo chegou a roçar no seu braço.

Estava momentaneamente com as costas protegidas, de forma que teve tempo de olhar para cima: com intervalos regulares os fâmins esvaziavam enormes caldeirões de óleo sobre os combatentes. Sentiam-se seguros: a chuvarada de setas havia diminuído de intensidade, os arqueiros começavam a não ter mais dardos.

Nihal correu em torno da torre até encontrar uma espécie de nicho onde abrigar-se. Recuperou o fôlego, depois esticou a cabeça para olhar.

Conseguia ver um fâmin, mas acertar num deles não adiantava: para conseguir o acesso às muralhas era preciso deixar desguarnecido pelo menos um lado da torre.

Olhou febrilmente a sua volta.

Não muito longe dela jazia um soldado caído da torre. Ao seu lado, um arco. Nihal saiu correndo do esconderijo evitando com agilidade o óleo fervendo que continuava a cair a intervalos regulares, em seguida voltou ao seu nicho.

Havia muitas flechas espalhadas no chão ou fincadas nas fendas entre as pedras das muralhas. Nihal pegou as mais próximas e prendeu-as à cintura. Retesou o arco e pulou para fora. Quando um dos fâmins ficou na sua alça de mira, o dardo acertou-o em cheio. O animal caiu para dentro.

Preparou imediatamente mais uma seta.

O segundo tiro também acertou o alvo, mas Nihal não teve tempo para exultar. Atrás dela um fâmin rosnava brandindo um machado sangrento. A jovem guardou o arco a tiracolo procurando freneticamente a empunhadura da espada com a mão livre.

O monstro caiu logo em cima dela. Acossava-a sem dar-lhe tempo para contra-atacar. Nihal começou a recuar. Defendia um golpe depois do outro mas, andando para trás daquele jeito, corria o risco de tropeçar a qualquer momento.

Mas então o general desceu rápido com seu dragão.

Trespassou o monstro com a lança, agarrou Nihal pelo braço e puxou-a para a garupa.

O animal bateu as asas poderosas. Levantaram vôo.

Segurando-se com força no arção da sela, a jovem retomou fôlego e observou o campo de batalha lá de cima: os fâmins impediam qualquer aproximação das muralhas e a chuva de flechas ficava cada vez mais fraca.

– Voarei em volta da torre e tu irás acertar neles – disse o general.

– Estou pronta.

Nihal retesou o arco e mirou com cuidado. O dardo chegou com precisão ao seu destino.

Atirou de novo, e mais uma vez, e dois inimigos caíram da torre.

Então sentiu uma espécie de queimadura na perna. Uma seta ferira-a de raspão.

– Já entenderam quais são as nossas intenções, os malditos! Mantenha-os ocupados. Eu me encarrego do óleo fervendo.

Nihal tirou do cinturão as últimas duas flechas que sobravam e atirou-as em rápida seqüência.

O cavaleiro não perdeu tempo. Arremessou com violência a lança contra um dos caldeirões, que virou derramando o conteúdo no interior do poço central da torre. Ouviram-se gritos desesperados de dor.

O dragão virou-se imediatamente para os fâmins.

– General... – berrou Nihal.

– Ainda há um deles!

– Não tenho mais flechas, general...

O militar soltou uma praga.

– Está bem, vou deixá-la no chão.

Nihal ficou mais uma vez no sopé das muralhas, no meio da batalha. Desembainhou a espada e recomeçou a lutar.

Juntou-se ao grupo que estava assaltando à entrada. Alguns homens tentavam derrubar o portão com o aríete, mas eram continuamente impedidos pelos fâmins.

Nihal estava lutando com um dos monstros quando ouviu um som inesperado num campo de batalha: parecia o grito choroso de uma criança.

– Laio!

O rapazola também estava embaixo das muralhas.

No começo do combate saíra para o ataque como os demais, mas depois escondera-se atrás de uma moita, trêmulo. O supervisor viu tudo e forçou-o a ir ao assalto do portão com o resto da infantaria. Agora estava ali, choroso e abobalhado, de espada caída aos seus pés.

– Foge!

Nihal alcançou-o.

– Vamos, foge logo! – gritou furiosa.

Laio recobrou-se e começou a correr para o acampamento. Nunca conseguiria chegar lá se o supervisor não ficasse com pena daquele garoto jogado numa guerra contra a própria vontade. Pegou-o com um rasante e puxou-o para a sela do dragão.

– Acabou. Estás salvo. Está tudo acabado.
Laio agarrou-se nele e entregou-se a um pranto desesperado.

Nihal apanhara a espada do amigo e lutava agora com duas lâminas. Estava exausta e cheia de feridas.

Ouviu um estrondo. O portão começava a ceder. Não demoraria para eles tomarem a fortaleza. O campo de batalha estava cheio de fâmins abatidos e o exército prestes a conquistar o posto avançado.

Tomou coragem, mas seus olhos ardiam. De repente uma espessa neblina parecia ter tomado conta de tudo. O calor era infernal. Havia no ar um forte cheiro de fumaça. Começou a tossir. Mal dava para respirar.

– Que diabo...

Mais um golpe do aríete e o portão escancarou-se.

Da abertura jorrou uma imensa labareda.

Os soldados da primeira linha foram queimados vivos, assim como os encarregados do aríete.

Os defensores da fortaleza haviam preferido incendiá-la antes de deixá-la nas mãos do inimigo.

O exército começou a recuar.

Os Cavaleiros de Dragão foram se afastando um depois do outro ameaçados pela catapulta.

Enquanto corria com os outros de volta para o acampamento, Nihal viu que alguns deles, derrubados pelas bolas de fogo, se precipitavam atabalhoadamente além da torre.

16
MAIS UMA DOR

O fogo abraçou a torre como um ser vivo. Cercou-a cada vez mais apertado envolvendo os seus contornos até torná-la totalmente sua. As chamas levaram seus tentáculos ao céu. Os tijolos ruíram e o edifício dobrou-se sobre si mesmo dissolvendo-se numa nuvem de fumaça e poeira.

O exército observou a cena do acampamento e quando a construção desmoronou, soltou um grito de vitória. Nihal também levantou a espada para o céu. Ao ver aquele espetáculo de destruição um sorriso apareceu no seu rosto.
O general aproximou-se dela.
– Desempenhaste a contento o teu papel – disse-lhe ríspido, e Nihal teve certeza de ter-se saído bem.
Iria conseguir o seu dragão, aprenderia a dominá-lo para então consagrar-se totalmente à batalha. Naquela altura só pensava nos inimigos que tinha matado e no próprio triunfo: não se lembrava de Senar distante, nem de Laio, que conseguira safar-se, nem de Fen. Pensava em vingança: naquele dia os semi-elfos haviam conseguido a sua primeira desforra.
O supervisor também chegou-se a ela.
– Deves estar feliz, passaste com louvor na prova. Devo admitir que te portaste muito bem no campo. O teu amigo, no entanto... Não está lá grande coisa. Talvez fosse melhor ires procurá-lo para falar com ele.
– Sim, senhor. Obrigada, senhor – respondeu Nihal apressada. Em seguida saiu correndo.
Encontrou Laio encolhido num canto da barraca. Soluçava fungando sem parar. Aproximou-se com cuidado para não assustá-lo, mas ele sobressaltou-se mesmo assim. Agachou-se ao seu lado e começou a afagar-lhe a cabeça.

— Já acabou, garoto. Não precisas continuar com medo. Está na hora de falar com teu pai, explicar o que estás sentindo. Tudo vai dar certo.

O rapazinho virou-se para ela: tinha os olhos inchados e vermelhos de pranto.

— Foi uma coisa terrível. Não pensei que podia ser tão ruim: toda aquela gente morrendo... os fâmins que vinham de todos os lados... e os rapazes que eram mortos e tombavam ao chão um depois do outro... Horrível, Nihal! Horrível!

Nihal não sabia o que dizer. Era a pura verdade. Uma coisa horrível: a morte, o sangue, os fâmins. A guerra era assim mesmo.

— Por que tudo isso tem de acontecer? Por que o Tirano nos odeia? Por que odeia mesmo quem não lhe fez mal?

— Não há motivo algum, Laio. Ele odeia, só isto. E é por este motivo que estamos combatendo.

— Pois é, combatendo... Talvez fosse melhor dizer que vós estais combatendo, pois eu não tenho coragem de lutar! Fiquei com medo, arrisquei a tua vida... Estou com ódio de mim mesmo! Sei que é preciso combater, mas também sei que nunca vou conseguir. Sou um covarde. Como vou poder viver em paz depois daquilo que vi hoje?

— Nem todos nasceram para combater, Laio. Há muitas maneiras de ajudar o nosso mundo: pense nos conselheiros ou nos monarcas das Terras livres. Eles não usam as armas e mesmo assim fazem muito para a liberdade do Mundo Emerso. Tu também vais descobrir uma maneira para tornar-te útil.

Laio recomeçou a chorar baixinho.

De repente o acampamento foi tomado por uma estranha agitação.

Nihal percebeu aquilo devido ao frenético tropel de passos em volta da sua tenda. Deu uma espiada. Os soldados estavam todos fora dos alojamentos.

— Tu aí! O que está acontecendo?

O jovem escudeiro nem parou.

— Perdemos alguns cavaleiros – respondeu afoito e seguiu em frente.

Um pensamento passou pela cabeça de Nihal como um relâmpago: Fen. Não o tinha visto depois da batalha. *Não seja ridícula. Nada pode ter acontecido com ele.* Mas uma estranha inquietação tomou conta dela. Saiu da barraca e foi andando pelo acampamento, no vaivém de soldados e escudeiros cada vez mais agitados, até reparar numa pequena multidão que se juntara diante da tenda do comando-geral.

Aproximou-se, rezando para reconhecer, entre as muitas vozes que ressoavam lá dentro, a de Fen. Ouviu palavras indistintas, vozes agitadas que se sobrepunham, mas nenhuma com o timbre da de Fen.

Dirigiu-se a um dos recrutas.

– O que houve?

– Acho que estão falando da batalha. As coisas não correram tão bem como parecia. Morreram muitos soldados de infantaria, um Cavaleiro de Dragão ficou gravemente ferido e mais quatro estão desaparecidos.

Nihal sentiu um nó na garganta.

– Sabes o nome dos cavaleiros?

– Um deles chama-se Dhuval... outro acho que é Pen, Ben, alguma coisa assim... e também estão faltando...

Nihal segurou o rapaz pelo colarinho sem nem deixar que completasse a frase.

– Não será Fen, por acaso?

– Calma!

– O nome é Fen? – repetiu aumentando a voz.

– Não sei, pode ser!

Nihal soltou-o e saiu correndo como uma alucinada para a enfermaria.

Não sabia ao certo onde ficava, mas continuou a correr pois achava que, se parasse, ficaria louca.

Passou em revista todas as tendas até chegar diante de um grande pavilhão. Entrou. Um mago recitava encantamentos de cura perto de um moribundo. Nihal segurou-o pelo ombro, interrompendo-o.

– Quem é o cavaleiro ferido?

– Ficaste louca?

– Quem é? Por favor, diga-me o nome!

O mago olhou para ela: a jovenzinha estava completamente transtornada.

— É Dhuval, um veterano. Mas quanto a ferido, não vai continuar sendo por muito tempo: os encantamentos não estão surtindo qualquer efeito.

Nihal saiu apressada. Não sabia se ficava contente ou desesperada. *Enquanto não for encontrado, há esperança. Pode ser que se tenha demorado na batalha... ou que Gaart esteja ferido e não possa trazê-lo de volta... Não aconteceu nada com ele. Está são e salvo. Não aconteceu nada com ele.* Continuou correndo como louca. Corria e rezava para que Fen não tivesse morrido. Quando chegou à tenda do comandante, o general estava interrogando um rapaz.

— E quando achas que o viu?
— Quando o portão foi derrubado e o exército começou a recuar. Havia uns cavaleiros que sobrevoavam a torre.
— Tens certeza?
— Muitos de nós viram, senhor: a catapulta acertou-o em cheio e ele caiu sobre a torre em chamas.
— E como sabes que era ele?
— Reconheci claramente o dragão, senhor. Era Fen.

Foi então que Nihal começou a gritar abrindo caminho entre os soldados.

— Não! Não pode ser! Fen já lutou em milhares de batalhas sem sofrer um só arranhão. Não está morto! Não pode estar morto! Foi feito prisioneiro! Isto mesmo, capturaram-no, precisamos resgatá-lo! É o meu mestre! Não está morto! Não está morto!

Continuou a gritar, a voz alquebrada entre os soluços, o rosto riscado de lágrimas.

O general segurou-a com firmeza pelos ombros e a sacudiu.
— Fica quieta! Acalma-te!

Nihal caiu então de joelhos, entregando-se a um pranto desesperado. O general olhou para ela com pena, em seguida mandou escoltá-la até a sua tenda pedindo a um jovem soldado que cuidasse dela.

Nihal chorou sem parar. Quando finalmente ficou mais calma encolheu-se num canto, a cabeça entre os joelhos, em silêncio. Queria fechar-se em si mesma, não pensar em coisa alguma. Mas as imagens de Fen atormentavam-na: podia rever o seu sorriso, ouvir a sua voz. Voltavam à lembrança os momentos passados juntos naqueles últimos meses, a maneira como se despedira dela antes de começar a sua última batalha, a primeira vez que se haviam encontrado, os duelos e milhares de outros momentos insignificantes.

O jovem que ficara ao seu lado olhava para ela cheio de pena.

Já a conhecia de nome: uma espécie de bruxa que pertencia a uma raça extinta e lutava como um homem, com a leveza de uma ninfa mas letal como um escorpião. Quando a vira pela primeira vez tinha ficado surpreso com a sua miudeza. Uma criatura estranha, sem dúvida, mas realmente bonita como todos contavam. Então tivera a oportunidade de vê-la em ação e quase chegou a pensar que fosse de fato uma bruxa: não conseguia acreditar que uma mocinha de aparência tão frágil pudesse esgrimir daquele jeito.

Mas agora que a via ali, desesperada, parecia-lhe simplesmente uma jovem indefesa.

Por algum tempo limitou-se a olhar, depois cresceu nele a vontade de consolá-la, de dizer-lhe alguma coisa.

– Era o teu mestre, não é verdade?

Não recebeu resposta.

– Pelo menos, é o que me contaram. Sinto muito por ele. E por ti também. Deve ser muito triste.

Nihal nem levantou a cabeça.

– Eu nunca tive mestres, mas acho que posso entender. Estou com vinte e dois anos e venho lutando desde os dezesseis. Vi morrer muitos amigos. No começo ficava como tu agora. Depois me acostumei. A guerra é assim mesmo: há gente morrendo o tempo todo, e infelizmente as lágrimas não trazem de volta ninguém.

Nihal não abriu a boca, não se mexeu. Não havia palavras para consolá-la e tampouco queria ser consolada. Só queria fundir-se com a terra embaixo dos seus pés e perder a consciência de si.

– Eu acredito naquilo que dizem os sacerdotes: tenho certeza de que, depois desta vida, um mundo sem guerra e sem sofrimento espera por nós. Os meus amigos estão todos lá, eu sinto. E lá também deve estar o teu mestre, sentindo-se muito orgulhoso.

Eu te vi lutar, sabes? Vais tornar-te um Cavaleiro de Dragão, um dos mais fortes. Mas agora precisas tentar reanimar-te: tenho certeza de que o teu mestre...

Nihal não conseguiu agüentar mais aquela enxurrada de banalidades. Levantou a cabeça dos joelhos e fincou os olhos violeta nos do rapaz.

– Deixa-me em paz!

O jovem ficou sem saber o que fazer. Baixou os olhos e limitou-se a sussurrar:

– Ânimo.

Não conseguiu acrescentar mais coisa alguma.

Ao entardecer Laio se propôs a render o soldado.

Um rapaz que tinha assistido ao desespero de Nihal contara-lhe o que havia acontecido. Laio entendeu logo que o misterioso cavaleiro do qual ela costumava falar era Fen, e decidiu então cuidar dela assim como ela cuidara dele na noite anterior.

Quando entrou na tenda ficou surpreso ao ver a jovem decidida que conhecia encolhida no catre.

Estava pálida, de olhos vazios. Parecia morta.

Laio nada disse. Deitou-se ao seu lado, abraçou-a e caiu lentamente no sono.

Nihal não se rendera. Superado o desespero, uma única idéia começara a tomar forma na sua mente: Fen estava desaparecido. Não estava morto. Claro, havia o testemunho daquele soldado, mas de longe não poderia ter reconhecido Fen. Estava enganado. Fen ainda vivia. Devia estar vivo, prisioneiro do inimigo ou ferido na torre, e a cada momento que passava sua vida corria mais perigo.

Foi tomada por uma aflição incontrolável. Tinha de ir procurá-lo. Iria encontrá-lo, iria trazê-lo de volta são e salvo ao acampamento e no dia seguinte iriam rir juntos daquela absurda aventura e do susto pelo qual ela passara.

Um sorriso desesperado desenhou-se em seus lábios.

Fen está vivo, e eu irei salvá-lo.

Era uma noite escura. Os contornos da torre sobressaíam nas trevas, iluminados pelas brasas do fogo que a haviam destruído.

Nihal não se importava com o fato de o fogo não estar inteiramente apagado. Não se importava que algum inimigo pudesse vê-la cavalgar na planície. Fen era tudo o que lhe restava, era a sua vida, e não se deixaria deter por nada ou ninguém. Esgueirou-se pelo acampamento adormecido até o recinto dos cavalos. Logo a seguir galopava desenfreada pela planície.

O portão jazia no chão carbonizado e o fogo ainda ardia em vários pontos da fortaleza. Nihal observou o vermelho das chamas. Não tinha medo. Entrou decidida. O cheiro acre da fumaça apertou a sua garganta. Tossiu. À sua volta, uma multidão de corpos, muitos esmagados pelos desmoronamentos provocados pelo incêndio, outros incinerados.

Nihal mal conseguia movimentar-se entre os volumosos escombros das muralhas. Estava quente, quase não dava para respirar, mas a jovem avançava com firmeza perscrutando o terreno.

Um estrondo fê-la estremecer: mais um desmoronamento não muito longe dali.

Continuou em frente.

Começou a chamar Fen pelo nome. Só respondeu-lhe o eco da sua voz.

Passou a gritar mais alto. Nada. Só o eco e o crepitar do fogo.

Então parou e começou a remexer os escombros. Levantou tijolos, pedaços de reboco, grandes pedras ainda quentes.

– Fen!

Machucou as mãos.

– Fen, onde estás?

Quebrou as unhas até sangrarem, mas não parou de cavar.

De repente, grandes lágrimas começaram a riscar seu rosto.

– Responda, Fen! Sou eu! Nihal!

A sua voz transformou-se em lamento, os olhos ficaram embaçados de pranto.

Continuou a procurar. *Não está morto, não está morto.*

Então viu-a. Uma enorme carcaça negra ao longe.

Um dragão queimado.

Berrou, correu para a criatura.

Podia ser um bicho qualquer, mas no fundo do peito Nihal sabia que era Gaart. Alguma coisa quebrou-se dentro dela. Começou a soluçar.

Gaart jazia com as grandes asas esticadas.

Nihal enfiou-se instintivamente sob uma delas.

Fen estava lá, deitado de costas, intacto. Uma ampla mancha de sangue escura alastrava-se sob sua cabeça, encharcando os cabelos.

Nihal parou até de respirar, incrédula. Olhava para ele hipnotizada. *Como está pálido.* Até as lágrimas haviam parado de escorrer.

Dobrou-se, esticou a mão e apalpou delicadamente o braço inerte, mexendo nele como que para acordá-lo. Naquele inferno de fogo, a pele estava fria.

Ajoelhou-se então ao seu lado e tentou despertá-lo, sacudindo-o cada vez mais forte, mais, mais ainda, gritando seu nome.

No dia seguinte, quando o supervisor entrou na barraca, encontrou Laio aos prantos.

– Acabei dormindo... Adormeci e ela foi embora... – repetia entre os soluços.

Procuraram por ela, vasculharam todo o acampamento e em seguida os arredores, mas sem sucesso. O grupo de exploradores que devia cuidar de Fen e dos demais desaparecidos foi encarregado de encontrar Nihal também.

Os cadetes da Academia, de qualquer maneira, foram todos reunidos para ser informados do resultado da prova. Haviam tido sorte: nenhum morto, só um ferido. Três dos seis tinham sido aprovados: devido à coragem demonstrada na batalha, à habilidade em combate e à capacidade de sair-se bem sem recorrer à ajuda do supervisor. Entre eles, Nihal.

O grupo de exploradores não demorou a encontrar o corpo de Fen.

Dois dos três desaparecidos foram encontrados gravemente feridos na mata em volta da torre. O quarto cavaleiro, no entanto, parecia ter sumido no nada. Provavelmente havia sido pego e aprisionado, um destino pior do que a morte: os poucos prisioneiros que haviam conseguido fugir de Dola sempre relatavam as piores torturas.

Quanto a Nihal, não encontraram qualquer vestígio.

No acampamento concluíram que ela devia ter simplesmente fugido.

Ao saber da morte de Fen, Senar montara imediatamente num cavalo e partira. Durante toda a viagem não parou um só momento de pensar no que aquela morte significava para Nihal. Quando chegou ao acampamento descobriu que os seus receios, infelizmente, tinham fundamento.

— O que dizes, ela foi embora?

— Muito simples: na noite seguinte à morte do cavaleiro, pegou suas coisas, roubou um cavalo e foi embora. Só isso — respondeu um soldado.

Senar correu para a tenda do general. Estava furioso.

— Disseram-me que a aluna da Academia fugiu.

O militar anuiu.

— Isso mesmo.

— E vós ficais aí, sem perder a calma, como se não tivesse acontecido nada? Não percebeis que é o último semi-elfo do Mundo Emerso e que a sua existência é importante?

O general nem piscou.

— No que me concerne, era um recruta. Depois de enfrentar a prova, o que acontece com os alunos já não é de minha responsabilidade.

— A vida dos recrutas é responsabilidade tua, general!

— Falou certo: a vida. Aquela mocinha saiu da batalha sã e salva. Depois foi-se embora. E por isso eu não sou responsável, conselheiro!

— Sem dúvida, mas já podia ser considerada um membro do exército. Vós não procurais pelos soldados desaparecidos?

O general perdeu a paciência.

— Ouve com atenção, o senhor ainda é jovem e está aqui há pouco tempo, portanto não venhas dizer-me o que devo ou não devo fazer no meu trabalho: mandei que procurassem por ela durante um dia inteiro, o que mais podia fazer? E, se quiseres realmente saber, até fechei um olho porque entendi a situação. Se eu fosse aplicar o regulamento, nessa altura a tua amiga já teria sido expulsa da Academia.

Senar não se deu por vencido.

– Quero que organizes imediatamente um grupo de busca! Talvez ainda esteja nas redondezas, podemos encontrá-la. Deve estar confusa, foi por isso que fugiu, e...

– Vou ser claro com o senhor: não tenho a menor intenção de manter os meus homens ocupados à procura da tua amiga. Deixa as coisas militares para quem entende. E, agora, queira desculpar – concluiu o general, saindo da tenda.

Senar deu um violento murro na mesa diante dele.

O general estava certo.

Senar recolheu-se à barraca que haviam preparado para ele. Colocou no chão uma bacia cheia de água e sentou ao lado.

Um feitiço de localização exigia a maior concentração. O jovem mago começou a isolar-se de todos os barulhos: as vozes dos soldados, os ferreiros que trabalhavam nas armaduras amassadas em combate, os gritos e as ordens que ressoavam de um lado para outro do acampamento. Respirou fundo tentando acalmar-se. *Onde estás, Nihal?* Mexeu os dedos devagar em cima da bacia. *Deixa-me ver-te.*

Depois de alguns instantes a superfície da água começou a encrespar-se. Uma figura envolvida numa capa preta cavalgava na planície. *Dá-me um sinal. Onde estás agora?* A imagem tremeu por um momento. *Nihal!* O rosto riscado de lágrimas da jovem semielfo apareceu no espelho-d'água para sumir logo a seguir. *Nihal!*

Senar praguejou. Não conseguia controlar as próprias emoções. A preocupação com a amiga impedia-lhe de esvaziar a mente e deixar a magia operar livremente. A bacia não iria mostrar-lhe mais do que aquilo.

Naquela mesma noite, ainda abalado, tinha um encontro com os chefes do acampamento e os Cavaleiros de Dragão para traçar os planos dos próximos ataques contra o exército do Tirano.

Foi particularmente penoso para ele: desde o primeiro dia tinha percebido que os militares, tendo em vista a sua pouca idade, não lhe davam o devido crédito. Os olhares que lhe dirigiam deixavam-no irritado: fitavam-no como se fosse um parvo que não valia a pena levar muito a sério, e toda vez que intervinha na conversa sempre havia alguém fazendo uma careta de escárnio.

E foi assim desta vez também: uma noitada de intermináveis conversas em que as suas palavras se perdiam invariavelmente no vazio.

Senar começou salientando os erros cometidos no campo de batalha, para então propor toda uma série de inovações táticas. Nem tinha acabado de falar quando um dos coronéis interrompeu-o meneando a cabeça, com um sorriso de superioridade estampado no rosto.

– Queira desculpar, conselheiro, mas o senhor não estava presente e portanto não pode saber da exata seqüência dos fatos. E afinal esta é a sua primeira experiência de guerra. E não é um estrategista. Acho portanto que seria mais oportuno deixar-nos falar antes de avançar suas propostas.

Foi só o começo de uma infinita controvérsia que começou de forma comedida mas acabou irritando Senar até ele perder a paciência.

De nada adiantou dizer que já se encontrara com os estrategistas, que já tinha formado uma opinião própria sobre a situação na frente de batalha, que suas propostas eram o resultado de longos estudos: seus conselhos foram sistematicamente descartados. E aí houve a clássica gota final para entornar o caldo.

– Talvez o senhor não esteja capacitado, no momento, a analisar corretamente a situação. Afinal de contas a fuga da sua amiga deve tê-lo deixado muito abalado – insinuou com malícia um dos presentes.

Senar levantou-se de pronto.

– No que me concerne, a reunião está encerrada.

Foi embora sem cumprimentar ninguém.

Detestava aquela situação. Entre militares e conselheiros havia uma tensão contínua. Senar ficava cada dia mais convencido de que tudo aquilo era apenas um jogo de poder: os soldados reivindicavam a fatia deles afirmando que sem suas armas todo o Mundo

Emerso acabaria sendo conquistado pelo Tirano, enquanto os conselheiros insistiam que suas soluções estratégicas, e muitas vezes também a magia, haviam sido decisivas em muitas batalhas fundamentais.

Ele só queria libertar os oprimidos, trazer de volta a serenidade àquele mundo e viver em paz, mas a mesquinharia de alguns membros do Conselho e de muitos militares o desgostava.

Voltou à sua tenda e sentou-se à mesa.

Haviam trazido uma refeição, mas seu estômago recusava a comida. Não conseguia deixar de pensar em Nihal. Imaginava-a passando a noite ao relento. Tinha vontade de vê-la assim como era apenas um ano antes: feliz, satisfeita, cheia de vida. Perguntou a si mesmo por que o destino continuava a persegui-la daquele jeito. O seu humor ficou ainda mais amargo ao imaginar que, provavelmente, nunca voltaria a encontrá-la.

Então um rosto apareceu meio escondido na entrada da tenda. Senar reconheceu-o logo. *O que ele pode estar querendo!*

– Dás licença? – perguntou Laio timidamente.

O mago tentou vencer a antipatia que sentia pelo garoto.

– Podes entrar. Como te saíste na prova?

Laio aproximou-se da mesa timidamente.

– Muito mal. Não passei. E, se ainda estou vivo, devo a Nihal.

Senar não conseguia imaginar o que o rapazinho queria dele. Uma carta de apresentação, talvez?

– Queres dizer que não te tornaste um guerreiro. Sinto muito, mas não há nada que eu possa fazer a respeito.

Laio suspirou com profundo pesar.

– Foi por minha culpa que Nihal foi embora.

Senar levantou-se deixando cair a cadeira em que estava sentado.

– Como assim?

– Depois da morte de Fen passei a noite com ela. Estava tão triste, não falava, não se mexia. Não tive a coragem de dizer coisa alguma, enquanto ela precisava realmente de alguém que a consolasse. Nem mesmo consegui ficar acordado. Na manhã seguinte tinha desaparecido.

Senar ficou um bom tempo calado, em seguida suspirou.

– Tu não tens culpa, Laio. Nihal é assim mesmo. Quando está mal, costuma fechar-se como um ouriço. Se lhe dissesses alguma coisa, ela não iria escutar. E teria fugido mesmo que tu não tivesses adormecido, acredita.

– Mas eu era um amigo, e os amigos deveriam pelo menos saber consolar!

– Eu estou te dizendo, tu não tens culpa. Volta à tua barraca, Laio, e procura dormir.

Quando Laio dirigiu-se cabisbaixo para a saída, Senar percebeu que o garoto tinha passado muito tempo ao lado de Nihal. Sentiu uma fisgada de saudade dos dias em que ele e a amiga eram uma coisa só, inseparáveis. Não podia deixá-lo partir daquele jeito.

– Espera! – deteve-o. – Fala-me mais de Nihal antes de ela ir embora...

Laio contou tudo: da batalha, da coragem que ela demonstrara, de como o salvara e, enfim, consolara depois do combate, quando ele se sentira totalmente incapaz.

– Ela... ela é excepcional, Senar. E por isto mesmo acho que vai voltar. Porque é forte. Nunca foge. Sempre quis lutar. Vai voltar, não tenho a menor dúvida.

Ao ouvir aquelas palavras pareceu ao mago que Nihal estava ali.

– O que vais fazer, agora? – perguntou afinal.

– Pensei muito nisso, durante os últimos dias. Se não posso ser útil em combate, quero pelo menos ajudar quem luta: decidi ser escudeiro.

Senar sorriu.

– Tu vais dar um ótimo escudeiro. Tenho certeza disto.

Os dois jovens apertaram as mãos. Então Laio saiu da barraca.

Isso mesmo, ficou pensando o mago, Nihal voltaria: não por ele, nem por mais ninguém, mas sim porque o sofrimento dava-lhe mais um motivo para combater.

Senar e os cadetes partiram no dia seguinte levando consigo os corpos de Dhuval e de Fen.

O mago deteve-se algum tempo em frente ao acampamento esperando que Nihal pudesse vê-los: queria acreditar que continuava nas cercanias e que, ao ver o corpo de Fen, voltasse a aparecer.

Mas Nihal não apareceu.

Durante toda a duração da viagem Senar ficou perscrutando a planície, em seguida os bosques da Terra da Água e finalmente os confusos subúrbios da Terra do Sol. Simplesmente não podia acreditar que Nihal pudesse ter desistido. Aquela era uma fuga, mas Nihal não fugia.

Chegaram até a Academia sem encontrá-la.

O mago só esperava que a notícia do desaparecimento de Nihal ainda não se tivesse espalhado. O supremo Raven não iria ser tão compreensivo quanto o general do acampamento.

Senar adiantou-se: pediu para ser recebido antes que o Supremo General mandasse chamá-lo.

— Fico contente que te apresentes diante de mim, conselheiro. É indispensável que comecemos logo a concertar nossas ações futuras...

— Na verdade não foi por isso que vim.

Raven fitou-o surpreso: já estava a ponto de esbravejar.

— Isto é, quero dizer que não vim para este fim no momento presente. É claro que já tencionava consultá-lo nos próximos dias. A opinião do senhor é para mim preciosa.

O general serenou-se. Senar compreendeu claramente a razão pela qual aquele jactancioso cavalheiro odiava tanto a pouco diplomática Nihal.

— Acontece que, durante a prova dos cadetes, aconteceu um lastimável incidente no território sob a minha jurisdição. O senhor já está a par do assunto? — perguntou o jovem mago, e esperou ansiosamente a resposta.

— Não sei do que estás falando.

— Imagino que te lembras da jovem semi-elfo...

Raven bufou enfastiado e acenou para o conselheiro continuar.

— Bem, quando cheguei ao acampamento disseram-me que ela desaparecera. Falaram em fuga, para sermos mais precisos.

— Maldita mocinha! Eu sabia que...

— Um momento, general. Eu posso demonstrar que Nihal não fugiu. Deixou uma mensagem dizendo que voltaria à Academia sozinha. Fen era o seu mestre, como o senhor sabe. E ela ficou profundamente abalada com a morte dele. É compreensível que quisesse...

O Supremo General ficou de pé.

– Essa garota só me cria problemas! Amaldiçôo o dia em que entrou na Academia! Pode ser um bom guerreiro, eu admito, mas não pode fazer o que bem entende. Isto é insubordinação. Ela já voltou?

– Ainda não. Acho que pode ter-se perdido ou encontrado inimigos. Seria um gesto magnânimo de sua parte se o senhor organizasse um grupo de busca e...

O Supremo General levantou os olhos ao céu. Senar compreendeu que estava pedindo demais.

– Cuidarei do conveniente castigo quando ela chegar à Academia. Agora não tenho tempo para tolices. Dois dos meus melhores homens morreram. Peço-te que me deixes sozinho, conselheiro.

Senar saiu, indeciso entre ansiedade e satisfação. Não conseguira convencer Raven a mandar procurá-la, mas pelo menos Nihal continuava sendo um cadete da Academia.

A cerimônia fúnebre para Dhuval e Fen aconteceu naquela mesma tarde.

Estavam presentes os dignitários da Terra do Sol, todos os alunos da Academia e toda a Ordem dos Cavaleiros de Dragão.

Os corpos dos cavaleiros, em trajes de combate, foram colocados sobre duas enormes fogueiras. Na de Fen também havia os restos de Gaart: o dragão iria acompanhar o amo em seu último vôo.

O discurso de Raven foi insolitamente pacato.

Falou de Fen com particular afeição, lembrando como tinha sido estimado por todos, dentro e fora do exército, pelas suas qualidades de guerreiro, a integridade moral, a calma.

Senar assistiu à cerimônia com tristeza.

O cavaleiro nunca gozara plenamente da sua simpatia: era rigoroso e dedicado demais à guerra para o seu gosto, mas não podia negar que nos meses de aprendizagem tinham se dado bem. Fen sempre demonstrara interesse pelas suas idéias, sem deixar-se condicionar pela sua pouca idade ou pelo fato de ele ser aluno da mulher que amava. E além do mais ficara ao lado de Nihal nas horas mais difíceis. O mago também pensou em Soana, que estava viajando sem saber da morte do amado em combate.

Depois as fogueiras foram acesas e as chamas consumiram o que sobrava dos dois cavaleiros, entregando-os ao vento e às nuvens.

Era costume que os que tinham amado os finados acendessem uma tocha na pira. Senar sentiu-se na obrigação de fazer aquele gesto: por Soana, por Nihal e no fundo por si mesmo também. Aproximou-se do fogo com muitos outros: soldados, cavaleiros, civis.

Foi então que vislumbrou uma figura envolvida numa capa preta. Trazia na mão um ramalhete em cuja ponta brilhava uma pequena chama.

No seu coração reacendeu-se a esperança. Abriu caminho na multidão, mas logo a seguir a aparição já havia sumido.

Era impossível encontrá-la naquele vaivém.

Quando a maior parte da fogueira já queimara e as pessoas começavam a ir embora, Senar retomou a sua procura. A capa preta continuava a aparecer diante dos seus olhos para sumir de novo logo em seguida. E mesmo assim estava ali, não muito longe dele.

Acelerou as passadas. Esquivou-se de cadetes e de militares. Alcançou a figura. Tocou em seu ombro.

– Nihal!

Era ela mesma, pálida e suja como se acabasse de chegar de uma longa viagem. Entreolharam-se por um momento.

– Aqui não, siga-me – disse-lhe.

Ficaram no mirante, olhando um ao lado do outro para a Fortaleza do Tirano, em silêncio. Senar acariciou com doçura aqueles cabelos azuis, agora tão curtos. *Parece um pintinho*, pensou.

– Queres conversar?

Nihal meneou a cabeça.

– Podes pelo menos dizer-me onde estiveste?

– Precisava pensar.

– Entendo. Mas para onde foste, o que fizeste?

Nihal não respondeu.

– O que tencionas fazer agora?
– Vou voltar à Academia. Superei a prova e faço jus a um dragão. O que foi que Raven disse?
– Que vai puni-la. Só isto.
Nihal levantou-se e encaminhou-se para a Academia sem mais uma palavra.
Senar foi atrás, exasperado. Sentia-se totalmente impotente.
– Por que não queres falar? Por que não desabafas, não choras, não fazes alguma coisa para que eu possa entender o que passa pela tua cabeça?
Nihal continuou andando.
– Reage, Nihal. Não te deixes devorar pelo ódio. Diz alguma coisa. Eu te peço.
A jovem parou e fitou o amigo nos olhos.
– Não há nada a dizer, Senar. Fen está morto, só isso. Agora preciso voltar à Academia.

Raven já estava com as palavras na ponta da língua.
Foi feroz e agressivo, sarcástico e ameaçador, mas a reação de Nihal pegou-o desprevenido.
– Reconheço que errei e imploro o teu perdão. Aceitarei qualquer castigo que desejes infligir-me. Juro que nunca mais irá acontecer. Tudo o que desejo é continuar o meu treinamento.
A jovem ajoelhou-se diante do assento e baixou a cabeça.
– Eu te peço, Supremo General.
Raven ficou surpreso diante do comportamento de Nihal, mas o que o deixou ainda mais impressionado foi o olhar da jovem. Leu nele toda a determinação de que aquela criatura era capaz. Tinha escolhido o seu caminho e faria qualquer coisa para alcançar a meta: até humilhar-se diante dele.
Mas também viu o desespero de quem perdera a si mesmo, de quem não consegue aceitar uma perda. Por um momento o homem que ele já fora voltou a dominá-lo. Desceu daquela espécie de trono e, pela primeira vez, aproximou-se dela. Segurou-a delicadamente pelos ombros.

– Sinto muito por Fen. Foi meu companheiro de armas, alguns anos atrás. Para mim também foi uma perda imensa.

Em seguida recuou e voltou a assumir o tom costumeiro.

– Podes continuar o seu treinamento, mas terás de passar uma semana na solitária. Um guerreiro deve ser capaz de controlar os próprios sentimentos.

Nihal apertou os punhos.

– Eu agradeço, general.

Então levantou-se, fez uma mesura e foi cumprir a sua pena.

SALVAR A PRÓPRIA ALMA

Trezentos anos atrás o Mundo Emerso foi conturbado por um conflito interminável que as oito Terras deflagraram umas contra as outras pelo predomínio absoluto: a guerra dos Duzentos Anos.

Naquele tempo a Terra dos Dias era habitada pelos semi-elfos, descendentes da fusão entre os elfos – os antigos moradores do Mundo Emerso – e os humanos. Eram um povo pacífico, dedicado à ciência e à sabedoria, e durante muitos anos não participou das hostilidades. Mesmo assim, devido à sua agilidade, os semi-elfos eram particularmente dotados para as artes do combate. Leven, o seu rei mais ambicioso, decidiu expandir o seu domínio pondo em prática estas aptidões.

Os semi-elfos já não lutavam havia muitos séculos, mas o soberano era um estrategista extraordinário: dentro em breve o seu exército tornou-se o mais poderoso do Mundo Emerso e derrotou todas as outras Terras. Leven, no entanto, não chegou a aproveitar o seu poder: de fato morreu logo após a vitória final, deixando o novo reino ao filho Nâmen.

Depois da coroação, Nâmen convocou os monarcas do Mundo Emerso. Os reis vencidos apresentaram-se diante dele conformados a obedecer, mas o jovem rei surpreendeu-os.

– Não quero o poder que o meu pai construiu com sangue – disse. – As oito Terras voltarão a ser livres. – E então ditou as condições.

Cada Terra devia desistir de um território, cuja união faria surgir a Grande Terra. Ali ficaria a sede do Conselho dos Reis, que estabeleceria a política comum do Mundo Emerso, e do Conselho dos Magos, que se encarregaria da vida científica e cultural. Os dois Conselhos abrigariam os representantes de todas as Terras, cada uma das quais iria contribuir para o exército do Mundo Emerso. Nâmen exonerou então os reis que naquela época ocupavam o cargo, para que cada povo escolhesse o próprio monarca.

Todos os seus desejos foram realizados.

Anônimo, da Biblioteca perdida da cidade de Enawar, fragmento

Das muitas atrocidades do Tirano, a mais terrível foi o extermínio do povo dos semi-elfos. Levou um mês para que a Terra dos Dias fosse transformada em deserto. Os sobreviventes da chacina procuraram abrigo [...]
    No fim daquele ano só uns cem semi-elfos ainda estavam vivos. Haviam formado uma colônia na Terra do Mar, mas quando o exército das Terras livres perdeu o controle sobre o território [...] os fâmins encarregaram-se da solução final.

Anais do Conselho dos Magos, fragmento

17
IDO

Nihal passou uma semana trancada na solitária. Nada sentiu, não pensou em coisa alguma. Dormiu, descansou, recobrou as forças. O dia em que foi solta estava pronta para recomeçar.

Quando a levaram fora da Academia, ficou surpresa.

– Não deveriam entregar-me um dragão? – perguntou ao guia, um rapaz só um pouco mais velho do que ela.

– Antes disso terás de conhecer o teu mestre. É o Cavaleiro de Dragão com que ficarás a partir de agora. Cabe a ele ensinar-te tudo, inclusive como domesticar um dragão.

– Mas os cavaleiros que não combatem não ficam todos na Academia?

– Sim, claro, os que não combatem. Nem todos os cadetes, no entanto, são confiados a cavaleiros que não combatem. A batalha de Theron, além do mais, mudou bastante as coisas. Não há um número suficiente de mestres na Academia. Muitos tiveram de seguir para o *front*.

Nihal e o guia chegaram aos estábulos, pegaram dois cavalos e puseram-se a caminho.

Percorreram a Terra do Sol rumando para o sul, onde havia várias frentes de batalha.

O guia de Nihal gostava de correr. Avançaram por um bom tempo a galope, de rédeas soltas, através de uma extensa floresta. Quanto à jovem, nem o panorama nem a corrida tinham um particular interesse para ela: já se acostumara a muitos outros bosques, e as únicas corridas que ainda podiam exaltá-la eram as na garupa de um dragão. Pensou que afinal de contas era bom que o seu novo mestre estivesse em combate: teria muito mais chances de participar novamente de uma batalha. E era justamente isto que ela desejava.

Depois de meio dia de viagem resolveram parar: os animais estavam cansados e ainda faltava muito para chegar ao destino. Resolveram almoçar às margens de um regato. A comida tornou o guia tagarela.

– Tu és o semi-elfo que na última batalha liquidou um grande número de fâmins, não és?

Nihal não tinha a menor vontade de conversar. Nem tirou os olhos da sua marmita.

– Perdeste a língua?

A jovem levantou-se.

– Desculpa. Preciso esticar as pernas.

– Como quiseres – resmungou o guia, falando para si mesmo.

Nihal ficou andando pelo bosque.

Não perambulava por uma floresta desde que havia partido da Terra do Vento: apesar de o outono já estar modificando as cores das árvores, tudo pareceu-lhe maravilhoso. Avançava pisando num tapete de folhas caídas, sentindo a sua maciez embaixo dos pés. Que maravilha seria dissolver-se naquele mar de folhas, voltar a ser somente natureza...

Um ruído fez com que se virasse de chofre. Alguma coisa se mexia entre os galhos. Desembainhou silenciosamente a espada, dirigiu-se para uma moita e acertou os arbustos com um decidido golpe.

Um duende pulou para fora espantado.

– O que é isso, sua louca? Queres matar-me? Se fosse por mim, vós esgrimistas iriam... – O duende fez uma pausa. – Nihal?

– Phos!

Phos começou a esvoaçar em torno dela todo feliz, cantarolando seu nome e fazendo-lhe festa. Nihal sorriu, mas depois de umas cambalhotas o duende parou e fitou-a nos olhos.

– Alguma coisa errada?

– Não é nada.

– Olha para mim: vê-se logo que tu não estás feliz.

Nihal sentou num tronco.

– O que fazes aqui na Terra do Sol, Phos?

O duende pousou no colo dela.

– Já não agüentávamos mais a Terra da Água. Aquelas ninfas idiotas só queriam mandar em nós! Então arrumamos as nossas coisas e partimos.
– Este lugar é lindo.
– Eu também achei. A natureza é fresca e vital, existe até uma árvore como o Pai da Floresta, e não há ninfas para infernizar a nossa vida... mas depois...
– Depois?
– Chegaram os homens. Capturam-nos para nos usar como espiões. No começo alguns de nós juntaram-se espontaneamente ao exército. Sabes como é, queríamos ajudar. Mas quando os homens perceberam até que ponto podíamos ser úteis, começaram a nos pegar. É por isso que estou indo a Makrat. Quero que o Conselho dos Magos escute a nossa voz. Não é justo que os duendes não tenham representação.

Nihal ouvia, mas não conseguia sentir-se partícipe. Parecia-lhe ter-se tornado insensível, como se todas as suas emoções tivessem ido embora.

– Senar é conselheiro, procura por ele. Está de saída para a Terra do Vento, mas acho que por mais alguns dias poderás encontrá-lo em Makrat.

Phos bateu palmas com entusiasmo.

– Tu és realmente uma boa amiga! – Em seguida levantou vôo e chegou perto do seu rosto. – Por que não queres contar o que tens?

Nihal levantou-se.

– Preciso ir, Phos. Até a próxima.
– Espera! Talvez eu possa ajudar!

Mas Nihal já estava longe.

Continuaram viajando durante a tarde inteira e no fim do dia viram o sol desaparecer atrás da cortina das árvores. Já estava um breu quando chegaram à entrada de um acampamento. Desmontaram dos cavalos e aproximaram-se de um soldado de vigia.

– Estou aqui por causa de Ido. Este é o discípulo dele – explicou o guia.
– No fim do acampamento – respondeu a sentinela.

O guia virou-se para Nihal.
– A minha tarefa termina aqui. Podes ir até lá sozinha. Boa sorte, semi-elfo.

Nihal entregou as rédeas do cavalo ao rapaz e entrou sem dizer uma única palavra.

O acampamento era imenso. Tratava-se do principal da Terra do Sol, onde ficavam os generais e os estrategistas. Não era uma base provisória, mas sim uma verdadeira cidadela fortificada. Uma paliçada tosca mas bem sólida cercava o seu perímetro, do qual não dava para ver o fim. Em lugar de tendas, a maioria eram barracas de madeira, e havia até uma arena como a da Academia.

Nihal teve de perguntar várias vezes antes de encontrar o alojamento de Ido. Apontaram-lhe finalmente um casebre em condições muito precárias. Dirigiu-se para lá decidida, mas quando chegou diante da porta sua atrevida altivez falhou. Estava agitada: iria conhecer o seu mestre, aquele que de fato a ensinaria a lutar.

Hesitou um momento, engoliu em seco e bateu.

Ninguém respondeu, mas foi só Nihal apoiar a mão na porta para ela abrir-se com um rangido.

O lado de dentro era ainda pior do que o de fora: roupas amontoadas em todos os cantos, armas espalhadas na maior confusão, ervas de todos os tipos e restos de comida jogados na mesa e no chão.

Ouviu-se uma voz indolente na penumbra:
– Quem é?
– Sou... o aluno...
– O quê?

Nihal avançou incerta.
– O aprendiz que te foi destinado...

Vê-lo e emudecer foi uma só coisa.

Espichado numa cama desarrumada, cercado de cobertores embolados, havia um gnomo fumando cachimbo.

Alardeava uma longa barba, bigodes que formavam vistosas tranças e uma juba de cabelos desgrenhados, eles também enobrecidos, digamos assim, por toda uma série de trancinhas sem qualquer simetria. Nihal calculou que, de pé, mal devia dar para ele alcançar seu peito. Estava abismada.

O gnomo bocejou e espreguiçou-se de forma tão espalhafatosa que o cachimbo caiu da sua boca espalhando o conteúdo no chão. Levantou-se então com um pulo e começou a saltitar em cima das brasas ao mesmo tempo que soltava uma série de impropérios.

Nihal levou algum tempo para recuperar a voz e conseguir dizer alguma coisa:

– Estava procurando Ido... o Cavaleiro de Dragão...

– Acabaste de encontrar. E quem tu disseste que és? *Um Cavaleiro de Dragão? Esse aí?*

– O aluno, senhor.

O gnomo ficou olhando para ela. Parecia perplexo.

– O aluno? Para dizer a verdade estava esperando um escudeiro, hoje, não um aluno. E além disso, desculpa, mas tu não és uma moça?

Nihal levantou o queixo com orgulho.

– Sim, sou uma moça, e então?

– Então acontece que na minha época as moças não combatiam. E tampouco eram escudeiros, para tua informação. E afinal não sou tão velho assim!

Sentou-se na cama e acendeu novamente o cachimbo.

– Além do mais tu não és humana. Qual é a tua raça? Parecerias mais um... semi-elfo?

– Sou o último semi-elfo do Mundo Emerso, mestre. Devo deduzir que por sua vez o senhor é um... gnomo?

– Pára com isso, esquece logo todas essas formalidades! Faz-me sentir um velho. Chama-me de tu e explica direitinho esse negócio de aluno. Arruma alguma coisa para sentar. Em algum lugar deveria haver umas cadeiras. Estão muito bem disfarçadas, mas estão por aí.

Nihal olhou a sua volta e descobriu um banquinho sob um monte de roupas. Sentou em cima sem tirá-las de lá.

– Bem, agora fala – exortou-a o gnomo.

Nihal começou:

– Estou chegando da Academia. Na semana passada superei a prova da batalha e agora preciso completar o meu treinamento. Mandaram-me para cá porque no combate do qual participei morreram dois cavaleiros e mais outros ficaram feridos. Quer dizer...

resumindo... acharam oportuno entregar-me a ti. Pelo menos é o que eu acho.

Ido ouviu-a com atenção, soltando com o cachimbo toda uma série de nuvenzinhas brancas. Em seguida deu-se uma grande palmada na testa.

– Mas é claro, a batalha de Theron! Aquela em que Fen morreu, não foi?

Nihal anuiu.

– Quer dizer, então, que estás chegando da Academia. Alguém me contara de uma mocinha que se tornara cadete. E pensar que eu não quis acreditar! – Ido riu. – Quem diria! Aquele molenga emproado do Raven acabou permitindo uma coisa dessas! Parece que as coisas realmente mudaram muito. Bom, o que fazer? Francamente não me lembro de alguém ter dito que eu iria cuidar de um aluno. Pode ser. Seja como for, ao que parece fui o escolhido. Qual é o teu nome?

– Nihal.

– Não é um nome de semi-elfo.

– Por quê? Conheceste os semi-elfos?

– Não, não diretamente – disse Ido. – Como se explica esse nome absurdo?

– Foi o meu pai que me deu.

– Há quanto tempo vens treinando?

– Desde sempre: o meu pai era um armeiro. Então, até os dezesseis anos, treinei com Fen e no ano passado entrei na Academia.

Ido olhou atentamente para ela.

– Sinto muito por Fen: lutamos juntos umas duas ou três vezes. Grande guerreiro.

Nihal nada disse.

A conversa transformou-se num interrogatório. Nihal respondia o mínimo indispensável e Ido insistia para entender alguma coisa a mais daquela estranha jovem.

– Queres dizer que superaste a batalha sã e salva.

– Há quem diga que me portei muito bem.

– Sorte, apenas sorte. Já vi muitos rapazes valentes morrendo no primeiro combate, rapazes que pareciam destinados a um futuro brilhante. Jovens em cujo sucesso todos apostavam.

Ido esvaziou o cachimbo batendo-o ruidosamente contra a cabeceira da cama.

— E afinal, mesmo depois, escapamos principalmente devido à sorte. No campo de batalha a morte joga dados com o destino de cada um.

Nihal achou aquelas palavras ofensivas, ou pelo menos indelicadas, mas nada disse.

Toda a situação lhe parecia absurda. Aquele homenzinho diante dela, o quarto que era uma bagunça... Não tinha nada a ver com o que esperava.

— Ouve, por hoje faças o que achares melhor. Dá uma volta pelo acampamento só para te acostumares. Enquanto isso eu irei ao comando para encontrar-te um lugar para dormir. Podes ir.

A jovem saiu do casebre com uma sensação de alívio.

Enquanto Nihal perambulava sem uma meta precisa, Ido ia apressadamente para o quartel-general.

— Ficastes loucos?

Nelgar, responsável pela cidadela, estava seriíssimo.

— Não, Ido. Ela é realmente a tua aluna.

— Escutai bem. Eu não posso ter alunos, e muito menos alunos como aquela... mocinha! Podeis logo dizer a Raven que, se ele pensa que vou encarregar-me dela, então ele deve estar louco!

— Não sei o que dizer, Ido. A semi-elfo será o teu primeiro aluno. Não te contei antes pois já imaginava a tua reação. E de qualquer maneira, já sabes: não vais poder recusar.

— Supremo General esperto! Quis matar dois coelhos com uma só cajadada! Empurrou para mim aquele peso morto de orelhas pontudas para livrar-se de dois personagens incômodos. Pegou-me de jeito...

Ido voltou ao alojamento. Estava furioso: não gostava nem um pouco da idéia de ter um aluno. Era o único representante dos gnomos entre os Cavaleiros de Dragão, levara muito tempo para encontrar um lugar naquele exército... e agora tudo mudava de

repente! E como se não bastasse, um semi-elfo! Em que poderia dar toda aquela história?
　Ficou imaginando uma saída possível. Devolver a mercadoria ao remetente estava fora de discussão. Era melhor não brincar com Raven.
　E afinal, para dizer a verdade, tinha ficado impressionado com a moça.
　Ficar com ela seria, no mínimo, muito arriscado. Mas por que não treiná-la? Podia até ser divertido.
　A jovem parecera-lhe muito decidida. Tinha uma luz estranha nos olhos. Sofrimento, talvez? De qualquer maneira, estava interessado. Talvez fosse melhor descobrir mais sobre ela, avaliá-la para decidir se valia ou não a pena treiná-la. Na pior das hipóteses, podia sempre dizer que não a achara muito boa para continuar.
　Decidiu procurar por ela, mas teve algum trabalho para encontrá-la. Acabou encontrando-a sentada numa pedra às margens do bosque que cercava a cidadela.
　– Gostas de solidão.
　Não era uma pergunta.
　Nihal olhou para ele.
　– Vamos comer alguma coisa.
　Nihal foi atrás sem dizer nada.
　Jantaram em silêncio na grande barraca que servia de refeitório para todo o acampamento.
　No caminho de volta para o casebre do gnomo passaram ao lado da arena. Era uma grande esplanada redonda em terra batida. Em toda a volta havia arquibancadas de madeira. A fonte de um bebedouro gorgolejava no escuro.
　Nihal deteve-se para olhar enquanto Ido ia em frente decidido.
　– Quando vou receber o meu dragão? – perguntou. Eram as primeiras palavras que pronunciava depois de muitas horas.
　Ido parou acariciando a barba.
　– O seu dragão? Não faço a menor idéia.

Quando Ido mostrou a cama, Nihal olhou para ele interrogativa.
　– E onde é que tu vais dormir?
　– Não te preocupes. Já preparei um catre na entrada.

Nihal sacudiu a cabeça.

– Não, este é o teu barraco e essa é a tua cama. Tu és o cavaleiro e eu sou o aluno. Quem vai dormir na entrada sou eu.

– Nem penses nisso. Para um gnomo a hospitalidade é fundamental.

– Mas...

– Nada de mas, aluna. É uma ordem.

Ido saiu fechando a porta atrás de si.

Nihal ficou sozinha. Tirou a roupa achando que no dia seguinte iria ter de encontrar um jeito de lavá-la. Em seguida sentou-se na cama. Deixou-se balançar nela algumas vezes. Parecia uma vida inteira que não dormia numa cama de verdade: deitou-se mantendo a espada ao seu lado e fechou os olhos, apreciando a sensação gostosa da lã macia do colchão.

Foi escorregando lentamente para um sono dominado pelo rosto sereno de Fen.

No dia seguinte a cidadela parecia um imenso charco.

Quando acordou, Nihal achou que ainda era noite, então reparou no barulho da chuva batendo no telhado. Olhou pela janela: o céu era um amontoado de nuvens negras. Teria de passar o dia inteiro lá dentro com um gnomo que não parecia ser de muita confiança e pelo qual não tinha o menor apreço.

Pensou em trancar-se no quarto dando uma limpeza em suas roupas, mas suas intenções foram atrapalhadas pela voz de Ido que trovejava atrás da porta.

– Pode-se entrar?

– Não!

– Apronta-te que vamos sair!

Vamos sair? Nihal vestiu-se o mais depressa possível e pulou fora do quarto.

– E para onde vamos? Está chovendo!

– Que eu saiba, nenhuma guerra costuma parar por causa da chuva. Os seres deste mundo adoram matar uns aos outros com qualquer tipo de tempo, minha querida – disse Ido, então virou-se e dirigiu-se à mesa onde já estava pronto o desjejum.

"Come. É bom comer alguma coisa antes de um dia cansativo", disse, molhando numa tigela um pedaço de pão preto. "Quando acabares, poderás mostrar-me o que sabes fazer em combate."

Nihal estava pasma: mandaram-na treinar com um homem que queria adestrá-la na chuva e nada sabia acerca do dragão dela.

– Não creio que hoje seja um dia apropriado ao combate – disse num tom irritado.

Ido olhou enviesado por cima da tigela. Depois, com toda a calma, deixou o pedaço de pão na mesa, deu um último gole barulhento e limpou os bigodes.

– Sei o que estás pensando, mocinha: o que será que este gnomo pensa que pode ensinar-me? Pois bem, estás errada e tu mesma vais ver. De qualquer maneira é pegar ou largar. Se não gostares, podes ir embora. Mas se ficares não te esqueças de que exijo respeito: eu sou um cavaleiro e tu és ninguém. Faça a tua escolha.

Ido voltou à comida. Nihal ficou imóvel por alguns instantes, então sentou: se queria combater devia aceitar as regras do jogo. Pegou sua tigela. Não sabia o que continha, mas era tão gostoso que limpou tudo até a última gota.

Depois da refeição saíram. A chuva tornara-se uma garoa fina e insistente.

Nihal envolveu-se na capa, encobriu a cabeça e foi atrás de Ido, que não dava a mínima para as gotas de água que lhe escorriam na barba e no rosto.

A arena estava vazia.

– Com que arma costumas lutar? – perguntou Ido.

Nihal tirou a capa a contragosto e mostrou a espada.

– Cristal negro. Uma arma e tanto.

– Foi um presente do meu pai.

– Armeiro sem dúvida alguma muito habilidoso... – comentou Ido, e desembainhou a sua lâmina. Era uma arma longa e delgada, ou talvez parecesse assim porque Ido era baixo, e tinha a empunhadura cheia de símbolos, alguns dos quais raspados à força na madeira.

Ido rodou-a por uns instantes no ar. Nihal pensou que estivesse aquecendo os músculos, mas longe disto viu-se repentinamente atacada por um golpe. Esquivou-se, mas perdeu o equilíbrio e caiu.

– É só isso que sabes fazer?

Nihal levantou-se furiosa.

— Achei que irias pelo menos avisar!
— É mesmo? Esta aqui não é uma daquelas danças a que te acostumaram na Academia. Eu quero ver como tu te portas em combate, esquece portanto os manuais de etiqueta.

O gnomo nem terminara a frase e já partira para um novo ataque.

Nihal começou a responder, mas havia sido pega de surpresa: sentia-se estorvada, incomodada pela chuva e esgrimia sem muita convicção. De repente foi atingida por um respingo de lama nos olhos. Levou instintivamente as mãos ao rosto. Ido aproveitou para passar a perna nela. Quando Nihal voltou a abrir os olhos estava deitada no chão e tinha a espada de Ido encostada na garganta.

— Isto não é leal! — desabafou.
— Acho que não me entendeste direito: eu estou levando a coisa a sério, tu não. Aqui não há regras a serem respeitadas: isto é guerra de verdade. Procura mostrar tudo o que sabes ou então, e podes acreditar piamente no que estou dizendo, na próxima estocada vou furar-te de lado a lado. Levanta-te!

Ido não estava brincando, Nihal percebeu isto pelo seu olhar. *Mas quem acha que é, esta espécie de homenzinho?* Levantou-se num pulo e começou a combater com ardor.

Ido nem piscou. A sua maneira de lutar era maravilhosa: ficava quase parado, só raramente esquivava-se dos golpes com pequenos movimentos laterais, só movendo a mão que segurava a empunhadura. A sua arte consistia nisto: esgrimia com precisão, brincando com a lâmina adversária, cutucando-a, empurrando-a. Então, na hora certa, vinha a estocada, totalmente inesperada.

Nihal começou a ficar irritada. Era como se aquele adversário conhecesse de antemão os seus movimentos. Nada tinha a ver com a força: a habilidade dele parecia estar toda na agilidade do pulso. Quando Nihal tentava aproximar-se, ele a mantinha a distância. Quando tentava um ataque por cima, Ido defendia-se sem maiores dificuldades.

Depois de raspar o fundo das suas reservas táticas, Nihal investiu com um grito de raiva, procurando novas trajetórias para enganar a lâmina do gnomo.

Mas então Ido também se moveu: agachou-se, passou entre as pernas dela e deu-lhe um tombo.

Nihal estava mais uma vez sentada na lama.
– Já estás melhor, mas ainda não basta. Tu precisas tentar ferir-me. Vamos recomeçar.
Nihal levantou-se de novo. A chuva atrapalhava a sua vista e ela não parava de escorregar na lama. Decidiu fechar os olhos. Conseguiu concentrar-se melhor no barulho da sua espada quando se chocava com a de Ido. Tentou quebrar o ritmo desferindo seus golpes fora do tempo, mas o gnomo adaptava-se imediatamente às mudanças de velocidade que ela impunha. Procurou então forçá-lo a cair, mas Ido sabia muito bem manter-se longe do adversário. Finalmente achou ter encontrado uma brecha: fez rodar a espada do gnomo e tentou arrancá-la da sua mão. Só conseguiu virar para cima a sua lâmina. Já exasperada jogou-se então em cima do oponente, mas percebeu estar com uma faca apontada no ventre.
– Aposto que já te pegaram deste jeito – disse Ido sorrindo, enquanto guardava as armas. – Não foi tão mal. Com os fâmins e os guerreiros normais a tua técnica já pode bastar. Um cavaleiro, no entanto, tem muitas vezes de lutar com outros cavaleiros, e nesse caso tu não terias muitas chances. Tudo bem, terás tempo para melhorar.
Nihal apertou os punhos.
– E tens mais uma falha – prosseguiu Ido. – Tu lutas como um animal ferido. Nada pior do que perder a lucidez, num combate. E tu, ao contrário, te deixas levar pela raiva. Lembra-te disto: a raiva cega o guerreiro e leva-o a cometer erros idiotas. A raiva leva ao túmulo.
Era verdade. Infelizmente era a pura verdade.
Ido espremeu a barba encharcada.
– Esta chuva é uma amolação. Vamos voltar. Mais tarde irás cuidar do meu Vesa e poderás então familiarizar-te com os dragões.
Nihal, toda molhada e coberta de lama, permaneceu em pé no meio da arena. Ficou olhando para o gnomo que se afastava.
Talvez tivesse cometido um erro de avaliação.

Passou a maior parte da tarde observando a chuva.
Quando estava na Academia, através da fenda no seu cubículo só via um pedacinho de céu, mas agora, da porta do casebre, podia abarcá-lo todo com o olhar.

Gostava da chuva. Sob as gotas de água tudo parecia mais calmo, limpo, tranqüilo. Surpreendeu-se a devanear que Fen podia ser parte das nuvens que via correr lá em cima. Naquela chuva havia um pouquinho dele que voltava para a terra. Sonhou então estar voando para longe e desaparecendo no vento como fumaça.

Ido, por sua vez, ficou na cama fumando e pensando sobre a primeira impressão que tivera de Nihal. Sim, não havia a menor dúvida, ela tinha tudo para tornar-se um excelente guerreiro, mas ainda havia alguma coisa que ele não entendia.

Ido ficou imaginando qual poderia ser o segredo que ela guardava no fundo da alma.

A estrebaria dos dragões era um edifício largo e imponente que se erguia no meio da cidadela, não muito longe da arena.

Logo que chegou à entrada Nihal percebeu a respiração de todos aqueles enormes animais que viviam lá dentro. Estava emocionada.

Quando entrou deparou-se com um espetáculo extraordinário.

O ambiente era formado por dúzias de amplos vãos cavados na parede, cada um abrigando um dragão. Havia de todos os matizes possíveis de verde e de todos os tamanhos. Alguns animais eram gigantescos, chegando a medir mais de quatro braças na agulha do dorso, outros eram menores e compactos.

A jovem ficou sem fôlego: como desejava ter um dragão!

Ido avançava seguro, enquanto ela o acompanhava lentamente, como se estivesse profanando um lugar sagrado.

Percorreram o longo corredor até o fim do prédio, então o gnomo parou diante do último nicho.

Abrigava um grande dragão de cor insólita: era completamente vermelho e suas íris amarelas com bordas verdes sobressaíam sobre a pele rubra. Era lindo.

Ao ver a desconhecida o animal ficou logo em guarda, mas Ido aproximou-se e afagou-lhe o focinho.

– Calma, Vesa, não há motivo para ficares desconfiado. É a minha aluna. Terás de te acostumar com a presença dela.

O dragão pareceu acalmar-se, mas continuou a olhar na direção de Nihal bufando pelas narinas. Ela permaneceu afastada.

— Só está assustado. Aproxima-te.

Nihal deu alguns passos. Vesa não reagiu. Então chegou mais perto, tomou coragem e até esticou a mão. O dragão afastou-se indignado.

Ido deu uma gargalhada.

— Não exageres. Lembra-te de uma coisa: não é um cachorrinho. É um guerreiro, e como tal deseja ser tratado.

Por um momento Nihal achou que Ido e o seu dragão eram muito parecidos.

Depois teve a impressão de perceber claramente o que o dragão estava sentindo: desconfiança, mas curiosidade também. Eram sentimentos que não lhe pertenciam, mas percebia-os como se ela mesma estivesse a experimentá-los. Era a mesma impressão que tivera durante o encontro de Laio e Senar.

— Por que tem esse nome? — perguntou a Ido.

— Porque é o meu dragão, o dragão do único gnomo cavaleiro. "Vesa" é uma palavra do dialeto da Terra do Fogo, de onde venho. Significa veloz.

Ido montou na garupa com um pulo e Vesa pareceu querer livrar-se dele de brincadeira. O animal deu uns enérgicos solavancos mas Ido manteve-se firme. Depois de mais algumas tentativas cada vez menos convencidas, o dragão desistiu.

— Já sei, já sei: tu queres mostrar que continuas no comando — disse o cavaleiro, dando-lhe uma sonora palmada no dorso. Em seguida virou-se para Nihal. — Quero que hoje tu te encarregues de alimentá-lo. A comida está lá no fundo.

Nihal estava assustada. Ainda se lembrava de Gaart que tentara assá-la com seu bafo de fogo. Ficou parada, olhando sucessivamente para Ido e Vesa.

— Cuidado, pois se tu ficares com medo ele nem vai deixar que chegues perto. Precisas fazer com que te aceite. E um dragão só aceita alguém que considera digno. Grava isto na mente, para quando chegar o teu.

Num canto da estrebaria havia uma série de carrinhos cheios de pedaços de carne sangrenta.

Estavam pesados. Nihal pegou um e empurrou-o com dificuldade até o nicho de Vesa, mas o dragão não demonstrou muito interesse na comida. Continuava a observá-la com desconfiança, soprando pelas ventas dilatadas.

Nihal não tinha tido medo na batalha e tampouco quando tivera de encarar um fâmin pela primeira vez. Mas agora estava assustada.

Ido observava de braços cruzados.

– Precisas manter-te calma. É como um duelo. Mostra-lhe que te sentes segura.

Nihal engoliu e deu mais alguns passos.

Vesa emitiu um rumorejar surdo que se tornou uma espécie de rugido quando a jovem tentou chegar mais perto.

Nihal parou. Estava roxa de medo.

Vesa levantou-se sobre as patas posteriores, em posição de ataque. Parecia estar a ponto de pular em cima dela a qualquer momento.

– Não soltes o carrinho: tens de levá-lo até bem embaixo do nariz dele.

Então Nihal deu um passo, em seguida outro, e mais outro ainda, enquanto Vesa esticava a pata para ela e soprava como um vulcão em ebulição. Quando achou que já estava muito perto, ajeitou o carrinho no chão e saiu correndo com o coração a mil por hora.

– Como primeiro dia, já basta.

Ido aproximou-se de Vesa.

– Coitadinho, coitadinho do meu dragão – disse em tom de troça enquanto lhe dava uns bofetes no focinho.

Ao entardecer a chuva parou, a tempo para que Nihal pudesse aproveitar um pôr-do-sol fúlgido e lindíssimo. Sentada fora da barraca, apoiando as costas nas tábuas de madeira, admirava de olhos entreabertos o sol que ardia acima das árvores da floresta e sentia-se serena.

O tal de Ido não era tão ruim assim, afinal. E Vesa era um animal maravilhoso. Talvez a sua permanência no acampamento acabasse revelando-se uma experiência proveitosa.

As vozes chegaram de repente.

Nihal apertou instintivamente as têmporas com as mãos.
O triunfo vermelho do pôr-do-sol transformou-se no incêndio de Salazar.
Voltou a ver o corpo sem vida de Livon. A pira funerária de Fen que queimava.
A sua cabeça parecia estourar.
Não, por favor, não.
Quem a arrancou do pesadelo foi Ido.
– Ânimo, hoje portaste-te bem. Está na hora do rancho.
Nihal recobrou-se, as vozes pararam.
Acompanhou o mestre de cabeça mais leve.

Por alguns dias as coisas correram tranqüilas: de manhã Nihal treinava com a espada junto com Ido, de tarde ficava mais familiarizada com Vesa e à noite limpava as armas do mestre.

Ido, por sua vez, não parecia estar fazendo muita coisa. Ficava quase o tempo todo em sua choupana e só de vez em quando voava para longe com Vesa. Às vezes participava com os demais cavaleiros das reuniões do comando, durante as quais eram decididas as estratégias futuras.

Na verdade ocupava todo o seu tempo estudando a sua aluna.

Quando lutavam percebia a raiva de Nihal e reconhecia naquela raiva alguma coisa que lhe tivesse acontecido no passado.

A idéia de adestrá-la, de transmitir-lhe tudo aquilo que ele mesmo aprendera durante tantos anos de combate, estimulava-o.

E além do mais tratava-se de ensinar a um semi-elfo.

Dizia a si mesmo que era melhor não se deixar levar pelo entusiasmo, mas na verdade começava a gostar da tarefa.

Nihal tinha se esforçado para entender onde estava.

Compreendera que a cidadela, que todos chamavam de "a base", era uma espécie de posto avançado de onde partiam as missões contra os inimigos na Terra dos Dias.

Descobrir que estava bem perto da sua terra natal deixou-a desconcertada.

Ido levara-a para um promontório. Lá de cima se estendia a perder de vista um panorama de total desolação.

— Essa é a terra dos teus antepassados, dos teus semelhantes, embora talvez fosse melhor dizer "era".

A jovem ficara olhando em silêncio, mas dentro de si tinha dito que, sim, algum dia o seu ódio iria transbordar.

E então todos os mortos iriam ser vingados.

Já se haviam passado mais de vinte dias desde que chegara à base e ninguém ainda tocara no assunto do seu dragão.

Nihal quase não tinha tempo para pensar nisso. Dedicava a maior parte do dia ao treinamento com Ido. Aprendera a apreciar seu mestre: pela habilidade com a espada, é claro, mas também pelo seu caráter. Quase sem perceber passara da desconfiança para a admiração.

Certa noite, cansada depois de tantos exercícios, Nihal ficou com vontade de permanecer ao ar livre. Saiu da cabana e deitou-se na grama para olhar as estrelas. Havia milhares delas. Pensou em Senar: ele adorava a noite. Quando ainda eram garotos haviam passado inúmeras noites como aquela em cima do terraço de Salazar ou então no gramado atrás da casa de Soana. Parecia ter sido mil anos antes. Depois a mente começou a devanear. Fen, Livon, os semi-elfos... as vozes ecoaram baixinho na sua cabeça. *As velhas amigas de novo.*

— Noite bonita, não é verdade? — Ido sentou-se no chão, o costumeiro cachimbo entre os dentes.

— Bonita mesmo... — respondeu Nihal. A presença do gnomo já não a incomodava.

— Posso fazer-te uma pergunta?

Nihal virou-se para ele acenando que sim.

— És uma jovem graciosa, na certa não terias muita dificuldade em arrumar um marido... — Ido deu uma longa tragada no cachimbo. — A guerra é uma coisa feia, Nihal. Por que decidiste combater?

Nihal franziu uma sobrancelha.

— E tu, então, por que decidiste combater?

Ido sorriu e soltou uma baforada de fumaça branca.

— Eu? Certo dia descobri a diferença entre o certo e o errado. Compreendi que as pessoas do Mundo Emerso tinham o direito de viver em paz. Então peguei a minha espada e coloquei-a à disposição do exército. Só isso.

Nihal não sabia por quê, mas aquela noite tinha vontade de conversar.

– Eu sempre soube onde ficava o bem e onde ficava o mal, desde criança. Nunca pensei em outra coisa a não ser tornar-me guerreiro.

– Se há uma coisa que aprendi depois de tantos anos de luta, Nihal, é que o bem e o mal nunca estão de um só lado.

Com ar de desafio, Nihal ficou sentada.

– É mesmo? Eu só sei que o Tirano quer destruir o nosso mundo. E sei o que ele já fez. O mal está aí. O sangue derramado precisa ser vingado!

O gnomo bufou e deitou-se na grama.

– Você fala igualzinho a certos soldadinhos cheios de empáfia...

– Falo como ensinou-me o meu pai. É para ele que eu luto, antes de mais nada.

– Foi ele que quis fazer de ti um guerreiro?

– Sua morte exige de mim esta escolha.

Ido nada disse, mas Nihal não parou. A represa havia sido arrebentada e agora ela só queria falar, falar tudo aquilo que nunca lhe contara: o fim da sua infância naquele dia terrível, em Salazar, o descobrimento das suas origens, o desejo de vingança...

O gnomo continuava a fumar em silêncio.

Nihal tinha certeza de que entenderia: era um guerreiro, não podia deixar de experimentar as mesmas sensações.

As palavras saíam da sua boca sem interrupção, a sua história fluía como um rio em cheia.

– O Tirano exterminou o meu povo, Ido. Fui encontrada entre os corpos ainda quentes dos meus similares, logo depois que nasci. O sangue dos mortos penetrou na minha alma, e agora quero de volta aquele sangue.

Quando Nihal calou-se, Ido tirou o cachimbo da boca e ficou sentado.

– Não há como resgatar os que morreram, Nihal. Não há no mundo qualquer tesouro bastante precioso para resgatar uma única vida. Mas vamos entrar, agora, o inverno está chegando e começa a fazer frio.

18
O DRAGÃO

Para surpresa geral o dragão chegou à base numa enorme jaula de ferro. Em geral os dragões destinados aos noviços eram jovens e ficavam aos cuidados de um cavaleiro que se encarregava da entrega.
Aquele, ao contrário, viajava preso num carro e com a escolta de três soldados.
Enquanto Nihal se aproximava da jaula fascinada, Ido examinou-o atentamente. Era um belíssimo animal: forte e robusto, de flamejantes olhos vermelhos e pele de uma cor verde-esmeralda tão viva que lembrava as folhas novas na primavera. Mas...
— Qual é o motivo da jaula? — perguntou.
Um dos soldados respondeu com uma praga.
— Maldito animal! Não deixa ninguém se aproximar. O bastardo quase matou o cavaleiro que tentou montá-lo.
— Tem várias cicatrizes.
— Claro que sim. Já lutou muitas vezes — respondeu outro soldado. — O seu amo morreu em combate não faz muito tempo: o tal Dhuval, recordas dele?
Ido esfregou o rosto e passou a mão na cabeça.
— Nihal...
A jovem não tirou os olhos do carro.
— Sim?
— O que fizeste a Raven?
Nihal virou-se com ar interrogativo.
— Como assim?
— Este dragão já teve um cavaleiro, que morreu em combate: sabes o que isso significa?
Mas Nihal já se perdera de novo, olhando para o seu dragão.
— Qual é o nome dele? — perguntou a um dos soldados.
— O seu antigo amo chamava-o de Oarf.
Ido levantou a voz:

– Queres fazer o favor de prestar atenção?
Nihal virou os olhos para o céu.
– Estou ouvindo... estou ouvindo...
– Um dragão cujo cavaleiro morreu em batalha não aceita a presença de qualquer outro humano. Só um cavaleiro muito experiente pode conseguir montá-lo e conduzi-lo à luta.
Nihal fitou o mestre com um olhar cheio de determinação.
– E então? Sobrevivi à destruição de Salazar e aos fâmins. Não será certamente um dragão a deter-me.
Ido perdeu definitivamente a paciência.
– Muito bem. Quer dizer que iremos começar hoje mesmo – disse afastando-se.
Se fosse por ela, Nihal iria começar naquela mesma hora.

Foram à arena no começo da tarde.
Oarf estava no meio, imóvel e compenetrado como se estivesse esperando um ataque a qualquer momento. Quando viu chegar Ido e Nihal ficou em guarda e escancarou as asas de forma ameaçadora. Eram enormes e nervosas, de membranas finas como papel, frágeis e poderosas ao mesmo tempo. Nihal ficou pasma, de queixo caído: eram exatamente iguais às que Livon esculpira na sua espada.
Ido mandou-a sentar na arquibancada, ao seu lado.
– Agora presta atenção, Nihal. Este dragão é diferente de todos os outros. Lembra-te bem disto quando te aproximares. O cavaleiro dele morreu. Já não confia nos humanos.
Nihal anuiu concentrada.
– Vai tentar atacar-te. Tu não podes mostrar receio. Fica reta e firme diante dele, como um guerreiro diante de um inimigo, e nunca baixes os olhos. Agora podes ir.
Nihal levantou-se e começou a avançar.
Achava que com Oarf não seria muito diferente do que com Vesa: iria olhar para ela mal-humorado, bufar por algum tempo, mas no fim acabaria deixando-a aproximar-se. Estava errada. Logo que chegou mais perto Oarf agitou ameaçadoramente as patas anteriores contra ela.
Nihal recuou.
Oarf continuava a rosnar furioso.

Nihal tentou de novo uma, duas, dúzias de vezes, mas o dragão tornava-se cada vez mais agressivo: a cauda varria nervosa a terra batida e as ventas fremiam.

Na última tentativa levantou-se rugindo, pronto a investir contra ela.

Nihal afastou-se cheia de raiva. *Agora tu vais ver o que é bom para a tosse.* Chegou até a orla da arena, virou-se para Oarf, respirou fundo e partiu a toda contra ele, berrando:

– Pára! Não vais conseguir nada desse jeito: nunca vais conseguir impor-te a um dragão!

Nihal deteve-se tropeçando. Estava exasperada.

– O que posso fazer, então? Eu preciso dele, estás me entendendo?

– Esquece o que queres ou não queres. Tu precisas é de um companheiro, um aliado. Precisas tentar entrar em contato com ele, sentir com os sentimentos dele. Concentra-te.

Nihal recorreu então às suas enferrujadas capacidades de maga. Afinal de contas aquele dragão também era filho da natureza com a qual ela fizera um trato alguns anos antes.

Respirou profundamente. *Tudo é um e um é tudo.*

Fechou os olhos. *Tudo é um e um é tudo.* Concentrou-se. *Tudo é um e um é...*

Os sentimentos do dragão atropelaram-na como um vagalhão. Medo, ódio, sofrimento, desprezo. Uma maré de sensações que a golpeou com a violência de um soco. Cambaleou.

Ido segurou-a pelo braço quando já estava a ponto de cair no chão.

– Sentiste alguma coisa?

– Sim... acho que sim. Recebi algumas noções básicas de magia...

– Ótimo. Isso vai ajudar. Mas agora continue. Procura tranqüilizá-lo.

Nihal recuperou o equilíbrio e abriu-se novamente às emoções de Oarf.

Então percebeu que a raiva do animal era a sua mesma raiva. A dor de Oarf a sua mesma dor.

Tentou comunicar-se com ele, mas Oarf respondia com hostilidade, temor, desconfiança.

Procurou aproximar-se de novo. O rugido do animal ressoava pela base inteira, mas Nihal continuou avançando de braços esticados e mãos abertas. *Estou contigo. Sou como tu.*
O gnomo levantou-se de repente e começou a correr.
– Nihal!
Mas Nihal não ouvia. *Eu também perdi tudo. Sou como tu.*
Oarf escancarou a bocarra.
Ido jogou-se em cima de Nihal empurrando-a de lado.
A chama frigiu um pouco acima das cabeças deles.
– Ficaste doida, menina? Entrar em contato com ele não quer dizer isolar-te do resto! Precisas manter a situação sob controle!
Ido levantou-se tirando a poeira do corpo e esticou o braço para ajudar Nihal.
– Tenta de novo.
Nihal voltou a tentar não uma só vez, mas sim várias. O animal, no entanto, só respondia com violência, sem abrir-se a qualquer tipo de contato com a jovem. Ido dava conselhos, incitava-a a não desistir, e Nihal não se fazia de rogada: não tinha a menor intenção de desistir.
A tarde passou daquele jeito, enquanto em volta da arena juntava-se uma pequena multidão de cavaleiros, escudeiros e soldados atraídos por aquela estranha luta entre a mulher guerreiro e o dragão sem dono.
Depois de mais uma labareda de Oarf, um jovem cavaleiro virou-se para o gnomo.
– Ido, tu não achas que estás exagerando? Não acharias melhor mandá-la parar?
Ido fitou-o impassível.
– E por que deveria? Todos nós tivemos de passar por isto no começo.
– Oarf pertencia a Dhuval. Aquela menina não tem a menor chance – interveio outro cavaleiro.
– Tu me surpreendes. Deverias saber tão bem quanto qualquer um que um dragão não pertence a ninguém. E acredita: essa garota não tem nada de menina.
Cansada, suja e dolorida, Nihal só decidiu deixar a arena quando já anoitecia.
Estava a ponto de sair quando virou-se para Oarf.

— Veremos quem dará o braço a torcer, no fim! — gritou.
Ido sorriu sob os bigodes e deu-lhe um carinhoso cascudo.
— Vamos lá, sua fanfarrona!

Na manhã seguinte Nihal acordou quando ainda estava escuro. Não quis esperar que Ido acordasse e foi à estrebaria sozinha.
O sol acabava de raiar e os dragões ainda estavam descansando, enroscados em seus nichos.
Oarf também estava dormindo. Ao vê-lo encolhido daquele jeito não parecia tão feroz quanto no dia anterior. Nihal ficou olhando, sentada em silêncio, encantada. A grande cabeça jazia largada sobre as patas da frente, cruzadas. Os flancos subiam e desciam no ritmo pulsátil da respiração, enquanto a cauda de vez em quando mexia-se levemente. *Será que os dragões também sonham?*, Nihal perguntou a si mesma. Ver aquele enorme animal largado no sono era um espetáculo fascinante. Não havia dúvida: aquele era realmente o dragão certo para ela.
Durante algum tempo o animal não se deu conta da presença dela, depois abriu lentamente os olhos. As pálpebras verdes bateram umas duas ou três vezes, mostrando, escondendo e mostrando de novo as íris flamejantes. A pupila vertical contraiu-se na fraca luz da estrebaria. Oarf acordou.
Logo que viu a jovem o dragão deu um pulo levantando-se sobre as patas traseiras e rugindo com fúria.
Com o coração aos pulos, Nihal apertou os punhos. Forçou-se a ficar parada. *Não tenho medo de ti. Somos iguais. Não tenho medo de ti.* Oarf rugiu mais alto e tentou aproximar-se, mas uma pesada corrente segurava-o por uma das patas.
O soldado de vigia durante a noite apareceu na penumbra da estrebaria, esbravejando:
— Ficaste louca? Quem te deixou entrar aqui sem permissão? Deixa este animal em paz, não é para ti!
Segurou-a pelo braço, mas Nihal logo desvencilhou-se.
— Tira essas mãos de cima de mim! Este dragão é meu e posso vê-lo quando eu bem quiser. Quem mandou acorrentá-lo?
— Se o dragão é teu, então o ensinas a obedecer, mocinha! Prendi-o porque queria fugir!

O barulho chamara a atenção.
Ido abriu caminho entre cavaleiros e soldados.
– O que está acontecendo aqui?
Nihal estava indignada.
– Vim ver o meu dragão e encontrei-o acorrentado: quero que o soltem!
– Ele não te pertence, não pertence a ninguém, quantas vezes vou ter que repetir? E de qualquer maneira, se está acorrentado deve haver um bom motivo. E agora vamos embora.
Ido arrastou-a rispidamente de lá.
– Nunca mais te atrevas a agir por conta própria, estás me entendendo? Tu não és um guerreiro, não és um cavaleiro, não és coisa alguma! Tens de obedecer-me, pois do contrário não irás chegar a lugar nenhum.
– Eu... eu só estava lá para treinar! Não é isso que tu queres? Não transgredi ordem alguma!
Ido parou e fitou fixamente Nihal. O seu olhar não admitia desculpas.
– Não brinques comigo, moça! Sou o teu mestre. Quem decide quando podes ou não ver Oarf sou eu, está claro?
Nihal foi forçada a baixar a crista.

Quando Ido a levou de volta à arena, do céu cinzento caía uma chuva gelada.
Oarf estava preso com uma corrente a uma sólida estaca fincada no chão. Nihal apertou a capa em volta de si com um gesto de raiva. Não suportava vê-lo daquele jeito: o seu dragão tinha de ser livre. Acelerou o passo rumo ao animal mas Ido deteve-a segurando pela orla da veste e forçou-a a sentar na arquibancada. Plantou-se diante dela e fitou-a firmemente nos olhos.
– Lembra-te de que Oarf não te pertence, Nihal. Na melhor das hipóteses ele pode ser o teu parceiro, nada mais do que isto. Faça-o sentir que confias nele, e então ele confiará em ti. Precisas descobrir a tua maneira de conquistá-lo. Achas que está pronta?
Nihal anuiu.
– Tudo bem. Então vamos começar.

Nihal levantou-se e começou a aproximar-se do dragão, decidida. Ao chegar no meio do caminho, no entanto, deu meia-volta e dirigiu-se ao bebedouro.
– O que vais fazer? – gritou Ido.
Nihal nem se virou.
– Confia em mim!
Ao chegar diante da bica tirou a capa.
O frio mordia a carne mas a jovem pareceu não se importar.
Deixou-a sob o jato de água até ficar encharcada, depois vestiu-a de novo e encobriu a cabeça com o capuz.
Batendo o queixo, Nihal seguiu em frente.
O rosnado de Oarf ecoou na arena.
Nihal continuou andando.
Oarf rugiu com toda a força dos seus pulmões, irritado com o fato de alguém mostrar-se tão atrevido.
Nihal chegou cada vez mais perto.
O animal começou a dar violentos puxões na corrente.
Nihal parou a uns vinte passos do dragão.
O olhar fixo nos olhos vermelhos.
Sentiu aquilo que ele estava sentindo.
Ódio. Medo. Solidão.

A chama foi repentina e poderosa. Chegou muito perto. Nihal manteve-se firme, sem recuar. Envolvida na capa molhada fincou o pé, sem dar qualquer sinal de indecisão.
– Não pode ser... – murmurou Ido.
Oarf hesitou, em dúvida. A chama perdeu intensidade, até apagar-se por completo.
Nihal continuou a fitá-lo nos olhos.
Era como se o dragão estivesse falando com ela.
Não queria ter mais nada a ver com aqueles seres miseráveis que viviam se matando uns aos outros. Odiava-os, todos. Tinham transformado aquela terra magnífica num lugar de morte.
Haviam tirado dele o parceiro.
Odiava-a também. Odiava-a e iria matá-la.
Uma nova chama saiu da sua garganta.

Nihal sentiu o calor que ressecava rapidamente a capa. Não se mexeu: sem Oarf tudo o que ela tinha feito até então deixaria de ter qualquer sentido.

O calor tornou-se cada vez mais intenso. Em volta deles a chuva evaporava antes mesmo de chegar a bater no chão.

Nihal começou a gritar:

– Eu não me rendo, estás me entendendo? Ainda não percebeste que somos iguais? Eu também perdi o meu amo, eu também odeio este mundo!

O dragão continuou a soprar.

Nihal sentiu que as suas sobrancelhas queimavam. Pequenas línguas de fogo envolveram a capa.

– Aceita-me!

O calor era insuportável.

– Aceita ir à luta comigo! – berrou mais uma vez.

Sentiu a cabeça rodar. Faltou-lhe o fôlego. *Acabou*. Cambaleou, caiu de joelhos.

E então Oarf parou de cuspir fogo.

Ficou um momento em cima dela, em seguida retirou-se para o fundo da arena.

Ido levou-a à enfermaria da base, um bonito edifício em alvenaria.

A não ser por umas queimaduras superficiais, nada de mal havia acontecido com ela: só estava mortalmente cansada.

Uma curandeira um tanto idosa espalmou-lhe no corpo uma fresca e perfumada poção de ervas que ajudou Nihal a adormecer.

Acordou quando a tarde já estava no fim. Ainda estava juntando as lembranças de tudo o que havia acontecido quando viu Ido chegar.

Nihal tentou adivinhar os humores do mestre pelo seu olhar, mas o gnomo mostrou-se imperscrutável.

– Zangado comigo?

– Não, foi um desafio e tanto. O problema é outro.

Nihal fitou-o surpresa.

– Como assim?

Ido sentou-se num banquinho ao lado do catre.

– É um problema de estratégia e de oportunidade, Nihal. A idéia que usaste com Oarf foi boa, mas teve um péssimo resultado.
– Eu não...
– Cala-te e escuta. Em combate, toda vez que escolhes qual iniciativa tomar precisas avaliar direito os seus movimentos: um exército é feito de homens, cada um dos quais é uma peça importante para a vitória. A vida de um cavaleiro, então, é ainda mais preciosa para o exército. O cavaleiro é um líder de cuja ação depende o destino de muitos soldados. Se ele morre, na maioria dos casos também leva consigo os que estão sob o seu comando. Por isso cada um de nós precisa ter maior consideração à própria vida, porque ela não pertence somente a ele mas sim a todos os demais que lutam.

Ido acendeu o cachimbo e deu uma longa tragada.

– Jogar fora a vida numa ação suicida é uma coisa sem sentido: não é útil para ninguém e menos ainda para quem morre. O bom guerreiro só faz aquilo que lhe foi ordenado, e no caso de tomar a iniciativa precisa conhecer os próprios limites e agir conforme eles. Agora, tu empreendeste uma ação inútil e perigosa, sem conhecer os teus limites e arriscando a vida por uma bobagem.

Nihal ficou uma fera. Sentou-se no catre agitada.

– Eu sabia muito bem o que estava fazendo!
– Não sabias, não. Achavas mesmo que podias safar-te com uma capa molhada? Estavas ciente de que o teu truque não podia durar muito tempo, mas foi em frente assim mesmo.

Seráfico, Ido deu mais uma longa tragada.

– Talvez algum exaltado tenha te dito que um guerreiro não tem medo da morte. Mentira! Um guerreiro é uma pessoa como todas as outras: ama a vida e não quer morrer. Contudo, não se deixa dominar pelo medo, e por isto sabe quando é necessário morrer e quando é inútil. É isto que faz dele um guerreiro. Tu, ao contrário, arriscaste a vida para quê? Para que eu pudesse apreciar-te e para mostrar o teu atrevimento a um dragão que não te quer. Não me parecem motivos úteis nem inteligentes. Bastante idiotas, aliás.

Nihal sentiu-se ferida na carne: desde que tomara consciência de quem era havia jurado a si mesma que não iria morrer em vão. E agora o mestre acusava-a de procurar a morte inutilmente.

— Tu estás errado — disse com ardor. — Tinha certeza de que Oarf não iria matar-me!

— Nihal, não faz muito tempo que nos conhecemos, mas acho que te entendi. Quem no entanto não entendeu com quem estás falando és tu. Nem tentes passar-me a perna. Não tinhas certeza de coisíssima nenhuma. Só quiseste provar que és corajosa. Pois bem, isso não é coragem. É inconsciência. E ela provoca mais mortes do que todas as tropas do Tirano juntas.

Nihal ficou calada.

Um pensamento pérfido abriu caminho na sua cabeça: e se fosse realmente verdade que ela agira daquele jeito só porque já não lhe interessava viver ou morrer? *Não, nada disso! Eu sabia muito bem o que estava fazendo! Quero viver. Preciso viver porque tenho uma missão a cumprir!*

— Nunca te esqueças do que acabo de te dizer. Por enquanto não vou ficar zangado com o que aconteceu hoje, porque no passado eu também já fui impulsivo. Mas a partir de agora tu precisas aprender a pensar naquilo que faz e nas motivações que a levam a fazê-lo.

— Só sei que aquele dragão é o meu dragão — disse Nihal com ênfase.

Ido debruçou-se em cima do catre.

— A água é de alguém? E o vento? E a fúria de um vendaval? Um dragão é uma força da natureza e vez por outra escolhe um parceiro. Se não conseguires botar isto na cabeça, nunca poderás cavalgar Oarf. Hoje de manhã tu dissestes que o teu amo morreu. Sinto muito em dizer isto, Nihal, mas seja quem for não era certamente o teu amo.

A jovem baixou o olhar sobre os cobertores. Não queria que o gnomo visse que seus olhos se enchiam de lágrimas.

— Nenhum homem, nenhum semi-elfo, nenhum gnomo que faça por merecer este nome pertence a outra pessoa. Cada um precisa encontrar a força para traçar o seu próprio destino. Só os escravos têm amo, e tu não és um escravo. Se quiseres ser um cavaleiro tens de livrar-te da dor e segurar com firmeza as rédeas da tua vida. Cabe a ti fazeres bom uso dela ou desperdiçá-la.

Ido retraiu-se e voltou a acender o cachimbo com calma.

Nihal ficou algum tempo olhando para ele: quanta força, quanta coragem emanavam daquele homenzinho. Por um momento pareceu-lhe um gigante.

– Gostarias de uma pequena viagem? – perguntou o gnomo depois de o cachimbo pegar.

– Acho que sim. Para onde vamos?

– Para a guerra, menina. Precisamos dar uma ajuda a um grupo de rebeldes que libertaram uma cidade não muito longe da frente de batalha. Estão sitiados por umas tropas de elite do Tirano. Vamos livrá-los do cerco.

O coração de Nihal disparou.

– Eu também poderei lutar?

– Terás de lutar: preciso ver como te sais num combate de verdade.

A marcha até a cidade foi breve.

A estratégia já havia sido combinada antes de partir, pois ao chegar ao destino não teriam tempo nem oportunidade para fazer planos, uma vez que não havia acampamentos por perto. O ataque baseava-se exclusivamente na surpresa: iriam tentar pegar os sitiantes pelas costas. Ido era o único Cavaleiro de Dragão do destacamento e portanto iria comandar a operação.

Ido e Nihal cavalgavam lado a lado. O gnomo fumava tranqüilamente, mas a jovem fremia.

– Estás com medo? – perguntou.

– Não.

– Muito mal. Todos ficam com medo antes da batalha, e é justo que seja assim. Eu também estou com medo.

– Não parece – comentou lacônica Nihal.

– Eu disse medo, não pavor. O medo dá-me a dimensão exata daquilo que me disponho a fazer. O medo é meu amigo, pois me ajuda a entender o que devo fazer em combate, indica o melhor caminho para evitar riscos inúteis e mantém-me lúcido.

Nihal franziu a sobrancelha.

– Achas mesmo? Não é então o medo que faz fugir os soldados diante do inimigo?

– Também, Nihal, também. O medo é um amigo perigoso: precisas aprender a controlá-lo, a ouvir o que ele diz. Se conseguires fazer isto, ele vai ajudar-te a cumprir com o teu dever. Se deixares que ele te domine, vai levar-te ao túmulo.

Nihal olhou para Ido: gostava do gnomo, embora nem sempre conseguisse entender a sua mensagem.

– Já estamos perto. Agora vamos continuar a pé – disse Ido.

Deixaram os cavalos. Nihal tirou do alforje um pano preto e começou a enfaixar a cabeça.

– Vais lutar sem couraça?

– Prefiro assim.

– Como quiseres...

O gnomo afastou-se em direção do seu dragão na retaguarda para observar a situação de cima.

A infantaria acelerou a marcha.

Nihal avançava rápida e silenciosa como um gato, os seus sentidos em alerta para avaliar tudo o que acontecia em volta.

Chegaram então a avistar o lugar sitiado.

A maré negra cercava as muralhas parcialmente desmoronadas de uma pequena cidade em ruínas.

Um grito de Ido foi o sinal para a batalha começar.

Nihal logo avançou entre os primeiros, com um furor e uma raiva talvez ainda maiores do que a primeira vez em que entrara em combate. Investia contra os inimigos sem qualquer medo de expor-se aos golpes dos machados dos fâmins, a mente dominada pelo pensamento de destruir tudo o que ficava ao seu alcance.

De vez em quando Ido, lá de cima, tinha a oportunidade de observar a sua aluna que abatia os inimigos sem misericórdia.

Nihal também, nos poucos momentos em que a batalha dava-lhe uma trégua, observava o mestre esvoaçar junto com seu Vesa.

O exército chefiado por Ido parecia uma infalível máquina de guerra. O gnomo comandava as suas tropas com firmeza, sem se afobar mas também sem se poupar. Evitava as flechas, mas ao mesmo tempo atacava destemido. As línguas de fogo do seu dragão espalhavam o pânico entre os inimigos no chão, pegos de surpresa por aquele ataque inesperado.

Quando a situação ficou bem definida, Ido deixou Vesa continuar o ataque do céu e desceu em campo para prosseguir na luta com a espada. Nihal acompanhou-o sem hesitação, levando adiante a sua chacina.

Foi uma vitória fácil: poucas baixas, muitos prisioneiros. A cidade havia sido liberada. Era um resultado importante: em quarenta anos de guerra haviam sido muito poucas as vezes em que o exército das Terras livres conseguira arrancar algum território das garras do Tirano.

O sucesso foi festejado jubilosamente dentro da cidade liberta e os guerreiros foram recebidos como heróis. Todos ofereciam hospitalidade e Ido aceitou o convite com prazer.

À noite houve festança na praça, com danças e um banquete improvisado, apesar da escassez de mantimentos, pelas valorosas mulheres do lugar, que haviam infundido na comida toda a sua gratidão pelos soldados.

Nihal não participou da euforia. Tudo o que queria, naquele momento, era lutar mais, matar mais inimigos. Mesmo cercada pela alegria geral, não conseguia pensar em outra coisa.

– Queres dançar?

A corrente dos seus pensamentos foi interrompida por um escudeiro bastante jovem que lhe oferecia amigavelmente a mão. Ficou toda corada. *Dançar? Eu?* Era a primeira vez que alguém a tratava como mulher

– Não, obrigada. Não dou para isso – eximiu-se.

– Vamos lá! Coragem! Passamos a perna na morte, vamos nos divertir! – insistiu o rapaz com um sorriso animador estampado no rosto.

– É sério, não sei dançar.

O escudeiro deu de ombros, cumprimentou-a com uma mesura e logo a seguir já estava de braços dados com uma jovem da cidade.

Nihal voltou a pensar em Fen.

Quantas vezes sonhara em dançar com ele! Voltear nos seus braços, de vestido longo, numa sala cintilante de luzes. Devaneios. Aquela cena já não podia existir, nem mesmo em sonho.

Esfregou os olhos. Não podia continuar a fantasiar daquele jeito: era um guerreiro, não fazia a menor diferença se era homem ou mulher. Era somente uma arma.

No meio do pessoal festivo vislumbrou Ido. Bebericava alguma coisa numa caneca, brincava com os soldados, admirava com satisfação a alegre confusão que tomara conta da praça da cidade. Aquele sucesso devia-se a ele.

Então o gnomo reparou nela e aproximou-se.

– Preciso falar contigo – ciciou em seu ouvido e puxou-a para um canto.

Antes de mais nada ofereceu-lhe a caneca.

– Toma, não festejar a vitória dá azar.

Nihal deu um pequeno gole no conteúdo: picava um pouco a língua mas tinha um excelente sabor. Ficou com os olhos lacrimejantes.

Ido riu.

– Devo concluir que nunca experimentaste a cerveja antes! É a bebida preferida pelos gnomos, sabia?

Nihal devolveu a caneca.

– Gostei...

Ido deu mais um gole, em seguida limpou os bigodes com o dorso da mão.

– Por que não participas da festa?

– Não tenho vontade.

– Estou vendo.

Ido bebericou de novo.

– Fiquei te olhando, enquanto lutavas.

Nihal não conseguiu segurar um sorriso e preparou-se a ouvir os mais desbragados elogios.

– Não gostei, Nihal.

O sorriso murchou em seus lábios.

– Errei alguma coisa?

– Não. É o teu comportamento em combate que não me agrada.

– Não estou entendendo...

– Entras na briga sem pensar duas vezes, com o único intuito de destruir tudo o que encontras em teu caminho. Para um soldado qualquer pode até ser uma técnica eficaz. Mas não é assim que deve lutar um cavaleiro.

– O que importa, na guerra, é o número de inimigos mortos, não é isto? Eu só procuro matar o maior número possível!

Ido ofereceu-lhe mais uma vez a cerveja. Nihal engoliu tentando controlar a raiva e a decepção provocadas pelas palavras do mestre.

– Em combate tu pareces um animal enjaulado que tenta libertar-se. Deixa-te levar pelo corpo, luta de puro instinto. E além do mais, lutas como se no campo de batalha só houvesses tu. Nunca podes deixar de saber onde estão os outros e o que estão fazendo. Isso será muito importante quando te tornares um cavaleiro, pois então chefiarás os homens e deverás sempre ter uma visão global do embate. E finalmente, nunca esqueças que lutar é uma necessidade, não um prazer.

– Eu gosto de lutar. Há alguma coisa errada nisto? – desabafou a jovem.

– Não é bem assim, Nihal: *eu* gosto de lutar. Escolhi este caminho por minha vontade. *Tu* gostas de matar. Ouve bem, nessas tropas não há lugar para alguém sedento de sangue. Se estiveres a fim de entrar em combate só para dar vazão ao teu ódio, podes tirar da cabeça combater de novo. Estou sendo claro?

O gnomo encerrou a conversa acendendo tranqüilamente o cachimbo, como se tivesse acabado de falar do tempo.

Nihal sentiu o sangue ferver nas veias.

– Os fâmins mataram meu pai, Ido! – berrou. – E Fen! E chacinaram o meu povo! Ainda achas possível que eu não os odeie?

Ido nem piscou.

– Os fâmins e o Tirano mataram meu pai, levaram um meu irmão e escravizaram o meu povo. Todos, aqui, têm para contar uma história parecida com a tua ou com a minha, e todos nós procuramos não esquecer o motivo pelo qual lutamos. Tu sabes por que combates?

Ido fitou-a tão intensamente que Nihal foi forçada a baixar os olhos.

– Se não sabes, então chegou a hora de perguntar a ti mesma se não seria melhor esqueceres esta história de tornar-te guerreiro.

– Eu sempre quis...

– Chega. Agora precisas dançar.

– Mas eu não sei...

– É uma ordem.

Sem nem perceber Nihal viu-se de repente no meio da praça, levada pelo ritmo.

O que havia de errado em odiar o Tirano? Não era o ódio, afinal, a dar-lhe a força de lutar? Não era a coisa mais justa do mundo odiar os fâmins e matar todos os que apareciam na sua frente? O que havia de errado nesta lógica?

O seu corpo continuava a dançar mas a sua mente estava longe.

A festa terminou tarde da noite e Nihal e Ido recolheram-se na casa de um mercador que lhes oferecera hospedagem.

– Esta noite não te agradou? – perguntou Ido ao despedir-se. – Percebeste como é bom divertir-te? Aproveita a vida, Nihal, pois só assim irás entender por que luta.

Nihal foi deitar-se mais confusa do que nunca.

19
AULAS DE VÔO

Para Nihal, o verdadeiro treinamento só começou depois da primeira batalha. As manhãs eram totalmente dedicadas às técnicas de combate. Ido não lhe dava um só momento de descanso. Começavam ao raiar do sol e só paravam na hora do almoço quando a arena ficava lotada.
    Não foi fácil. Nihal estava acostumada a lutar por instinto: sabia que tinha um dom e procurava usá-lo da melhor forma possível. Ido, por sua vez, queria-a sempre atenta, preparada, lúcida. Nos treinos, assim como na batalha, o gnomo nunca errava um golpe, qualquer que fosse a arma empregada.
    Nihal voltou a manusear a lança, a clava ferrada, o machado e o chicote, que já tivera a oportunidade de conhecer na Academia.
    Aprendeu a concentrar-se durante o combate, a ficar ciente de si própria em cada momento do ataque, mas Ido nunca ficava satisfeito.
    Não achava suficiente que Nihal dominasse a técnica. Queria vê-la forte e segura, queria que sempre soubesse os motivos pelos quais estava lutando, que não se entregasse à fúria cega de ódio. Queria transformá-la numa verdadeira mulher, útil a si mesma e ao Mundo Emerso, e não apenas num guerreiro.
    Ido queria bem a Nihal, conhecia muito bem as possibilidades da jovem e admirava a sua tenacidade. Mas compreendera qual eram as suas verdadeiras forças motoras: a raiva, o desejo de vingança, o desprezo por si mesma. E não podia permitir que ela destruísse a própria vida. Era forte, bonita e decidida demais para deixar que se perdesse.
    E por isso mesmo não lhe dava trégua.
    Quase nunca a elogiava. Deixava-a exausta, jogava-a no chão repetidamente, para em seguida forçá-la a levantar-se da poeira para tentar de novo. E Nihal sempre se levantava, sem queixas,

sem importar-se com as feridas. Tinha um propósito e queria atingi-lo a qualquer custo.

Com o passar das semanas, no entanto, as suas certezas começaram a falhar. Sempre acreditara no seu destino de vingança, nunca se perguntara se era certo ou não, mas as palavras de Ido após a batalha haviam rachado a sua convicção.

Continuava a dizer a si mesma que não havia nada de errado no seu ódio. Por que iria sobreviver ao seu povo, afinal, se não fosse para vingá-lo? Quando, à noite, despertava dos seus pesadelos, ficava convencida de que o seu objetivo era a destruição do Tirano. E a sua morte. Pois não conseguia imaginar o que poderia ser dela depois de o Tirano ser vencido. Para onde poderia ir? O que poderia fazer? Sem aquele alvo ela seria como um saco vazio. E mesmo assim...

E mesmo assim a companhia de Ido suscitava nela mil dúvidas. Como podia o mestre lutar sem odiar? De onde tirava a força que o impelia a combater?

A beleza da vida, dizia ele...

Sim, é verdade, já houvera um tempo em que a vida parecera bela a Nihal. Mas aquele tempo se fora. Agora a sua existência consistia em duros dias de treinamento e noites cheias de pesadelos.

Às vezes voltava a pensar no que experimentara na noite da sua primeira batalha, nas possibilidades que vislumbrara. Era então aquela a vida que todos amavam? Talvez sim, mas a ela parecia somente um sonho distante.

Na base, muitos já tinham reparado em Nihal, e pouco a pouco uma pequena multidão de escudeiros e soldados começou a acompanhar o seu adestramento.

Vê-la combater com Ido, cuja competência era conhecida por todos, tornou-se um espetáculo imperdível. Porque Nihal era ágil, era habilidosa, mas, principalmente, porque era linda.

Não se podia dizer que se enquadrasse propriamente nos cânones clássicos de beleza, mas toda a sua figura emanava fascínio. Sob os longos cílios seus olhos violeta tinham uma expressão altiva. Era esguia como um junco, mas também tinha curvas sinuosas. A maneira como se movia nos combates deixava os espectadores

encantados. E além disso, a não ser com o mestre, que era o único com quem falava, era mais fria do que gelo.
Passou a ser considerada por todos o prêmio ideal. Já circulavam até apostas sobre quem conseguiria ser o primeiro a conquistá-la. Mas Nihal continuava a andar pelo acampamento com passo marcial ignorando os olhares que lhe eram endereçados. Incomodava-se quando acompanhavam-na com olhares demasiado lascivos. Deixara de considerar-se como mulher no dia em que Fen morrera. Agora era um guerreiro. Só isto.
Vez por outra alguém tentava aproximar-se dela sem segundas intenções, mas mesmo nesses casos a jovem mantinha uma atitude distante.
E as coisas não eram melhores com as mulheres da base: invejavam-na devido ao sucesso que tinha com os homens, porque era forte, porque combatia melhor do que qualquer soldado. Havia exceções, é claro. Algumas jovens haviam tentado fazer amizade com ela, mas Nihal achava ter muito pouco em comum com aquelas senhoritas que ficavam em casa ajudando as mães e esperavam a maioridade para arrumar marido e formar uma família.
Estava sozinha. E o único ser ao qual dedicava as suas atenções não era humano, mas sim um dragão.

Nihal morria literalmente de amores por ele.
Sentia que nunca poderia cavalgar um dragão que não fosse aquele animal nervoso e turbulento.
Depois dos primeiros infelizes contatos, Ido deixara-a livre para fazer o que bem quisesse.
– Já te expliquei como é um dragão e qual a postura que tu deves assumir em relação a ele. Agora cabe a ti encontrares um jeito para que ele a aceite. Quando conseguires montá-lo, então vamos começar a trabalhar de verdade.
Desse modo que a própria Nihal escolheu os tempos e os modos da abordagem: combinou com o vigia da estrebaria para que o dragão estivesse pronto a treinar todos os dias depois do almoço.
A primeira vez Oarf apareceu-lhe no fundo da arena, sempre acorrentado, e quando a viu começou logo a rumorejar.

Nihal ficou do outro lado, parada, de punhos cerrados. Percebia o ódio do dragão, mas ficou plantada no seu lugar. Era um desafio: tinha de provar que era mais forte do que ele, que não iria ceder. Ficou um bom tempo de olhos fixos nele, procurando agüentar sem pestanejar aquele olhar vermelho carregado de desprezo.

Nos primeiros dias o guarda parou para ver, mas o ritual repetia-se sempre igual: Nihal e Oarf olhavam-se fixamente com expressão mal-encarada durante a tarde inteira. Um tédio mortal.

A quem lhe pedisse informações, respondia invariavelmente:
— Para mim, ela é louca. Fica ali, olhando para o dragão, parada. Acho que estes semi-elfos deviam ser todos uns tipos estranhos!

Depois de algum tempo Nihal começou a falar com Oarf.

Sentava-se no fundo da arena, de olhos sempre pregados nele, e esforçava-se para transmitir seus pensamentos. Não era fácil, e quando a tentativa fracassava procurava compensar com as palavras. Achava que, bem mais do que com frases dengosas, poderia conseguir alguma coisa com a sua história: estava plenamente convencida de que ela e aquele animal estavam ligados pelo mesmo destino.

Contou-lhe dos pesadelos que a atormentavam, da morte de Livon, da destruição da sua cidade. Falou de Fen, de quanto o amara, da forma cruel com que o perdera e de quando acendera a tocha na sua pira, esperando capturar assim um pouco do seu espírito.

Oarf mantinha-se impassível. Nenhuma reação a não ser um surdo rosnar. Mas Nihal continuava. E tentava ao mesmo tempo penetrar na mente do animal.

Muitas vezes Ido ficava observando de longe. Nihal estava fazendo a coisa certa. Oarf ainda olhava para ela com desconfiança, mas nos seus altivos olhos vermelhos podia-se vislumbrar agora um toque de interesse.

Ao mesmo tempo Nihal combatia.

Ela e Ido eram com freqüência chamados à luta. O gnomo decidira que Oarf os acompanhasse na retaguarda.

Antes de cada embate, Nihal ia vê-lo.

— Estás sentindo a tensão no ar? Este silêncio? Estão chamando, Oarf. Estão pedindo para tu voltares a lutar.

Em seguida enfrentava o combate com toda a fúria de que era capaz, sempre a primeira entre os do seu grupo, sem se importar com o perigo. Venceu muitas batalhas, também perdeu muitas, e teve de acostumar-se com o solo cheio de camaradas mortos.

Ido continuava a repreendê-la duramente. E cada vez Nihal jurava que iria mudar, que tentaria lutar com outro espírito. Mas era inútil. O fragor das armas subia-lhe à cabeça.

Quando entrava em combate, transformava-se num verdadeiro instrumento de morte.

A lenta marcha com que procurava aproximar-se de Oarf continuou.

Nihal tentava chegar cada dia mais perto, dando um passo de cada vez. Oarf já não receava aquela diminuição da distância e limitava-se a olhar desconfiado. A jovem já não sentia hostilidade no dragão, ele já não a temia. Agora precisava instaurar uma comunicação mais profunda com ele.

Durante duas semanas, passou todas as tardes agachada diante dele.

Era como quando tivera de enfrentar a prova na floresta: concentrava-se tentando captar os pensamentos do animal. Ido explicara que entre um cavaleiro e o seu dragão só há comunicação quando ambos querem. E por enquanto Oarf não queria.

Mas Nihal tinha certeza de conseguir.

Certo dia, por acaso, chegou mais cedo e assistiu à entrada de Oarf na arena.

O guarda estava arrastando-o com a ajuda de dois novos serventes. Era uma cena penosa. O dragão recalcitrava, fincava as unhas no chão tentando resistir, mas logo depois cedia, uma vez que a pata presa à corrente estava ferida. Avançava aos trambolhões, entre as pragas dos três homens e os seus ganidos de dor.

Nihal jamais se havia dado conta do ferimento. Amaldiçoou a si mesma por nunca ter perguntado, até então, como tratavam o seu dragão. Quando Oarf chegou ao lugar de sempre, ela alcançou com largas passadas os serventes que já estavam deixando a arena.

– Ei, vós! – interpelou-os. – A partir de hoje nunca mais quero ver aquela corrente!

Os dois entreolharam-se trocando um sorriso de escárnio.

– O que é que tu sabes, mocinha? – disse um deles. – Fica sabendo que sem a corrente o animal primeiro vai comê-la de uma só vez e depois sai voando para nunca mais voltar!

Nihal segurou-o pela gola.

– Sou um futuro Cavaleiro de Dragão: aconselho que sejas mais prudente quando falas comigo.

O outro sujeito mal conseguiu sufocar uma risada. Nihal sacou a espada e apontou-a contra ele.

– Isto vale para ti também. A partir de amanhã, nada de corrente. Se ele me matar, problema meu. Se fugir, vós não sereis culpados de coisa alguma: assumo qualquer responsabilidade por eventuais prejuízos.

Os dois serventes afastaram-se apressados.

Nihal virou-se para Oarf: estava lambendo a pata ferida, tentando sem muito sucesso alcançar também a parte encoberta pela corrente. Nihal foi se aproximando, ainda de espada na mão.

Oarf ficou em posição de ataque, mas Nihal já estava muito perto.

O dragão soltou um rugido de advertência.

Estava a ponto de lançar suas chamas quando Nihal vibrou um violento golpe com a espada. Cortou de um só golpe a argola de couro ferrado da corrente deixando à mostra, embaixo dela, uma grande ferida purulenta.

Oarf ficou surpreso com aquele gesto e ainda mais com o fato de aquela mocinha ficar ajoelhada e estender as mãos para a sua pata.

O dragão sentiu um repentino calor em volta da chaga, um agradável torpor que parecia apagar a dor que o afligia.

Nihal percebeu o alívio do animal.

Oarf baixou a grande cabeça esmeraldina e viu que das mãos de Nihal espalhava-se uma tênue luz rosada. Tentou afastar-se, pois não queria a ajuda de ninguém, mas não fez isto com muita convicção. Nihal aproximou-se de novo e recomeçou a curá-lo.

Oarf voltou a olhar para ela. Havia muito tempo que ninguém o tratava com todo aquele amor. Foi então que o dragão abriu-se aos sentimentos de Nihal. Compreendeu a tristeza, a dor, o desnorteamento dela. Partilhou das mesmas lembranças, percebeu o carinho que ela infundia naquele gesto.

Nihal não tinha muita experiência para manter por muito tempo um feitiço de cura, mas quando parou a ferida já não estava infectada. Sentou-se no chão, molhada de suor: aquela pequena magia custara-lhe um esforço enorme.

Oarf cheirou-a curioso: como eram frágeis as raças daquela terra...

Nihal esboçou um sorriso e ficou de pé.

– Estás me devendo a liberdade, Oarf. A partir de agora, procura ficar bom.

Pela primeira vez Oarf voltou espontaneamente ao seu nicho.

No dia seguinte entrou na arena sem ninguém forçá-lo.

Nihal aproximou-se e esticou a mão para ele. Nunca acariciara um dragão antes. Nem mesmo Vesa permitia que ela o tocasse, apesar de já estar acostumado com a sua presença.

Oarf retraiu-se indignado.

– O que é isso? Soltei-te, cuidei da tua pata... estás me devendo um carinho, Oarf!

O dragão grunhiu e agitou vigorosamente a cabeça.

– Vamos lá, tenho certeza de que vais gostar.

Nihal esticou novamente a mão. Mão trêmula, porque ela estava emocionada. Os dedos roçaram na pele de Oarf: era coriácea, úmida, mas de textura agradável.

Nihal apoiou a mão inteira no peito do animal e percebeu imediatamente uma pulsação rítmica, poderosa. Vida, aquilo sim que era vida! Começou a passar a palma no flanco escamoso, com gestos cada vez mais amplos.

Oarf não se mexia.

Parecia estar à espera de alguma coisa. Ninguém o afagara antes.

Era agradável, suave. Aquela mão era pequena e fresca. E aquela criatura era gentil com ele. E mesmo assim conhecia o ódio dela. Percebera-o desde a primeira vez que a vira. Era um ser tenaz, cheio de rancor e tristeza. Como ele.

Talvez ainda fosse possível voltar a confiar nos humanos. Tinha vontade de desdobrar as asas e sair voando acariciado pelo vento, como tantas vezes fizera quando ainda era um filhote...

– Eu também sempre desejei voar, sabias? – disse Nihal, enquanto continuava a afagá-lo.
Gostava do contato com as escamas.
Agora era realmente o seu dragão.
Parecia-lhe quase impossível ter conseguido: estava mimando um dragão, o seu dragão. Algum dia iria cavalgá-lo.
Por um momento Nihal reencontrou a parte de si que havia perdido no incêndio da sua cidade. Sentiu-se novamente livre e com uma vida inteira diante de si, uma vida cujo caminho ainda não estava traçado. *Como pude afastar-me tanto daquilo que eu era?*
Oarf acabou então esquivando-se das carícias, mas Nihal conseguiu mesmo assim ver nos olhos dele o vislumbre de um sentimento muito parecido com a serenidade.

Mais tarde Nihal contou ao mestre os acontecimentos do dia.
– Muito bem, Nihal. Sinto orgulho de ti.
– Então vais ensinar-me a montá-lo?
O gnomo soltou uma baforada de fumaça. Parecia hesitar.
Nihal estava ansiosa.
– Então? O que me dizes?
Mais uma nuvem de fumaça. Ido alisou a barba, pensativo, depois concordou:
– Bem, acho que já está na hora. Faz três meses que tu estás aqui: já esperamos bastante.
Nihal sentiu o coração pular dentro do peito. Iria cavalgar o seu dragão. Iria aprender a lutar como um cavaleiro. Era aquilo que sempre desejara. E o sonho estava a ponto de realizar-se.
Ido não compartilhava do mesmo entusiasmo.
Criara afeição por Nihal e o que mais queria era ajudá-la a livrar-se do sofrimento que havia experimentado. Mas também sabia que se não fosse bem-sucedido nisso teria de impedir que Nihal se tornasse Cavaleiro de Dragão. Estava concentrada demais na vingança, demasiado fechada em si mesma para ser realmente útil ao exército das Terras livres.
Nihal tinha progredido bastante nas técnicas de combate, mas na batalha continuava a deixar-se cegar pela fúria. Enquanto não

aprendesse a lutar por mais alguém, e não só por si mesma, continuaria sendo apenas uma ameaça.

Ido sabia que mais cedo ou mais tarde Nihal iria realmente seguir seus ensinamentos. Mas ao mesmo tempo sentia-se obrigado a tomar uma decisão.

Nas duas semanas seguintes Nihal passou todas as tardes na arena. Falava com Oarf, afagava-o, depois levava-o de volta à estrebaria e cuidava pessoalmente da sua comida.

O dragão acostumara-se com aquelas atenções e as aceitava sem se importar em ocultar o seu prazer: até que começava a gostar daquela menina, embora preferisse não deixar aquilo claro demais.

Com o passar dos dias, no entanto, Nihal tornava-se cada vez mais impaciente e toda vez que cruzava com o gnomo insistia com ele:

– O que vais fazer amanhã?
– Vou ao comando.
– De novo?
– Sim, Nihal.
– E depois de amanhã?
– Vou estar em outro acampamento.
– E quando vais ensinar-me a cavalgar?
– Não sei, Nihal.

Ido andava muito atarefado. Dentro em breve iria ser deflagrada uma grande ofensiva e o gnomo era um dos principais estrategistas. Entre os conselhos de guerra na base e os encontros com os generais e os cavaleiros dos outros acampamentos, não lhe sobrava muito tempo para ela.

– Tu andas ocupado demais. Que tal eu tentar sozinha? – arriscou certa noite Nihal enquanto jantavam no refeitório.

Ido deixou cair a colher na tigela e fitou-a fixamente nos olhos.

– Tira essa idéia da cabeça: cavalgar um dragão não é uma brincadeira.

– Eu sei, mas...
– Assunto encerrado!

Mas a idéia já tinha nascido.

A jovem tentou resistir à tentação. Confiava em Ido e admirava a sua tranqüilidade, a sua ponderada segurança. Mas perguntava-se com cada vez mais insistência por que deveria ainda esperar. Ela tinha uma missão a cumprir. Ficar parada era uma perda de tempo.

Certa manhã Nihal acordou e foi à arena antes do horário habitual. Não havia qualquer motivo específico para ela chegar mais cedo: só sentira a necessidade de ir ver Oarf. Era um inverno rigoroso, o frio entrava nos ossos. Nihal encolheu-se dentro da capa e sentou na arquibancada para esperar.

Viu-o aparecer lentamente na névoa, acompanhado pelo escudeiro: a grande figura de Oarf avançava com majestade.

Já dava para imaginar a manhã: as costumeiras conversas, os gestos de sempre, o mesmo caminho até a estrebaria e, finalmente, a habitual porção de carne fresca.

E se hoje...

Oarf continuava a avançar.

Não, Nihal, nem pensar. Ido ficaria uma fúria.

Oarf estava cada vez mais perto.

Por outro lado...

Nihal sentia que todo o seu corpo lhe pedia para subir acima daquela névoa úmida voando para longe.

Não, não posso. Nem saberia por onde começar.

Então uma vozinha sugeriu-lhe que afinal não devia ser tão complicado assim: já tinha montado em dragões outras vezes. Não sozinha, é verdade, mas será que isso realmente faria diferença?

Oarf estava diante dela. Baixou a cabeça imponente.

– Como vais? – perguntou a jovem enquanto lhe coçava o focinho. A respiração do dragão aquecia suas mãos geladas.

Nihal começou a afagá-lo. Depois de dois meses de luta, de tropeços e várias tentativas, ela e Oarf tinham finalmente chegado a um entendimento. Estavam ambos prontos para dar mais um passo.

– O que achas de voarmos hoje?

O dragão fitou-a com seus olhos vermelhos. Afastou o focinho da mão de Nihal.

Por enquanto não queres, mas quando eu estiver na sua garupa vais ficar contente.
– Deixa-me montar, Oarf.
Como resposta Oarf começou a resmungar e a afastar-se dela. Mas Nihal já havia tomado a decisão: naquele dia iria cavalgá-lo a qualquer custo. Levantou a voz:
– Pára! – Mas Oarf afastou-se mais depressa.
Nihal agiu por instinto: correu atrás dele, deu um pulo e segurou-se num flanco alcançando agilmente o dorso.
A coisa mais incrível foi que, apesar de nunca ter montado sozinha num dragão, ela conseguiu imediatamente firmar-se nas suas costas. Oarf ficou uma fera e começou a dar violentas corcoveadas.
Diante disso Nihal agarrou-se com vontade na pele abundante do pescoço do animal. Oarf ficou ainda mais furioso e começou a rugir para espantá-la, mas a jovem não desistia.
O dragão não conseguia entender como aquele passarinho pudesse ter tamanha ousadia: estava ao mesmo tempo furibundo e pasmo. Virou o focinho para Nihal soprando e rosnando como um possesso, mas ela estava tomada de irreprimível excitação.
– Sinto muito, amigo, mas vais ter de te conformares.
Foi então que Oarf levantou vôo.
Começou a subir no céu aproveitando o empuxo poderoso das asas.
Nihal sentia o vento que a envolvia, quase não conseguia respirar. Fechou os olhos. Ficou com medo, muito medo. Mas então percebeu que estava voando. Voando! Na garupa de um dragão! O seu dragão!
Abriu os olhos e começou a gritar de felicidade. Agora que atravessava as nuvens com a velocidade de um raio e subia mais, cada vez mais, sentia-se tão poderosa quanto uma deusa.
Agarrou-se com toda a força e olhou para baixo.
A altitude deixava-a sem fôlego: as árvores dos bosques em volta da base pareciam microscópicas, e os próprios bosques apareciam na neblina como ilhas perdidas num mar leitoso.
Foi assustador, foi lindo.
Só durou um momento.

Oarf pareceu parar no ar. As suas asas esticaram-se e aí ficaram imóveis. O dragão mergulhou então de cabeça deixando-se cair como uma pedra.

No começo até que não foi tão rápido, mas a velocidade foi aumentando cada vez mais enquanto árvores, prédios e o solo aproximavam-se ameaçadores.

Nihal agarrou-se no pescoço de Oarf tentando resistir ao vento que queria levá-la embora. Entrou em pânico.

– Confio em ti! Eu confio em ti! – começou a gritar ao dragão.

Na verdade não confiava nem um pouco.

O solo já estava perto, o impacto iminente e inevitável.

Nihal berrou com todo o fôlego que tinha nos pulmões.

Logo, quando o chão só parecia esperar que se estatelassem, Oarf levantou-se de novo e planou em vôo rasante sobre a base, quase roçando no telhado dos prédios, forçando os habitantes da cidadela a fugir em polvorosa.

Sob as pernas, convulsamente apertadas nos flancos do dragão, Nihal podia sentir os músculos que se contraíam no esforço de bater as desmedidas asas, tão compridas quanto o corpo inteiro do animal.

Estava apavorada, tinha o estômago embrulhado e o coração aos pulos: não viu Ido que saía do comando e levantava a cabeça de olhos arregalados, nem ouviu as pragas que o gnomo gritava a ela e àquele maldito animal.

Oarf, por sua vez, estava achando aquilo tudo muito divertido.

Já fazia muito tempo que não voava e queria aproveitar ao máximo a sensação do vento na pele, o prazer do vôo rasante, a alegria de deixar-se levar pelas correntezas. Esquecera-se da sua insolente passageira e entregava-se com a temeridade de um filhote a todas as brincadeiras e truques de que era capaz no ar. Continuava a subir e a mergulhar de cabeça, a frear para logo depois voltar a acelerar de repente.

Totalmente entregue ao entusiamo reencontrado, começou a rolar alegremente no céu, virando sobre si mesmo e dando uma cambalhota atrás da outra.

Para Nihal foi demais: começou a ver a terra e o céu que trocavam continuamente de lugar. Perdeu a noção do espaço: acima e embaixo já não faziam mais sentido para ela.

Ficou zonza. As mãos soltaram a presa. Precipitou-se no vazio.

Foi atacada por uma furiosa ventania. Gritou sem nem mesmo ouvir a própria voz. Fechou os olhos. *Que morte mais idiota*, ainda teve tempo de pensar.

Então chocou-se violentamente contra alguma coisa dura e escamosa.

Embaixo dela o dragão voava lentamente, planando com amplas voltas em direção da base.

Uma pequena multidão juntara-se na arena.

O animal pousou com delicadeza e então agachou-se para que pudessem recuperar a jovem. Houve um aplauso para o semielfo que acabava de voltar do seu primeiro vôo e muitos elogios para o dragão que acabava de salvar-lhe a vida. Enquanto ajudavam-na a descer, dolorida e desnorteada, Nihal murmurou:

– Salvaste-me de morte certa: agora tu és realmente o meu dragão. – Mas Oarf afastou-se indignado.

Mal acabou de botar os pés no chão recebeu logo um sonoro tapa na cara.

– Será que algum dia vais conseguir fazer alguma coisa sem arriscar a pele? Que diabo, quando é que vais sossegar?

Ido tirou-a das mãos de quem a segurava e Nihal caiu de joelhos: suas pernas não paravam de tremer.

– Nunca poderia pensar... eu achava que...

Ido praguejou:

– Tinhas que esperar mais, maldição! Mas não, tu só fazes o que te dá na cabeça!

O gnomo forçou-a a levantar-se.

Nihal estava com todo o corpo dolorido e mal conseguia andar.

Ido puxou-a pelo braço através de todo o acampamento até chegarem a um baixo edifício isolado.

Poucas janelas e todas providas de grades.

Enquanto o soldado fechava o cadeado da sua cela, Nihal tentou protestar:

– Por favor, Ido... Não era minha intenção...
– Esclarece as tuas idéias, Nihal – concluiu o gnomo e foi embora.
Nihal apoiou-se na parede.
Morria de dor nas costas.
Esticou a mão para apalpar-se e sentiu uma fisgada quente: quando retirou a mão viu que estava suja de sangue.
Estava cansada demais para recitar uma fórmula de cura.
Deitou-se de barriga, no chão, e adormeceu.

Despertou algumas horas mais tarde com uma sensação de frescor nas costas. Virou lentamente a cabeça e entreabriu um olho: Ido estava espalmando uma pomada na ferida. Não se mexeu. Não queria que o gnomo soubesse que estava acordada. Mais do que o ferimento, o que realmente doía era o fato de saber que o mestre estava certo.
– Bem-vinda de volta ao mundo real – disse Ido.
Ela continuou calada.
Ido passou a espalhar o ungüento na ferida com mais vigor. Nihal soltou um ganido de dor.
– Assustaste o acampamento inteiro, desobedeceste às minhas ordens e fizeste mais uma grande bobagem. Já não sei como dizer-te, Nihal: isso não é coragem, é mera idiotice. Ficarás aqui até amanhã.
Quando acabou de medicá-la, o gnomo foi embora batendo a porta atrás de si.
Nihal ficou deitada no chão.
Estava muito zangada.
Consigo mesma, porque sabia que estava errada.
E com Ido, porque deixara bem claro o erro dela.

No dia seguinte Ido apareceu pessoalmente para tirá-la do cárcere.
Nihal tinha passado uma noite horrível.
Enquanto vagava naquela fase indecisa de torpor entre o sono e a vigília, quando o corpo já não responde mas a mente ainda está lúcida, a cela povoara-se de etéreas presenças.

Nihal tinha ficado paralisada, sem conseguir tirar os olhos daquelas figuras sangrentas, desfiguradas, mutiladas, que com seus murmúrios incitavam-na a vingá-las. Queria gritar, mas tinha um nó na garganta. Queria fechar os olhos mas eles estavam arregalados no escuro.

E o culpado era Ido.

Quem a jogara lá dentro havia sido ele, num lugar onde nenhum objeto familiar poderia acalmá-la com a sua normalidade.

Quem a atrapalhava nos seus propósitos de vingança era ele, com toda aquela conversa sobre o amor pela vida, sobre o medo, sobre o motivo pelo qual se luta.

Ela não era como os outros.

Nem mesmo era uma mulher.

E tampouco era um mero guerreiro.

Era uma arma nas mãos dos mortos.

Ido encarou o olhar dela cheio de rancor.

– Tu mereceste, Nihal. E sabes disto.

Naquele dia não se falaram.

Nihal teve de cuidar de Vesa e da limpeza das armas do gnomo.

Não treinaram e não lhe foi permitido ver Oarf.

20
AÇÃO DESCABIDA

Na sala do Conselho reinava uma atmosfera pesada. Os nove magos, sentados nos seus assentos de pedra, ouviam com atenta seriedade as palavras de Dagon:
– As coisas não andam bem, Senar. Quanto território perdemos nos últimos tempos? Demais, e tu sabes disto: o nosso elo fraco é a Terra do Vento. Não estou te culpando, aliás estás portando-te muito bem e demonstrando-te digno dos meus ensinamentos... – Senar sabia que o Conselheiro Ancião era o único a pensar daquele jeito. Sentia-se cercado por olhares hostis. – Mas as forças do Tirano têm o controle de cinco Terras e em cada uma delas produzem ininterruptamente novas armas e recursos para a guerra. As nossas tropas são numericamente inferiores e os Cavaleiros de Dragão são muito poucos para reverter a situação. Precisamos portanto encontrar urgentemente uma solução.

Dagon tinha concluído e voltou a sentar-se.

O silêncio tomou conta da sala do Conselho.

Era a vez de Senar. Levantou-se. Não gostava do que tinha de dizer. Quando começou a falar, tinha a voz trêmula:
– Dagon, conselheiros... Bem, a situação está dramática. Os laboratórios do Tirano produzem novos guerreiros sem parar. Na Terra do Vento já tivemos a oportunidade de ver novos monstros, um novo tipo de pássaros de fogo, amiúde montados por fâmins em miniatura. Para enfrentá-los, nós só dispomos de homens e gnomos. Nos últimos tempos sofremos muitas baixas, o moral das tropas está péssimo. Preciso admitir que às vezes até eu sou tomado pelo desânimo. – Alguns sorrisos maldosos acompanharam estas últimas palavras, mas Senar prosseguiu: – Os soldados continuam morrendo nos campos de batalha e as nossas forças ficam cada vez mais minguadas, num círculo vicioso que só tende a piorar. Eu poderia pedir-lhes mais tropas, mas de nada adiantaria. Estamos

enfrentando um inimigo muito poderoso: além de guerreiro aparentemente invencível, Dola é um grande estrategista. – Senar esfregou os olhos. Naquela noite, enquanto esperava pela reunião, a tensão deixara-o dormir muito pouco. – Atacam-nos porque querem a Terra da Água, a mais desguarnecida entre todas as Terras livres. Não possui um exército próprio e precisa contar somente com as guarnições da Terra do Sol. Na fronteira os ataques sucedem-se sem um momento de trégua. Até agora conseguimos salvar o território, mas o preço que estamos pagando é muito caro: o número das baixas é extremamente alto. Mantive numerosos contatos com Gala e Astréia. Todas as ninfas dedicar-se-ão a erguer uma barreira mágica para defender as fronteiras. É a única arma de que dispõem, mas até quando poderão agüentar?

O conselheiro Sate, um gnomo da Terra do Sol, interrompeu-o:
– E o que tu propões?

Sempre olhara para Senar com desprezo, desde o primeiro dia em que se tornara conselheiro. Infelizmente não era o único.

O jovem mago fez uma longa pausa. Encarou os conselheiros, um depois do outro, e em seguida tomou coragem.

– Não vejo outra solução a não ser pedir ajuda aos povos do Mundo Emerso.

O murmúrio de surpresa que Senar esperava foi uma verdadeira explosão de indignação.

Sate falou em nome de todos:
– O Mundo Emerso? – dirigiu-se à assembléia com sarcasmo. – Talvez o conselheiro Senar não saiba que o Mundo Emerso decidiu ignorar por completo a nossa existência a partir da guerra dos Duzentos Anos. Mas afinal é muito jovem o conselheiro Senar. Talvez não tenha reparado neste detalhe histórico!

Na sala do Conselho ressoaram algumas risadas.
Sate fitou Senar com frieza.

– Não sabemos mais nada daquele continente, conselheiro. Perdeu-se até a lembrança de como encontrá-lo.

Um murmúrio de aprovação circulou pela assembléia.
Senar sacudiu a cabeça. *Ânimo, continua.*

– O Tirano é um perigo para todos, para o Mundo Emerso também. E sozinhos não temos a menor chance de vencer.

A ninfa que representava a Terra da Água tomou a palavra:

– Eles mesmos decidiram nos abandonar, Senar. Não creio que voltem atrás. Nunca se esqueceram de que houve uma tentativa por parte do Mundo Emerso para invadi-los. E além do mais, como achas que poderemos chegar até eles?

Senar puxou do seu alforje um velho rolo de pergaminho.

– Encontrei na biblioteca do palácio real: é um mapa que mostra aproximadamente a localização do continente perdido.

O pergaminho foi examinado sucessivamente por todos os conselheiros. Era impreciso, antigo, carcomido pelo tempo.

– Se achas que podes realmente encontrar o Mundo Emerso com isto... – comentou alguém.

Senar apertou os punhos e levantou a voz.

– Não posso ficar simplesmente assistindo à destruição do nosso mundo sem fazer nada! Foi por isso que entrei no Conselho! O Tirano está prestes a acabar conosco. Sozinho não podemos fazer mais. Sei muito bem que muitos generais não querem intromissões por parte de outros exércitos. E também sei que muitos de vós, assim como muitos monarcas, não quereis rebaixar-vos a pedir a ajuda do Mundo Emerso...

Ouviu-se uma voz indignada:

– Como te atreves, rapazinho, a insinuar tais mentiras! – Mas Dagon calou-a com um gesto.

Senar acalmou-se. Retomou a palavra:

– A verdade é que não nos queremos humilhar com aqueles que nos renegaram e que o Conselho receia perder prestígio em prol do exército. Diante disso eu respondo: não me interessa. Isso não tem nada a ver com jogos de poder. Também estou ciente de que se trata de uma tarefa desesperada, mas não quero descartar de antemão qualquer tentativa. Se for a única maneira de dar uma esperança de sobrevivência aos povos do Mundo Emerso, pois bem, eu estou pronto a arriscar. E vós?

Tinha concluído. O coração parecia estourar no seu peito. Voltou a sentar-se.

A sala fechou-se num longo silêncio.

Então, levantou-se o conselheiro da Terra do Mar.

– E a quem caberia o encargo desta missão?

– A uma delegação de políticos e militares. A um conselheiro e a um general, por exemplo. Seria perfeito – respondeu Senar.

O silêncio tornou-se ainda mais absorto.
Quem se encarregou de quebrá-lo foi Dagon.
– Conselheiros, acho que Senar está certo. A guerra já está se arrastando por tempo demais. É um milagre que ainda existam Terras livres. Não podemos esperar mais. Sugiro que a proposta seja votada.
Sate ficou de pé.
– Está bem, então votemos. Mas com uma condição: que a viagem para o Mundo Emerso seja confiada a ele, uma vez que está tão convencido daquilo que diz.
– Se a minha proposta for aprovada, partirei imediatamente – respondeu Senar sem titubear.
– Ainda não acabei, conselheiro – continuou Sate –, em tempos como estes os generais são mais necessários do que nunca. Sugiro que Senar ouça os pedidos deles e que os apresente sozinho aos habitantes do Mundo Emerso. Se conseguir encontrá-los, é claro...
Em seguida o Conselho dos Magos votou.
Senar iria partir em busca do Mundo Emerso. Sozinho.

Não passo de um covarde, Senar repetia a si mesmo enquanto atravessava a Terra do Sol. Dali seguiria para a Terra do Mar. Sulcaria finalmente o oceano em busca de um continente que, pelo que constava, poderia até não existir mais. Estava com medo. Já não se tinham notícias do Mundo Emerso havia mais de cento e cinqüenta anos. Uma eternidade.
Por enquanto estava indo para o acampamento de Nihal.
Desde que ela deixara a Academia para juntar-se ao novo mestre tinham mantido contato por carta, de vez em quando, mas já não se viam fazia vários meses. Agora estava indo despedir-se dela, talvez para sempre.
Senar sabia que um dos motivos de a viagem ser tão penosa para ele era justamente este.
Ia abandoná-la mais uma vez. Pelo menos era isto que Nihal iria pensar. E ficaria com ódio.
Mesmo sentindo medo, no entanto, mesmo sabendo que iria separar-se da pessoa que mais lhe importava no mundo, mesmo

que as probabilidades daquele velho e gasto mapa levá-lo a algum lugar fossem muito escassas, Senar sabia que devia tentar.

Ao chegar à base o mago pediu logo que lhe indicassem onde ficava a arena. Tinha certeza de que a encontraria ali. A grande esplanada circular, no entanto, estava cheia de soldados treinando. Da semi-elfo, nem sombra.

— Onde posso encontrar Nihal? — perguntou a um escudeiro.
— Aquela maluca? Deve estar sem dúvida com o seu dragão. Que dupla!

Senar dirigiu-se à estrebaria. Percorreu o longo corredor olhando a sua volta. Então a viu.

Agachada ao lado de Oarf, Nihal estava dando-lhe de comer.

O mago parou e ficou olhando em silêncio, emocionado. Achou que durante aqueles poucos meses ela tornara-se ainda mais bonita. Aproximou-se.

— Nihal?

A jovem levantou o rosto e afastou uma mecha de cabelos da testa. Nem se levantou.

— Olá, Senar. O que estás fazendo por estas bandas?

Senar ficou decepcionado.

— Que bela acolhida...

Tinha imaginado que o abraçaria, que se mostraria feliz em revê-lo. Mas Nihal já se desacostumara destas demonstrações de carinho. Continuou a dar pedaços de carne ao dragão, que com aqueles enormes olhos escarlates olhava desconfiado para o mago.

Passearam pelo acampamento. Nihal contou a Senar dos progressos que havia conseguido com Oarf, do fato de ter conseguido cavalgá-lo, sem no entanto mencionar a reação do mestre. Ainda estava zangada com Ido. Havia dias que não se falavam e o treinamento continuava suspenso.

Senar ouvia, mas estava estranhamente taciturno. Continuaram andando, mas as tentativas de conversa de Nihal caíram no vazio.

— Afinal, Senar. O que está havendo? — acabou perguntando.

— Ficaste realmente contente com a minha visita?
— Ora, e ainda precisas perguntar? Claro que fiquei contente.
— Já fazia tanto tempo que não nos víamos e... não sei, Nihal. Acho que já não precisas de mim.
Havia amargura na voz do mago. A jovem parou.
— Não estou entendendo o que queres dizer.
— Quero dizer que tu já não precisas de ninguém. Encontraste a tua maneira de viver sem depender dos outros, e não sei se estou gostando disto. Aliás não estou gostando nem um pouco.
Nihal fitou-o com frieza.
— A minha vida é assunto meu, se me deres licença.
— Não, a tua vida não é só assunto teu. Também é assunto meu, de Soana e de todos aqueles que te querem bem. Eu não te reconheço mais, Nihal. O que houve?
Aquelas palavras tiveram em Nihal o mesmo efeito de uma bofetada. A sua reação foi imediata e raivosa.
— Mas do que estás falando? Do que afinal estás falando? Será que todos vós decidistes ficar contra mim? "Não podes odiar", "assim está errado", "já não és mais a mesma"! É só isto que sabes dizer. Por acaso tu estás na minha cabeça? Estás sabendo o que sinto, aquilo pelo qual estou passando? Então fica calado e não fales daquilo que não conheces!
Um longo silêncio caiu sobre os dois jovens. Em seguida Senar baixou os olhos.
— Preciso partir. Não sei quando irei voltar.
Nihal ficou desconcertada.
— E para onde vais desta vez? — perguntou baixinho.
— Para o Mundo Emerso, pedir reforços.
Nihal levou algum tempo para assimilar o que o mago estava dizendo.
— Estás falando do continente perdido?
— Dele mesmo.
— E por que tu?
— A proposta foi minha.
— Entendo. — Nihal deu um pontapé numa pedra. — Muito bem. Faz o que achares melhor — concluiu, depois virou-se e dirigiu-se com grandes passadas para a estrebaria.

Quantas vezes já vivera aquela cena? Mil? Cem mil? Será que o destino dela era realmente ver partir todos aqueles que amava?

Senar alcançou-a, segurou-a pelo braço, forçou-a a parar. Começou a gritar:

— Por que, pelo menos uma vez, não dizes o que pensas? Por que não gritas, não ficas furiosa? Faz alguma coisa, por favor! Diz que não queres ver-me ir embora! Demonstra que continuas sendo uma pessoa e não apenas uma espada!

Nihal desvencilhou-se. O sangue pulsava nas suas têmporas. Nem se deu ao trabalho de pensar. Agiu de impulso, como em combate. A mão correu à empunhadura. Desembainhou a espada.

Na face de Senar apareceu um longo risco vermelho.

Por um momento foi como se o tempo tivesse parado. O próprio sangue demorou a fluir do corte, levando algum tempo antes de escorrer do rosto do mago e pingar no chão, numa única gota.

Pela primeira vez desde que havia começado a combater, a espada escorregou-lhe das mãos. Ela tinha ferido Senar, que inúmeras vezes a tinha ajudado, protegido, curado. Senar que era a última pessoa que lhe restava, o único que a entendia, o amigo.

— Senar... eu...

O mago sorriu com amargura.

— Tudo bem. Queres dizer que partirei com uma lembrança tua duradoura. — Apalpou o corte com os dedos. — Volta a viver, Nihal. Faz isto por ti mesma. Ou então por Fen, que já se foi mas que tu tanto amas.

Senar foi embora sem olhar para trás. Pela primeira vez desde a morte do pai ela chorou.

Nihal não sabia por quanto tempo tinha ficado ali, na trilha de terra batida e pedregosa, olhando para o sangue de Senar que manchava o fio da sua espada. Parecia-lhe ter perdido a força para mover-se.

Quem a tirou daquele torpor foi Ido.

— Que diabo estás fazendo aí? Vamos embora, já está ficando escuro.

Nihal foi atrás do mestre. Jantou em silêncio e retirou-se para o quarto.

Ficou um bom tempo olhando para o teto. Não conseguia dormir.

Então percebeu um estranho silêncio e foi até a janela. Estava nevando.

Passaram-se mais duas semanas sem qualquer treinamento. Durante os primeiros dias Nihal até que achou bom. Desde que Senar havia partido não tinha vontade de fazer coisa alguma. Passava horas com Oarf, só olhando para ele, enquanto o animal estudava-a com ar interrogativo.

No fim da segunda semana a jovem achou que já tinha expiado bastante a sua culpa. Estava na hora de Ido botá-la de novo no treino. Precisava tirar da cabeça a imagem de Senar que, de rosto ferido, se afastava sem se virar para trás. Precisava lutar. Decidiu falar com o mestre.

Encontrou-o ocupado a consertar a couraça.

– Isso não caberia a mim? – perguntou.

Ido não respondeu.

Nihal foi logo ao que interessava.

– Queria pedir desculpas, Ido. Admito que me portei como uma tola. Prometo que de agora em diante farei o possível para obedecer-te. Só te peço que voltes a treinar-me.

O gnomo continuou impertérrito a polir o metal da armadura.

– Ido?

– Sim, Nihal?

– Por favor, dá-me outra oportunidade.

Ido nem olhou para ela.

– Não, Nihal.

A jovem ficou abalada mas não se rendeu.

– Por quê?

– Achas que é só vir aqui com esse ar de inocente?

– Não acho nada. Quero tornar-me um cavaleiro, Ido, e juro que só confio em ti. Eu quero obedecer! Só que não agüentava mais esperar. Fui tola, eu sei. Mas...

Ido passara a cuidar das botas.

– Amanhã uma batalha me espera. Vamos conversar de novo quando eu voltar.

— Como assim, uma batalha?
Ido decidiu levantar o rosto e fitou fixamente Nihal nos olhos.
— Uma batalha em que eu e os outros estaremos empenhados.
Nihal não acreditava no que ouvia.
— E vais deixar-me aqui?
— Não costumo levar comigo guerreiros em quem não posso confiar. Cometi um erro de avaliação, contigo. Continuas sendo uma criança que não sabe controlar-se e só faz o que quer.
Nihal deixou de lado qualquer discrição.
— Não podes fazer isto comigo! Eu preciso lutar! Sabes muito bem como isto é importante para mim!
— É justamente por isso que acho oportuno mantê-la afastada do combate por algum tempo. Há outras coisas, além da guerra, sabias? Para ti também existe um lugar neste mundo, um lugar onde possas sentir-te tranqüila e à vontade.
Mas Nihal não entendia, não queria entender.
— Não é justo, isto não é justo! — gritou.
Ido não se deixou comover.
Nihal foi trancar-se no quarto.

Aprontou tudo no maior segredo: limpou a espada, colocou as roupas de batalha em cima da cama, prontas a serem vestidas. Naquela noite não dormiu, atenta aos preparativos de Ido para a viagem.
Não se importava com o que o mestre iria dizer, nem com quem fosse o inimigo contra o qual iriam lutar. Só sabia que o limite havia sido superado. Combater, agora, imediatamente: era o que precisava fazer.
Ouviu-o sair do casebre antes do alvorecer. A neve caía abundante. As tropas começaram a mover-se. Nihal envolveu-se na capa e saiu pela janela.

Pulou o muro que cercava a base e deu uma grande volta para que ninguém a visse.
Para evitar que a reconhecessem decidira vestir uma armadura. Iria ter problemas para movimentar-se em combate, mas confiava sair-se bem mesmo assim. Na sua curta vida de guerreiro já havia superado dificuldades bem maiores.

Esperou pelo exército no limiar do bosque. Contra a brancura da neve sua capa era visível demais e decidiu portanto avançar pela mata, confiando na audição para reconhecer o caminho dos soldados graças à cadência da marcha. Esperou um bom tempo, mas a sua paciência foi premiada: a tropa começou a desfilar não muito longe dela.

A formação era ampla e a coluna de soldados muito longa.

Nihal ficou na altura da retaguarda e começou a avançar entre as árvores. A neve amplificava o ruído dos seus passos, que de qualquer maneira continuava sendo imperceptível em comparação com o retumbar da marcha dos soldados. Continuou esgueirando-se furtiva à margem da coluna, como uma doninha à espreita da sua presa.

Ouvia indistintamente o murmúrio dos armados. Tentou distinguir as palavras, para entender alguma coisa da estratégia que iriam usar em combate, mas a coluna estava longe demais. *Não faz mal. Saberei de tudo quando chegarmos lá.*

Marcharam por um bom pedaço. Nihal não estava acostumada com o peso da couraça. Roubara-a da sala de armas naquela mesma manhã, depois de o acampamento ficar vazio. Escolhera uma que, pelo visto, deveria servir para ela, mas na verdade era muito incômoda: apertava-lhe o peito, era folgada nos quadris e arranhava-lhe os ombros.

Viu o delicado palor da alvorada tomar conta do céu: a neve continuava a cair sem parar. Ainda não se acostumara com aquele espetáculo: na Terra do Vento quase nunca nevava. Lembrava o espanto e a alegria diante dos primeiros flocos que vira cair: Livon levara-a à cobertura de Salazar e ela ficara de nariz levantado para admirar aqueles chumaços que volteavam como pétalas no ar frio. Em seguida, entre os sorrisos do pai, abrira a boca na tentativa de comê-los antes que caíssem no chão.

Pensou por um instante na sua primeira batalha. Só remontava a uns poucos meses antes, mas agora tudo mudara.

Daquela vez sentia-se emocionada, tensa. Até amedrontada.

Agora só caminhava. Nada mais do que isso. Não sentia coisa alguma a não ser impaciência. Tratava-se de uma marcha como qualquer outra, de mais uma batalha. Só isso.

Quando chegaram ao local do embate, Nihal misturou-se com a tropa e, na confusão da chegada, conseguiu entrar no acampamento.

O elmo era uma tortura, justamente como se lembrava: apertava-lhe os ouvidos e deixava-a sem ar. Aparamentada daquele jeito, mover-se era muito mais complicado do que imaginara, mas ficou satisfeita ao reparar que podia escolher seu papel na batalha: em geral, quem lhe indicava onde ficar era Ido, que a colocava invariavelmente entre as fileiras centrais, onde o empenho e o perigo eram menores. Agora ela podia decidir por si mesma.

Dirigiu-se sem hesitação para a primeira linha. Naquele dia daria o melhor de si.

Movimentaram-se para o campo de batalha no começo da manhã.

Até aquele dia Nihal só havia participado de incursões repentinas ou de ações no intuito de libertar pequenos territórios estratégicos.

Agora era muito diferente.

Pela primeira vez via-se diante das linhas inimigas. Entre ela e as tropas de assalto do Tirano só havia umas poucas braças de distância e uma espessa parede de neve, que confundia sua vista e penetrava na sua boca a cada sopro do vento.

Uma longa linha preta, hirta de lanças e fechada atrás dos escudos, barrava sua visão.

Era uma linha viva. Ondeava como uma serpente que se mexe preguiçosamente nos raios de sol, e da serpente tinha a elástica solidez. Era um corpo único de muitos fâmins que se moviam em uníssono, membros de um único organismo movido apenas pela vontade do Tirano.

O espetáculo deixou-a perturbada. O seu coração disparou.

Um general que nunca tinha visto passou entre as fileiras para lembrar-lhes os pontos essenciais do plano tático: partiriam ao ataque para abrir de impulso uma brecha na frente inimiga, penetrando até a segunda linha. Em seguida abrir-se-iam em duas alas para facilitar o cerco das unidades mais externas.

– Quando eu der a ordem, dispersem-se e comecem a retirada – concluiu o general antes de afastar-se.

De repente Nihal viu um sujeito magro aproximar-se do general e ficar ao seu lado, o longo manto esvoaçando ao vento.
Senar!
Moveu-se, mas a armadura era um estorvo, a multidão de soldados atrapalhava. *Senar!* Queria alcançá-lo, abraçá-lo com força, pedir que lhe perdoasse, que não fosse embora, que ficasse com ela. Empurrou violentamente um guerreiro, abriu caminho.
Então o homem virou-se.
Não era Senar.
Era um mago, talvez um representante do Conselho, mas não era Senar. Senar tinha partido.
Nihal sentiu um aperto no coração.

Os Cavaleiros de Dragão iriam atacar a partir da segunda linha. Entre eles Nihal conseguiu vislumbrar Ido, mas nem por um momento sentiu-se arrependida pelo que estava fazendo.
Preparou-se para pular em frente ao sinal do ataque. Diante de toda aquela muralha de inimigos seu coração batia descontrolado, enquanto a neve caía cada vez mais espessa. Apesar do frio, suava embaixo da armadura.
Ouviu então o grito que dava início à carga.
A primeira linha começou uma corrida desenfreada que para muitos terminou na ponta das lanças que os fâmins haviam baixado bem no último instante.
O impacto com a primeira linha inimiga foi incrivelmente violento e na confusão Nihal caiu ao chão. A armadura salvou-a de um golpe de machado. Custou a levantar-se. Começou a combater.
Os fâmins pareciam brotar do nada, multiplicando-se. O campo já estava coberto de cadáveres.
Nihal procurava não pensar em coisa alguma, investia contra os adversários com ódio, mas este embate era bem diferente dos anteriores. Diante dela não havia outras fileiras de soldados para amortecer o impacto. Parecia-lhe que o exército inimigo inteiro lhe estivesse caindo em cima. Não conseguia avançar. Só via à sua frente uma multidão de lanças, lâminas e espadas que obscureciam o céu.

Continuou a atacar, a dar golpes para todos os lados, enquanto o sangue tingia de rubro a sua armadura.

Então começou a cair uma densa chuva de flechas. Mas Nihal tinha parado de prestar atenção no que acontecia em volta.

Finalmente sua mente ficou vazia. Senar, a solidão, a morte, a sua missão: tudo dissolveu-se no arrítmico clangor das espadas e nos movimentos precisos do seu corpo. Até a dor física desaparecera. Nihal não chegou a sentir o ferro das lâminas inimigas que violavam sua carne.

De repente ouviu-se o grito que ordenava a retirada. Bem na hora, pois na verdade parecia que o exército das Terras livres estava em desvantagem.

Nihal escutou, mas retirar-se pareceu-lhe uma coisa sem sentido. Aquela era uma guerra pessoal, a vingança contra o inimigo, ela seguia lógicas diferentes daquelas que dirigiam o resto dos combatentes.

Ignorou o sinal. Os demais guerreiros recuaram rapidamente e ela ficou isolada entre os adversários. Deu-se conta disso quando a frente amiga já estava duas fileiras atrás da sua posição. Por um momento ela ficou desnorteada.

À sua volta só podia ver rostos repulsivos que investiam com machados gotejantes de sangue.

Um golpe na cabeça fez voar o elmo para longe.

Um só grito saiu das bocas dos fâmins:

— Um semi-elfo!

Nihal recorreu às ultimas forças de que dispunha. Avançou contra o inimigo mais próximo, mas muitos cercaram-na de todos os lados. Aqueles animais riam, as bocas escancaradas a mostrar as presas, riam dela.

Deixou-se tomar pelo desânimo. Começou a agitar-se sem coordenação. Acertaram-na no corpo inteiro, cada golpe deixando a sua marca. Nihal sentiu uma perna ceder. Percebeu estar com um ferimento na coxa. Caiu de joelhos. Logo a seguir estava cercada de inimigos. Para onde se virasse, só havia fâmins, que davam gargalhadas, que escarneciam rindo daquela presa fácil.

Estou com medo?

A pergunta passou pela sua cabeça como uma fulguração.

As palavras de Ido ecoavam na lembrança: *O medo é um amigo perigoso: precisas aprender a controlá-lo, a ouvir o que ele diz. Se conseguires fazer isto, ele vai ajudar-te a cumprir com o teu dever. Se deixares que ele te domine, vai levar-te ao túmulo.*
Não, não estava com medo.
Movia-se automaticamente, esquivando-se dos golpes.
Vou morrer, pensou.
Não sentia mais nada. Só um leve mal-estar na perna ferida.

De repente uma labareda investiu contra alguns dos fâmins que a cercavam. Nihal sentiu-se puxada com força pelos cabelos. Com suas últimas energias agarrou-se na mão que a segurava e logo a seguir estava na garupa de Vesa.
Os outros fâmins investiram contra o dragão uivando de raiva.
Um machado acertou Ido no braço mas o gnomo ignorou. Enquanto Vesa continuava a cuspir fogo, o cavaleiro sacou a espada e começou a abater os fâmins. O sangue descia farto da ferida, mas ele continuou a lutar, e enquanto isso apertava a moça junto a si com a mão livre, protegendo-a das flechas.
Nihal olhou para o mestre. Apesar da sua desobediência, ele tinha vindo salvá-la e agora arriscava a vida por ela.
O que houve comigo? Por que não fiquei com medo? Por que não obedeci às ordens?
De repente percebeu a enormidade que tinha cometido. Grandes lágrimas quentes começaram a riscar seu rosto sujo de sangue e poeira.

Finalmente levantaram vôo. Lá de cima Nihal pôde ver que o cerco não havia sido bem-sucedido. Um grupo de vanguarda estava correndo o risco de ficar isolado no meio dos inimigos.
Fechou os olhos e recomeçou a chorar em silêncio.
Aterrissaram atrás do campo de batalha. Ido empurrou bruscamente Nihal, que caiu aos pés de um soldado.
– Tranca na cela junto com os prisioneiros – ordenou o gnomo.
– Mas... ela não é dos nossos?
– Faz o que estou mandando! – esbravejou Ido, levantando-se mais uma vez com o seu dragão.

Nihal não se queixou quando o rapaz segurou-a pelo braço e levou-a para uma grande jaula.

Continuou a chorar e não parou nem mesmo quando viu que os seus companheiros de cativeiro eram cinco fâmins. Os monstros não olharam para ela, não a escarneceram. Ficaram agachados, sofrendo.

Nihal afastou-se para o canto oposto da jaula e encolheu-se de cabeça entre as pernas para não vê-los.

Então aconteceu uma coisa muito estranha: daquele pequeno grupo de prisioneiros sentiu chegar um fluxo de dor sem esperança, uma aflição que nunca esperaria encontrar naquelas criaturas.

Nihal ficou transtornada.

A sua perna latejava, tinha perdido muito sangue.

Nem conseguiu recitar uma fórmula de cura.

Sentiu-se só e perdida. *Senar...*

Escorregou lentamente para a inconsciência.

Depois de algumas horas na jaula foi levada à enfermaria, onde cuidaram do ferimento que se revelou superficial. Quando achou que já estava melhor quis acompanhar a batalha do topo de uma colina que dominava o campo. Passou lá em cima o dia todo, assistindo à lenta mas inevitável derrota com os olhos cheios de lágrimas.

Foram dois dias de luta ininterrupta, de sangue e de morte.

A batalha acabou sendo um desastre: o exército das Terras livres não recuperou nem mesmo uma só braça de território e deixou no campo centenas de mortos.

As tropas voltaram à base com sua carga de feridos. Nihal mal conseguia andar, mas não aceitou a ajuda de ninguém. Percorreu lentamente, de cabeça vazia, o mesmo caminho que dois dias antes tinha enfrentado cheia de impaciência.

Ido esperava por ela na choupana, fumando como de costume seu cachimbo. Estava sentado num tosco assento de madeira, com algumas almofadas a segurar-lhe as costas. As largas ataduras que lhe cobriam o peito e o braço mostravam evidentes manchas de sangue.

Nihal entrou cabisbaixa, incapaz de enfrentar o seu olhar.

O gnomo estava fumando com raiva, soltando pequenas nuvens de fumaça compacta que se dissolviam no ar gelado do aposento. Olhou longamente para ela, com expressão irada. Depois de um tempo que Nihal achou interminável, tirou o cachimbo da boca.

– Posso saber o que deu na tua cabeça?

Nihal levantou os olhos para ele.

– Eu... queria lutar.

O gnomo começou a berrar:

– Desobedeceste a mim, não acataste a ordem de retirada, correste o risco de comprometer toda a estratégia! Acabou ajudando o inimigo, Nihal!

Mal deu para ouvir a resposta de Nihal.

– Perdoa-me, Ido. Não sabia o que estava...

– Chega de mentiras, mocinha! Sabias muito bem o que estavas fazendo! Ora, se sabias! E queres saber por que fizeste aquilo? Porque não te importas minimamente nem com a tua vida nem com a dos outros. Tu só queres matar! Não és um guerreiro. És uma assassina.

Nihal apertou os punhos.

– Estás enganado.

– Estou enganado? Qual é a diferença entre o exército das Terras livres e o do Tirano? Vamos lá, diga.

Nihal pensou no assunto, mas agora que as palavras de Ido a feriam tão profundamente parecia-lhe não conseguir encontrar a resposta.

– É que nós lutamos pela liberdade... – gaguejou.

– Nunca tinhas pensado nisso antes, não é verdade? – Sorriu sarcástico Ido. – Mas, é claro, para ti a única coisa que conta é a vingança!

– Não é verdade! – exclamou Nihal levantando a voz.

Ido ficou de pé e apontou o dedo para ela.

– Cala-te! A diferença é que nós lutamos pela vida. A vida, Nihal! Aquela que tu não conheces, que procuras negar com todas as tuas forças. Lutamos para que todos tenham o direito de viver a própria vida nesta terra, para que cada um possa escolher o que fazer da própria existência, para que ninguém seja escravo, para que haja paz. Lutamos pelas pessoas que dançaram conosco na praça, pelo mercador que nos hospedou, pelas jovens que ficaram de namorico com os nossos soldados. E lutamos plenamente cientes de quão horrível é a guerra, mas também sabendo que, se não lutássemos, o mundo que amamos acabaria sendo destruído! A nossa mola não é o ódio! É a esperança que algum dia tudo isto acabe. O ódio é coisa do Tirano!

Ido voltou a sentar-se de repente. Baixou o tom.

– Não há motivo para a tua presença aqui. Nem sabes por que combates. A única coisa que tu sabes é que queres morrer.

– Não! Eu não sou assim! – gritou Nihal.

– Tens medo de viver. Toda vez que enfrentas um combate esperas que chegue um golpe capaz de livrar-te da responsabilidade de enfrentar a tua vida. Achas então que precisas ter coragem para morrer? Morrer é fácil. Coragem mesmo tu precisas para viver. Tu não passas de uma menina covarde, Nihal.

– Só morrerei após conseguir, de alguma forma, contribuir para salvar este mundo!

– Achas que és uma heroína? É isto que tu achas? Pois bem, ficas sabendo que não és!

Nihal caiu de joelhos, as mãos fechadas tampando os ouvidos e os olhos cheios de lágrimas.

– Pára, pára com isso!

Ido levantou-se e aproximou-se dela. Por um momento Nihal achou que quisesse consolá-la, mas o gnomo segurou as mãos dela afastando-as com força.

– Nada disso, vais ter de escutar! Imaginei ter visto algo de bom em ti. Achei que estava sepultado sob um imenso cúmulo de rancor e esperei poder trazê-lo à tona. Mas tu nunca quiseste ouvir as minhas palavras, continuaste a portar-te como se tudo estivesse bem...

– Não! Não!

– Vou dizer mais uma vez. Aqui já não há lugar para ti. Se estiveres procurando um lugar para combater, então vais para o exército do Tirano. Tu escolheste ser uma máquina de morte: junta-te aos teus similares.

Nihal gritou. As lágrimas jorravam irreprimíveis dos seus olhos. De pé diante dela, Ido observava-a sem dó. Encolheu-se no chão e continuou a chorar, agitada pelos soluços. Tinha a impressão de nunca mais parar, de continuar a chorar para sempre.

– O que achas que eu deveria ter feito, o quê? – perguntou ao mestre levantando o rosto corado. – Não passava de uma menina, estás entendendo? Uma menina! O que tu sabes dos meus pesadelos, das chacinas às quais assisti?

Ido agachou-se e fitou-a nos olhos.

– Do que estás falando? Que história é essa?

Nihal continuou a soluçar.

– Assisti ao massacre do meu povo! Crianças, homens, mulheres! Uma noite depois da outra, por uma vida inteira! Murmuram nos meus ouvidos palavras incompreensíveis, perseguem-me, pedem que os vingue! O que poderia fazer?

Ido ficou um momento pensativo, em seguida sentou diante da sua aluna. Falou com doçura:

– Tu és livre, entendeste? Livre! Esta terra não é lugar para espíritos. O ódio é deles, não teu.

Nihal teve um estremecimento.

– E todos aqueles que morreram? Para que morreram? Alguém tem de vingar aquele massacre! Sou a única sobrevivente de um povo inteiro! Por que eu?

– Os mortos estão mortos, Nihal. E não têm outra oportunidade neste mundo. Não podes fazer coisa alguma por eles. Mas podes fazer algo por quem ainda vive, por aqueles que sofrem todos os dias as atrocidades do Tirano.

O gnomo afastou os cabelos do rosto molhado de Nihal.

– Ouve. Eu também vi coisas terríveis. Eu também tive de lutar contra o ódio que crescia dentro de mim. E então entendi que havia pessoas que precisavam da minha ajuda. Foi por isso que decidi combater. Francamente não sei por que motivo tu sobreviveste. Só sei que estás aqui, que estás viva. Não podes dar-te ao luxo de desperdiçar a tua vida, porque não é só tua, é de todo o teu povo.

Nihal recomeçou a chorar desesperada, seu corpo esguio agitado pelos soluços.

Ido segurou-a pelos ombros.

– Chora, chora à vontade. Há quanto tempo não fazias isso?

Nihal não conseguia parar.

– Vi meu pai morrer. E então Fen. Eu o amava, Ido. Era ele que ainda me ligava a este mundo, que me dava uma razão para viver. Depois só ficou o ódio. Nada mais.

Ido olhou para aquela criatura perdida e ficou com pena.
— Não é no ódio que tu irás encontrar uma resposta, Nihal. Só um ideal pode dar algum sentido ao combate: não é fácil encontrá-lo, não é fácil ser coerente com ele e persegui-lo com firmeza. Uma vida, uma luta sem ideais, no entanto, é desprovida de significado.
Afagou sua cabeça.

Nihal continuou a chorar o dia todo. Os violentos soluços aplacaram-se, mas as lágrimas não se detiveram.
Ido não falou mais. Estava convencido de que agora caberia a ela encontrar o caminho. Deixou-a sentada no soalho de madeira da cabana, a chorar de olhos espremidos em cima dos joelhos.
Jantou sozinho e, durante aquele triste jantar, lembrou de muitas coisas que acreditava ter esquecido, mas que na verdade ainda estavam lá. As lembranças voltaram a feri-lo.
Quando acabou de jantar percebeu que do quarto de Nihal já não chegava qualquer barulho.
Entreabriu a porta.
Nihal estava deitada na cama, de roupa e tudo, com a espada na cintura. Dormia e, finalmente, parecia tranqüila.

Na manhã seguinte, quando Nihal acordou, o dia pareceu-lhe igual a qualquer outro. Então, com a volta da consciência que o despertar traz consigo, começou a lembrar cada vez mais dolorosamente o que havia acontecido. Afundou a cabeça no travesseiro.
Ido esticou o pescoço detrás da porta.
— Bom-dia! Ficamos dormindo até tarde, não é? Como estás te sentindo?
— A perna está um tanto dolorida — respondeu, reprimindo as lágrimas.
— Come alguma coisa. Depois vamos dar uma passada na enfermaria — disse Ido, e botou diante dela uma taça cheia de leite e um pedaço de pão.
Nihal tinha o estômago fechado mas tomou o líquido assim mesmo.

Na enfermaria usaram um encantamento de cura: a ferida começara a infectar-se.

Nihal lembrou-se de quando tinha ficado entre a vida e a morte, e Senar invocara durante três dias seguidos o encanto mais poderoso que conhecia para devolver-lhe a saúde. Como seria bom se as mãos que a curavam agora fossem as dele. Com o amigo ao seu lado, aquelas horas não lhe pareceriam tão sombrias.

Ido voltou à enfermaria no fim da tarde.

Encontrou-a a olhar pela janela. Estava tudo tão tranqüilo lá fora... Ela tinha a impressão de que aquela paisagem branca e adormecida parecia-se com a sua alma. O pranto esvaziara-a. Agora estava calma.

– Nihal...

A jovem virou-se para o mestre.

– Preciso falar contigo.

Ido sentou no catre, ao lado dela. Nihal aguardou em silêncio.

– Acho melhor tu ficares longe do acampamento por algum tempo.

Nihal sorriu com amargura, enquanto as lágrimas voltavam a riscar o oval do rosto.

– Não estou escorraçando-te, mocinha. Mas não faz sentido tu continuares por aqui, pelo menos agora. Só quero que tires umas férias. Claro, se decidires ficar não posso nem quero forçá-la a partir. Mas se quiseres realmente encontrar os motivos daquilo que fazes acho que deverias partir.

Nihal olhou para ele.

– Eu preciso de alguém, Ido. Sozinha não consigo.

– É mentira, e tu sabes disto: tu tens garra, vais conseguir. Eu não posso fazer mais do que já fiz. Mas cabe a ti escolheres: queres ou não ficar de licença?

Nihal baixou os olhos, indecisa. Talvez Ido estivesse certo. Precisava parar para pensar e ficar sozinha.

– Poderei ausentar-me pelo tempo que eu quiser?

– Pelo tempo que quiseres. Ficarei esperando.

Nihal anuiu.

Decidiu partir naquela mesma noite. Compreendera que gostava de Ido, não queria deixá-lo: já passara por despedidas demais para agüentar mais outra.

Levantou-se ao alvorecer e esgueirou-se pela enfermaria envolvida na capa. Estava muito frio. Entrou no casebre do mestre pela janela, esforçando-se para não fazer o menor barulho.

Não eram muitas as coisas que precisava levar consigo: umas poucas roupas, a espada.

E o pergaminho com a imagem de Seférdi. Aquela folha amarrotada assumia agora um duplo significado: aquilo era tudo o que lhe restava das suas origens e ao mesmo tempo a única lembrança concreta de Senar.

Ficou parada olhando para ele, revirando-o nas mãos e perguntando a si mesma onde tinha errado.

Seria então possível que todo o sentido da sua existência estivesse naquele papel? Muitas vezes pensara que sim, no passado, mas agora já não tinha certeza. Enrolou o pergaminho com cuidado e guardou-o com a roupa no embrulho que constituía toda a sua bagagem.

Passou pela estrebaria: não podia ir embora sem despedir-se de Oarf.

O dragão estava dormindo. Entregue ao sono parecia menos feroz do que nunca. Nihal sentiu uma fisgada de ternura por aquele animal. Apoiou carinhosamente a mão no seu focinho.

O dragão acordou. Pouco a pouco aprendera a entender aquela jovem, sabia quando estava sofrendo. Olhou para ela e soube que estava a ponto de deixá-lo.

Nihal afagou-o com mais vigor.

– Preciso ir, Oarf. Preciso descobrir o que realmente fazer da minha vida. Só então poderemos voar juntos.

Oarf levantou o focinho esquivando-se das carícias. Nihal cingiu então seu pescoço e apoiou a cabeça no seu peito.

– Voltarei. Perdoa-me.

Oarf baixou a cabeça no ombro de Nihal e ficaram algum tempo assim: um dragão e uma jovem, juntos.

O sol começava a iluminar o céu lívido de neve: muito em breve o acampamento iria acordar.

Nihal pegou um cavalo e montou na garupa com alguma dificuldade: a perna recomeçara a doer.

Logo depois de deixar para trás a entrada da base, lançou o animal a galope e dirigiu-se para a floresta.

Ido acordou com um palpite.

Foi à enfermaria sem nem mesmo agasalhar-se, correndo descalço sobre a neve macia.

O catre de Nihal estava vazio.

Amaldiçoou-se mil vezes, pois não deveria ter falado da possibilidade de Nihal partir antes de ela se restabelecer.

Voltou para casa praguejando contra todos os deuses e entrou apressado no quarto de Nihal. Havia uma carta na cama.

Querido Ido,
perdoa-me por ir embora deste jeito.

Não me despedi porque imaginei que não me deixarias partir logo e também porque receava que, ao ver-te, acabaria quase certamente mudando de idéia.

Agora que vou deixar-te, também deixo para trás as minhas lágrimas e a minha dor, pois decidi livrar-me delas.

Não sei se voltarei.

Não sei se conseguirei ficar longe do campo de batalha.

A única coisa que sei é que, pela primeira vez, vou tentar entender quem realmente sou.

Obrigada por tudo o que fizeste por mim.

Ter-te como mestre foi muito importante. Tu és o melhor guerreiro que conheci na vida e a única pessoa que procurou fazer-me entender as coisas. Adeus.

A sua única aluna

21
UMA NOVA FAMÍLIA

Nihal desceu pela encosta da montanha acompanhando o regato que gorgolejava alegre entre as pedras nevadas. Teve de seguir durante um bom tempo por trilhas íngremes e só alcançou a planície quando o sol já estava alto no céu. A floresta começava a ficar menos espessa. De vez em quando o emaranhado escuro de galhos nus já se abria deixando entrever as manchas brancas das nuvens.

O cavalo estava cansado, ela esgotada: estava ficando com calor e sua perna queimava. Parou; com aquelas longas horas de marcha conseguira colocar entre si e a base muitas léguas para não ceder à tentação de voltar atrás.

Logo que desmontou do cavalo teve uma tontura. Sentou numa pedra e respirou profundamente. Procurou recitar um encanto de cura, mas as forças voltaram a faltar-lhe. Continuando assim, não tinha a menor chance de conseguir. Tinha de encontrar logo alguma comida e um lugar para descansar um pouco. Depois de um bom sono tudo seria mais fácil e finalmente poderia até curar-se.

Curvou-se e bebeu com avidez a água do regato: o líquido gelado pareceu néctar na sua boca seca. *Estou ardendo. Devo estar com febre.* Estava exausta, e não apenas fisicamente. Depois de somente meio dia andando sem rumo já lhe parecia nunca ter tido um lar.

Olhou para o alto: o céu era agora de um azul profundo, as nuvens haviam sido levadas pelo vento. *Sair voando, ir para longe, nunca mais voltar...*

Foi abruptamente trazida de volta à realidade por um grito, uma voz aguda e cheia de medo. Nihal fez um esforço para levantar-se e começou a correr para o local de onde vinha o grito.

Outro berro, um pranto desesperado. Era a voz de um menino. Acelerou o mais possível as suas passadas desembainhando ao mesmo tempo a espada.

Chegou a uma pequena clareira, muito parecida com aquela onde superara a prova de iniciação à magia.

Viu um menino apavorado. Diante dele, dois enormes lobos cinzentos prontos a atacar.

Um dos animais avançou. Nihal também deu um pulo e colocou-se na frente da criança, acertando o bicho com um golpe. Só o feriu de raspão. O animal investiu novamente, seguido de perto pelo companheiro. Desta vez o golpe acertou no alvo: a cabeça do primeiro lobo pulou fora deixando na neve um rastro de sangue, mas o segundo foi rápido o bastante para afundar suas presas no braço da jovem.

O menino continuava a chorar cobrindo os olhos.

Nihal gritou de dor e caiu ao chão, tentando livrar-se daquele bicho faminto. Rolaram como um só corpo, com os caninos do lobo a dilacerar a carne. Então, com enorme esforço, ela fincou os pés na barriga da fera empurrando-a para longe.

Nos breves instantes em que o animal levou para levantar-se Nihal pulou em cima dele. Um golpe preciso cortou-lhe a garganta. O estertor esganiçado do lobo agonizante apagou-se pouco a pouco, deixando o lugar para o silêncio irreal da clareira.

Nihal apoiou-se na espada, com o peito ofegante à procura de ar. Olhou a sua volta. O menino encolhera-se aos pés de uma árvore e soluçava baixinho.

Aproximou-se dele coxeando, usando a espada como muleta.

– Acabou. Já não precisas chorar. Está tudo acabado.

A criança levantou-se e abraçou com força as pernas dela. Nihal voltou a ver a si mesma, menina, sozinha na floresta, apavorada. Afagou-lhe a cabeça.

– Pára com isso, afinal tu és um homenzinho valente.

O menino levantou o rosto com os olhos cheios de lágrimas. Era realmente muito pequeno.

– Obrigado, senhor, muito obrigado!

Senhor? Está achando que sou um homem!

– Estás perdido?

A criança sacudiu a cabeça.

– Não, só estava me divertindo com os meus amigos e entramos no bosque. Estávamos brincando de esconder, eu estava procurando... então chegaram os lobos! – Fungou, passou o braço para limpar o nariz.

Nihal fez um esforço para sorrir, mas estava com fortes dores no corpo inteiro. Violentos estremecimentos sacudiam seu corpo e o suor parecia transformar-se numa camada de gelo.

– Queres que te leve de volta para casa?

O menino anuiu.

– Qual é o teu nome?

– Jona, senhor.

– Já andaste num cavalo, Jona?

Ele negou meneando a cabeça decidido.

– Muito bem. Queres dizer que será a tua primeira vez. – Pegou sua mão e encaminharam-se pelo bosque.

O cavalo logo respondeu ao chamado da jovem.

– Bota um pé ali e puxa-te para cima – disse Nihal, e com o braço sadio ajudou Jona a subir. Depois, com muito esforço, também conseguiu montar o animal.

Apertou Jona com o braço e esporeou o cavalo. A criança recostou-se no seu peito.

– Tu és uma mulher! És macia como mamãe! – exclamou espantado.

Nihal sorriu cansada.

– Pois é... – Tremia e já não conseguia ver direito. *Ânimo, Nihal. Agüenta firme. Ainda vamos sair dessa.*

– A tua casa fica longe?

– Não, fica logo depois da aldeia, eu vou te mostrar.

– Quantos anos tens?

– Sete – disse o menino com entusiasmo. O medo já tinha sido deixado para trás.

– Tu não deverias entrar no bosque. A tua mãe não te disse?

– Disse, mas se eu não for, os outros vão me chamar de medroso...

– E tu digas então para eles que são apenas uns bobocas. Tiveste sorte porque eu estava por perto, mas já pensaste se tu estivesses

sozinho? – Nihal ficou pensando que com a mesma idade já tinha feito coisas até mais perigosas com a turma endiabrada dos seus amigos. – Falta muito? – *Está tudo sob controle. Não estou tão mal.*
– Não, vira à direita, vamos encurtar caminho.
– Tu és um ótimo guia, Jona.
Nihal insistia na conversa esperando assim vencer o entorpecimento, mas estava exausta. *Daquela vez, em Salazar, eu estava muito pior. Vou conseguir...*
Só ouviu Jona gritar:
– Mãe! Mãe!
Uma mulher correu ao encontro do menino e tirou-o do débil abraço de Nihal.
– Jona! O que houve? Por que estás todo manchado de sangue? – Apertou-o ao peito verificando se estava ferido.
– Estava no bosque... havia lobos... a moça salvou-me... – Finalmente seguro entre os braços da mãe, Jona recomeçou a chorar.
– Quantas vezes já te disse que não deves entrar na floresta! – exclamou a mulher, acariciando o rosto do menino.
Então ouviu um baque.
O cavaleiro que trouxera sã e salva a sua criança de volta parecia agora um boneco preto no chão.

Quando Nihal recobrou-se, a primeira coisa em que reparou, antes mesmo de recuperar plena consciência, foi na maciez das colchas em que estava envolvida. Abriu os olhos: um rosto infantil estava muito perto, com o nariz quase encostando nela.
– Mãe! Mãe! Ela acordou!
O grito da criança ricocheteou na sua cabeça dolorida. Jona voltou a olhar para ela com curiosidade. Nihal piscou várias vezes, incomodada com a luz.
– Sai logo daí, Jona! Deixa-a respirar!
Uma figura de mulher apareceu em cena: era jovem e formosa, com um bonito rosto cordial. *Onde estou?*
– Como estás te sentindo?
A voz era melodiosa e na pergunta havia um toque de sincera preocupação.
– Muito mal – murmurou Nihal.

A mulher sorriu.
– Claro: os ferimentos eram graves, estavas com muita febre...
– A mulher fez uma breve pausa. – Não sei como agradecer-te por ter salvado o meu filho: fico-te imensamente grata...
Com algum esforço Nihal trouxe à tona a lembrança do que acontecera: o menino, os lobos, o caminho através do bosque. A memória falhava na hora em que Jona dizia que já estavam perto.
– Não precisas agradecer – murmurou Nihal, e rezou para que a deixassem em paz.
A mulher deve ter percebido seu sofrimento porque recomeçou a falar num tom muito baixo.
– Ontem ficaste o dia inteiro com febre alta, mas durante a noite melhoraste. Curei a tua ferida no braço com algumas ervas. Perdeste muito sangue, mas agora está tudo bem. Dorme, precisas mesmo é de um bom descanso.
Depois disso deixou o quarto e fechou a porta atrás de si.
Nihal saboreou o silêncio. Deu uma olhada fora da janela: a neve descia lenta e pacata. Puxou os cobertores até em cima dos olhos e sentiu-se protegida.

Percebeu que devia estar quase na hora do jantar porque a casa encheu-se de um agradável aroma de especiarias: do outro lado da porta chegavam ruídos abafados e, vez por outra, a voz estridente de Jona.
A mulher entrou no quarto trazendo uma bandeja de madeira. Havia nela uma tigela e um pedaço de pão preto. Nihal tentou recostar-se, mas estava fraca demais.
– Espera, vou ajudar-te – prontificou-se a mulher. Deixou a bandeja no chão e levantou a enferma, colocando-lhe um travesseiro atrás das costas.
Nihal olhou a sua volta: o quarto era muito pequeno e todo o mobiliário consistia na cama, num grande espelho e numa arca ao lado da janela, onde estava pendurada uma leve cortina azul de algodão. A jovem achou aquilo tudo um verdadeiro palácio. Baixou os olhos e percebeu estar vestindo uma camisola de lã, com uma fita fechando o colarinho.
– Onde está a minha espada? – perguntou preocupada.

A mulher apontou para um canto do quarto.
— Não te aflijas, lá está ela. — A espada continuava protegida em seu estojo de couro, apoiada à parede. — Lavei as tuas roupas, estavam todas manchadas de sangue. Espero que a camisola consiga proteger-te do frio...
Nihal corou: não havia sido lá muito educada.
— Sim, claro. Obrigada — murmurou.
A mulher ajeitou a bandeja diante dela e Nihal não se fez de rogada: sorveu ruidosamente a sopa acompanhando-a com fartos bocados de pão.
Jona, parado ao lado da porta, olhava espantado.
A mulher sorriu.
— Parece que já faz algum tempo que tu não comes...
Nihal parou um momento e olhou para a tigela.
— Pois é... — A gentileza daquela mulher deixava-a sem jeito.
— Estou errada ou já está na hora de tu ires para a cama? — disse a mulher ao menino.
— Ora, mamãe... Deixa-me ficar um pouco com a moça...
— Já para o quarto, nem mais uma palavra!
Jona saiu bufando.
— Assim poderás ficar tranqüila: quando ele começa não pára mais de falar...
Nihal voltou a comer em silêncio. Não gostava nada daquela situação: se queria mudar de vida precisava ir o mais longe possível da guerra. Ficar por ali era perigoso. Tinha de seguir viagem sem demora.
A mulher ficou algum tempo olhando para ela.
— Eu sou Elêusi. E tu?
Nihal levantou os olhos desconfiada.
Houve uns instantes de constrangido silêncio que Elêusi apressou-se a aliviar:
— Tudo bem, se não queres dizer...
A sopa estava quase no fim. A jovem esqueceu momentaneamente a tigela e deu um rápido aperto na mão que Elêusi oferecia.
— Nihal.
— Que nome estranho. Não parece ser destas bandas. De onde...?
Lá vamos nós. Já começou a ser curiosa. Nihal tentou levantar-se.
— Agradeço muito por tudo aquilo que fizeste por mim...

Elêusi deteve-a.

– Espera. Desculpa-me se fui indiscreta. Só queria conversar um pouco.

Nihal ficou constrangida.

– Não é isso, acontece que realmente não posso ficar e...

Elêusi forçou-a delicadamente a deitar-se.

– Ouve, tu não estás em condições de partir. Acabaste de recuperar-te de uma febre alta, estás fraca. E além do mais tive de dar uns pontos na tua perna...

Nihal arregalou os olhos.

– O quê?

Já tinha ouvido falar daquele procedimento. Quando não havia algum mago capaz de recitar encantamentos de cura, cabia aos sacerdotes cuidar das feridas, e às vezes pegavam linha e agulha e costuravam. Certa vez na base, passando perto da enfermaria, ouvira os gritos de um soldado ao qual estavam ministrando aquela cura: dissera a si mesma que preferiria morrer antes de sujeitar-se a uma coisa daquelas.

– Entende, a ferida abrira-se de novo... – explicou Elêusi. – Precisas descansar. Pelo menos uma semana. Acredita, estou falando pelo teu bem.

Droga. Nihal ajeitou-se no travesseiro.

– Tu és uma sacerdotisa?

– Não. Mas meu pai era um sacerdote. Ele me ensinou. Até que tiveste sorte, sou muito requisitada como curandeira! – brincou a mulher.

Nihal raspara a tigela.

Elêusi reparou na bandeja vazia.

– Ainda estás com fome? Queres um pouco de queijo? Tenho umas maçãs...

Nihal anuiu quase com vergonha e a mulher saiu chispando do quarto.

Não demorou a voltar com um prato: umas castanhas, algumas nozes, duas maçãs e um minúsculo pedaço de queijo.

– Não é grande coisa, desculpa. Foi um ano ruim.

Nihal mordeu a maçã: estava uma delícia.

Elêusi sentou na arca.

– Quando era menina costumava brincar no bosque: os lobos nunca atacavam os homens. Só algumas ovelhas e, mesmo assim, de vez em quando. Agora, no entanto, a guerra escorraça-os dos seus territórios e começaram a tornar-se agressivos. É a quarta vez, desde o começo do inverno, que atacam crianças. Maldita guerra...

Nihal terminara de comer a maçã. Pigarreou.

– Ouve, Elêusi...

– Diz.

– Eu... entenda... quer dizer, não quero ocupar a tua cama. Já fico satisfeita com um saco de palha.

A mulher meneou a cabeça.

– Nem penses nisso! Salvou Jona. Deixar-te a minha cama é o mínimo que posso fazer. – Em seguida pegou a bandeja e levantou-se para ir embora.

Nihal deteve-a.

– Espera! Tu foste gentil até demais. Cuidaste de mim, ofereceste a sua comida. Nem mesmo sabes quem sou...

Antes de sair do quarto Elêusi sorriu.

– Eu julgo pelos fatos. E pelo que fizeste, tu só podes ser uma boa moça.

Por alguns dias Nihal foi forçada a ficar na cama. Jona aparecia amiúde para vê-la: era um menino divertido, cheio de curiosidade e falastrão, justamente como a mãe dissera. De manhã bem cedo, entrava no quarto como um furacão para desejar-lhe bom-dia.

O que mais despertava a sua atenção era a espada. Perguntava mil coisas a respeito dela: se era pesada, de que material era feita, se era afiada...

Nihal sentia uma instintiva simpatia pelo menino.

– Se gostas dela tanto assim, podes pegar – disse-lhe certo dia.

– Posso mesmo? Estás falando sério? – perguntou ele todo animado.

Nihal ficou imaginando se ela também, quando criancinha, fazia aquela mesma cara diante das armas de Livon.

– Claro que podes. Mas sem tocar na lâmina. E tens de ficar perto de mim.

Com algum esforço Jona levantou a espada, com estojo e tudo: tinha mais ou menos a mesma altura dele. Entregou-a a Nihal, que o ajudou a desembainhá-la.

Seus olhos brilhavam.

– Como ela é reluzente...

– Foi feita com um material chamado cristal negro.

Jona examinava-a de todos os lados.

– E esta coisa branca, o que é?

– Chama-se Lágrima: foi um duende que me deu.

O pequeno rosto de Jona iluminou-se.

– Tu conheces os duendes?

Nihal sorriu.

– Claro.

– E como são eles? Por aqui não há nenhum.

– São apenas um pouco maiores do que o seu rosto e têm cabelos de todas as cores. E também têm asas, e esvoaçam chispando para todos os cantos. Aquela pedra branca é um sinal de reconhecimento. Significa que sou amiga do povo dos duendes. Também serve para tornar mais fortes os encantamentos.

Jona ficou de queixo caído.

– Encantamentos? Tu sabes fazer encantamentos?

– Não. Aliás, sim, mas só umas coisinhas de nada... – eximiu-se Nihal.

– Vamos lá, então! Eu te peço! Podes mostrar algum?

– Agora não, Jona. Talvez quando me sentir melhor...

Jona bateu palmas excitado.

Os dias de convalescência foram agradáveis. Elêusi era uma anfitriã maravilhosa: cercava Nihal de mil atenções e fazia com que nada lhe faltasse. Não lhe perguntara mais coisa alguma, mas costumava entretê-la com amenas conversas: estava cheia de histórias para contar.

Nihal soube então que Elêusi era muito jovem e que o marido era um soldado: combatia na Terra do Vento e voltava para casa uma vez por ano, por um mês.

– Geralmente fica de licença no outono e chega bem na hora para arar os campos. Às vezes, no entanto, chega de surpresa e aparece no meio do inverno ou no verão. Para dizer a verdade já faz algum tempo que isto não acontece... sabe como é, a guerra não está indo muito bem.

Nihal ficou atônita.

– E não sentes falta? Quer dizer, não gostarias de ficar mais tempo com ele?

– Claro que sim. Quando decidiu partir, dois anos atrás, conversamos muito a respeito disto. Mas já não conseguia suportar as injustiças que via à sua volta e estava cansado de ver os amigos que partiam e nunca mais voltavam... Quando fico triste, animo-me pensando que luta para que algum dia Jona possa viver livre. Que futuro poderia ter o nosso filho com o Tirano? – Elêusi fez uma longa pausa. – Sinto muito orgulho do meu marido.

Aquelas palavras marcaram profundamente Nihal: o companheiro de Elêusi sabia o que estava fazendo e em nome de quem lutava. Tinha alguém para proteger, combatia com uma finalidade. Diante daquele desconhecido, que pela mulher e pelo filho desistira de uma vida tranqüila, sentiu-se mesquinha.

Nihal tinha tempo de sobra para pensar: o ambiente quente e aconchegante daquela pequena casa fazia com que se sentisse fora do mundo, ajudava-a a ordenar as idéias.

Antes de mais nada, decidira não remoer mais os seus pesadelos. Não era fácil, mas a vida cotidiana de Jona e Elêusi ajudava-a. Nunca tinha visto antes como vivia uma verdadeira família: a simplicidade dos gestos, o afeto genuíno que os unia eram coisas totalmente novas para ela. Nem mesmo quando morava com Livon tinha respirado aquela atmosfera.

O passar do tempo era marcado pelas tarefas às quais Elêusi se dedicava: arrumar, preparar o pão, ir ao mercado, tecer os panos que mais tarde iria vender. À noite a mulher sentava com o filho perto da lareira e falava com ele, contava histórias: a seu modo educava-o para que no dia seguinte, na hora de acompanhar as demais crianças até a casa do sábio da aldeia para estudar, já soubesse alguma coisa.

Quer dizer que uma boa mãe é assim? Nihal observava Elêusi: nunca tinha conhecido uma mulher como aquela.

Três dias depois da chegada de Nihal, Elêusi voltou do mercado com um par de muletas.

Entrou toda feliz no quarto de Nihal.

– Vê só o que encontrei! Com estas, se quiseres, já podes te levantar!

Nihal quis experimentar logo a novidade. Ficou sentada na cama e procurou apoiar-se nas muletas, mas quando tentou levantar-se teve imediatamente uma tontura e seu coração pareceu desandar.

Elêusi ficou preocupada.

– Talvez tu ainda estejas fraca demais.

Nihal sacudiu a cabeça.

– Não, não, está tudo bem... – Apoiou-se novamente nas muletas, tentou de novo e, depois de alguns cambaleios, conseguiu manter-se de pé.

Deu uns passos incertos. A luz do sol, já alto no céu, iluminava-a. Era a primeira vez em muito tempo que vestia alguma coisa diferente dos seus trajes de batalha. Olhou para si mesma: a camisola cobria-a até os tornozelos. Ficou algum tempo observando-se, espantada.

– O que foi, Nihal?

– Nada, não é nada... – Nihal corou na hora de confessar: – Acontece que é a primeira vez que me vejo de saia...

Elêusi arregalou os olhos.

– Quantos anos tens?

– Quase dezoito – murmurou Nihal.

– E nunca te vestiste de mulher?

– Pois é... nunca!

Nihal e Elêusi entreolharam-se por um momento e então caíram na gargalhada.

A jovem insistiu em dar uma volta.

A neve ainda cobria o solo, farta. Formava uma cobertura delicada e macia. Pediu ajuda para vestir as botas, envolveu-se na capa e saiu, enquanto Elêusi e Jona ficavam olhando da entrada.

Andou de um lado para outro fincando as muletas na brancura, alegre, mas suas pernas ainda estavam trêmulas: não demorou para ela cair de cara na neve. O frio espetou sua pele despertando-a do torpor da convalescência. Nihal virou-se para ficar sentada e começou a rir, contagiando com a sua alegria Jona também, que se jogou imediatamente em cima dela cobrindo-a de flocos.
Elêusi sorriu.
– Agora chega, os dois! Jona, já para dentro! E tu estás querendo ficar resfriada?
Nihal olhou para o céu limpo.
– Onde nasci nunca havia neve. Isto é lindo.

Nihal continuou treinando com as muletas durante o resto do dia.
Elêusi pedia que se acalmasse um pouco, mas ela nem queria saber. Depois de toda aquela imobilidade não queria outra coisa a não ser andar. Sentia-se novamente viva.
Conseguiu convencê-los a mudarem-se para o aposento principal da casa, para que Elêusi pudesse tomar posse de novo da sua cama. A mulher encheu de palha um grande saco de juta, em seguida cobriu-o com lençóis limpos e cheirosos, e mais uns pesados cobertores de lã, e finalmente empurrou tudo diante da lareira. Considerando que se tratava de uma acomodação improvisada, era extraordinariamente confortável: Nihal sentiu-se logo plenamente à vontade.
À noite sentou à mesa e jantou com os anfitriões, e depois ficou olhando Elêusi que trabalhava no tear.
Nihal nunca tinha visto uma máquina como aquela. Era enorme, toda de madeira: pareceu-lhe um instrumento surpreendente. Observou fascinada os movimentos rápidos e precisos com que Elêusi fazia correr a lançadeira de um lado para outro da urdidura para formar a trama.
Mais tarde Elêusi ajudou-a a deitar-se.
– Tu és uma moça realmente singular: nunca vestiste uma saia, não sabes mexer num tear, usas cabelos curtos, és capaz de esgrimir. Sabes de uma coisa? Gostaria realmente de saber de onde vens... estou curiosa... – A mulher sorria com sinceridade. – Mas se não quiseres falar a respeito, tudo bem. Sério.

Nihal, sentada na cama improvisada, olhou para os tições na lareira que se apagavam lentamente. Estava aproveitando ao máximo aquele momento de paz e queria deixar tudo como estava. Por outro lado, porém, a mulher havia sido muito gentil com ela e, afinal, era justo que soubesse quem tinha hospedado na sua casa. Respirou fundo.

– Sou um guerreiro, Elêusi. Venho do acampamento do outro lado das montanhas. A base, como costumam chamá-la. Talvez tu tenhas ouvido falar.

– Desertaste? – perguntou Elêusi num sussurro.

Nihal não pôde evitar de dar uma gargalhada.

– Se desertei? Como podes pensar uma coisa dessas?

– Sabes como é... Achei estranho que deixassem ir embora um guerreiro sem antes curá-lo... – De repente Elêusi parecia vagamente com medo daquela estranha jovem.

– Não desertei – respondeu Nihal. – O meu mestre deu-me uma licença e eu decidi partir antes de recuperar-me por completo. Só isto.

Elêusi pareceu aliviada.

– Então quando encontraste Jona estavas voltando para casa!

– Não – explicou Nihal, tranqüila. – Eu não tenho família.

Seguiu-se um momento de silêncio. Nihal fitou Elêusi nos olhos. *Tenho de contar para ela.*

– Há mais uma coisa que precisas saber. – Nihal tomou coragem. – Sou... um semi-elfo.

A mulher ficou olhando um bom tempo para ela, incrédula.

– Eu achei... Isto é, tinha certeza de que os semi-elfos não existiam. Não mais, pelo menos. Contam que todos eles foram... – Elêusi parou constrangida.

– Mortos? – concluiu friamente Nihal. – E foram mesmo. Todos, menos um: eu. O meu povo foi exterminado pelo Tirano. Sou o último semi-elfo do Mundo Emerso. É por isso que quero ir embora quanto antes, para que o meu destino seja só meu sem envolver outras pessoas.

Elêusi compreendeu toda a tristeza de Nihal, toda a sua solidão. Uma parte dela aconselhava que a deixasse partir o mais rápido possível. Mas uma voz sugeria-lhe que não podia abandonar aquela moça perdida.

– Por que não ficas algum tempo por aqui? Vais recobrar-te de uma vez por todas, podes fazer companhia a Jona... Ele gosta muito de ti, sabias? E afinal estamos longe da aldeia. Se quiseres pode esconder-te... não deixar que os outros te vejam...

Nihal interrompeu-a:

– Não, Elêusi. Acho que na semana que vem retomarei o meu caminho.

A mulher anuiu, decepcionada: acostumara-se com a presença de Nihal e percebeu que sentiria sua falta quando partisse.

– Para onde vais? – perguntou.

– Não sei.

– Bom, deve ter um amigo, um namorado... alguém que espera por ti...

– Ninguém me espera. Seguirei viagem, só isso.

Ao ouvir isto Elêusi rebelou-se.

– Ora, Nihal! Estás vendo como estou certa? Fica! Eu e o Jona gostaríamos muito que ficasses conosco. E além do mais poderias ajudar-me a recolher lenha, a tecer... Podemos ter uma vida boa!

Nihal esboçou um sorriso.

– Obrigada, Elêusi, mas...

A mulher segurou com força a mão dela.

– Promete que vais pensar no assunto.

Nihal retribuiu o aperto.

– Vou pensar.

No dia seguinte, ao voltar para casa, Elêusi encontrou Nihal sentada diante da lareira, com a perna desenfaixada e uma mão apoiada na ferida. A palma aberta da jovem emanava uma fraca luz rosada.

– O que estás fazendo? – Havia um toque de apreensão na voz dela.

Nihal estremeceu e tirou logo a mão da ferida.

– Nada... só estava olhando... – E cobriu-se.

Mas Elêusi tinha reparado que o ferimento estava muito melhor.

– Tu és uma maga... – murmurou.

– Não, nada disso. Só conheço algumas fórmulas básicas. Sabes, para um guerreiro pode ser útil, e então...

Nihal sentiu uma inesperada frieza da mulher. Desde que o Tirano assumira o poder havia muitos preconceitos a respeito dos magos.

Elêusi insistiu para controlar a ferida: não precisava mais dos pontos. Enquanto cortava com mão firme a sutura e puxava a linha fora da perna, olhava de soslaio para Nihal sem saber se devia ou não preocupar-se com aquela última novidade. No fim da operação mostrou-se de alguma forma aliviada. Fitou Nihal e sorriu.

– Sabes do que tu estás precisando agora? De um bom banho quente! Aliás, vou logo tratar do assunto.

Um banho quente? Nihal sempre se lavara da forma mais simples: com um balde de água gelada.

Elêusi começou a mexer-se. Saiu de casa e voltou com uma enorme bacia de cobre que empurrou para o seu quarto. Em seguida ficou cuidando da lareira, cercada de panelões cheios de água.

Quando tudo ficou pronto arrastou Nihal para o quarto.

– Vamos lá, que cara é essa? Tu vais ver, depois vais sentir-te como uma rainha!

Nihal despiu-se na frente do espelho. Em criança tinha tido um momento de grande curiosidade pelos espelhos: admirava-se diante deles para entender se a menina que via do outro lado da lâmina prateada era realmente ela ou algum duende que se divertia a enganá-la.

Olhou-se com a curiosidade de quem se vê pela primeira vez. Reparou nos músculos compactos das pernas, na barriga achatada, nos braços fortes, resultado dos treinamentos com a espada e dos combates. Ficou pasma com o fato de o seu corpo ter mudado tão depressa, quase sem ela perceber, transformando-a numa mulher: tinha traços formosos e seios talvez um tanto abundantes mas bem desenhados. Aproximou-se do reflexo do seu rosto. *Tenho olhos grandes demais.* Mas gostava da cor: era intensa e profunda. Tentou sorrir, mas no fundo do seu olhar ainda permanecia um toque de tristeza.

Esticou a perna para experimentar a água: estava agradavelmente quente. Entrou na banheira e entregou-se ao torpor que a envolvia lentamente. Em seguida, mergulhou a cabeça também.

Os cabelos azuis ondearam em volta do seu rosto. Talvez a vida fosse aquela.

Elêusi ficou surpresa com o pedido de Nihal.
— Emprestar-te um vestido? Claro que sim. Mas se por acaso quiseres a tua roupa, ela está limpa...
Nihal ficou vermelha até a ponta das orelhas.
— Acontece que... gostaria de experimentar um vestido de mulher...
Elêusi esboçou um sorriso entusiasta.
— Claro! Um vestido de mulher.
Tirou da arca um dos seus melhores trajes, o que vestia para comparecer com o marido nas festas da aldeia. Então ajudou Nihal a vesti-lo: a jovem, sozinha, nem sabia como prender as tiras do corpete. O uniforme que até então usara era infinitamente mais simples: abotoava o curto casaco de pele na frente, atava as tiras laterais das calças e pronto. Este vestido, no entanto, tinha corpete, anágua, saia, avental... Eram tantas peças que, sozinha, não teria sabido nem por onde começar.
Quando finalmente Nihal olhou-se no espelho achou-se muito estranha. Não sabia se estava gostando ou não.
— Então? — perguntou Elêusi satisfeita.
— Estou com um pouco de frio nas pernas. E além do mais esta saia é pesada! Quase não consigo mexer-me.
Elêusi deu uma gargalhada.
— É só uma questão de hábito, Nihal! Só uma questão de hábito!

Naquele dia Nihal decidiu proporcionar alguma diversão a Jona.
Sentaram no banco fora de casa, com as costas apoiadas na parede, aproveitando o pálido sol invernal, e Nihal mostrou algumas pequenas magias que havia aprendido quando ainda era pequena. Soltou alguns inócuos lampejos coloridos, ateou fogo num graveto seco estalando os dedos e, para encerrar, criou um pequeno globo luminoso. Segurou-o por algum tempo na palma da mão e depois entregou-o ao menino.

— É lindo! Lindíssimo! — continuava a repetir louco de felicidade.

Brincando com Jona, Nihal sentiu uma imensa saudade de Senar: se ele pudesse vê-la naquele momento, vestida de mulher, brincando com uma criança, talvez fosse até fazer troça. Mas sem dúvida ficaria contente. Rezou de todo coração que voltasse são e salvo. Agora que o jovem mago partira, dava-se conta de quanto precisava dele. De quanto lhe queria bem.

À noite, depois que Jona foi dormir, Nihal e Elêusi ficaram perto do fogo: a jovem a olhar as chamas, sentada no chão, a mulher a bordar numa cadeira.

Quem quebrou o silêncio foi Elêusi.

— Já decidiste o que vais fazer?

— Já — respondeu Nihal, alisando as pregas da saia e acariciando o tecido macio, tão leve quando comparado com o couro do seu uniforme.

— Então? — perguntou Elêusi indecisa.

— Vou ficar por mais algum tempo.

Elêusi deixou de lado o bordado, aproximou-se dela e abraçou-a sorrindo.

22
ADEUS

Entre os remédios de Elêusi e os encantamentos, Nihal recuperou-se totalmente. Quis logo tornar-se útil para alguma coisa: o inverno anunciava-se rigoroso e ela não queria ser um peso. Insistiu para que a mulher lhe entregasse alguma tarefa, mas logo percebeu que não sabia fazer quase nada.

Elêusi decidiu ensiná-la a fazer o pão.

– Vais ter de fazer sozinha, eu só te darei as instruções – disse, e botou diante dela os ingredientes.

Foi um desastre completo: Nihal ficou coberta de farinha da cabeça aos pés, derramou um jarro de água e a forma ficou esponjosa e não fermentada.

Elêusi convenceu-a a botá-la no forno assim mesmo. O resultado foi um pão solado, duro e com um horrível sabor de lêvedo, mas as duas mulheres tinham achado aquilo tudo muito divertido. Elas se davam bem: Nihal saboreava a normalidade que sempre lhe faltara, Elêusi já não se sentia tão sozinha.

Certa manhã decidiram sair todos juntos, Nihal, Elêusi e Jona, para ir ao mercado. Nihal insistiu em cobrir-se: pediu um xale emprestado, enrolou-o direitinho em volta da cabeça para que nem um fio de cabelo azul aparecesse e apertou-o para disfarçar as orelhas. Em seguida olhou-se no espelho. *Nada mal, Nihal. Nada mal mesmo.* A partir daquele primeiro dia em que se olhara no espelho, tinha aprendido a gostar de voltar a fazê-lo, e muitas vezes surpreendia-se admirando a si mesma: ainda não entendia direito até que ponto podia ser feminina vestida daquele jeito.

A pequena comitiva caminhou na neve. Jona estava todo animado: para ele o dia de mercado era uma verdadeira festa, embora com a guerra o comércio e as trocas tivessem diminuído bastante.

— Quando eu era criança — contou Elêusi —, a frente de batalha ainda estava longe e o mercado era realmente belíssimo: vinham mercadores de outras Terras, o ar da aldeia enchia-se do perfume das especiarias e mesmo no inverno havia uma infinidade de mercadorias diferentes: tecidos, frutas, verduras, pequenos animais nas gaiolas... É uma pena que tu só possas conhecê-lo agora... — A mulher suspirou.

Nihal não respondeu. Estava tensa e seguia em frente de cabeça baixa.

— E aí, o que aconteceu contigo?

— Nada, nada. Talvez fosse melhor eu ter ficado em casa...

Elêusi tranqüilizou-a:

— Não te preocupes e só penses em divertir-te. Ninguém vai reparar em ti.

Avançaram mais algum tempo em silêncio, e só depois de um bom pedaço Nihal ouviu uma risada abafada atrás de si. Virou-se e Elêusi ficou imediatamente séria, mas nos seus lábios continuou a pairar a sombra de um sorriso. Nihal olhou para ela com ar interrogativo.

— Desculpa. Acontece que... tu andas realmente como um homem!

Nihal parou.

— Como assim?

— Quer dizer, parece que estás marchando...

Nihal ficou amuada.

— No exército todos andam assim.

— Sim, claro. Não era minha intenção criticar. Só que é engraçado.

Logo a seguir Nihal deixou-se ultrapassar e ficou no fim da pequena caravana. Começou a observar com toda a atenção os movimentos de Elêusi. Não conseguia ver nada de diferente do seu modo de andar. Como era, afinal, que uma mulher devia caminhar?

— Elêusi, espera! Por que achas engraçado?

— Bom, tu és muito decidida. Avanças dando largas passadas. E além do mais não rebolas nem um pouco! Tua mãe nunca te contou que os rapazes gostam? — brincou Elêusi.

Nihal amarrou a cara.

— Nunca conheci a minha mãe. Fui criada por um armeiro.
Elêusi arrependeu-se da própria estupidez e recomeçou a andar.

Quando chegaram à aldeia Nihal entrou em pânico.
Estava repleta de gente, sua cabeça rodava. Parecia-lhe estar de volta aos tempos de Salazar, quando a maior confusão reinava na torre e por todo canto ecoavam vozes, gritos, risadas. A saudade pegou-a de surpresa. Naquela multidão anônima tinha a impressão de rever os rostos conhecidos da sua cidade: os vizinhos, os garotos com os quais brincava quando menina, os donos das lojas. Pareceu-lhe até vislumbrar Senar, de túnica esvoaçando e sem a marca da sua espada no rosto. Fechou os olhos, transtornada.
— Que tal darem uma volta enquanto vou vender os meus tecidos? Vamos nos encontrar na minha barraca daqui a uma hora: fica no fim da rua -- disse Elêusi, e entregou-lhe umas moedas no caso de ela querer comprar alguma coisa. — E, Nihal... fica de olho em Jona!
Nihal obedeceu segurando logo o menino pela mão.
Ele começou a puxá-la pelo braço, esperançoso.
— Vamos, não gostarias de comprar alguns doces? Hein? Vamos?
Nihal estava indecisa.
— Não sei... O que tua mãe pensa a respeito?
— Normalmente, ela sempre compra um docinho para mim — foi logo dizendo com ar esperto.
Podia estar mentindo, mas que mal havia nisso? Nihal decidiu contentá-lo.

Foram até uma velha que vendia uns poucos biscoitos e algumas guloseimas. Ficou contente em ter compradores e entregou-lhes um pequeno embrulho de doces cheia de gratidão.
Nihal olhou a sua volta: as demais barracas também mostravam pouca mercadoria. Aquela gente tentava viver de forma normal, vestia as melhores roupas para ir ao mercado, passeava, parava para pechinchar. Mas a pobreza já começara a insinuar-se até naquela aldeia no sopé da montanha. A guerra estava chegando.

De repente uma onda de vozes ecoou em seus ouvidos. *Este não é o teu lugar. Volta a empunhar a espada! Vinga-nos!*

Nihal parou, sacudiu a cabeça, fechou os olhos para afastar aqueles pensamentos. Quando voltou a abri-lo Jona estava olhando para ela preocupado.

– Estás sentindo-te mal? – Segurava um caramelo e o açúcar começava a derreter entre os seus dedos.

– Não, está tudo bem. Foi uma tontura, só isso.

Jona ofereceu-lhe o embrulho.

– Talvez estejas com fome. Pega um biscoito, são muito bons.

Eram doces sem qualquer requinte, mas Nihal gostou daquele sabor caseiro.

Ela e Jona ficaram zanzando entre as barracas, detendo-se a olhar peixes de rio que pulavam nos baldes, algumas lindas maçãs que piscavam convidativas de uma grande cesta de vime, as cores de uns tecidos pendurados numa espécie de pavilhão.

Nihal descobriu como o mundo era bonito quando filtrado pelos olhos de uma criança: tudo era novo, tudo era um descobrimento. Jona era vivaz, olhava para tudo cheio de entusiasmo e falava o tempo todo, sem parar.

Depois de percorrerem o mercado de cabo a rabo pararam perto de uma mureta. Era a primeira vez que Nihal enfrentava um longo passeio sem a ajuda das muletas: precisava descansar. Limparam as pedras da neve que as cobria, sentaram, dividiram o último biscoito que sobrava.

– É verdade que tu és um soldado? – perguntou inesperadamente Jona.

Para Nihal foi como receber uma bofetada: acostumara-se com a idéia de ninguém saber da sua identidade.

– É verdade – respondeu com indiferença.

Jona olhou para ela com admiração.

– O meu pai também é um soldado: já sabias? Mamãe disse que não te devia fazer perguntas, pois isso te deixava triste, mas eu vi a espada e então entendi.

Nihal continuou a beliscar fazendo de conta que não era com ela.

Jona prosseguiu impertérrito:
– Mataste muitos inimigos?

– Alguns.
– E os fâmins? São realmente tão feios como me contaram?
– Mais ainda – respondeu Nihal seca.
Jona fez uma pausa antes de voltar à carga.
– Ouve, Nihal...
– Podes falar, Jona.
– Algum dia, quando tu te sentires melhor, será que me ensinas a espadachinar?
Nihal não pôde evitar um sorriso.
– "Espadachinar"? Não creio que seria uma boa idéia. A guerra não tem nada de bonito, sabias? A paz é muito melhor, acredito.
– É que gostaria muito de ser como o meu pai. Se eu aprender a ser um guerreiro poderia ir com ele, e assim a guerra acabaria logo e todos voltaríamos para casa, com a mamãe.
O raciocínio não tinha falhas.
– Tu vais ver, a guerra não vai demorar para acabar. Enquanto isso vais ficar por aqui, cuidando da tua mãe e consolando-a quando fica triste.
Jona não parecia muito convencido.
– Eu sei, mas... Que tal uma só vez, de brincadeira. Vamos brincar de guerra, que tal? – perguntou suplicante.
– Queres dizer que gostarias de lutar comigo? – perguntou Nihal enquanto preparava, escondida, uma bola de neve.
– Isso mesmo!
– Tem certeza?
– Absoluta! – gritou Jona, cada vez mais excitado.
– Em guarda, então!
Nihal pulou da mureta e jogou a bola de neve contra o menino, que entrou na brincadeira com o maior entusiasmo.
Perseguiram-se pelos becos rindo e atirando um contra o outro bolas de neve até ficarem exaustos. Nihal tinha recuperado o bom humor. Sentiu-se despreocupada como quando era criança. Teria gostado de viver daquele jeito para sempre.

A pequena barraca de Elêusi expunha as peças de pano que ela tecia em casa, os ovos das suas galinhas e as poucas verduras da horta. No inverno, e sem a ajuda do marido, não conseguia produzir mais do que aquilo. Ela e Jona viviam daquela escassa colheita e dos ganhos da mulher como curandeira.

Nihal sentou perto dela e ficou olhando as pessoas que passavam. Só havia humanos, das outras raças nem sombra. Os refugiados viviam todos nos grandes centros, onde era mais fácil encontrar um trabalho e alguma coisa para encher a barriga.

— Pois é, as cidades: é lá que circula o dinheiro! — explicou Elêusi. — As pessoas ricas moram lá: os nobres e os guerreiros que adquiriram grandes latifúndios graças à guerra. Os outros ficam no campo. Muitos dos camponeses que tu vês nem possuem a terra onde trabalham, cultivam-na para outros. Não há muita justiça neste mundo.

De repente um cavaleiro parou bem diante da barraca.

Nihal cobriu-se o mais possível com o capuz: era um sujeito da base, um combatente das primeiras linhas. Elêusi parecia conhecê-lo bem, pois começaram a conversar.

O cavaleiro, no entanto, observava Nihal com alguma insistência. Sorriu para ela.

— Olá. Estou errado ou a gente já se conhece de algum lugar?

Nihal baixou os olhos e sacudiu a cabeça. O seu coração disparou. Percebeu estar com medo daquele soldado. Receava que a presença dele bastasse, sozinha, para quebrar o encanto daqueles dias.

— Não pode ser. É uma parente minha — mentiu Elêusi. — Veio visitar-me de Makrat.

O soldado não tirava os olhos de Nihal.

— Uma parente muito graciosa... Qual é o teu nome?

— Lada — murmurou a jovem dizendo o primeiro nome que lhe passara pela cabeça, e ao pronunciá-lo lembrou que o ouvira de um velho que perambulava por Salazar alguns dias antes da invasão.

— Lada. Um nome bonito! E o que estás achando daqui...

Elêusi cortou logo aquela tentativa de conversa.

— Lada, por favor, podes ir buscar Jona?

Nihal anuiu e levantou-se rápida. Num piscar de olhos já tinha desaparecido.

Naquela tarde voltaram para casa com algumas moedas a mais no bolso.

Diante daqueles poucos trocados Nihal sentiu-se uma intrusa. Logo antes de ir dormir olhou para Elêusi, séria.
– Tu tens certeza mesmo de que posso ficar?
A mulher fitou-a atônita.
– Claro! Por quê?
– Bem, afinal sou uma boca a mais para alimentar e vós tendes pouco dinheiro...
Elêusi sorriu.
– Não te preocupes: vou acabar descobrindo um jeito de arrumar-te um serviço! Agora dorme e tire essas bobagens da cabeça.
Nihal deitou-se serena.
Naquela noite, sozinha na cama, pensou em tudo o que acontecera nos últimos dias. Começava a gostar das roupas femininas, de andar no meio das pessoas sem a espada a estorvar os seus passos. Parecia-lhe ter renascido: talvez fosse de fato uma Lada ressuscitada, uma jovem normal que levava uma vida normal.
Nihal nunca tinha vivido num ambiente tão sereno. Entendeu o que era uma verdadeira família e chegou a pensar que era muito melhor do que o que experimentara com Livon. Ela e o velho não eram uma família: eram dois desajustados que a vida juntara para que se agüentassem mutuamente. Queriam-se bem, mas ele não pudera dar-lhe aquilo que Elêusi dava ao filho. Na vida dela nunca houvera tranqüilidade, o sentido de proteção que sentia entre aquelas quatro paredes. Ficou pasma ao reparar que nunca percebera uma coisa tão simples antes. Mas agora podia remediar, podia conseguir aquilo que nunca tinha tido: ficar ali significava ter uma segunda chance.
Antes de adormecer imaginou ficar na pequena casa amarela para sempre.
Encostada no muro, sua espada começava a acumular poeira.

De manhã ajudava na casa: nas tarefas domésticas era um desastre, mas era animada por uma gigantesca vontade de aprender. Acompanhava Elêusi de perto para copiar tudo o que ela fazia e procurava de todas as formas não ser um estorvo.
Aprendeu a cozinhar. Apesar da primeira tentativa fracassada com o pão, descobriu que gostava daquilo. E não só gostava como

também tinha jeito: deixava-se guiar pelo instinto e os seus pratos eram bem saborosos.

Mas encarregava-se principalmente da horta. Os anos de treinamento com a espada tornaram-na forte, e gostava de usar esta energia no trato daquele pedacinho de terra que lhes dava de comer.

À noite Jona contava as histórias que tinha aprendido com o sábio e falava das correrias com a sua turma. Nihal prestava atenção, sem pensar em coisa alguma.

Já não pensava em Livon, guardara Soana num cantinho afastado da sua mente, até mesmo o rosto de Fen já não passava de uma imagem confusa. Mas não podia esquecer-se de todos. Senar continuava sendo uma lembrança viva, presente, que apertava o seu coração. Tentava tirar até mesmo ele do pensamento, mas bem no fundo sentia que mais cedo ou mais tarde teria de prestar contas a si mesma.

O inverno era rigoroso e a lenha começava a faltar. Era preciso ir à floresta para buscar mais, e Elêusi achou que Nihal poderia cuidar do assunto.

– Não tenho o menor jeito com o machado – explicou. – Normalmente quem cuida disto é o meu marido...

A jovem aceitou com prazer.

– Não te preocupes, podes deixar comigo. Aliás, vou até pedir para Jona me ajudar, assim poderemos dar um passeio pelo bosque.

Nihal e Jona costumavam entrar na floresta para brincar, para contar histórias ou simplesmente passear. Jona olhava para ela com olhos sonhadores. Para ele uma mulher que servia no exército era o máximo: as garotas, com todos os seus dengos e maneiras rebuscadas, deixavam-no perturbado e sem jeito, mas com ela era diferente. Ela gostava de rolar na neve, nunca se cansava de ouvir as suas histórias e era tão forte quanto um homem. Jona mostrava-a aos amigos com orgulho, apresentando-a como um soldado.

Em Jona, Nihal revia a si mesma menina. A presença dele acalmava-a: gostava da sua maneira ingênua de ver as coisas, gostava de brincar com ele, de distraí-lo com alguma pequena mágica. Algumas vezes chegou até a duelar com uma espada de madeira, mas quando ele lhe pedia que contasse histórias da guerra, ela desconversava e dizia não se lembrar.

Naquela manhã agasalharam-se bem e dirigiram-se para o bosque. Caminhavam cantarolando uma musiquinha que Jona ensinara a Nihal, enquanto o machado que o semi-elfo segurava com displicência deixava um rastro sinuoso na neve.

Quando chegaram à pequena clareira onde se haviam encontrado pela primeira vez, Nihal viu uma pequena árvore seca que parecia perfeita para a lareira.

– Afasta-te, Jona. Acho que a nossa busca acabou.

Levantou o machado e quase sentiu um choque. Olhou para a lâmina como se nunca tivesse visto outra antes.

– O que foi? – perguntou Jona. Reparara no ar preocupado de Nihal.

A jovem teve um estremecimento.

– Nada. Só me lembrei de quando lutava com uma arma parecida.

Jona aproveitou logo a dica e começou a saltitar em volta dela.

– Mostra para mim! Vamos lá, deixa-me ver como agias!

O machado estava ali, parecia chamá-la. *Por que não? O que pode haver de mal em contentá-lo?* Empunhou-o com firmeza. E aí foi a memória do corpo que o movimentou.

Nihal começou a rodar o machado cada vez mais rápido, depois passou a dar golpes no ar com movimentos vigorosos e precisos. A lâmina mexia-se veloz e ela lembrava cada exercício, cada dia na Academia, cada hora de treinamento. Surpreendeu-se ao sentir saudade: tinha passado por maus bocados naquele edifício, sentira-se só e abandonada, com a única companhia de Malerba e Laio, e mesmo assim tinha saudade das aulas, da espada, do suor, das batalhas, do seu corpo que se movia ágil, da lâmina negra que faiscava no sol... da sensação de ser finalmente ela mesma... do redescobrimento das suas raízes na luta e... *Não!*

De repente soltou o machado.

Aquilo que tu queres não é a guerra, não é o combate! Tu queres as noites diante da lareira, a vida com Elêusi e Jona, o gracioso vestido de mulher... O teu futuro tem de ser este!

Jona viu a expressão de Nihal tornar-se sombria e o sorriso morreu em seus lábios.

— Ficaste zangada? — perguntou titubeante.

— Não foi nada — respondeu Nihal, ainda perturbada —, lembranças ruins. É melhor nos apressarmos antes que fique tarde. — E sem mais uma palavra começou a abater a árvore com golpes secos e decididos.

Voltou para casa em silêncio.

Jona observava-a de soslaio.

— Foi culpa minha, não foi?

— Culpa de quê, Jona? — retrucou fria. Não tinha vontade de falar. Mas então percebeu que o menino estava com os olhos cheios de lágrimas.

— De tu teres ficado triste...

Nihal parou, sorriu para ele. Em seguida inclinou-se e estalou-lhe um beijo no rosto.

— Não, meu pintinho. Não estou triste. Juro. E agora vamos lá, de volta para casa e para um bom lanche! — respondeu dando-lhe uma carinhosa palmada.

Jona recomeçou a trotear pela trilha, serenado, mas Nihal sabia que tinha mentido.

Elêusi fez a proposta naquela mesma tarde: estavam sentadas à mesa e Jona tinha saído para brincar. A mulher parou o seu trabalho de costura e olhou para Nihal.

— Tu és uma maga, certo?

— Por que perguntas? — respondeu Nihal intrigada.

— Pensei que poderias vir comigo como curandeira. Quero dizer, ajudar-me com teus encantamentos...

Nihal não escondeu o próprio ceticismo. Só a idéia de sair pelas redondezas deixava-a perturbada.

— Não sei...

— Vamos contar que vieste de outra Terra, de algum lugar longínquo, fugindo da guerra. Podemos dizer que és filha de uma ninfa! O pessoal daqui nem sabe qual é a aparência de uma ninfa. E além do mais não podes ficar escondida para sempre, Nihal.

Elêusi queria que a jovem criasse raízes. E, se começasse a sentir-se útil, talvez não fosse embora.

O primeiro trabalho que enfrentaram como dupla aconteceu certa noite em que a neve caía farta. Um menino da aldeia tinha caído de uma escada batendo a cabeça e não tinha recobrado os sentidos. Elêusi e Nihal enfrentaram a trilha na escuridão noturna, com o frio que penetrava nos ossos.

Ao chegarem a casa, entraram sem fazer barulho. Numa cama jazia um menino pálido como um pano, com uma larga mancha vermelha na testa, da qual, através de uma atadura improvisada, ainda escorria um filete de sangue. A imagem fez com que Nihal se lembrasse da guerra, mas ela esforçou-se para afugentar tais pensamentos.

– Mira, sou eu. Não chores, vim por causa do teu filho – disse Elêusi baixinho.

Teve de segurar delicadamente a mulher pelos ombros para afastá-la da cama. No quarto também havia um homem, atrás do qual se escondia amedrontada uma menina loira. Foi a ele que Elêusi se dirigiu.

– Conta com precisão o que houve.

Enquanto o homem relatava da melhor forma possível o que havia acontecido, Nihal olhava a sua volta. Parecia-lhe estar no lugar errado: não era uma sacerdotisa, não saberia dizer o que havia de errado naquela criança. Até então só tinha curado a si mesma e com encantamentos muito simplórios. A menina, além do mais, não tirava os olhos dela.

– Nada de pânico, não creio que seja coisa grave – disse Elêusi para tranqüilizá-los, e então aproximou-se do menino fazendo um sinal para Nihal chegar perto.

A mulher tirou as ataduras e começou a examinar a ferida. Os seus gestos mostravam competência, os olhos atentos percorriam o corpo do menino avaliando cada detalhe.

– Por enquanto só gostaria que tu cuidasses do corte – disse a Nihal. – Quanto a ele recobrar os sentidos, deixa comigo. Está com febre, mas isto não deve ser um problema.

Nihal anuiu. Arregaçou as mangas do vestido. Sentou na cama e juntou as mãos. Podia sentir os olhares dos presentes apontando para ela como alfinetes. Mesmo assim procurou concentrar-se, em seguida pousou as mãos na ferida. Era superficial, não levaria muito tempo para fechá-la.

A mãe ficou toda agitada.

– Quem é a mulher que tu trouxeste contigo?

– Uma amiga minha. Veio visitar-me da Terra da Água e vai ficar algum tempo lá em casa.

– O que está fazendo com o meu pequeno Doran?

– Fica calma, ela sabe o que faz. É a minha ajudante.

Mas logo que Nihal começou a recitar a fórmula e suas mãos ficaram cercada de um halo azulado, a mulher começou a gritar:

– Uma bruxa! Trouxeste para minha casa uma bruxa! – E empurrou-a com violência para longe da cama.

Nihal caiu ao chão. Uma mecha de cabelos escorregou fora do xale que usava como turbante.

A menina apontou logo para ela.

– Olha, mãe! Tem cabelos azuis!

A mulher fitou Nihal com ódio.

– Levem-na embora! Não quero que se aproxime do meu filho! – gritou.

Elêusi aproximou-se.

– Não precisas ficar com medo – disse com tom pacato. – É uma amiga, conheço-a há bastante tempo. É muito boa.

Mas Mira continuava a repetir:

– É uma bruxa! Uma bruxa!

Nihal encolhera-se num canto. A mesma coisa que a Academia: os mesmos olhares hostis, a mesma desconfiança.

Elêusi não deu o braço a torcer. Levantou a voz:

– Para salvar o teu filho preciso dela. Já curo as pessoas da aldeia há muitos anos. Curei todos vós. Por que agora não quereis confiar em mim?

– Não quero bruxas nesta casa!

– Como quiseres, Mira. Nihal, vamos embora... – disse Elêusi enquanto já se dirigia à porta.

– Espera! – A mulher afastou-se relutante da cama do filho e fitou Nihal nos olhos. – Reza para que nada de mau lhe aconteça. Do contrário podes dizer adeus à vida.

Quando o garotinho recobrou-se, Mira abraçou-o chorando.

Elêusi foi paga com algumas moedas e um pequeno saco de farinha.
Nihal foi simplesmente ignorada.

A novidade espalhou-se pela aldeia. Mira falou com as amigas e o boato correu solto.
– Chegou uma bruxa...
– Tem cabelos azuis...
– Enfeitiçou a coitada da Elêusi...
– Não me digas!
– Não estás vendo? Fica o tempo todo com ela.
– Talvez tenha sido enviada pelo Tirano...
– Eu já disse para o meu filho que se o surpreender com o Jona vai levar uma boa surra!

Nihal entendeu logo para onde aquilo tudo levaria. O ano na Academia ensinara-lhe que o medo pode deixar marcas profundas na alma das pessoas.
– Acho melhor não aparecer mais contigo. As pessoas têm medo de mim, Elêusi – disse logo que saíram da casa de Mira.
– Que nada, é só porque nunca a viram antes! Não te deixes desanimar, vão acabar se acostumando...

Mas a desconfiança também voltou a aparecer uma segunda vez, quando curou uma mulher que se ferira com uma faca, e também a terceira e última, quando livraram um recém-nascido da febre. Desde então Elêusi nunca mais foi chamada para trabalhar como curandeira da aldeia. Para ganhar alguma coisa teve de recorrer aos vilarejos próximos, sozinha.

No começo Nihal decidiu portar-se como se nada tivesse acontecido: acompanhava Elêusi até o mercado, passeava com Jona, mas em todo lugar onde aparecia percebia os olhares hostis dos habitantes da aldeia.

Não demorou para os olhares serem acompanhados de palavras. Frases amigáveis, conselhos que Elêusi recebia de pessoas conhecidas. Quando Nihal não estava, aproximavam-se dela, perguntavam quem era a estrangeira.

Elêusi derretia-se toda elogiando a semi-elfo, falava da coragem que demonstrara ao salvar seu filho dos lobos, da perícia com que dominava as artes mágicas, de como ela era adorável.

Mas as outras mulheres não desistiam:

— Pensa bem, Elêusi: hospedaste na tua casa uma pessoa que tu nem conheces! O que sabes dela? Tem cabelos azuis, é uma bruxa, conhece as artes da feitiçaria. — E cada uma dava o seu veredicto, contando coisas ouvidas não se sabe onde ou simplesmente inventadas sobre bruxas maldosas que se introduziam na casa das pessoas de bem para roubar seus filhos.

Elêusi ouvia aquilo cheia de raiva, mas algumas vezes, embora não quisesse admitir, a semente da dúvida abria uma brecha na sua alma. Nada sabia, com efeito, daquela moça e havia sido um tanto imprudente ao deixá-la ficar na sua casa. Mas logo a seguir a lembrança de Nihal ferida, caída aos pés do cavalo, cancelava qualquer hesitação. Iria defender a sua nova amiga a qualquer custo, pois sabia que a jovem estava sozinha e precisava desesperadamente dela.

Nihal procurou continuar levando a vida, mas o encanto já tinha começado a quebrar-se.

Percebia uma espécie de inquietação, como que uma dor sutil que procurava abrir caminho a partir das partes mais profundas da sua alma. Perguntava a si mesma quando aquilo começara: talvez na mesma hora em que empunhara o machado ou então quando percebera os olhares de ódio das pessoas que ela tinha ido ajudar. Não sabia. Mas sentia um chamado longínquo que ao mesmo tempo a seduzia e apavorava.

Certo dia reparou na espada encostada num canto. O estojo estava coberto por uma espessa camada de poeira. Só levou um momento para desembainhá-la: ficou olhando para ela, para a empunhadura trabalhada. Ainda podia distinguir as marteladas de Livon, as marcas deixadas pelas suas ferramentas. Examinou-a longamente, revirando-a entre as mãos. Saiu então de casa e foi até o celeiro, onde guardou-a num canto para não ter de vê-la todos os dias.

Certa manhã, já no fim do inverno, decidiu ir ao mercado sozinha. Não era a primeira vez: Nihal entendera que Elêusi queria torná-la mais independente. Nesse dia estava de bom humor. O sol estava brilhando e o ar frio era estimulante. Dirigiu-se a um vilarejo próximo onde ninguém a conhecia: poderia perder-se entre a multidão anônima e ser apenas um rosto entre muitos.

Divertiu-se passeando entre as barracas, comprou uns doces para Jona e até um lenço para si mesma. Já tinha uma coleção. Os seus cabelos haviam começado a ficar longos de novo, macios e reluzentes como antes de ela cortá-los.

Distraiu-se perambulando pela praça, ouvindo as conversas das comadres. As pessoas bisbilhotavam, falavam da guerra, de quem estava longe, de quem morrera, de como e quando o inverno iria acabar, da colheita, das crianças. Mas o assunto do dia eram os mercenários que tinham fugido das tropas regulares das Terras livres: depois de desertarem haviam-se entregue aos saques. Ao saber disto Nihal sentiu um frêmito dentro de si, mas procurou ficar calma. *Tu nada tens a ver com isto, Nihal. Volta para casa.*

No caminho de volta decidiu passar pelo bosque. Isso tornaria o trajeto um pouco mais longo, mas caminhar entre as árvores era um prazer ao qual não sabia renunciar.

Então viu as pegadas. Vinham das profundezas da floresta e prosseguiam a caminho da aldeia. Rastros de cavalos.

Nihal se agachou e olhou com atenção: eram recentes.

Sentiu um aperto no coração. Acelerou as passadas, rápida, cada vez mais rápida, até avançar correndo. Tropeçou e caiu na neve: a saia atrapalhava. Levantou-se com um pulo e recomeçou a correr. *Antes de mais nada, pega a espada. A espada está no celeiro. Mesmo que não haja ninguém, e na certa não deve haver ninguém, antes de mais nada pega a espada.* Estava preocupada, com medo, mas mesmo assim perfeitamente lúcida.

Quando chegou a avistar a casa, seu coração parou por um instante: dois cavalos estavam parados no quintal, cheirando o chão.

Aguçou os ouvidos mas só ouviu o próprio sangue pulsar nas têmporas.

Deu silenciosamente a volta na casa, agachando-se para que ninguém a visse, em seguida subiu ao celeiro.

Desembainhou a lâmina e pareceu-lhe que a mão se fundia com a empunhadura... que ela e sua arma formavam uma coisa só.

Então um grito, acompanhado de algumas risadas, gelou seu sangue nas veias.

Quando irrompeu dentro da casa um homem dominava Elêusi, que tentava inutilmente desvencilhar-se, enquanto outro sujeito mantinha Jona afastado.

O que segurava Elêusi virou-se.

– Ora, ora, vejo que temos hóspedes. Quanto mais houver, maior a diversão! – disse rindo, e soltou Elêusi empurrando-a para um canto. – Mas que mocinha mais linda! Vejo que gostas de espadas... Vem brincar conosco, vem!

Nihal avançou com um pulo e trespassou-o de um só golpe.

O homem caiu ao chão como um saco vazio. Da sua garganta jorrou um esguicho de sangue escuro. Elêusi berrou com todo o fôlego que tinha nos pulmões.

O outro atacou como uma fúria de espada na mão e o embate começou.

O corpo de Nihal reencontrou na mesma hora toda a sua agilidade e rapidez: movia-se veloz, esquivava e defendia com precisão. O coração da jovem cantava de felicidade. Depois de tantas indecisões, Nihal teve a impressão de reencontrar-se: era mais uma vez ela mesma.

Após o primeiro ataque o homem recuou, espumando de raiva.

Nihal enxugou o suor e sorriu escarnecedora.

– É só isto que sabes fazer, seu bastardo? – Aí voltou a investir ferindo profundamente o homem no braço. Logo a seguir ele estava desarmado.

O mercenário caiu de joelhos, a arma de Nihal encostada na sua garganta.

– Não me machuques, eu suplico, perdoa...

Nihal fitou-o com desprezo.

– Pega aquele animal do teu companheiro e sai daqui: não desperdiço o gume da minha lâmina com seres asquerosos.

O homem obedeceu o mais depressa possível: levantou o corpo do outro e dirigiu-se à porta, mas Nihal deteve-o dizendo:

– E não te esqueças: se ousares voltar para esta aldeia, juro que vou cortar-te em pedaços.

– Não, não, obrigado, obrigado... – respondeu o sujeito chorando antes de desaparecer.

Nihal ficou imóvel no meio do aposento.

Voltara a lutar. Voltara a empunhar a espada. E tinha gostado. Sentia a arma palpitar na sua mão, convidando-a a seguirem juntas o caminho interrompido, a combater de novo. Estava feliz, absurdamente feliz.

Encolhida contra a parede Elêusi apertava Jona junto a si.

– Acabou – disse Nihal aproximando-se, mas a mulher retraiu-se com um grito.

Está com medo de mim. A consciência disso deixou Nihal petrificada. Elêusi, à qual se agarrara como a uma tábua de salvação, estava com medo dela. A espada escorregou-lhe das mãos.

Elêusi levantou-se, chegou perto, tentou abraçá-la.

– Perdoa-me, não era minha intenção... – Mas desta vez quem se retraiu foi Nihal. Deu um passo para trás, viu a espada no chão, a lâmina vermelha de sangue.

Saiu correndo.

Na penumbra do celeiro ressoava uma goteira ritmada, contínua. Devia ser a neve que se derretia lentamente. Afinal de contas era um dia de sol.

Nihal estava de cabeça encostada nos joelhos: quantas vezes já fizera aquilo na vida? Teve quase vontade de contar.

Elêusi apareceu no topo da escada de madeira.

– Tu estás aí, ainda bem!

Silêncio.

– Desculpa Nihal. Foi... foi uma reação instintiva. Estou muito agradecida por ter-me salvado, extremamente... Acontece que todo aquele sangue, aquele homem no chão, e tu que nem parecias a Nihal que conheço... Diz alguma coisa, eu te peço.

Nihal levantou a cabeça e fitou-a sem nada dizer.

— Não te sentes ainda pior ao guardar tudo dentro de ti mesma? Diz-me o que pensas.
— Não sei o que pensar.
— Queres que vá embora?
Nihal passou a mão no rosto.
— Quero.
Os olhos de Elêusis encheram-se de lágrimas.
— Está bem. Como quiseres.

Nihal abriu os olhos e viu a luz filtrar pela abertura entre seus joelhos. Voltar a segurar a espada havia sido suficiente para transtornar tudo.
De repente as maravilhosas cores daqueles meses com Jona e Elêusi haviam desaparecido no nada. Pois é, havia sido muito bom, mas a jovem tímida que vislumbrara no espelho não era ela.
A vida daqueles meses não havia sido a dela. Ela era o semielfo de espada na mão, aquela que sempre combate na primeira linha, a que se entrega à batalha sem se poupar.
O que devo fazer? Nihal começou a bater ritmicamente a cabeça contra os joelhos. *O que devo fazer?*

Voltou para dentro da casa na hora do jantar. Sentou à mesa e começou a comer sem dizer uma palavra.
Elêusi ficou olhando para ela sem saber como se portar.
Jona permanecia calado, procurando com o olhar os olhos da mãe.
Quando Nihal acabou, deixou a colher na tigela e levantou-se.
Foi então que Elêusi começou a gritar:
— Que diabo, queres parar com esse silêncio? Deixa-me pelo menos entender o que se passa pela tua cabeça! — Jona estremeceu.
Nihal fitou-a com rancor.
— Nunca precisaste de um momento de pausa, Elêusi? Nunca reparaste que há horas em que as palavras de nada adiantam? Nunca passou pela tua cabeça a sombra de uma dúvida? Então? Diz! Já precisaste pensar alguma vez?

A mulher ficou toda vermelha e levantou-se com um pulo da cadeira.

– Eu... Seja o que for que fiz, não mereço ser tratada deste jeito!

– Por que não queres te esforçar para entender? – Nihal também levantara a voz. – Achas por acaso que o mundo roda à tua volta? Não fizeste coisa alguma e não és tu o motivo da minha raiva. Os meus problemas são outros e nem vale a pena falar a respeito. Tu ficas aqui, na paz e no aconchego da tua casa! Como podes saber o que se passa na minha cabeça, o que acontece no mundo, o que está havendo agora mesmo na guerra?

– Claro! – gritou Elêusi. – O que pode saber uma camponesa como eu, uma boba à qual não vale a pena contar coisa alguma? E quanto ao aconchego da minha casa, não me parece que tu desgostaste, uma vez que achaste muito prático acomodar-te nele!

Nihal pegou a capa e saiu. Naquela noite dormiu no celeiro.

Durante alguns dias o tempo deu a impressão de ter parado. A pequena casa amarela parecia fechada numa bola de vidro e as horas passavam numa calma nada natural. Todos estavam à espera de alguma coisa.

Jona, de entender por que tudo agora estava diferente.

Elêusi, de descobrir qual seria o efeito das suas palavras sobre a amiga.

Nihal, de uma resposta. Não era o que ela sempre fizera na vida? Quem era? Por que havia sobrevivido? Qual era o seu papel neste mundo? Desde sempre vinha perguntando isto a si mesma. Haveria de fato uma resposta?

O jantar tinha acabado havia algum tempo: Jona estava na cama e sua respiração regular marcava o silêncio na casa.

Nihal estava lá fora. Elêusi podia vê-la acocorada, de costas, através da janela.

A mulher saiu na friagem noturna. A jovem voltara a vestir a roupa de batalha. Segurava a espada. Madeixas azuis estavam espalhadas no chão.

– Não disseste que ias deixar crescer? – perguntou Elêusi.

Nihal baixou a espada e olhou para a mulher.

– Houve um tempo em que eu usava os cabelos muito longos, sabias? Cortei na véspera da minha primeira batalha.

Elêusi fez-se de desentendida.

– O que estás querendo dizer? O que isto tem a ver?

Nihal sorriu com melancólica doçura.

– Tu sabes muito bem, Elêusi. Não posso ficar. Preciso voltar à minha vida.

A mulher procurou reprimir as lágrimas, com raiva. Levantou a voz:

– Por quê? Não estás gostando daqui? É por causa da gente da aldeia? Vão se acostumar, é só uma questão de tempo. Tu nasceste para esta vida e sabes disto! Não podes ir embora!

Nihal continuava sorrindo. Levantou a espada e viu-a brilhar à luz do luar.

– Ouve. Outro dia, quando a empunhei, a espada falou comigo. Disse-me que preciso ir aonde ela me levar, que preciso confiar nela, porque é nela que está o meu destino. Combater é a única coisa que sei fazer. – Nihal fez uma pausa. – É a única coisa que gosto de fazer.

A mulher permaneceu calada: estava realmente acabado. Nihal já estava longe, já não lhe pertencia.

– Sentirei muito a tua falta. Devo-te muito. Se não fosse por ti nem posso imaginar o que teria acontecido comigo – disse Nihal virando-se para ela.

Elêusi continuou a olhar para o chão. As suas lágrimas caíam no tapete de neve.

– Levaste-me a pensar que a minha solidão tinha acabado, que ficarias conosco. Deixaste-me acreditar nisso, e a Jona também. Agora que já não precisas de nós, vai embora.

– Nunca prometi que iria ficar – disse Nihal baixinho.

– Mas levaste-me a pensar nisso de mil formas diferentes. Faz o que bem quiseres, vai. Vai embora para matar e morrer, se este for o teu desejo! – Elêusi deu as costas e voltou apressadamente para dentro.

Nihal ficou um bom tempo ouvindo seus soluços através das paredes da casa.

Antes do amanhecer já estava pronta para partir. Arreou o cavalo, juntou suas coisas, vestiu a capa. Então subiu ao quartinho onde Jona dormia. O menino respirava devagar, de boca aberta. Nihal sacudiu-o de leve e ele mal conseguiu abrir os olhos, sonolento.
– O que foi?
– Vim despedir-me.
O menino acordou na mesma hora.
– Por quê?
– Estou indo embora, Jona.
– Não – choramingou ele. Duas grandes lágrimas riscaram-lhe as faces.
– Não chores, menino. Vamos nos encontrar de novo. Estou indo "espadachinar", mas voltarei. E então o teu pai também vai estar aqui, e ele e eu poderemos te ensinar a usar a espada juntos. Só precisas ter um pouco de paciência.
– Não vás embora – disse Jona soluçando, e abraçou-a com força.
Nihal ajudou-o a deitar-se de novo e ajeitou os cobertores.
– Preciso ir. Cuida da tua mãe. Afinal, tu és o homem da casa, não é verdade? – disse forçando-se a sorrir.
Beijou-o na testa. Em seguida saiu correndo para o cavalo, com o pranto de Jona ainda nos ouvidos, e esporeou o animal a galope.

A pedra de amolar corria para cima e para baixo da lâmina soltando pequenas faíscas. Gostava de afiar a espada sozinho e entregava-se à tarefa de corpo e alma. Apesar de o ruído encobrir qualquer outro som, Ido percebeu a presença de alguém. Levantou os olhos.
Na entrada do casebre havia um figura miúda, vestida de preto, à espera. Sentiu o coração dar um pulo dentro do seu peito. Estava feliz, mas fez o possível para não demonstrar. Voltou ao trabalho.
– Então? – perguntou.
– Vivi, como pediste.
– Entendeste por que estás lutando?
– Não tenho certeza. Agora sei o que é viver. Conheci a paz, mas sinto que tenho de lutar, que é a única coisa que preciso fazer. Não é a vingança que me empurra para isso, mas sim alguma outra

coisa que ainda não entendo direito. Talvez as minhas idéias ainda não estejam claras o bastante para retomarmos o treinamento. Se tu não me aceitares, vou entender, mas...

— Já basta — interrompeu-a o gnomo.

Nihal ficou na entrada, cabisbaixa. Estava com medo. Naqueles poucos momentos estava arriscando o seu destino.

Então percebeu que Ido se aproximara.

— Oarf está à tua espera. Vamos recomeçar o treinamento amanhã cedo.

A jovem abraçou o mestre. Riu. Estava de volta.

CRÔNICAS DO MUNDO EMERSO
CONTINUA COM O ROMANCE

A MISSÃO DE SENAR

Este livro foi impresso na Editora JPA Ltda.,
Av. Brasil, 10.600 – Rio de Janeiro – RJ,
para a Editora Rocco Ltda.